中国当代文学研究代表作

中国当代文学理论批评史 1949—1976

孟繁华 著

主 编　孟繁华　张清华

北方联合出版传媒（集团）股份有限公司
春风文艺出版社
·沈阳·

图书在版编目（CIP）数据

中国当代文学理论批评史 . 1949—1976 / 孟繁华著
. — 沈阳 ： 春风文艺出版社, 2023.2
　　（中国当代文学研究代表作）
　　ISBN 978-7-5313-5931-9

　Ⅰ . ①中… Ⅱ . ①孟… Ⅲ . ①文艺学—思想史—中国
—1949-1976 Ⅳ . ①I209.7

中国版本图书馆 CIP 数据核字（2021）第 007584 号

北方联合出版传媒（集团）股份有限公司
春风文艺出版社出版发行
沈阳市和平区十一纬路 25 号　邮编：110003
辽宁新华印务有限公司印刷

责任编辑：姚宏越		助理编辑：孟芳芳	
责任校对：赵丹彤		装帧设计：陈天佑	
印制统筹：刘　成		幅面尺寸：155mm × 230mm	
字　　数：270 千字		印　　张：19.75	
版　　次：2023 年 2 月第 1 版		印　　次：2023 年 2 月第 1 次	
书　　号：ISBN 978-7-5313-5931-9			
定　　价：65.00 元			

绪论　政治文化规范中的当代文学理论批评

　　无论我们采用一种什么样的方式，对中国当代文学理论批评史的梳理或描述，都是相当困难的。一般说来，学术史是指专门的系统知识的变化和发展，是对该学科认知过程的清理和总结，它可以是比较的方法、思想史的方法、传记的方法或问题的方法等。但对中国当代文学理论批评史来说，由于它的特殊性，即在政治文化的规约中，它并没有在学科的知识层面充分地发展，因此它并没有被当作一个专门性的知识范畴。在 20 世纪 50—70 年代近三十年的漫长岁月里，它直接延续的仍是 40 年代以来延安的传统，战时的文艺思想和建设一个现代化国家的总体需求，也成为当代文学研究的主导思想。在这样的规约中，文学理论批评没有多少机会在自身的范畴内得以展开讨论，并取得相应的学术积累。我们发现，在近三十年的时间里，文学理论批评学术专著的匮乏是一个令人吃惊的事实，我们不仅没有对诸如文学语言学、叙事学、修辞学、符号学、接受理论、阐释学、现象学、知识社会学等进行过专门研究，甚至文学理论批评教科书的编写都成了一个问题。我们不缺乏的则是不间断的争论和批判，而每次争论的背后都潜隐着明晰可辨的意识形态话语。这样，也就形成了我们作为现代化后发国家文艺学发展的特色。也就是说，文学理论批评的发展始终是我们现代性焦虑的一部分，或者说，它是我们焦虑的表意形式之一。因此，我们在撰写这一时段的文学理论批评史的时候，有必要放弃对学科剥离或整合的幻觉期待，"结构"出一部本体意义上的文学理论批评史。这将是勉为其难的，它的每一步启动或发展，不仅与当代中国的政治生活息息相关，同时也联系着百年中国激进的思想传统。这与其他人文学科在当代发展所面临的问题是相同的。因此，我们有必要进入历史的细部，去考察当代中国文艺学发展的历史。在这个过程中，仅仅指出文学理论批评的研究受到压抑的不合理性是不够的，尽管这是一种普遍流行的思想方法。同时，我们还有必要揭示出，在现代性的允诺——代表未来的历史表达中，文学理论批评和它的知识生产者是如何一步步从迷顿、迟疑，演变为追随并倾心认同的。这一充满了问题的历史过程，是否也隐含了它的"必然性"；而确立并不断强调统一的文艺思想，为什么总是在不断的分化中遇到危机和挑战；这一统一的要求为什么会成为悖论的先在条件；等等。以上都需要我们在这部学术史中得到清理和回答。

政治文化和当代文学理论批评史

系统和专门的学问，它的生产和发展有内在的机制和规律，但它从来就不是自足的，特别是人文学科，它总要密切地与某一时期的政治、经济和文化现实相联系。关键词或核心语词是通过专业表达的方式，来对某一时期的社会提出问题或解决问题的。因此，在福柯看来，"一个语词只有进入特定话语的范畴才能获得意义，也才有被人说出的权力。否则，便要被贬入沉寂。特定的话语背后，总体现着某一时期的群体共识，一定的认知意愿"①。福柯在这里

---

① 米歇尔·福柯：《性史》，上海科学技术文献出版社，1989年版，第4—5页。

揭示的是，一个人的认识是否被接受，是否被视为"真理"，有赖于他的认识是否符合群体的共识①。而政治文化就是这一"群体共识"的一部分。1966年，美国著名政治学家加布里埃尔·阿尔蒙德在一部著作中对政治文化这一概念做出了如下权威性的界定：

政治文化是一个民族在特定时期流行的一套政治态度、信仰和感情。这个政治文化是本民族的历史和现在社会、经济、政治活动的进程所形成。人们在过去的经历中形成的态度类型对未来的政治行为有着重要的强制作用。政治文化影响各个担任政治角色者的行为、他们的政治要求内容和对法律的反应。②

根据不同政治学家对政治文化的解释，有人把政治文化概括为如下三个特征：一是它专门指向一个民族的群体政治心态，或该民族在政治方面的群体主观取向；二是它强调民族的历史和现实的社会运动对群体政治心态形式的影响；三是它注重群体政治心态对于群体政治行为的制约作用③。政治文化不是社会总体文化，但作为社会总体文化包容下的一部分，却可以被看作社会群体对政治的一种情感和态度的简约表达。既然政治文化规约了民族群体的政治心态和主观取向，那么，知识生产者作为民族群体的一部分，也必然要受到政治文化的规约和影响。尤其在中国，知识分子对公共事务的参与热情，使他们的学术活动很难与时事政治分离开来。梁启超在谈论晚明学者时指出：

---

① 米歇尔·福柯：《性史》，上海科学技术文献出版社，1989年版，第4—5页。
② 阿尔蒙德、鲍威尔：《比较政治学：体系、过程和政策》，曹沛林等译，上海译文出版社，1987年版，第29页。
③ 高毅：《法兰西风格：大革命的政治文化》，浙江人民出版社，1991年版，第7页。

这些学者虽生长在阳明学派空气之下，因为时势突变，他们的思想也像蚕蛾一般，经蜕化而得一新生命。他们对于明朝之亡，认为是学者社会的大耻辱大罪责，于是抛弃明心见性的空谈，专讲经世致用的实务。他们不是为学问而做学问，是为政治而做学问。他们许多人都把半生涯送在悲惨困苦的政治活动中。所做学问，原想用来做新政治建设的准备，到政治完全绝望，不得已才做学者生活。他们里头，因政治活动而死去的人很多，剩下生存的也断断不肯和满洲人合作，宁可把梦想的"经世致用之学"依旧托诸空言，但求改变学风以收将来的效果。①

　　黄梨洲、顾亭林、王船山、朱舜水等人的学风，便是在这样一种政治文化中形成的。这种情况不仅在中国学术史中随时可以遇到，即便在已经形成多元文化格局的西方，也被一些学者所坚持，伊格尔顿就认为，文学批评是一种政治批评，利用文学来促进某些道德价值，它不可能脱离某些思想意识的价值，"而且最终只能是某种特定的政治形式"。"那种认为存在'非政治'批评形式的看法只不过是一种神话，它会更有效地推进对文学的某些政治利用。"②

　　在当代中国，文艺学的发展同政治文化几乎是息息相关的，或者说是政治文化规约了文艺学发展的方向。虽然它被称为一个独立的学科，并形成了较为完备的知识体系，但是，它的思想来源、关注的问题、重要的观点等，并不完全取决于学科本身发展的需要，或者说，它也并非完全来自对文学艺术创作实践的总结或概括。一套相当完备的指导中国革命实践的理论，也同样是指导文艺学的理论。这一理论就是中国的马克思主义——毛泽东思想。在毛泽东思想的指导下，中华民族实现了建立一个独立、民主的现代化国家的

　　① 梁启超：《中国近三百年学术史》，东方出版社1996年版，第17—18页。
　　② 特里·伊格尔顿：《当代西方文学理论》，王逢振译，中国社会科学出版社，1988年版，第299—300页。

梦想，毛泽东作为一个具有超凡魅力的领袖，获得了全民族的衷心拥戴。对毛泽东的信赖和对毛泽东思想的信仰，成了一个时代流行的政治态度、信仰和情感。作为一种政治文化，它已融进民族群体的潜意识。作为文艺学知识生产者的群体，不仅要受到民族群体意识的影响，同时，旧的社会制度死亡之后，对于大多数学者来说，他们也需要自我认同的重新确认。"重新确认自己的认同，这不只是把握自己的一种方式，而且是把握世界的一种方式。新的信仰和自我认同需要新的社会制度作为实践条件，因此，寻找认同的过程就不只是一个心理的过程，而是一个直接参与政治、法律、道德、审美和其他社会实践的过程。这是一个主动与被动相交织的过程，一种无可奈何而又充满了试探的兴奋的过程。"① 因此，文艺学的知识生产，片面地强调受到意识形态压抑的说法，显然是存在问题的。从它的话语方式来说，它是意识形态统治在另一时代的表达式。事实上，知识生产者的实践过程，还存在着一个向实践条件寻求适应的过程，这种适应包括被动的思想改造、检讨、忏悔，向不熟悉的事物学习，当然更包括主动的妥协、退让，以期完全适应实践条件的要求。可以说，当代文艺学话语权力的拥有者，大多是解放区或延安时期的理论工作者，他们是新的社会制度——实践条件创立的参与者，他们熟悉规则和要求，因此，其理论"创造性"仍是相当旺盛的，他们理论的话语之流奔涌不息。而对新的实践条件缺乏了解或难以适应的人，不仅创造力锐减，而且理论工作或文学创作对他们来说，几乎是勉为其难的。更有甚者，他们为了坚持信仰的彻底性，无法同新的实践条件签署契约，而只能惨遭淘汰。这三种情况，可以分别以周扬、茅盾、胡风作为代表。可以说，他们都是具有杰出理论才能的人，但由于他们对新的实践条件的理解和适应程度不同，而有了不同的结局。因此，对新的实践条件的适应，是

---

① 汪晖：《汪晖自选集·自序》，广西师范大学出版社，1997 年版，第 2 页。

保证个人参与社会实践的基础。对试图建立新的信仰或被新信仰哺育成长的一代人来说，他们的内心始终洋溢着意识形态的冲动和兴奋，并逐渐成为他们内心支配性的力量或道德要求。也就是说，当"文艺为政治服务"成为文艺学研究的核心话语之后，主动地回应这种时代的询唤，也就成为文艺学研究者的情感需求，当初那种试探性的谨慎逐渐变为汪洋恣肆的激情。当代文艺学的建立和发展，也就是这一学科的学者在政治文化的规约下，不断统一认识、实现共识的过程。作为一个现代化后发国家，动员一切社会力量实现现代化国家的目标，本身就具有无可抗拒的感召力，作为知识分子，内心洋溢的国家民族关怀不经意地便会为这种话语所调动。文艺学虽然是一种专门的系统知识，但在社会需要这种知识为它的总体目标服务的时候，掌握了这种知识的专门家，即便不是期待已久，内心也充满了对此做出回应的极大热情。这里既有政治文化的规约，也有传统文化的影响。

政治文化与研究心态

政治文化揭示了由不同的人组成的社会群体在政治生活中的作用，并用"群体无意识"的概念揭示了民族群体的政治心态。关于这种心理结构特征，需要指出的是，埋藏在记忆深处的情感，并不是也不可能是自然生成的，而是通过不断的宣谕、教化等强加的方式形成的。这种群体无意识一旦形成之后，就会成为传统的惰性的领地。马克思主义心态史学家米歇尔·伏维尔认为：在这传统的惰性领地，时间在这里是静止的或几乎是静止的；而精英文化，则属于那种已经得到表达过的明确的意识形态，它不断地产生着革新和刺激的因素，具有冲动的、变化的和富于创造性的特点[1]。因此，

---

[1] 米歇尔·福柯：《性史》，上海科学技术文献出版社，1989年版，第14—15页。

伏维尔的史学理论特别重视事件与心态的辩证关系，而拒不认同新一代年鉴学派提出的"事件的复归"这一口号。

当代中国文学史和文学理论批评史的叙述，通常是以重大的政治事件作为重要标志的，这一叙述方式本身就意味着政治与文学及文艺学的等级关系和主从关系，也无意识地表达了研究者的心态，但这种叙述方式却难以揭示文学和文艺学发展过程中的真正问题。事实上，从研究心态上来说，学者始终没有从一种紧张、焦虑的状态中解脱出来。新中国成立后，曾有多次对文学理论的讨论，它的目标指向大多是文学如何更好地为政治服务，而并不是出于对具体的文学理论的兴趣。那些试图在专业的范畴内展开人生、体现自我价值的学者，怀着极大的热情参与进去，得到的却都是意想不到的结果。因此，在文艺学的研究领域内，便很快形成了共同的知识背景和话语形式，他们有了相同的取资范围，有了共同认可的规则，共同遵奉的评价标准，唯有如此，他们才可能在一个学术共同体中被认可和承认，才有可能以话语的方式进入社会实践。

对知识分子的独立思想和专业意识实行抑制，源于中国政治文化中的革命的观念体系。这一观念对人类通过意志来改变社会的能力抱有充分的信心，而且认为中国的群众，特别是农民才是历史的主要动力，对文化精英的作用始终是怀疑的，改造他们的思想一直是革命观念体系中的重要部分。知识分子虽然也被当作人民的一部分，但其情形与1917年后的俄国大体相似，"知识分子与人民是隔绝的，主观上没有与人民融合在一起。对知识分子来说，是我们知识分子还是人民这个两难的选择几乎是悲剧式的"[1]。1918年，俄罗斯科学院院长阿·彼·长尔宾斯基对造成这样认识的原因分析说："把需要专门技能的工作非常错误地理解成享有特权的反民主的工作……这成了群众与思想家、科学工作者之间一条不可逾越的

---

[1] 帕·瓦·沃洛布耶夫：《革命与人民》，载《"十月"的选择——90年代国外学者论十月革命》，刘淑春等主编，中央编译出版社，1997年版，第237页。

界线。"所以沃洛布耶夫认为:"长期以来,在人民的意识中知识分子被理解为'他们,这些老爷'。而与此同时,知识分子却不断地给所有社会主义政党,其中包括受到人民支持的政党,输送思想家和工作人员。"[1] 这种身份不明的现象,在 20 世纪 50—70 年代的中国持续地上演过。

为了消除知识分子掌握专门知识的优越感,当然也为了实现知识分子思想改造的长期性和制度化,"红与专"问题的提出就在理论上对其做出了合乎逻辑的阐发。潜心钻研业务被称为"白专道路",社会要求知识分子成为"红色专家"。因此,包括文艺学在内的知识范畴,事实上已无可避免地与意识形态教条构成了尖锐的冲突。缓释这一冲突的方式别无选择,只有以共同的取资范围和话语形式来换取个人独特的追求和思考。1958 年 7 月,有一份取名为《红与专》的杂志创刊。发刊词阐发其任务是:"高举革命红旗,遍插革命红旗。红旗是要人去插的,人是我们伟大事业的决定因素。使人成为既有高度觉悟又有专业本领的共产主义者,是我们共同的努力方向。"[2] 但发刊词强调的显然是思想意识问题,它指出:"无产阶级和资产阶级的斗争,兴无产阶级思想、灭资产阶级思想的斗争,还是一个长期的艰巨任务。十分需要继续加强党的政治思想工作,加强马克思列宁主义、毛泽东思想的理论宣传工作。"[3] 一方面是强调"红与专",一方面也强调"学术批判是深刻的自我革命"。《人民日报》在一篇社论中指出:

资产阶级知识分子包括搞自然科学、社会科学和哲学的在内,大都生于地主、资本家的家庭,受了资产阶级二十年左右的教育,

---

① 帕·瓦·沃洛布耶夫:《革命与人民》,载《"十月"的选择——90 年代国外学者论十月革命》,刘淑春等编,中央编译出版社 1997 年版,第 237–238 页。

② 《红与专》发刊词,1958 年 7 月创刊号。

③ 《红与专》发刊词,1958 年 7 月创刊号。

再进入社会，以"知识"为本钱为资产阶级服务。他们之中的少数人一直和反动政客为伍，全心全意为反动统治者服务，他们长年累月所思考的是如何找"根据"来为统治者粉饰，来为统治者散布大量有毒的思想。

另一种资产阶级知识分子，他们对蒋介石祸国殃民的政风有反感，他们却听信了资产阶级"为学术而学术""为科学而科学"的一套谎言。他们查资料、找文献，埋头于故纸堆；或找题目、钻窍门、孤立做研究。他们之中，有一部分人的目的在于一举成名，得到"黄金屋"和"颜如玉"；……有的人确实有一些真才实学。他们的知识是宝贵的，但是由于他们的治学方法是脱离实际、脱离生产、脱离劳动人民的，他们的学术思想是资产阶级的，再加上他们的个人名利思想，他们的宝贵的知识里面已经细菌密布，变质发臭。[1]

事实上，在这些严厉的指责之前，知识界已经经历了几次规模巨大的思想清理运动，知识分子如惊弓之鸟，他们甚至不知用什么样的方式来表达自己诚恳地接受改造、转变思想的决心或勇气。"在他们的岗位上，不再仅从个人兴趣出发，而极愿把自己的科学研究工作去配合国家的实际需要。学院式的生活，将成为过去的陈迹了。今后我们还要继续努力，肃清那些可能残留下来的坏影响，进一步发挥集体智慧，提高集体创造，来迎接经济建设与文化建设的高潮。"[2]他们表决心、尽忠心式的表述方式，在那个时代是普遍流行的。像茅盾这样资深的作家、理论家，除了阐释毛泽东文艺思想之外，很大一部分精力也用在"为了赶任务"而"常常写些小文章"，并认为："这十年来我所赶的任务是最为光荣的。在党的领导下，有

---

① 《学术批判是深刻的自我革命》，1958 年 8 月 30 日《人民日报》社论。
② 马寅初：《北京大学学报》（人文社科版）发刊词。

意识、有目的地鼓吹党的文艺方针和毛主席的文艺思想，这不是我们的最光荣的任务吗？"[1] 茅盾虽然是以一种欣然的语调谈论他的体会，但"赶任务"本身就隐含着一种唯恐不及的紧张和焦虑的心态。何其芳作为著名的诗人，20世纪50年代投入很大一部分精力"参加文艺界的思想斗争和政治斗争"[2]，他文章的题目中多用"批判""批评""保卫""反党反马克思主义"等充满战斗紧张的词语。何其芳当时的心态也可想而知。当一切成为历史之后，何其芳内心充满了遗憾和无奈，所谓"学诗学剑两无成，能敌万人更意倾。长恨操文多速朽，战中生长不知兵"[3]。"既无功业名当世，又乏文章答盛时"，"一生难改是书癖，百事无成徒赋诗"[4] 等，正是他这种心情的真实写照。类似茅盾、何其芳的心态，于当代文艺学学者来说，是相当普遍的。20世纪50年代曾发生过一场美学问题的大论战，它被学界认为是最具学术性的一次讨论，但参加者仍充满了内在的紧张。蔡仪、贺麟、李泽厚、黄药眠、蒋孔阳等名家都参加了讨论。它对于推动国内美学、文艺学的研究起到了极大的作用，但相互批判并上升到政治层面认识问题的方式仍是常见的。特别是对朱光潜先生的批判，使他很难从学术上的意义做出回应。

一方面是紧张的赶任务、参加斗争和批判，一方面则是不间断的检讨和忏悔。茅盾、郭沫若、冯雪峰、唐弢、王瑶等知名理论家、批评家，几乎都有检讨性的文字公开发表。其中尤以朱光潜的检讨最令人震撼，他的题目是：《我的文艺思想的反动性》。他不仅否定了自己的《文艺心理学》《谈美》《诗论》等早期著作，认为那是"一盘唯心思想的杂货摊，与中国过去封建的文艺思想、与欧美

① 茅盾：《鼓吹集·后记》，《茅盾评论选》（上），人民文学出版社1978年版，第214页。
② 何其芳：《没有批评就不能前进·序》，人民文学出版社1958年版。
③《何其芳诗稿》，上海文艺出版社1979年版，第141页。
④《何其芳诗稿》，上海文艺出版社1979年版，第133页。

许多反动的哲学、美学、心理学和文艺批评各方面的思想，都有千丝万缕的联系"①，而且从哲学思想上全面地做了自我否定。《文艺报》在编发这篇文章时加了"编者按语"，认为朱光潜在他的著作中"系统地宣传了唯心主义的美学思想"，他自我批判的"这种努力是应当欢迎的"。但这种必须检讨的不真实性在后来得到了证实。1983年《悲剧心理学》由张隆溪译成中文时，朱光潜为中译本写了序，他说："在我灵魂里植根的倒不是克罗齐的《美学原理》中的直觉说，而是尼采的《悲剧的诞生》中的酒神精神和日神精神。那么，为什么我1933年回国后……少谈叔本华和尼采呢？这是由于我有顾忌，胆怯，不诚实。"②这时朱光潜说的才是真实的。"顾忌、胆怯"，是那一时代许多学者的心态。因此，国外学者也认为："1949年以后大多数人文和社会科学研究以及文学创作更适合于从政治斗争的角度来分析，而不是从学术和文学的角度去分析。"③

可以说，国家意识形态对知识分子的态度是相当矛盾的：一方面，必须维护政治的权威，知识分子必须服从这个权威；另一方面，整齐划一的要求又使文学艺术从理论到创作不断地贫困化、单一化。因此，在要求文学艺术服务于政治的同时，又要不断地调整和放宽文艺政策。这样，20世纪50—70年代的文艺政策就时常出现相对严格和宽松的不同时期。但它的周期性震荡不仅没有缓解学者内在的紧张和压力，反而更加剧了他们的不安和焦虑。它的表达形式就是，一些人放弃了专业研究，宁愿以沉默换取平淡却平静的生活；一些人不再表达独立的思考，在平庸的流行思想中，放弃了学者的尊严、使命和责任，牺牲的则是道德准则和理性主义的代价。当然，这也诚如费正清在《伟大的中国革命》中所指出的那样："知识分

---

① 朱光潜：《我的文艺思想的反动性》，《文艺报》1956年第12号。
② 朱光潜：《悲剧心理学·中译本自序》，人民文学出版社1983年版，第2页。
③ 瓦格纳：《中华人民共和国的知识分子》，引自王景伦：《美国学者论中国》，时事出版社1996年版，第262—263页。

子和国家当局的关系，长期以来都是一个议论纷纭的主题。我们只要回忆一下西方经验是如何复杂和多种多样，就不难看出在中国情况下同样是复杂和多样化。如果我们不能看出这个来，那只不过由于我们的无知罢了。"

政治文化与研究范畴

在 20 世纪 50—70 年代这个时间范畴里，意识形态不仅表达了国家现代性追求的方式，同时它也是一切领域的决疑术，是知识范畴的意义体现，人们普遍相信意识形态可以处理所有的公共事务。就文艺学而言，它规约的范畴不仅是有限的，而且是自明的。1949年 7 月，来自解放区和国统区的文艺工作者会师北平，举行了第一次中华全国文学艺术工作者代表大会。这次盛会开启了当代中国文学的序幕，同时也明确规约了文艺学的研究范畴。大会重要的目的是"共同确定今后全国文艺工作的方针与任务"。周恩来、郭沫若、茅盾、周扬的几个重要报告，不仅共同体现了这一基本精神，而且都高度评价了毛泽东《在延安文艺座谈会上的讲话》的文艺思想。这些报告是结合《讲话》的精神来阐发今后全国文艺工作的方针与任务的。

值得注意的是，周扬与茅盾的报告虽然都在竭力体现《讲话》的精神，但对解放区和国统区文艺的评价，却形成了鲜明的对比。周扬是带着胜利者的骄傲和丰富成熟的经验走向会场的，他的报告充满了无可怀疑的自信，他阐述的是《新的人民的文艺》，而这一新的文艺形态的形成，就是在《讲话》思想的指导下实现的。周扬从文艺的主题、人物、语言、形式、思想性、艺术性、普及和提高、改造旧文艺、建立科学的文艺批评等方面，系统地表达了对"新的人民文艺"的理解。至于文学批评，则"必须是毛泽东文艺思想之具体应用，必须集中地表现广大工农群众及其干部的意见，必须经过批评来推动文艺工作者相互间的自我批评，必须通过批评来提高作品的思想性和艺术性。批评是实现对文艺工作的思想领导的重要方法"①。他用了四个"必须"，以强调这一阐发的重要和不可违背。批评"必须是毛泽东思想之具体应用"，不仅规约了批评的指导思想，而且规约了具体的范畴。实践证明，在近三十年的时间里，文学批评和文学研究，都严格地限定在对毛泽东文艺思想的阐发上，不同时期虽然有不同的侧重和不同的解释，但都没有偏离《讲话》的方向和精神，则是历史事实。

而茅盾的报告虽然肯定"在种种不利条件下，我们打了胜仗"，国统区文艺"还是有其显著成绩的"②，但它还是有"各种缺点"，其"基本根源"，则是由于"不能反映出当时社会中的主要矛盾与斗争"。茅盾还从理论上检讨了"人道主义""个人趣味""小资产阶级的思想观点""欧美资产阶级文艺的传统"等对国统区文艺的影响，并在文艺大众化的问题、文艺与政治关系问题、文艺的功能问题等方面，表达了对《讲话》的全面认同，而且不点名地批评了胡风的"主观论"，并在新的条件下把它当作"问题"要求"解决"。

茅盾对国统区理论问题的检讨，实际上已经宣告了这些问题的性质。过去在国统区可以讨论的情况，随着新时代的到来而成为过去，它不可能，也没有必要再进入理论研究的视野，因为它与"新的人民的文艺"是格格不入的，也是与《讲话》精神不相符的。至此，毛泽东文艺思想也从作为解放区的中国局部，而铺展到全中国，成为新时代唯一具有合法性的文艺思想。"五四"以来中国传统的"诗文评"向现代文学理论批评转变过程中的多音齐鸣、交相辉映的自由局面结束了，毛泽东的文艺思想统一了各种不同的认识，并作为

---

① 周扬：《新的人民的文艺》，载《中华全国文学艺术工作者代表大会纪念文集》，新华书店发行，1950年版，第96页。
② 茅盾：《在反动派压迫下斗争和发展的革命文艺》，载《中华全国文学艺术工作者代表大会纪念文集》，新华书店发行，1950年版，第45—46页。

时代的意志得到了普遍信仰。应该说，这与中国社会的历史进程是密切相关的。它是建立这种信仰的源泉之一。从政治上讲，一个世纪以来，前资本主义形式只为民族统一提供了相当脆弱的物质基础，要在这个基础上实现政治统一的任务实在是艰难的，但中国共产党却迅速地完成了它，这个伟大的、历史性的创举是独一无二的，它使所有的中国人都在共产党的身上看到了民族的前途。就文学艺术而言，解放区在《讲话》精神的指导下，艺术家们通过有效的组织，第一次创造了"新的人民的文艺"，中国文学史上也第一次出现了活泼、朗健、生动的民众形象，并通过这样的文艺实现了民族全体动员、建设一个现代国家的目标。历史的经验无可辩驳地昭示了未来，它使所有的文学艺术工作者没有理由拒绝《讲话》的精神。因此，毛泽东的文艺思想在那个时代能够深入人心，是有其历史原因的。

但是，这一源于经验主义的认识显然是存有问题的。其中最重要的一点，就是忽略了文学艺术自身的规律，忽略了文艺学作为一个知识范畴同文艺方针政策的区别，不能简单地把它们等同起来。在新的时代，文学艺术的创作和文艺学对自身的认识，必然要有新的发展。时代从方针政策的角度对文艺提出它统一的要求是可以理解的，作为国家意识形态的需要也是必要的，但是，在文学艺术和思想领域内，强制推行统一的意志，它所造成的后果，为此后几十年的历史实践所证实：统一意志反而总是在不断的分化中遇到危机和挑战，它的"合理性"总是不断遭到"合理性"的质询。因此，"一体化"并没有也不可能解决文艺学发展过程中的问题，反而加大了问题的复杂性。文艺学在本体论意义上存在的需要认识的问题，是《讲话》或毛泽东文艺思想所不能涵盖的，而突破限定的研究范畴就成为学科发展的内在要求。在这个意义上也可以说，是统一的意志培育了它的危机——分化的可能；分化不仅成为统一时代的表征，而且，当"一体化"发展到极端的形式，也就是"文化大革命"的时代，它终于在无限膨胀中彻底崩溃。

政治文化对文艺学的规约，是这一时代最突出的特征之一，但并不是全部，它还与学术的承传方式、科研体制、学者的社会地位以及检查制度密切相关。因此，这些文艺学生产的外部环境和条件，同样要进入我们的研究视野。也只有如此，才能揭示当代文艺学为什么会呈现这样一种形态。

目　录

第一章　毛泽东文艺思想及内部结构

对当代中国文学理论批评史的理解和叙述，离不开对毛泽东文艺思想的理解，从某种意义上也可以说，对毛泽东文艺思想的理解和认识，是阐发中国当代文学理论批评发展的关键。这不只是说，毛泽东的文艺思想指导或规范了文学理论批评的范畴和方向，在那一时代是至高的文艺思想，并形成了当代中国独特的文学理论批评思想形态；同时，作为民族重要的精神遗产，在今天仍挥发着它巨大的影响。它像马克思主义一样，不仅作为研究对象为我们长久地关注，而且仍然是我们重要的思想来源之一，指导、支配、影响着文学理论批评研究以及我们的思维和情感方式。

毛泽东文艺思想虽然在新中国成立后才在全国范围内得到贯彻和执行，但它在延安时期就已经成熟，并在局部地区付诸实践。《实践论》《矛盾论》等哲学著作，构成了毛泽东文艺思想的哲学基础；《新民主主义论》构筑了新文化的蓝图；《在延安文艺座谈会上的讲话》则具体指出了文学艺术的发展方向。这些内容不同的著作从不同的方面表达了毛泽东的文艺思想，并确定了它的基本主题。值得我们注意的是，毛泽东并不是在文艺学的知识范畴内来阐发他的文艺思想的，而是将其作为"中国的马克思主义"的一部分，是他实现社会变革整体思想的一部分。因此，就他的文艺思想来说，虽然与马列主义、中国文化传统，甚至造反小说都有联系，但它的源流关系很难找出一脉相承的明晰线索，甚至模糊了古今中外的界限。这也符合对毛泽东思想的整体理解。或者说，毛泽东的思想既来自马克思列宁主义的经典学说，也与中国传统文化有密切的关系，但它更来自中国革命的具体实践，来自他对中国革命特殊性的理解和想象。这也是他与专事理论创造和知识建构的一般学者的区别。因此，对毛泽东文艺思想的理解，必须同他的整体思想联系起来才能找到切实的依据。也就是说，无论是文艺学思想理论还是文学艺术作品，在毛泽东看来，都更具有工具的价值，他更愿意从文艺理论或文学作品中汲取有利于实现社会变革的某些观念，那些与社会变革无关甚至抵触的思想观念，遭到批评和排斥就是意料之中的。

我们都承认毛泽东是一位伟大的马克思主义者，这是没有疑问的；毛泽东反对尊孔读经，也是随处可以找到根据的。但是，作为无产阶级伟大的思想家、革命家，以及中国革命实践的指导者，毛泽东并不是简单地继承了马列主义的要义，也并不是全盘否定了中国的传统经学，面对中外丰富的思想遗产，他不仅师其义，更注重师其心，他不是教条地、书卷气地按章循句，而是注重对其"大本大源"的寻求："全幅工夫，向大本大源探讨，探讨既得，既然足以解释一切，而枝叶扶疏，不宜妄论短长，占去日力。"[①] 这不仅反映了青年毛泽东的抱负和对学问的态度，同时作为一种个人气质也直接影响了毛泽东创造性格的形成。他信仰马克思主义，但他更关心的是马克思主义的中国化：

共产党员是国际主义的马克思主义者，但是马克思主义必须和我国的具体特点相结合并通过一定的民族形式才能实现。马克思列

---

① 毛泽东 1917 年 8 月 23 日给黎锦熙的信。

宁主义的伟大力量，就在于它是和各个国家具体的革命实践相联系的。对于中国共产党来说，就是要学会把马克思列宁主义的理论应用于中国的具体环境。成为伟大的中华民族的一部分而和这个民族血肉相连的共产党员，离开中国特点来谈马克思主义，只是抽象的空洞的马克思主义。因此，使马克思主义在中国具体化，使之在其每一表现中带着必须有的中国的特性，即是说，按照中国的特点去应用它，成为全党亟待了解并亟须解决的问题。[①]

因此，把马克思主义的普遍真理同中国革命的具体实践相结合，并创造出适于中国革命特点的民族形式，是毛泽东思想的一大特色。

在他社会变革的总体结构中，文学理论批评从来不曾作为一个独立的单元存在，而是实现社会变革目标的工具之一。他并不否认功利的需求："唯物主义者并不一般地反对功利主义……世界上没有什么超功利主义，在阶级社会里，不是这一阶级的功利主义，就是那一阶级的功利主义。"[②] 他自信是代表最广大群众的目前利益和将来利益的，因此是无产阶级的、革命的功利主义者。毛泽东对中国革命和所处环境的理解与认识，决定了他在组织一个现代国家的过程中，不可能采取缓慢的渐进方式，他必须尽可能地动员一切力量，让最广大的人民大众参与到他宏伟的设想和目标的实践中去。这时他的"功利主义"就是对于效率的强调。而效率不仅含有速度的紧迫感，同时更要有实效性，它需要在实践中受到检验，并在实践中不断得以修正。这种修正和变化，常常使毛泽东在不同的历史处境中对同一问题表达出不同的看法，因此使他的思想具有一种"非连续性"的特征。这也是后来在许多问题的争论中，大家都引用毛泽东的观点，却得出了不同结论的原因之一。也就是说，在毛泽东

---

① 《毛泽东选集》第 2 卷，第 499—500 页。

② 毛泽东：《在延安文艺座谈会上的讲话》，《毛泽东选集》，人民出版社 1991 年版，第 864 页。

看来，由于中国的特殊性，在实现现代国家的目标过程中，并没有现成的、完整的方案。这时，他对于文学理论批评或文学艺术作品所期待的，就是能够帮助动员最广大的人民群众，把人民组织到实现伟大构想的行动中去。因此，他特别强调文艺的大众化、民族形式、中国风格和中国气派，特别强调"新文化"和创作出能体现新文化的新形象。而这些，是传统的中国文艺思想和西方文艺学教科书所无法承担的。"我们讨论问题，应当从实际出发，不是从定义出发。如果我们按照教科书，找到什么是文学、什么是艺术的定义，然后按照它们来规定今天文艺运动的方针，来评判今天所发生的各种见解和争论，这种方法是不正确的。"① 在这个意义上，书本上的知识才被宣布是无用的。毛泽东的文艺思想，是他把马克思主义在中国具体化的一部分，他把复杂多样的文艺功能简约地诉诸"为政治服务"，这本身既是效率的体现，同时又是实现效率的手段。

为政治服务统一了各种文艺功能观，并在延安时期得到彻底的贯彻。1949年以后，延安模式普遍化，进一步实施着毛泽东关于新文化的猜想，同时也保留了它战时的许多特征，这是思想文化领域不断处于周期性震荡的原因之一。历史已经悄然远去，但毛泽东文艺思想不仅仍在产生着巨大的影响，而且作为东方现代性经验的一部分，也为学者们格外关注。文艺学学术史不仅要指出毛泽东文艺思想的独特意义，同时也有必要揭示它的内部结构以及相互间的联系，而其间的复杂性尤其值得我们注意。事实上，我们的叙述无论怎样自圆其说，仍然是一种"虚构"，它不可能穷尽毛泽东文艺思想的内涵，这也正是毛泽东作为一个伟大人物的丰富性魅力。因此，这里所谈论的，显然还是毛泽东文艺思想的一个侧面。

---

① 毛泽东:《在延安文艺座谈会上的讲话》,《毛泽东选集》, 人民文学出版社1991年版, 第853页。

第一节　新文化猜想与战时文艺主张

20世纪50年代以来，流行的文学理论批评教科书都强调文学的上层建筑性质，上层建筑是由经济基础决定的，社会主义的经济基础决定了它的上层建筑，因此也决定了社会主义文学与一切旧文学的本质区别。这一流行的观点来自毛泽东的《新民主主义论》，毛泽东认为："一定的文化（当作观念形态的文化）是一定社会的政治和经济的反映，又给予伟大影响和作用于一定社会的政治和经济；而经济是基础，政治则是经济的集中表现。这是我们对于文化和政治、经济的关系及政治和经济的关系的基本观点。"①毛泽东的这一观点显然来自马克思的《政治经济学批判》序言。马克思认为："物质生活的生产方式制约着整个社会生活、政治生活和精神生活的过程。不是人们的意识决定人们的存在，相反，是人们的社会存在决定人们的意识。社会的物质生产力发展到一定阶段，便同它们一直在其活动的现存生产关系或财产关系（这只是生产关系的法律用语）中发生矛盾。于是这些关系便由生产力的发展形式变成生产力的桎梏。那时社会革命的时代就到来了。随着经济基础的变更，全部庞大的上层建筑也或快或慢地发生变革。"②作为一种根本性的指导思想，它是重建中国新文化的理论依据。从1949年2月北平刚刚解放开始，肃清帝国主义文化、批判封建主义思想就开始展开，它是改造旧的意识形态／上层建筑的一部分。这时，对资产阶级思想采取的还是慎重的态度，与肃清帝国主义、封建主义文化思想不同的是，"对于资产阶级、小资产阶级、农民阶级的思想体系，即非马列主义、非无产阶级的思想体系，要批评，但不能肃清，

---

① 《毛泽东著作选读》（上），人民出版社1986年版，第350页。
② 《马克思恩格斯选集》第2卷，人民出版社1972年版，第82页。

也肃不清"①。它的依据仍然是经济基础决定的，也就是说，新民主主义社会阶段，资产阶级、小资产阶级、农民阶级的经济允许其存在和发展，它们的思想也就获得了合法性依据。但是，这一理论阐述，包括1949年中国人民政治协商会议第一届全体会议通过的、作为新中国成立根本大法的《中国人民政治协商会议共同纲领》规定的，建设有中国特色的新民主主义新文化，又允许非马克思主义思想合法存在的允诺，并没有在实践中得以实现。或者说，新文化仍在猜想和重建的过程中，它还没有也不可能有一个相对完整、成熟的形态。但是，那些旧文化都是清楚的，"不把这种东西打倒，什么新文化都是建立不起来的"②。这就是毛泽东对"破"与"立"关系的理解。尔后，由于形势的发展和意识形态的需要，事实上对资产阶级思想的批判和清算，被当作意识形态领域的一个长期任务。批俞平伯、批胡适以及不间断的思想教育、思想改造运动，都是针对资产阶级思想进行的。

（一）新文化和现代乌托邦

从经济基础决定上层建筑的理论出发来理解新文化的建设，虽然在理论上使问题得到了解决，但仍存在对新文化具体理解和表达的问题。毛泽东曾对此有过不同的表达，"所谓中华民族的新文化，就是新民主主义的文化"，"所谓新民主主义的文化，一句话，就是无产阶级领导的人民大众的反帝反封建的文化"③。这种新文化的阐发，还是建立在破坏旧文化基础上的，是以断裂的方式实现变革的。毛泽东虽然没有从正面回答他提出的问题。但是，在毛泽东不同的著作中，我们仍可发现他对新文化的猜想和期待，这是一种

①《刘少奇选集》（下），人民出版社1985年版，第82页。
②毛泽东：《新民主主义论》，《毛泽东选集》，人民出版社1991年版，第695页。
③毛泽东：《新民主主义论》，《毛泽东选集》，人民出版社1991年版，第698页。

"革命的民族文化"，它要具有"民族的形式、新民主主义的内容"，它要具有"新鲜活泼的、为中国老百姓所喜闻乐见的中国作风和中国气派"，是"为了人民大众"的、是"比普通的实际生活更高、更强烈、更有集中性、更典型、更理想，因此就更带普遍性"的，是"政治标准第一、艺术标准第二"的，等等。它是新文化的要求，也是文艺学所要研究的对象。

要建设新文化，必然要批判旧文化；要创造新生活，必然要否定、排斥日常生活。从 20 世纪 50 年代开始，文学艺术理论始终在探讨如何才能创造出富于新文化、新生活的文学艺术作品。关于英雄人物的讨论、典型的讨论、美学问题的讨论、"两结合"创作方法的提出、向民歌学习一直到"三突出"理论的出现，事实上都是以文艺学的方式实现新文化建设的努力和尝试，是《讲话》要求写出"新的人物新的世界"的具体的理论探讨。在新文化猜想和具体实践的过程中，我们发现，新文化所要求的文学艺术和试图塑造的新生活，是一个不断要求净化、纯粹、透明的文学艺术和生活，只有这样的文学艺术和它反映的生活才是社会主义的。文艺学正是经历了一个不断地阐释它的可能性和合理性的全过程。也正因为指导文学艺术生产的文艺学理论，与新文化猜想所要达到的境地总是存在着距离，所以才出现了文艺理论不断调整、变化的内在紧张，一直发展到"三突出"创作原则，体现新文化、新生活特征的"样板"的出现。因此张春桥说，无产阶级文艺，从《国际歌》到"革命样板戏"，这中间一百多年是一个空白。

这种净化、纯粹、透明的文艺生产要求，其思想来源是毛泽东的道德理想。"老三篇"——《为人民服务》《纪念白求恩》《愚公移山》，洋溢着毛泽东对道德理想的诗意向往和赞颂的激情：张思德为人民的利益而死，他的死比泰山还重；纪念白求恩，就是要学习他毫无自私自利之心的精神，"一个人的能力有大小，但只要有这点精神，就是一个高尚的人，一个纯粹的人，一个有道德的人，一个脱离了低级趣味的人，一个有益于人民的人"；而愚公挖山不止，坚韧不拔、充满了战胜自然的乐观精神等，一起构成了新的道德理想的内涵。应该说这一道德理想充满了一种无可抗拒的感召力和询唤力，它既能够唤起人的献身冲动、圣洁向往、自我克制，又能够让人从中窥见个人的不洁和卑微。这就是道德理想作为一种观念的力量。因此，当代文艺学从某种意义上也可以说，是不断催发、推动、促进道德理想普泛化的文艺理论。

与此相联系的是问题的另一方面，即对不符合这一道德理想规范的或与此相抵触的观念的批判。纯粹透明的理论要求不能容忍日常生活的多样性和复杂化，不能容忍诸如人性、人情、人道主义及现代主义的滋长，"中间人物"和"无冲突论"因不符合理想精神而遭到拒绝和批判。新中国成立后，萧也牧的《我们夫妇之间》、宗璞的《红豆》、陆文夫的《小巷深处》、邓友梅的《在悬崖上》等受到批判，都是因为这些作品写了"家务事，儿女情"，它的缠绵、多情、抑郁或痛苦，因不符合道德理想的纯粹和透明而被指认为资产阶级的思想感情。而巴人、王淑明、钱谷融等对人性、人情、人道主义的张扬和辩护，自然也就失去了合法性依据。当然，这种批判不仅针对文艺思想，它对于来自党内的官僚主义、贪污腐化、宗派活动、自由主义等，都将施以同样的批判或打击。"文化大革命"中，"资产阶级"文艺思想和"走资本主义道路的当权派"同时得到清算，证实道德理想不仅将政治生活革命化，也将日常生活革命化。

对人的道德理想的要求和精神作用的强调，反映了毛泽东文艺思想中的"唯意志论"成分。美国学者莫里斯·迈斯纳在分析毛泽东未来观中的乌托邦成分时指出："毛泽东的社会主义道德特别注重斗争、自我牺牲、自我否定的禁欲主义价值观念。"在他的观念中，"创造历史、实现共产主义理想方面起关键作用的，只是那些富于固有的革命精神和道德观念的人"①。值得注意的是，毛泽东道德观念的社会来源并非来自无产阶级的产业工人，而是来自他记忆中深刻的乡村观念，特别是经过理想化、诗意化的传统中国农民。对农民美德的评价，本来依据的是个人标准和文化信念，但他却把它幻化成最有可能产生新文化甚至共产主义道德的重要资源和构成要素。

毛泽东新文化猜想中的道德观念，因强调精神的巨大作用，因此对人的思想改造格外重视，特别是对知识分子的改造，被认为是一个长期的任务。这与他所认为的知识分子思想复杂、不那么纯粹透明有关。但是，在不断强化思想改造的过程中，却在无意间将改造的手段转换成了目的。也就是说，通过思想改造、不断强化无产阶级思想，是实现共产主义思想的过程和手段，但在实践中却成了目的本身。从延安时期的"下乡运动"始，这种改造的方式就成为一种行之有效并经常使用的方式，也就是后来被称为"洗澡"运动的方式。当然，这也与延安时期的经验有关，在理论的指导下，文艺工作者通过思想的置换，终于产生了具有新文化特征的作品。文艺生产的"逆向性特征"②在延安时期取得了成功，这一经验也给毛泽东的信念以巨大的支持。

但是，毛泽东对新文化的猜想，不仅具有浓重的乌托邦成分，而且也存在阻碍现实的诸多矛盾。他不断调整文艺方针政策，试图以断裂的形式开启新的文化时代，但他的个人气质、趣味和文学实践，显然都与他提出的新文化猜想存在距离。一位美国作家曾这样描绘他："有着大学教授的气质。……他戴着一顶布帽子，你也注意到他有着圆圆的农民的脸型，不大的鼻子和一双深沉的眼睛——

---

① 莫里斯·迈斯纳：《毛泽东主义未来观中的乌托邦成分和非理想化成分》，萧延中等编：《外国学者评毛泽东》第3卷，中国工人出版社1997年版，第109页。

② 王富仁：《中国近现代文化和文学发展的逆向性特征》，《文学评论》1989年第2期。

但是一旦脱去帽子，他那农民的样子就消失了……除去了帽子，毛泽东就显现出一个学者所当有的全部特征。"[①]因此，尽管毛泽东出身于农民家庭，并在文章中尽量使用民间俗语，把他的理论通俗化，但仍然不难识别他与农民或普通人的区别。他的气质与手势，显示的仍然是"超凡魅力型"的领袖的印象。

作为一个浪漫主义诗人，他倡导民族形式，倡导向民歌学习，但他写作的旧体诗词，无论是情怀、气势或他的独特词语，要想使劳动人民能够理解是相当困难的。他所使用的旧形式，也是"封建文化"的一部分，却并没有妨碍他现代革命情怀的表达。这同他1923年在湖南办自修大学，综合了古代书院自由研究的精神和现代学校的科学内容，其思路和形式是相似的[②]。而在他的作品中，同样表达了他所具有的普通人的丰富情感，甚至更强烈和优雅，他的情感关怀也不免知识分子的倾向。聂华苓和保罗·昂格尔发现，那首著名的《七律·到韶山》，"既没有提到他最爱吃的当地著名的辣椒，也没有提及他那严厉的半文盲的父亲以及慈祥的不识字的而又虔诚地信仰佛教的母亲，也没有他曾挑送过肥料的田野。但是却提到了他曾经见到过的农民在暴动中高举着的长矛。因此，准确的说法也许是——把革命的浪漫的现实主义的酒，装进古老然而美丽的古典形式的瓶子里[③]。此外，他用现代汉语表达他系统的革命策略和政策，却用古典的"评点"形式批注了大量的书。其中对《红楼梦》《三国演义》《水浒传》《西游记》《聊斋志异》的评点，显然类似于传统中国"诗文评"的形式。这些不被他提倡却又被他不断应用的旧形式，是不能在他新文化猜想的视野里得到解释的。

---

① 罗伯特·佩恩：《中国的觉醒》，萧延中等编：《外国学者评毛泽东》第3卷，中国工人出版社1997年版，第424页。

②《自修大学宣言》，《东方杂志》第20卷第6号，1923年3月1日。

③ 聂华苓、保罗·昂格尔：《革命的领袖、浪漫的诗人》，萧延中等编：《外国学者评毛泽东》第3卷，中国工人出版社，1997年版，第421页。

因此，毛泽东的新文化猜想有鲜明的现代乌托邦色彩。

之所以说它是现代乌托邦，是与通常的乌托邦完美幻想对比而言的：

几乎所有的乌托邦设想都没有想到变化，这种说法是正确的。共同的假设是，这种设想一旦在世界上成为现实——假如可能的话——它将无限期地处于它一开始的形式中。"秩序癖"主宰着乌托邦思想。乌托邦强大的动力就在于它能从绝顶的混乱和无秩序中拯救世界。乌托邦是个关于秩序、安宁、平静的梦幻。其背景是历史的噩梦。与此同时，秩序每每都被认为是人间事物所能达到的完善，或近乎完善。说实话，一位既具有秩序癖又自以为拥有完美（或近乎完美）设想的思想家，怎么能够心情舒畅地听任变化发生呢？……从定义出发，背离完美状态的变化必然会导致坏的结局。因此，要想在乌托邦中注入变化的可能性就必须同乌托邦思想的通常前提妥协。①

而这种不变的历史惰性在毛泽东的现代乌托邦中是不存在的，它渴望变化和运动使它成为不是静止的未来想象。

（二）战时的文艺主张

毛泽东系统的文艺主张提出的历史背景，是中华民族摆脱战争危机、实现民族解放的特殊时期。战争作为时代最大的政治，就不能不考虑它的特殊性，统一的意志、高度的组织、最大的效率，是获得战争胜利的必要条件。民主、自由、个体的要求，必须限定于

---

① 乔治·凯特伯编：《乌托邦》，萧延中等编：《外国学者评毛泽东》第3卷，中国工人出版社，1997年版，第118页。

历史的特殊性之内，一切为了战争，一切组织和斗争都是为了配合和服务战争的。毛泽东在《中国的特点和革命战争》一文中反复强调了这一点。应该说，这一时期毛泽东论述战争的文章是最多的。《论反对日本帝国主义的策略》《中国革命战争的战略问题》《论持久战》《中国共产党在民族战争中的地位》等文章中，他一方面从战略和策略的角度指导战争，一方面纠正批评不利于战争的错误思想。自由主义、个人主义、主观主义、教条主义、本本主义，都是他的批评对象。而统一的意志所强调的就是服从：个人服从组织，少数服从多数，下级服从上级，全党服从中央。高度的组织和统一的意志是密切相关的，而这些都是为了提高解决战争的效率。毛泽东的"一切为了战争"的思想，在文艺界得到了积极的回应，周扬在《抗战时期的文学》中说："为了救国，应该利用一切可能的手段。文艺是许多手段中的一种，文艺家首先应该使用自己最长于使用的工具……先是国民然后才是文艺家。"[1] 战争的非常态化，使理论变得更为激进，夏衍甚至认为，"抗战以来，'文艺'的定义和观感都改变了，文艺再不是少数人和文化人自赏的东西，而变成了组织和教育大众的工具"，那种"艺术至上主义者"，便会被指认为创作"汉奸"文学。[2] 文学服从于战争，在这个时代已不容置疑。

"效率"，在那个时代是毛泽东尤为重视的。在《反对党八股》中，他批评了那种长而空的文风，号召"研究一下文章怎样写得短些，写得精粹些"，并且要有内容。他不仅自己是倡导者，而且他的写作实践也实现了这一点，这些显然是为了提高战争时期的效率而做出的顽强努力。因此，作为战争时期的文学艺术，作为"一条战线"，也必须服务于战争。他强调文学艺术是"革命机器"上的"齿轮和螺丝钉"，这是来自列宁《党的组织和党的文学》的观点。但他却没有

①《周扬文集》第 1 卷，人民文学出版社 1984 年版，第 234 页。
②夏衍：《抗战以来文艺的展望》，《文学运动史料》第 4 册，上海教育出版社 1979 年版，第 34—35 页。

同时谈到列宁在同一篇文章中，对文学艺术必须保证有个人创造性和个人爱好的广阔天地，有思想和幻想、形式和内容的广阔天地的看法。在特殊的战争时期，这显然有毛泽东一切服务于战争的策略考虑。

文学艺术体现效率的观念，在毛泽东那里就是大众文学和民族形式，这两点都与简约明了有关。也就是说，只有通俗易懂的中国作风和中国气派，才能表达中国文艺的主体性和独特性，才能迅速为战时的民众所接受并理解，从而实现全民抗战的目标。而对于中国来说，"百分之八十的人口是农民"，"因此农民问题，就成了中国革命的基本问题，农民的力量，是中国革命的主要力量"[1]。因此，简约明了的内在要求，显然是针对占人口绝大多数的农民而言的。只有简约明了，通俗易懂，才能调动中国革命的主要力量并为他们服务。于是，就当时的义学艺术，从语言到形式就出现了一个如德里克所说的"转译"的问题。也就是说，如何把传统文化、外来文化和"五四"以来的新文化，"转译"为革命的政治内容和通俗易懂的形式。而首先遇到的问题就是资源的问题：

谁来确定民族的本质内涵？由谁提出民族文化的语言？这个问题对于中国的知识分子来说，在20世纪30年代的民族危机中间已经很迫切；他们对"古老的"精英文化和20年代的西方主义都抱怀疑态度。他们带着现代性在中国的历史经验中寻求一种新的文化源泉；这种文化将会是中国的，因为它植根于中国的经验；但同时又是当代的，因为这一经验不可避免地是现代的。不少人认为"人民"的文化，特别是乡村人民的文化，为创造一种本土的现代文化提供了最佳希望。[2]

---

[1] 夏衍：《抗战以来文艺的展望》，《文学运动史料》第4册，上海教育出版社1979年版，第34—35页。

[2] 阿瑞夫·德里克：《现代主义和反现代主义——毛泽东的马克思主义》，萧延中等编：《外国学者评毛泽东》第1卷，中国工人出版社1997年版，第217—218页。

延安时期的"下乡运动"，显然是寻找这一源泉的有效实践。它一方面改造了知识分子自身，一方面实现了文艺从语言到形式的"转译"过程，也实现了文艺普及的目的。后来周扬在《新的人民的文艺》中总结说"解放区的文艺，由于反映了工农群众的斗争，又采取了群众熟悉的形式，对群众和干部产生了最大的动员作用与教育作用"，也正是实现效率的自豪表达。

"转译"首先体现在语言上，这在民族形式的讨论中被许多人所意识到。而民间语言首先是被选择的对象。高长虹说："民间语言，是民族形式的真正的中心源泉。"[①]在"转译"的问题上，是民间语言解决了操作层面的问题。这也是五四新文化运动中提出的"平民文学"或"明了的通俗的社会文学"的再发展，即从它的都市性转变为乡村性。因此，民间语言的具体所指，是中国乡村的农民语言。由于这种语言流通形式的口头性，它无法在传媒或文献中获得，它的生命力也正体现于民间的传播中，因此，对其鲜活性的了解与体验，只有"下乡"才能获得。而这一策略性的选择，与文学艺术面对的基本对象——农民——是直接联系在一起的。那一时代普遍流行的街头诗、秧歌剧、朗诵诗、战地通讯等，共同拓展了一个巨大的公共话语空间，而效率的体现，正是在这个广阔的公共话语空间中无处不在的。周扬后来说："农民和战士看了《白毛女》《血泪仇》《刘胡兰》之后激起了阶级敌忾，燃起了复仇火焰，他们愤怒地叫出'为喜儿报仇''为王仁厚报仇''为刘胡兰报仇'的响亮口号"[②]。

无可怀疑，战时文艺主张的效率要求，有其历史的合理性，但是它不需要多元和丰富的策略性考虑，这与文艺学内在的要求显然是冲突的。而1949年新中国成立后，战时文艺的主张和策略一直延

---

① 长虹：《民间语言，民族形式的真正的中心源泉》，《新蜀道》副刊《蜀道》1940年9月14日。

② 周扬：《新的人民的文艺》，《周扬文集》第一卷，人民文学出版社，1984年版，第520页。

续下来，那边缘性的民间语言因其效率性仍被广泛倡导。战时的紧张，并没有得到缓释。与群众动员的策略相似的，是新中国成立后群众运动的持续开展，有的资料统计说，从 1949 年到 1976 年，全国性的运动就有 70 多次，而地区一级的运动还要多几倍①。当战时的危机转化为落后的焦虑时，群众动员仍是摆脱这一焦虑的主要方式，而它所强调的仍是统一的意志和高度的组织。文学艺术就理所当然地处在这种统一的结构中。对那些试图游离或摆脱统一和组织结构的文艺思想，只能施以不断的批判，而它所使用的词语同战争文化中的常用词语如出一辙，比如"战线""战斗""反击""进攻""摧毁"等。

转入现代化建设，大工业生产对组织和秩序的要求有很大的相似性，战时的经验几乎稍加改造就可直接运用，就其策略方式来说，也为现代化后发国家提供了简捷的途径。第一个五年计划期间国民经济的快速增长，带来了中国实现工业化的信心，同时也带来了不切实际地尽快实现这一目标的幻想。"赶英超美""大跃进""跑步进入共产主义"等，就是这一幻想的直接表达。在文艺"战线"上，一方面在理论上倡导"革命的现实主义和革命的浪漫主义相结合"，一方面在创作实践上大搞民歌的群众运动，而倡导的原因则是它是"促进生产力的诗歌"②。对这种浪漫的想象，起支配作用的，仍是战时的群众动员、"兵民是胜利之本"的思想。从"延安民歌""大跃进民歌"到"小靳庄诗歌"，是这一思想合乎逻辑的发展和延续。文艺理论也仍然像战时一样，围绕着阐释毛泽东思想的合理性展开。它效率的原则一直持续到"文化大革命"。应该说，也只有到了"文化大革命"，出现了"样板戏"之后，"草鞋没样，边打边像"的即兴创作方式，才找到了"像"的范本，新文化的猜想才得以实现。

---

① 理查德·马德森：《毛泽东时代的群众动员》，萧延中等编：《外国学者评毛泽东》第 3 卷，中国工人出版社 1997 年版，第 101 页。

② 《大规模地收集全国民歌》，1958 年 4 月 14 日《人民日报》社论。

而它取自革命历史和现实建设的题材，从来都没有离开过"战斗"的主题。只有在斗争中，人才有可能最大限度地简约为纯粹、透明的一代新人，日常生活的复杂性才可能为战斗的激情和献身的渴望所置换。然而，也就是在新文化的范本找到的时候，它自身存在的潜伏已久的危机——激进斗争神学的危机，才终于浮出历史地表。

第二节　亲和民众的思想倾向

民粹主义作为一个政治学概念，虽然最初被用俄语命名，但作为一种思潮潮流，它是相当复杂的。已有的研究表明，在 18 到 19 世纪的英国，就曾出现过科贝特、柯尔律治、卡莱尔等具有民粹主义思想倾向的思想家，在法国，除了卢梭、马拉之外，还有像博纳尔、拉梅内、迈斯尔等民粹主义思想家，而在德国、印度、日本等国家，也都产生过民粹主义的思想。因此，作为一种巨大的思想脉流，民粹主义几乎很难用系谱的方法梳理清楚。但俄国的民粹主义来源于法国大革命的思想家，如卢梭、马拉等，则是可以肯定的。巴枯宁、拉甫罗夫、赫尔岑、别林斯基等，都曾不同程度地受到法国民粹主义的影响[1]。尽管如此，俄国的民粹主义者仍然是十分不同的。斯拉夫主义者、无政府主义者、平民知识分子、西方主义者和 20 世纪 70 年代的革命者，都不乏民粹主义的信仰。但无论他们有多大区别，"把人民看作真理的支柱，这种信念一直是民粹主义的基础"[2]。应该说，俄国的民粹主义者是相当虔诚的，与纯朴的人民相比，他们深怀忏悔意识，在感受不到自己是人民的一部分的时候，为了"当鞋匠"而造反，并模仿人民的生活方式，剪短了头发，买俄罗斯式的服装，在街道上接待波斯人[3]。这些忏悔的贵族知识分子的真诚

---

① 朱学勤在《道德理想国的覆灭》一书中，对此有详细的揭示。
② 别尔嘉耶夫：《俄罗斯思想》，生活·读书·新知三联书店1995年版，第102页。
③ 别尔嘉耶夫：《俄罗斯思想》，生活·读书·新知三联书店1995年版，第102页。

和道德感充满了诗意,他们内心洋溢的高尚动机和后来的悲惨命运,也是十分感人的:"他们不仅受到政府方面的迫害,而且人民本身也没有接受他们,这是由于人民有与知识分子不同的世界观,不同的信仰。有时,农民把民粹派知识分子泄露给政权的代表,而这些知识分子本来是要为人民献出生命的。"[1] 这是民粹派转而从事恐怖活动的原因之一。尽管后来受《联共(布)党史》的影响,许多人对民粹主义持简单的否定态度,而20世纪90年代的中国青年知识分子评价他们说:"就当时的历史条件而言,对于民粹派这一批具有献身精神的知识分子,给予多么高的评价和赞誉都不为过。"[2] 这也从一个方面反映了俄国民粹主义者留下的历史回响。

(一)民粹主义在中国

在我国本土,并没有系统的民粹主义思想传统。统治阶级思想中的"以民为本"多少隐含着统治谋略的意味;传统文人的"忧患意识"也多限于文化信念。近现代以来,由于西学东渐,民粹主义的思想倾向才被作为一个重要的思想资源,被各种思想力量和政治集团所关注和开发。孙中山、章太炎、李大钊、毛泽东、梁漱溟等,都曾从民粹主义的思想立场思考过中国的现实问题并付诸实践。本土的文化信念与外来的民粹主义都隐含巨大的道德感召力,它虽然有知识分子自我排斥的内在结构,但它的道德形象却深深地吸引了出路难寻的中国知识分子。早期马克思主义者李大钊在接受了马克思主义的同时,显然也深刻地被俄国民粹主义思想所感染。1919年他在《青年与农村》一文中曾号召:"我们的青年应该到农村去,拿出当年俄罗斯青年在俄罗斯农村宣传运动的精神,来做出开发农

---

① 别尔嘉耶夫:《俄罗斯思想》,生活·读书·新知三联书店1995年版,第102页。
② 刘北成:《俄国民粹派和国粹主义的再评价》,《战略与管理》1994年第5期。

村的事，是万不容缓的。我们中国是一个农国，大多数的劳工阶级就是那些农民。他们若是不解放，就是我们国民全体不解放；他们的苦痛，就是我们国民全体的苦痛；他们的愚暗，就是我们国民全体的愚暗；他们生活的利病，就是我们政治全体的利病。"[1] 李大钊文中对农村、农民充满了诗性的抒情，在当时是十分少见的，但它同俄国民粹派们内心洋溢的崇高感，却有一种一脉相承的精神联系。

李大钊的呼吁在青年知识分子那里获得了响应，但它的命运也同样具有悲剧意味。在社会实践中，北大平民演讲团曾定期到郊外小镇和乡村活动。1920 年 4 月 13 日的一份包括罗家伦和平民演讲发起人邓中夏在内的讲演组报告说：

今天是星期日，长辛店方面，工场的工人休息，都往北京游逛去了；市面上的善男信女又都到福音堂做礼拜去了。剩下可以听讲的就可想而知。……虽然抓着旗帜开着留声机，加劲地演讲起来，也不过招到几个小孩和妇人罢了。讲不到两个人，他们觉得没有趣味，也就渐渐退去。这样一来，我们就不能不"偃旗息鼓"，"宣告闭幕"啦。……到长辛店……一点多钟，到不了五六人，还是小孩。……土墙的底边，露出几个半身妇人，脸上堆着雪白的粉，两腮和嘴唇又涂着鲜红的胭脂，穿上红绿的古色衣服，把鲜红的嘴张开着，仿佛很惊讶似的，但总不敢前来。[2]

这幅真实的图景，虽然不似俄罗斯农民告发民粹派那样悲惨，但报告中的绝望之情已跃然纸上。这对于知识分子来说是一件十分尴尬的事情。民众崇拜只表达了一种道德向往，而大众都以茫然和麻木的方式拒绝了它。

---

①《青年与农村》，《李大钊选集》，人民出版社 1959 年版，第 146—147 页。
②张允侯、殷叙彝、洪清祥等：《五四时期的社团》（二），生活·读书·新知三联书店 1979 年版，第 167—168 页。

由于民族危机的日益深重，知识分子失去了检视、反省这一思想的机会，却在民族解放的社会总体目标的追求中，以不自觉的方式强化、延续了这一思想，因为民族的问题和民众的问题虽然不同，却又有不可分割的联系。而毛泽东的民粹主义思想倾向，又起到了决定性的作用。可以说，毛泽东的亲和民众思想倾向，与法国的卢梭、俄国的恰达耶夫、赫尔岑等，没有思想上的同源关系。这与他和马克思主义的关系是不同的，当马克思主义的基本原理，特别是阶级斗争理论和辩证唯物主义介绍到中国之后，他从中找到了中国革命的理论动力，当它可以付诸中国革命实践并具有了解决中国革命问题的意义时，它就不再是一个遥远的异国之物。而毛泽东亲和民众的思想来源，肯定是一个非常复杂的问题，这不仅与他的农民出身、与农民在精神上的联系相关，同时更与他对中国革命基本力量的认识和实现革命目标的策略相关。但他在理论上表现出亲和民众的思想倾向，还是直接来自李大钊。这从他早期的文章中是可以发现的。1917年他发表的《体育之研究》，提出了文化人应当具有乡野劳动者那样强健的体魄的观点，这与他的乡村生活经历是有关的。而1919年2月，李大钊表达了对乡村生活的向往和农民的景仰之后，在下半年毛泽东就发出了"民众的大联合"的呼声，而这里的"民众"，显然是指农民。所不同的是，李大钊所表达的还限于向农村和农民汲取道德力量，并用社会主义原则去教育他们。而毛泽东则看到了中国革命实践实体性的力量。因此有学者指出：毛泽东"对普通民众——他们绝大多数是贫穷的，没有文化，受剥削和压迫——的价值观和愿望，怀有一种偏爱，这显然是由于政治上的缘故。他认为，这些人，正是中国潜在的革命者"①。毛泽东在此后漫长的革命生涯中，始终没有放弃这一策略。因此，亲和民众作

---

①〔澳大利亚〕王棻吾：《作为马克思主义者和中国人的毛泽东》，《在历史的天平上》，中国工人出版社1997年版，第139页。

为一种思想倾向，对追随革命的各阶层人士，都产生了持久的影响。也就是说，无论是出身贫民的军队领袖，还是出身富裕家庭的知识分子，都在毛泽东的这一思想／策略引导下，对中国民众／农民，产生了向往和景仰的情感需要。特别是在毛泽东思想指引下，解放区各方面取得的发展以及整风运动的成果，使得知识分子中民粹主义的思想倾向已经成为时代主要的思想流脉。一方面，毛泽东身体力行，以他的思想和文体的魅力，证实了将民众作为革命主体和诉说对象的巨大成功；另一方面，当主流文化"主要诉诸传统的边缘文化因素作为自己的思想材料"①取得丰硕成果时，知识分子不得不心悦诚服地成为人民大众的学生。到了20世纪40年代末期，张申甫提出了"反哺论"，认为"一个知识分子，倘使真不受迷惑，真不忘本，真懂得孝道，对于人民，对于劳苦无知者，只有饮水思源，只有感恩图报，只有反哺一道"②。这一表述，不仅喻示了知识分子中民粹主义的思想成分，同时也证实了"民众崇拜"在文化信念上的完成。

因此，在现代中国，无论是对民族形式、大众化、为工农兵服务的讨论，还是奔赴延安、"下乡运动"、上前线、深入火热的斗争生活，基本是追随毛泽东思想而实践的，它们的发挥和进一步阐释，都没有离开作为革命策略的毛泽东思想。而对其间的民粹主义思想倾向和革命策略的差别，几乎没有什么人是有自觉意识的。这不仅在文艺创作中，而且在文艺理论的阐释中都可以随时遇到。也就是说，凡是在创作上体现了大众化的努力并取得了突出成就的作家作品，总会及时地得到表彰或鼓励。赵树理的创作确实有他的独特之处，浓郁的乡村生活气息、朴实的农民语言和生动的乡村人物形象，都给人耳目一新之感。但赵树理最初被周扬所肯定，主要因

---

① 萧功秦：《民族主义与中国转型时期的意识形态》，《战略与管理》1994年第4期。
② 张申甫：《知识分子与新的文明》，《中国建设》第6卷第5期。

为他是"一位具有新颖独创的大众风格的人民艺术家"①。而郭沫若对《白毛女》的肯定，也着眼于"这儿把'五四'以来的那种知识分子的孤芳自赏的作风完全洗刷干净了。虽然和旧有的民间形式更有血肉的关系，但也没有因此自封，而是从新的种子——人民情绪——中自由地迸发出来的成长"②。革命策略的成功，几乎使许多人忘记了平民演讲团的悲剧，而只是无限地发挥了民粹主义的道德取向，并真诚地贯彻于个人的实践中。丁玲在第一次文代会发言的题目就是"从群众中来，到群众中去"，她认为："在现实生活中，在与广大群众生活中，在与群众一起战斗中，改造自己，洗刷一切过去属于个人的情绪，而富有群众的生活知识斗争知识，和集体主义精神的群众的感情，并且试图来表现那些已经体验到的东西。"她认为解放区的文艺在这方面取得了很大的成绩，但还远远不够，"文艺工作者也还需要将自己去弃过的或准备去弃、必须去弃的小资产阶级的、一切属于个人主义的肮脏东西，丢得更干净更彻底，而将已经取得初步的改造的成果，以群众为主体，以群众利益去衡量是非，冷静地从执行政策中去处理问题的观点，以及一切为群众服务的品质，巩固起来，扩大开去，务必使自己称得起毛主席的信徒，千真不假地做一个人民的文艺工作者"③。可以相信丁玲经过延安时期的思想洗礼，是怀着极大的真诚来说这番话的。但她的表达中显然隐含了两层意思：一是在与人民共同生活、战斗的过程中接受了人民的情感，并为人民的道德所感染。这与俄罗斯的民粹主义者在精神上是相通的，她要放弃的那一切，也恰恰是俄罗斯贵族知识分子所要放弃的。二是要使自己"称得起毛主席的信徒"，则明白无误地传达了对毛泽东权威的信赖与追随。因此，文艺界所具有的

---

① 周扬：《论赵树理的创作》，《解放日报》1946年8月26日。
② 郭沫若：《序〈白毛女〉》，上海黄河出版社1947年版。
③ 丁玲：《从群众中来，到群众中去》，《中华全国文学艺术工作者代表大会纪念文集》，新华书店发行，第175页。

普遍的民粹主义倾向是带有双重意味的。从那一时代起，所有强调文艺与人民的关系的论述，它的起点都不同程度地与丁玲的说法具有相同的意味。因此，在中国本土，具有梁漱溟意义的民粹主义，是不多见的。

（二）毛泽东的亲和民众倾向

在毛泽东的著作中，要想拉出一份亲和民众的思想清单是不困难的，对民众的相信和倚重，贯穿毛泽东的整个革命生涯。在他平实朴素的行文中，只有在谈到人民、群众这些复合概念时，他的笔端才偶然流露抒情的冲动。不仅如此，在道德向往、超越资本主义、自我牺牲的浪漫气质、讨厌城市等思想取向上，都可以找到毛泽东同民众亲和的思想联系。但是，这些思想倾向又并不是只有通过民粹主义才可以得到解释。因此，迈斯纳在20世纪80年代初就指出：毛泽东的亲和民众和正统的俄国民粹主义之间，尽管有某些值得注意的相似之处，但它绝非19世纪俄国的信念在20世纪中国的复活。毛泽东是马克思和列宁的自觉的继承人，他的思想目标和思想类型基本上来源于马克思主义的理性和政治传统，他有意识地与上述传统保持一致。然而并不排除这种可能性，即他也许是不自觉地与非马克思主义思想和政治传统具有共同的信念和思想。毛泽东民粹主义思想的成分，尽管有布尔什维克革命在政治上和思想上的影响，但不是因为这种思想才形成的，它是一种土生土长的中国现象。因此他"不是典型的民粹主义"，迈斯纳慎重地将其称为"民粹主义倾向"。迈斯纳从列宁批评民粹主义的观点入手，指出了毛泽东的思想同典型的民粹主义的区别。列宁曾把民粹主义的理论描述为"一副面孔看着过去，另一副面孔看着未来"的"雅努斯"。也就是说，民粹主义在向现存制度挑战这一点上，是"进步的"；而他们在试图维护传统的生产方式，反对现代资本主义这一点上，又是"反动的"①。而毛泽东恰恰是反对传统、致力于国家工业现代化的。因此，毛泽东并没有"雅努斯"的两副面孔。在反对资本主义这一点上，毛泽东的观念不仅来自马克思主义的阶级斗争学说，同时也来自中国屡遭西方列强侵略的痛苦记忆。19世纪40年代到20世纪初期，为了民族复兴和现代化，中国曾向西方资本主义国家学习，但是"帝国主义的侵略打破了中国人学西方的迷梦。很奇怪，为什么先生老是侵略学生呢？……十月革命一声炮响，给我们送来了马克思列宁主义……走俄国人的路——这就是结论"②。在对农民的赞美上，毛泽东也不像俄国民粹主义更着眼于道德至善和村社乌托邦，他甚至还不如李大钊更充满诗情。他对农民最初的赞美，是因为"在很短的时间内，将有几万万农民从中国中部、南部和北部各省起来，其势如暴风骤雨，迅猛异常，无论什么大的力量都将压抑不住。他们将冲决一切束缚他们的罗网，朝着解放的路上迅跑"③。毛泽东更着重的还是农民所具有的巨大的革命潜能。

在对"人民"的具体理解上，毛泽东同民粹主义的差别也明显不同。在大多数俄国民粹主义那里，"大多数场合都把人民看作是农民、社会的劳动阶级"④。而毛泽东在不同的时期对"人民"这一概念的内涵是有不同理解的。在延安时期，"人民"是指一切爱中国的中国人，包括工人、农民、士兵、城市小资产阶级劳动群众和知识分子。"这四种人，就是中华民族的最大部分，就是最广大的人民大众"⑤，它是民族主义的；而在内战和新中国成立初期，"人

①莫里斯·迈斯纳：《毛泽东主义中的民粹主义倾向》，萧延中等编：《在历史的天平上》，中国工人出版社1997年版，第93页。

②《毛泽东选集》第4卷，人民出版社1991年版，第1470—1471页。

③毛泽东：《湖南农民运动考察报告》，《毛泽东选集》第1卷，人民出版社1991年版，第13页。

④别尔嘉耶夫：《俄罗斯思想》，生活·读书·新知三联书店1995年版，第102页。

⑤毛泽东：《在延安文艺座谈会上的讲话》，《毛泽东选集》第3卷，人民出版社1991年版，第855—856页。

民"的范畴又发生了变化:"人民是什么?在中国,在现阶段,是工人阶级,农民阶级,城市小资产阶级和民族资产阶级"①,它是以阶级为基础的;而到了1957年,"人民"的范畴是指"在现阶段,在建设社会主义的时期,一切赞成、拥护和参加社会主义建设事业的阶级、阶层和社会集团,都属于人民的范围;一切反抗社会主义革命和敌视、破坏社会主义建设的社会势力和社会集团,都是人民的敌人"②,它又是意识形态性的。但是,通过毛泽东在不同时期对"人民"的理解,可以肯定的是,毛泽东总是试图用"人民"这个概念来涵括对社会革命起作用的人群,它的实践的可能性与民粹主义天真的理想相去甚远。因此,作为无产阶级革命家的毛泽东,实现他社会变革的伟大目标和建构一种道德理想,是既相联系又有区别的两个视界。

毛泽东在使用"人民"这一概念时,同马克思、列宁有更多的相似之处。列宁曾指出:"马克思在使用'人民'一语时,并没有用它来抹杀各个阶级之间的差别,而是用它来把那些能够把革命进行到底的确定成分联为一体。"③而在列宁那里,"人民"虽然也指工人、农民为主体的劳动群众,但不同的是,列宁对农民自发革命的要求是存有怀疑的,而不像毛泽东那样对农民充满了信赖。事实上,"人民"这个名词的内涵从来就没有全面的包容性④。余英时曾考察过"人民"这一概念的内涵,指出美国宪法起草时,"人民"一词原意便极为狭窄,有些英国作者所说的"人民"实际上是地主阶级。对于希特勒而言,只有纯雅利安种人才算是真正的人民⑤。这样看来,对"人民"的界定和对这一名词的使用,充满了政治色彩,

---

①《毛泽东选集》第4卷,人民文学出版社1991年版,第1475页。

②毛泽东:《关于正确处理人民内部矛盾的问题》,《毛泽东文集》第7卷,人民出版社1999年版,第205页。

③《列宁选集》第1卷,第621页。

④余英时:《中国知识分子论》,河南人民出版社1997年版,第45页。

⑤余英时:《中国知识分子论》,河南人民出版社1997年版,第45页。

在不同的场合它有不同的内涵，而并不是一个自明性的概念。毛泽东在不同时期对"人民"的不同界定，也证实了上述看法。

更值得我们关注的是，毛泽东对精英和人民群众的关系的理解，是一个十分含混不清的问题。在毛泽东看来，群众身上充满了社会主义的积极性，但必须通过一定的形式将其组织起来，而它的组织者和指导者理所当然地由共产党所组成的社会精英来承担，它是"领导我们事业的核心力量"①，但这一逻辑关系并不具有天然的合理性。一方面，毛泽东主张党要"组织人民、领导人民"，这种领导是"一元化"的；另一方面，毛泽东又强调"群众是真正的英雄，而我们自己则往往是幼稚可笑的，不了解这一点，就不能得到起码的知识"②；一方面，他号召党的干部向群众学习，另一方面又要求帮助人民"提高政治觉悟与文化程度"。既要当群众的学生，又要当群众的先生。而归结起来就是："我们应当相信群众，我们应当相信党，这是两条根本的原理。如果怀疑这两条原理，那就什么事情也做不成了。"③ 因此，关于精英和群众关系的全部复杂性，毛泽东并没有予以真正的揭示。而这也是民粹主义所面临的基本难题之一。李大钊在《青年与农村》一文中说："只要知识阶级加入了劳工团体，那劳工团体就有了光明；只要青年多多地还了农村，那农村的生活就有改进的希望。"这里的关系仍然是不清晰的，究竟是知识阶级和青年给农村带去了光明和希望，或因他们的到来使农村得到了救治，还是知识阶级在农村汲取了道德力量，李大钊也没有从正面回答这个问题。

显然，这不只是个纯粹的理论问题，实践中，知识分子的作用

---

① 毛泽东：《为建设一个伟大的社会主义国家而奋斗》，《毛泽东文集》第 6 卷，人民出版社 1999 年版，第 150 页。

① 毛泽东：《为建设一个伟大的社会主义国家而奋斗》，《毛泽东文集》第 6 卷，人民出版社 1999 年版，第 150 页。

② 毛泽东：《〈农村调查〉的序言和跋》，《毛泽东选集》第 3 卷，人民出版社 1991 年版，第 790 页。

③ 毛泽东：《关于农业合作化问题》，《毛泽东文集》第 6 卷，人民出版社 1999 年版，第 423 页。

和位置始终是个难以解决的问题,而在教育还是学习群众的问题上,他们始终不能处理好这一关系。也由于他们身份的语焉不详,这一阶层而不是阶级的群体,长期处于没有归期的漂泊和彷徨中。事实上,他们认同民众的方式和程度是很难评价的,而他们最终得到承认的,无一不是通过身份置换的方式。解放区和国统区的文艺或理论之所以有不同的评价,与作家、理论家的身份是有关的。毛泽东不是个民粹主义者,但他亲和民众的思想倾向,却为处理知识分子的位置和身份问题带来了困难。但是,如果说这是一种代价的话,那么它却从另一个方面得到了补偿。也就是说,走向底层所具有的民众亲和倾向,所具有的道德感、崇高感和浪漫的献身激情等,通过民粹主义得到了揭示,这对苦于没有出路的知识分子来说,有相当大的吸引力,他们从中获得了悲壮情怀并对中国社会有了切实的了解。在这一过程中,有人完成了思想和身份的置换,有人却在这漫漫长途中始终迷蒙困顿、疑惑不已。

对毛泽东亲和民众思想倾向的复杂性,得到清晰的辨认和叙述几乎是不可能的,这使许多研究者在结论上产生了混乱。莫里斯·迈斯纳一方面说毛泽东在传统主义和现代性之间达到了某种思想综合,因此他"不是典型的民粹主义",通过论证这一结论是可以成立的。另一方面,在他的《中华人民共和国史》中,又说毛泽东"是一个在马克思主义伪装下的民粹主义者",他的"民粹主义信心,促成了并且的确支配了毛泽东主义的受到许多人赞扬的'群众路线'观点……假如不是这样,中国共产党人本来就决不会获得对成功运用'人民战争'战略至关重要的农民群众的拥护和合作"①。迈斯纳这两个不同的结论显然是矛盾的。究竟哪一个结论更符合真实的毛泽东思想,他充满了犹疑和困惑。但是,如果从毛泽东努力把马克

---

① 莫里斯·迈斯纳:《毛泽东的中国及其发展——中华人民共和国史》,社会科学文献出版社 1992 年版,第 51 页。

思主义中国化的一贯思想联系起来考虑的话，断言毛泽东是一个民粹主义者是有问题的。相信人民的群众路线虽然是毛泽东始终坚持的主张，但他对农民自发革命的可信性并不是没有怀疑过。1938年，他的思想已经成熟，但在谈论中国革命的特点和革命战争时，在强调武装斗争、组织的功能和军队的重要性时，他明显地流露对片面强调民众运动的批评，认为"没有也不能有单独的孤立的党的工作或民众运动"[①]。因此，在不同的时期，毛泽东对具体问题灵活的处理和不同的侧重，是他思想和实践的一大特色。当"一切民众运动都塌台了"[②]的时候，他必须强调武装斗争的重要。因此，他的所有策略都是解决中国革命具体问题的手段，并服务于他的总体目标，群众路线也没有离开这一总体的思想框架。

这一分析并没有否认毛泽东亲和民众的思想倾向，而恰恰是社会革命所具有的道义色彩，使革命的策略具有了强烈的情感力量，包括文艺工作者在内的知识者对民众的倾心认同，被民众的思想道德所打动，与民粹主义本身的道义色彩是密切相关的。因此，中国的文艺学从延安时期起，也无可避免地具有了浓厚的民粹主义色彩，为人民服务、为工农兵服务是长久不衰的指导思想，它的合法性依据，显然来自毛泽东亲和民众的倾向。但是，值得注意的是，这一倾向始终含有排斥知识分子的隐结构，也就是说，知识分子的身份如果不能实现置换，他们的位置和作用在这一结构中是不能得到最终解决的。与此相关的是，与人民的趣味、欣赏习惯、题材、表现方法等不相符的追求，就成了问题。"排斥性"的顽固也有了最强有力的依据。因此，"人民"这个名词并不是一个简单的复合概念，它所具有的功能性要求，一开始就具有神话般的伟力。毛泽东亲和

---

① 毛泽东：《中国的特点和革命战争》，《毛泽东选集》第2卷，人民出版社1991年版，第545页。

② 毛泽东：《中国的特点和革命战争》，《毛泽东选集》第2卷，人民出版社1991年版，第544页。

民众的思想倾向，作为一种潜在的思想力量，事实上一直具有支配性的意义，它不仅在权威话语的表达中，同时也在知识界普遍存在。

第三节　文艺功能观的内在矛盾

文艺的功能，是指文艺的作用或效能；文艺功能观，是指对文艺作用或效能的基本看法。对毛泽东文艺思想来说，文艺的社会作用问题，是一个基本的或核心的问题。无论是他的理论表达，还是对现实、古典文学作品的评价，文艺的社会作用或政治作用都是他基本的出发点。《在延安文艺座谈会上的讲话》最集中地表达了毛泽东的文艺功能观，他用一贯的简约明了的方式将其概括为两点，这就是为人民服务、为政治服务。他具体解释说："现在世界上，一切文化或文学艺术都是属于一定的阶级，属于一定的政治路线的。为艺术的艺术，超阶级的艺术，和政治并行或互相独立的艺术，实际上是不存在的。"是文艺的阶级性决定了它的政治性，文艺工作就必须"服从党在一定革命时期内所规定的革命任务"，因为它最终会"给予伟大的影响于政治"[①]。这一战时的文艺功能观，并没有在和平时代得到修正，甚至在1957年毛泽东还认为：

在我国，虽然社会主义改造，在所有制方面说来，已经基本完成，革命时期的大规模的急风暴雨式的群众阶级斗争已经基本结束，但是，被推翻的地主买办阶级的残余还是存在，资产阶级还是存在，小资产阶级刚刚在改造。阶级斗争并没有结束。……无产阶级和资产阶级之间在意识形态方面的阶级斗争，还是长期的，曲折的，有时甚至是很激烈的。无产阶级要按照自己的世界观改造世界，资产

---

①以上引文均见毛泽东：《在延安文艺座谈会上的讲话》，《毛泽东选集》第3卷，人民出版社1991年版，第865—868页。

阶级也要按照自己的世界观改造世界。在这一方面，社会主义和资本主义之间谁胜谁负的问题还没有真正解决。[①]

毛泽东基于他的上述判断，在新的时代提出了"鉴别人们的言论行动是否正确"，以及判定"究竟是香花还是毒草"的"六条标准"。而且明确地申明"这是一些政治标准"[②]。因此，在延安时期提出的政治标准第一、艺术标准第二的要求，仍然适用于新的时代。

在毛泽东看来，包括文艺为了什么人和文艺的政治标准在内的功能观问题，是马克思主义者特别是列宁早已解决了的问题。在他的具体论述中，也明显地可以看到马克思的唯物主义、列宁关于文艺功能观的理论依据。但是不同的是，无论是马克思、恩格斯还是列宁，他们在文艺的政治倾向性上，为政治服务的功利要求上，并不像毛泽东处理得那样简单。事实上，他们并没有放弃对这些关系复杂性一面的考虑，甚至从某种意义上也可以说，在他们矛盾或犹豫的表述中，世界观与创作方法、艺术性与倾向性、文学与经济发展的不平衡关系等，恰恰隐含了他们对文学艺术作为一个特殊领域的理解和维护，或者说，起码这是他们面对的一个复杂性的难题。

（一）经典理论中的文艺功能问题

文艺为政治服务的唯物论依据，来自马克思的《〈政治经济学批判〉序言》。马克思在这里清楚地表达了他对经济基础和上层建筑关系的看法。由于物质生活的生产方式制约着整个社会生活、政

[①] 毛泽东：《关于正确处理人民内部矛盾的问题》，《毛泽东文集》第7卷，人民出版社1999年版，第230页。
[②] 毛泽东：《关于正确处理人民内部矛盾的问题》，《毛泽东文集》第7卷，人民出版社1999年版，第234页。

治生活和精神生活的过程，是人们的社会存在决定人们的意识，因此，随着经济基础的变更，上层建筑也或快或慢地发生变更。而变更了的上层建筑，会反过来给经济基础以伟大的影响。反映在文艺学中，也就是说，新的社会制度将无可避免地诞生优秀的文艺，而优秀的文艺又将给新的社会制度以伟大的影响。但是，当新的社会制度诞生之后，伟大的艺术是否会随之诞生或者何时诞生，却仍像一个不明之物。而在《1844年经济学哲学手稿》中，马克思似乎又游离了他唯物论的立场，他发现了艺术生产与物质生产之间可能出现不平衡的发展关系。他以古希腊艺术为例，说明在经济发展水平不高的情况下，仍然产生了"不可企及"的艺术高峰，并散发着"永久的魅力"，并且"当他把对古希腊艺术的企慕同对人类童年时期的怀恋联系起来时，他的解释是心理学的，而不是唯物主义的"①。而且，在他论及美与欣赏对象的关系时，也试图通过具体的例证，以心理学的方式论证他的看法："忧心忡忡的穷人甚至对最美丽的景色也没有什么感觉；贩卖矿石的商人只看到矿物的商业价值，而看不到矿物的美和特性；他没有矿物学的感觉。"这些并非基于唯物论立场表述的看法，而是隐含了马克思将文艺作为一个独立、特殊领域思考的一面，他并不是将文艺刻板地等同于社会历史发展的范畴来考虑的。因此，仅仅根据马克思的唯物论来强调文艺为政治服务的功能观，起码是片面的。

在恩格斯的论著中，他明确反对文艺直露的政治倾向性。在1885年11月26日致敏娜·考茨基的信中，就考茨基的小说《新人和旧人》所透露的政治倾向，他表述了如下看法："我认为倾向应当从场面和情节中自然而然地流露出来，而不应当特别把它指点出来；同时我认为作家不必要把他所描写的社会冲突的历史的未来的

---

① 佛克马、易布思：《二十世纪文学理论》，生活·读书·新知三联书店1988年版，第96页。

解决办法硬塞给读者。……具有社会主义倾向的小说通过对现实关系的真实描写，来打破关于这些关系的流行的传统幻想，动摇资产阶级世界的乐观主义，不可避免地引起对现存事物的永世长存的怀疑，那么，即使作者没有直接提出任何解决办法，甚至作者有时并没有明确地表明自己的立场，但我认为这部小说也完全完成了自己的使命。"三年之后，恩格斯在致哈克奈斯的一封信中则进一步强调了他的看法，《城市姑娘》所叙述的那个"老而又老的故事"，其缺陷并不在于它是"没有写出一部直截了当的社会主义的小说"，没有直截了当地鼓吹作者的社会观点和政治观点，而恰恰在于它简单地表达了贫富之间的阶级对立。而在恩格斯看来，"作者的见解越隐蔽，对艺术作品来说就越好"。这时，恩格斯再次否定了"倾向小说"，并意属于巴尔扎克。他认为："《人间喜剧》里给我们提供了一部法国'社会'特别是巴黎'上流社会'的卓越的现实主义历史"，他从巴尔扎克那里"所学到的东西，也要比从当时所有职业的历史学家、经济学家和统计学家那里学到的全部东西还要多"。恩格斯称这是"现实主义的最伟大胜利之一"，作品所表现的社会效果，有时同作家的政治倾向和愿望并不是必然的逻辑关系。

恩格斯也强调政治倾向性，但这时他是把它限定于社会学的范畴之内的。他称赞欧仁·苏的小说《巴黎的秘密》，因为这本书以明显的笔调描写了大城市中"下等阶级"所遭受的贫困和道德败坏的状况，这种笔调不能不使社会关注所有无产者的状况。恩格斯称赞德国画家许布纳尔，在一幅画中描绘了一群向工厂主交亚麻布的西里西亚织工的画面上，他"异常有力地把冷酷的富有和绝望的穷困做了鲜明的对比"，他所揭示的生活，"从宣传社会主义这个角度来看，这幅画所起的作用要比一百本小册子大得多"。① 恩格斯

---

① 恩格斯：《共产主义在德国的迅速进展》，《马克思恩格斯全集》第2卷，人民文学出版社1959年版，第589页。

没有忘记这是强调"宣传社会主义这个角度",而并不是在一般的意义上谈论文艺。诗人海涅根据西里西亚织工起义的经验,创作了《西里西亚织工之歌》,恩格斯认为,它"是我所知道的最有力的诗歌之一",因为它是"宣传社会主义的诗作"①。这些材料都可以证实恩格斯对艺术和宣传是有所区分的。并不是说,越具有政治倾向性,越能达到为政治服务目的的作品,就越值得肯定和推荐。因此,佛克马和易布思认为,恩格斯"关于作家的政治观点和他的作品的意义之间可能不一致的理论,对于马克思主义文学理论是一个重大的贡献"②。而这一理论为主张文艺功能的多样性、汲取古今中外文艺经验等问题,提供了解决的依据。

到了列宁的时代,作为科学社会主义学说的马克思主义,进入了同无产阶级革命具体实践相结合的时代。作为一个革命者和实践家,卢那察尔斯基后来回忆说:"列宁一生中很少有时间能稍稍集中地研究艺术问题",所以他不喜欢对艺术表达自己的见解。"尽管如此,他的爱好还是非常明显的。他喜爱俄罗斯的古典作家,喜爱文学、戏剧以及绘画等方面的现实主义作品"。他曾有机会看到一套纪念世界著名艺术家的集子,激动得"通宵未能入眠",并惊叹"艺术史真是一个迷人的领域"③。这一细节充分地表达了列宁个人的艺术修养和趣味,并且影响了他对文艺功能观的看法。

1905年,"十月革命"(指1905年10月的全俄政治罢工)发生不久,列宁发表了《党的组织和党的出版物》一文,它是此后关于"文学的党性原则"的最高范本。按照传统的理解,列宁认为:"文学事业应当成为无产阶级总的事业的一部分,成为一部统一的、

---

① 恩格斯:《共产主义在德国的迅速进展》,《马克思恩格斯全集》第2卷,人民文学出版社1959年版,第591、592页。

② 佛克马、易布思:《二十世纪文学理论》,生活·读书·新知三联书店1988年版,第98页。

③ 卢那察尔斯基:《列宁和艺术》,转引自《列宁论文学与艺术》第2卷,第919页。

伟大的、由整个工人阶级的整个觉悟的先锋队所开动的社会民主主义机器的'齿轮和螺丝钉'。"①值得注意的是，列宁的论述是针对十月革命后"俄国造成的社会民主党工作的新条件"而发表的，当党的出版物被宣布为非法的时代，它是容易控制的，但当持有各种观点的人都可以利用合法的出版手段时，党的出版事业有可能遭到资产阶级的影响。列宁的党性原则正是基于这一新条件而发表的。党的出版物显然是指一般性的广义著作，而不是专指文学创作。佛克马和易布思曾注意了西蒙斯在词源学意义上的考证，"俄文中与'纯文学'一词对应的词汇——'文艺作品'——甚至没有在列宁的《党的组织和党的出版物》一文中出现过一次"②。克鲁普斯卡娅也认为，《党的组织和党的出版物》一文与文学作品无关③。退一步说，列宁在强调了党性原则之后，同时又强调了"绝对必须保证有个人创造性和个人爱好的广阔大地，有思想和幻想、形式和内容的广阔天地"。因此，仅凭列宁的《党的组织和党的出版物》一文，就得到"文艺为政治服务"的功能观，是不充分的。

而且，在评价具体的作家作品时，列宁也没有将他的党性原则作为唯一的尺度予以强调。1908 年至 1910 年之间，经历了托尔斯泰诞辰八十周年和他逝世的年份，这时，《党的组织和党的出版物》已经发表几年，但列宁在评价托尔斯泰时，仍然对他的政治影响和文学成就加以区别。他认为："托尔斯泰的作品、观点、学说、学派中的矛盾的确是显著的。一方面，是一个天才的艺术家，不仅创作了无与伦比的俄国生活的图画，而且创作了世界文学中第一流的作品；另一方面，是一个发狂地笃信基督的地主。一方面，他对社

---

① 此文最初翻译为《党的组织和党的文学》，新的译文题为《党的组织和党的出版物》，《红旗》杂志 1982 年第 22 期。

② 转引自佛克马、易布思：《二十世纪文学理论》，生活·读书·新知三联书店 1988 年版，第 102 页。

③ 转引自佛克马、易布思：《二十世纪文学理论》，生活·读书·新知三联书店 1988 年版，第 102 页。

会上的撒谎和虚伪做了非常有力的、直率的、真诚的抗议；另一方面，是一个'托尔斯泰主义者'，即是一个颓唐的、歇斯底里的可怜虫。"①而这种理性的分析仍没有妨碍列宁对托尔斯泰创作的艺术，做出"可供群众在推翻了地主和资本家的压迫而为自己建立了人的生活条件的时候永远珍视和阅读"②的评价。不仅如此，列宁有时还凭着艺术直觉评价纯粹的艺术作品。在与高尔基的一次谈话中，他称赞贝多芬的《热情奏鸣曲》是"绝妙的、超越人力的音乐""它会刺激神经，使我想说一些漂亮的蠢话，抚摸人们的脑袋，因为他们住在肮脏的地狱里，却能创造出这样美丽的东西来"③。这时的列宁显然是作为一个热爱音乐的普通听众来谈论贝多芬的，他对《热情奏鸣曲》的称赞，早已超出了"党性原则"。

无论是马克思、恩格斯还是列宁，他们在理论上对文学社会效用的表达，与他们出于兴趣对具体文艺现象和作品的评价，是存有矛盾的。他们对人类文化遗产的热爱，和对无产阶级新文化的期待之间的复杂关系，似乎总是处在两难的境地中，这也是马列文论给我们留下的一道难题。

（二）毛泽东的文艺功能观

毛泽东对文艺社会效用的理解和要求，并不像马克思主义经典作家那样复杂，"在毛泽东的文学主张中，文学与政治的关系已被极大地简化；政治是文学的目的，而文学则是政治力量为达到自身目标可能选择的手段之一"④。以政治效用来要求文学，是毛泽东

---

① 列宁：《列甫·托尔斯泰是俄国革命的镜子》。
② 列宁：《列·尼·托尔斯泰》。
③ 转引自佛克马、易布思：《二十世纪文学理论》，生活·读书·新知三联书店1988年版，第101页。
④ 洪子诚：《中国当代文学概说》，香港青文书屋1997年版，第14页。

文艺功能观的集中体现。在《讲话》中，他就认为中国人民解放的斗争有"文武两个战线，这就是文化战线和军事战线"。把文化当作一条战线来看待的思路，是毛泽东始终坚持的看法。既然文化是一条战线，那么它就必然是针锋相对的两个方面，这也是"二元对立观"在毛泽东文艺功能观中的直接体现。

在毛泽东的著作中，我们经常可以读到他"二元对立"的观点："谁是我们的敌人？谁是我们的朋友？这个问题是革命的首要问题。"[①]"什么人站在革命人民方面，他就是革命派，什么人站在帝国主义封建主义官僚资本主义方面，他就是反革命派。"[②]"凡是敌人反对的，我们就要拥护；凡是敌人拥护的，我们就要反对。"[③]这种敌人／朋友、反革命／革命、反对／拥护的绝对对立的思想方法，有明确的排他性和措辞的不容辨别性。它反映在毛泽东的文艺功能观中，同样是这种对立、不可调和的紧张。诸如在立场、态度、为什么人、写什么题材、人性、人类之爱、光明与黑暗、歌颂与暴露、革新与继承等问题，都只能站在一个方面反对另一方面。他把政治的明了性直接投射于人类复杂的精神活动——文艺生产和接受过程中。这种表述源于一个顽固的信念，就是阶级斗争是社会生活的本质，是人类社会中无处不在的支配力量。毛泽东在《丢掉幻想，准备斗争》中说，阶级斗争，一些阶级胜利了，一些阶级消灭了。这就是历史，这就是几千年的文明史。阶级的观念在毛泽东那里是万能的，它是可以解释一切的理论，而它恰恰不可能将毛泽东对文学的解释引向本体论和文学的特性上。因此，即便急风暴雨式的阶级斗争结束了，建立了新的政权之后，毛泽东仍然没有改变他原来的文艺功能观。为政治服务的终极意义仍是最有效的指导思想。

---

① 毛泽东：《中国社会各阶级分析》。
② 毛泽东：《在中国人民政治协商会议第一届全国委员会第二次会议上的闭幕词》。
③ 毛泽东：《和中央社、扫荡报、新民报三记者的谈话》。

当然，在毛泽东的著作中，我们也会发现他对环境变化的识别，但这一识别同样是为了实现文艺为政治服务主张的。延安时期，许多作家来自国统区，他们"小资产阶级知识分子"的面貌还未得到改造。毛泽东告诫他们："因为思想上有许多问题，我们有许多同志也就不大能真正区别革命根据地和国民党统治区，并由此弄出许多错误。同志们很多是从上海亭子间来的；从亭子间到革命根据地，不但是经历了两种地区，而且是经历了两个历史时代。一个是大地主大资产阶级统治的半封建半殖民地的社会，一个是无产阶级领导的革命的新民主主义的社会。到了革命根据地，就是到了中国历史几千年来空前未有的人民大众当权的时代。我们四周的人物，我们宣传的对象，完全不同了。过去的时代，已经一去不复返了。"① 时代环境的变化，决定了文学艺术的变化，按照这个逻辑，标志着新民主主义革命阶段的基本结束和社会主义革命阶段开始的新政权建立后，原来的按战争时代对文艺的要求，理应得到调整和修正，但这时毛泽东又做出了新的解释：

在我国，资产阶级和小资产阶级的思想，反马克思主义的思想，还会长期存在。社会主义制度在我国已经基本建立。我们已经在生产资料所有制的改造方面，取得了基本胜利，但是在政治战线和思想战线方面，我们还没有完全取得胜利。无产阶级和资产阶级之间在意识形态方面的谁胜谁负的问题，还没有真正解决。我们同资产阶级和小资产阶级的思想还要进行长期的斗争。不了解这种情况，放弃思想斗争，那就是错误的。凡是错误的思想，凡是毒草，凡是牛鬼蛇神，都应该进行批判，决不能让他们自由泛滥。②

---

① 毛泽东：《在延安文艺座谈会上的讲话》。
② 毛泽东：《在中国共产党全国宣传工作会议上的讲话》，《毛泽东文集》第7卷，人民出版社1999年版，第281页。

这一解释宣告了政治斗争仍在延续，文艺为政治服务的观念就理所当然地需要维护。事实上，一直到1966年的《部队文艺工作座谈会纪要》，这份经过毛泽东审阅修改的重要文件所强调的斗争观念，始终是社会生活的主旋律。在此期间，所有试图强调文艺的特殊性、将研究和关注的视野转移到文艺本体的努力，都因其游离于为政治服务的观念而被视为危险的倾向，从而归于失败。

另一方面，毛泽东似乎总是坚持无往不胜的"两点论"，他强调文艺的政治标准，但也强调"缺乏艺术性的艺术品，无论政治上怎样进步，也是没有力量的"[①]。这同他在其他方面强调的"两点论"是相同的。在继承民族文化遗产上，他主张"剔除其封建性的糟粕，吸收其民主性的精华"，但是，"对于人民群众和青年学生，主要地不是要引导他们向后看，而是要引导他们向前看"[②]；在歌颂与暴露问题上，"你是资产阶级文艺家，你就不歌颂无产阶级而歌颂资产阶级；你是无产阶级文艺家，你就不歌颂资产阶级而歌颂无产阶级和劳动人民：二者必居其一"[③]。而在推行"百花齐放，百家争鸣"方针时，他认为"利用行政力量，强制推行一种风格，一种学派，禁止另一种风格，另一种学派，我们认为会有害于艺术和科学的发展。艺术和科学中的是非问题，应当通过艺术界、科学界的自由讨论去解决，通过艺术和科学的实践去解决，而不应当采取简单的方法去解决"[④]。这时，毛泽东又回到了托洛茨基"艺术必须按照自己的方式发展，走自己的道路"和马克思《评普鲁士最近的书报检查令》的立场上。

---

① 毛泽东：《在延安文艺座谈会上的讲话》，《毛泽东选集》第3卷，人民出版社1991年版，第870页。

② 毛泽东：《新民主主义论》，《毛泽东选集》第2卷，人民出版社1991年版，第708页。

③ 毛泽东：《在延安文艺座谈会上的讲话》，《毛泽东选集》第3卷，人民出版社1991年版，第873页。

④ 毛泽东：《关于正确处理人民内部矛盾的问题》，《毛泽东文集》第7卷，人民出版社1999年版，第229页。

但是，在具体的文艺方针政策的制定上，毛泽东始终是坚持斗争为主、歌颂为主、政治标准为主、普及为主的，恰恰是利用了行政力量，强制推行一种风格、学派，禁止另一种风格、学派。在毛泽东的文艺功能观面前，他所期待的那种"革命的政治内容和尽可能完美的艺术形式的统一"的作品，在"样板戏"之前并没有出现[①]。

毛泽东文艺功能观的主要问题，就在于他对文艺功能的简化处理，以及在简化过程中的绝对化倾向。在这种倾向中，文艺的审美功能被大大削弱了，非功利的审美需要也完全被排除了。在普列汉诺夫看来，"任何一个政权只要注意到艺术，自然就总是偏重于采取功利主义的艺术观。这也是可以理解的，因为它为了自己的利益就要使一切意识形态都为它自己所从事的事业服务"[②]。作为一个马克思主义者，普列汉诺夫并不否认文艺的功利主义，这同马克思、恩格斯、列宁对无产阶级、社会主义文学深怀兴趣是一致的。但是，他仍然注意到了功利与审美的联系和区别：

自然，并非任何有用的事物在社会的人看来都是美的；但是毫无疑问，只有对他们有用的东西，就是说，在他们向自然界或者别的社会的人进行的生存斗争中具有意义的东西，在他们看来才是美的。这并不是说，对于社会的人，功利的观点是和审美的观点一致的。绝对不是！功利是凭借理智来认识的；美是凭借直觉能力来认识的。前者的领域是打算；后者的领域是本能。同时——这一点必须记住——属于直觉能力的领域要比理智的领域广阔得不知道多少：在享受他们觉得美的对象的时候，社会的人几乎从来没有认识清楚那同他们关于这个对象的观念联系在一起的功利。[③]

---

①在"样板戏"出现之前，毛泽东明确肯定的当代作品如《欧阳海之歌》等，并不多见。

②《普列汉诺夫美学论文集》第2卷，人民出版社1983年版，第83页。

③《普列汉诺夫美学论文集》第1卷，人民出版社1983年版，第497页。

普列汉诺夫注意到了理智与直觉作为不同领域的区别，这很容易让人联想到列宁同高尔基谈到贝多芬《热情奏鸣曲》时的情形。毛泽东的文艺功能观显然不在审美的范畴之内，直觉、本能这样的概念几乎没有在毛泽东的文艺论著中出现过，他也从来没有站在这一角度解释过文学。因此，毛泽东的文艺功能观，不仅与他的功利主义相关，同时也与他所接受的文艺学的知识背景相关。

应该说，毛泽东是相当熟悉鲁迅的。他对鲁迅的称赞和景仰，还没有哪位现代作家能够与之相比。鲁迅译介过普列汉诺夫的《艺术论》，并在"译本序"中介绍了普氏的功利论，但鲁迅在审美领域却不那么功利，他倒是接受了普氏"直觉"或"本能"的概念。他在《诗歌之敌》中说：

倘我们赏识美的事物，而以伦理学的眼光来论动机，必求其"无所为"，则第一先得与生物离绝。柳荫下听黄鹂鸣，我们感得天地间春气横溢，见流萤明灭于丛草中，使人顿怀秋心。然而鹂歌萤照是"为"什么呢？毫不客气，那都是所谓"不道德"的，都正在大"出风头"，希图觅得配偶。①

这与他在《文艺与革命》中所说的"一切文艺固然是宣传，但一切宣传却并非全是文艺"的看法是互相补充的。鲁迅虽然是一位伟大的革命家，但作为作家的他始终在维护文艺作为特殊领域的特殊性，维护文艺必要的自由。但是，值得考虑的是，毛泽东的文艺思想，更多的是受到了激进的"革命文学"理论家的影响。他抽象地肯定了鲁迅，却具体地实施着鲁迅"对立面"的主张。而且新中国成立后，与鲁迅关系密切的理论家如胡风、冯雪峰等，都较早地遭到了打击。这里固然有文艺界恩恩怨怨的原因，但毛泽东意属于

①《鲁迅全集》第7卷，人民文学出版社1981年版，第236页。

周扬等人，显然与他主张的"文艺为政治服务"的观念有关。

第四节　"中国化"的现代性经验

毛泽东思想形成和实施的时代，是中国已经遭遇了现代性问题的时代。西方资本主义正以霸权的形式诉诸全球化，社会主义则刚刚崛起或正在实践中。内忧外患的中国不仅经济上十分落后，而且传统文化也处在风雨飘摇之中。中国已经有过饱受西方列强欺辱的惨痛经历，这时选择超越资本主义的社会主义道路，便有了理智与情感的双重含义，而马克思主义为中国革命提供了思想和语言，俄国革命的成功则为中国提供了范本和前景，这两个条件使中国共产党人看到了民族自我拯救的可能。因此，毛泽东选择马克思主义理论和俄国的社会主义实践，与中国的历史处境是联系在一起的。但是，矛盾重重的中国使毛泽东的革命实践一开始就充满了探索的艰巨性。这种艰巨性不仅来自本土政治、经济和文化带来的困难，同时也与蕴含在现代之中的矛盾息息相关。阿瑞夫·德里克在分析这一矛盾时指出："20世纪上半叶的几十年间，中国人跨入了一个广阔的文化和知识空间，这个空间是由欧洲两个世纪的现代化所开拓的；同时又把中国的文化局面抛入了动荡的旋涡中，当时中国人正试图寻找一种与他们选择的现代性范式相应的文化。中国人与现代性的斗争体现在其历史人物的现代主义眼光中，体现在这种眼光所暴露出来的矛盾之中，这种眼光显示出中国人无法使自己从过去的沉重包袱中解脱出来；这场斗争被陷入在两种不同的现代性之间的夹缝之中，其中一种现代性是霸权主义的现实，另一种现代性则是一种解放事业。"[1] 而毛泽东思想正是对这种矛盾的历史处境做出的反应。许多年之后，他说的"我们正在做我们的前人从来没有做

---

[1] 阿瑞夫·德里克：《现代主义和反现代主义》，萧延中等编：《在历史的天平上》，中国工人出版社1997年版，第219—220页。

过的极其光荣伟大的事业"①，就不应看作一位浪漫诗人的抒情，而是在重重矛盾中做出选择后自豪的告白。作为胜利者，这一告白潜含了他一向的乐观主义，但它掩盖了在现代性旋涡中出现的矛盾，而恰恰是"中国化"的胜利和过程中出现的矛盾，一起构成了中国的现代性问题。

莫里斯·迈斯纳在《中华人民共和国史》的序言中，一开头便写出了马克思在中华人民共和国诞生一个世纪之前的小小猜想：

如果我们欧洲的反动分子不久的将来会逃奔亚洲，最后到达万里长城，到达最反动最保守的堡垒的大门，那么他们说不定就会看见这样的字样：

中华共和国

自由、平等、博爱。②

这个有趣的猜想是不可思议的，但在一百年之后它却变成了现实，而且是"人民共和国"。迈斯纳接着写道，在马克思的时代曾经以"天朝"闻名于世的国度，被称为"活化石"的国度，都让"先进的"西方世界中最现代的革命学说在它那里生根开花并结出果实。这个矛盾的现象一直是历史学家的难解之谜：马克思主义学说教导人们，只有高度发达的资本主义经济才能够创造出使社会主义成为真正历史可能性的工业先决条件——而且同时产生现代无产阶级，即注定要使那种可能性成为历史现实的社会力量。然而，在资本主义前的中国，马克思的当代弟子们却完成了现代最伟大的革命，并

---

① 毛泽东：《为建设一个伟大的社会主义国家而奋斗》，《毛泽东著作选读》，第 715 页。

② 《马克思恩格斯全集》第 7 卷，人民出版社 1959 年版，第 245 页。

且是利用农民起义的力量完成的^①。这个历史事实让包括迈斯纳在内的历史学家感到匪夷所思。而且中国革命并不像法国大革命和俄国革命那样，是一个改变历史方向突发的政治事件，它没有经历巴黎群众攻打巴士底狱或俄国布尔什维克在"震撼世界的十日"中夺取政权的戏剧性革命事件。当中华人民共和国于 1949 年 10 月 1 日宣告成立的时候，中国革命家已经完成了摧毁旧秩序的战斗。^②

然而，包括迈斯纳在内的历史学家也终于在这个历史事实面前谈论起中国革命的特殊性，或者说，是这个历史事实证实了毛泽东所选择的道路，尽管它的过程也有偶然事件的因素。在毛泽东的思想中，超越资本主义历史阶段而直接进入社会主义，是他不变的信念，他一再表明：当无产阶级革命在全球风起云涌之际，中国革命已经是世界革命的一部分，"它不再是旧的世界资产阶级民主主义革命的范畴"，这种革命在一战爆发之时，"尤其是在 1917 年俄国十月革命之时，就告终结了"。国际国内的环境，都不允许中国"建立欧美式的资本主义社会"^③。历史证明了毛泽东对中国革命特殊性的理解和选择，他实现了把一个贫穷落后的中国改造成为一个独立自主的民族现代国家的梦想，百年激进的理想在他这里变成了现实。他以社会主义取代了资本主义，并使一个民族从资本主义的霸权中解放出来。但是，在他顽强抗拒一种现代性的过程中，以及实现了这种抗拒后，新的现代性矛盾始终环绕在他的周围。这种新的现代性矛盾从一开始就充满了窘迫与紧张。德里克事后发现了这一矛盾的存在，这就是，在中国：

---

①莫里斯·迈斯纳：《毛泽东的中国及其发展——中华人民共和国史》序言，社会科学文献出版社 1992 年版，第 1—3 页。

②莫里斯·迈斯纳：《毛泽东的中国及其发展——中华人民共和国史》序言，社会科学文献出版社 1992 年版，第 1—3 页。

③毛泽东：《新民主主义论》。

启蒙运动既成为使人们从过去解放出来的工具又是对民族的主体性和智慧的否定；而过去则既成为一种民族特性的源泉又是加诸现在的负担；个人既是现代国家的公民又是全民族解放的威胁因素；社会革命既是把阶级和社会群体解放出来从而建立一个真正民族的工具又是导致民族解体的分裂因素；乡村既是古老的民族特性的源泉又是发展的绊脚石；民族既是世界普遍主义的动力又是反对霸权行为的防卫力量（即以狭隘的本国观念的永久化而向世界封闭）。诸如此类的矛盾无穷无尽；它们在不同的社会视野里以不同的方式表现出来，但是它们都属于现代性的矛盾。①

但是，这些矛盾被毛泽东以简化的方式做了处理，即他对这些矛盾的主要方面做了选择然后予以强调，以理论话语的方式遮蔽或缓释了这些矛盾，这也正是新的现代性矛盾的肇始。也就是说，民族解放的总体目标成为主要任务时，其他矛盾只能在压抑中作为代价被忽略，而当面对这些具体矛盾时，就只能以一种"不确定"的形式做出不同的回应。事实上，无论是中华人民共和国成立前后，诸如精英与民众、集体与个人、民族与世界、民主与控制、东方文化与西方文化等问题，都没有明确和稳定的理论阐发。允诺的临时性总为不断的变化所取代，独特的中国道路始终是一个试验中修订的方案，它的乐观主义和探索性就无可避免地在实践中遇到障碍和挑战，"方案的修订"是以"政策和策略"的方式出现的。

超越资本主义道路的选择，无疑是一种富有想象力的实验，毛泽东在解决他所面对的矛盾时，有两点是值得注意的，一是强调人的作用，一是强调民族性。资本主义世代的物质积累是东方古国不能比拟的，但人的意志却是可以重塑的。长征的胜利使毛泽东更加

---

①阿瑞夫·德里克：《现代主义和反现代主义》，萧延中等编：《在历史的天平上》，中国工人出版社1997年版，第219—220页。

坚信人的意志的作用，延安的艰苦环境和战争中的献身精神，使经历了那一时代的人都培育了崇高感和英雄主义。这种神圣的精神在反复强调中演变为道德价值。它超越了资本主义对物质的炫耀，从而也使后发的现代化国家具有了自己民族的特点。人的作用，在毛泽东的许多著作中都有明确的强调：

> 武器是战争的重要因素，但不是决定的因素，决定的因素是人不是物。力量的对比不但是军力和经济力的对比，而且是人力和人心的对比。军力和经济力是要人去掌握的。（《论持久战》）

> 人民群众有无限的创造力。他们可以组织起来，向一切可以发挥自己力量的地方和部门进军，向生产的深度和广度进军，替自己创造日益增多的福利事业。（《多余劳动力找到了出路》）

毛泽东的这些强调并不是经典马克思主义的唯物论，不是物质决定精神，存在决定意识。"群众中蕴藏了一种极大的社会主义积极性"的断言，表明了毛泽东对一种"自发的"社会主义要求的确认，认为那种革命精神是天然存在的，这为强调人的作用提供了一种依据。但这种"自发的"社会主义要求是存有疑问的，或者说它只是"蕴藏了"这种积极性。因此，毛泽东同时强调政治工作、组织工作和思想教育的重要性，而这些强调都是与物质生活没有关系的。矛盾可能就出现在这里。对人的作用和意志的强调，是对统一意志和作用的强调，而不是指具体的人的意志和作用。因此，毛泽东经常使用的"人民"的概念，同具体的人是没有关系的，或者说是完全对立的。当强调具体的人的时候，就会被指认为"个人主义"，而"个人主义"是不道德的。

于是，抑制个人的物质欲望，抑制人对日常生活的多样性要求，就成了永葆人的意志坚定性的手段，同时也就是抗拒资产阶级的手段。1949年，人民解放军赢得了三大战役的胜利，政权的交替实际上已经完成，中国共产党的工作重心开始由乡村向城市转移。这时，毛泽东警觉地告诫全党：

> ……贪图享乐不愿再过艰苦生活的情绪，可能生长。因为胜利，人民感谢我们，资产阶级也会出来捧场。敌人的武力是不能征服我们的，这点已经得到证明了。资产阶级的捧场则可能征服我们队伍中的意志薄弱者。可能有这样一些共产党人，他们是不曾被拿枪的敌人征服过的，他们在这些敌人面前不愧英雄的称号；但是经不起人们用糖衣裹着的炮弹的攻击，他们在糖弹面前要打败仗。我们必须预防这种情况。[①]

而与此相对的则是对牺牲个人利益、献身精神的持续倡导。对一个执政党来说，强调这些原则和精神无疑是重要的，它是获得人民拥护、支持，维持统治的必要条件。但是，这种对执政党的要求逐渐变为对全社会的要求，变为对一切领域的要求。离开了这一要求的任何人，都将会被命名为"资产阶级"而遭到打击和唾弃。因此，对人的意志和精神的强调，似乎是对人的尊重，是对人的解放的允诺，但是，当这个"人"是一个"大写的人"，是作为符号的人被对待的时候，这一理论就没有成为关于人的解放的学说，而恰恰是一种对人的自然要求和心灵世界的压抑和控制：人需要有道德意识，社会也需要规范的秩序，但人并不是时时需要神圣和献身、时时需要忘我的。日常生活的多样性要求和心灵世界的丰富性表达，具有无可争议的合理性，但是，在对人的意志强调和控制的过程中，它只能成为不合理的。

因此，文艺作为表达人类生活和心灵世界的领域，文艺学作为

---

① 毛泽东：《在中国共产党七届中央委员会第二次全体会议上的报告》。

研究、探讨艺术规律的专门性知识，就有了规范，受到了控制。在20世纪50—70年代，出台过大量的文艺方针政策，召开过许多关于文艺工作的会议，但这些方针政策、会议，并不是鼓励文艺工作者和文艺理论家自由创作和研究的，而是教育、告知他们如何创作和怎样研究的。但是，在阅读了这些文献材料之后，那里的"不确定性"和非连贯性是明显的。当思想领域控制过于紧张，文艺创作和研究明显失常的情况下，便会出现一些宽松的方针和政策；而当文艺创作和研究超越了限定的范围时，又会出现紧缩的方针、政策甚至运动。这些恰恰是新的现代性焦虑的反映，超越了资本主义和它所缔造的现代性问题，并不意味着现代性问题的终结。

　　民族性问题是毛泽东在许多著作中深为关心并反复述及的问题，它有时是针对传统文化，有时是强调民族形式。关于民族性的讨论，毛泽东显然受到了列宁关于两种民族文化理论的影响。十月革命前夕，在俄国"民族文化"论争中，列宁针对"民族文化自治"这一口号指出："每一现代民族中，都有两个民族。每一种民族文化中，都有两种文化。""每个民族的文化里面，都有一些哪怕是不大发达的民主主义和社会主义的文化成分，因为每个民族里面都有劳动群众和被剥削群众，他们的生活条件必然会产生民主主义的和社会主义的思想体系。"[1] 同时，每个民族里面也有资产阶级文化，并且是占统治地位的文化，因此存在着两种文化的斗争。那种超阶级的"民族文化"是不存在的。毛泽东沿袭了列宁关于"两种文化"的理论，他在论及传统文化时指出："中国的长期封建社会中，创造了灿烂的古代文化。清理古代文化的发展过程，剔除其封建性的糟粕，吸收其民主性的精华，是发展民族新文化提高民族自信心的必要条件；但是绝不能无批判地兼收并蓄。必须将古代封建统治阶级的一切腐朽的东西和古代优秀的人民文化即多少带有民主性和革

---

[1] 列宁：《关于民族问题的批评意见》。

命性的东西区别开来。"① 这也就是毛泽东批判地继承文化遗产的理论，相似的提法在他的其他文章中也可以读到。

有论者注意到，毛泽东关于民族性的问题是在国际／中国的关系中提出的，即在民族解放战争的背景下，国际共产主义运动应该与被压迫民族的民族斗争结合起来。民族问题，而不是阶级问题成为抗日战争时期中国共产主义运动的主导性问题。它有具体的政治含义和历史背景：通过诉诸"民族"问题，获得共产主义内部的民族自主性。或者说摆脱共产国际的支配，使中国共产党成为一个具有独立自主权的政党②。这一分析是有道理的，摆脱霸权的控制，寻求中国独特的道路，是毛泽东的一贯追求，即便是在国际共运的内部，他也希望能够保有"民族"的声音，而不至于在两大阵营的对峙中消融了自己。但是值得注意的是，当民族解放的任务已经完成，阶级的问题成为突出的问题时，民族性的问题仍被强调，它就改变了原有的历史含义。这时，"民族形式"也同时具有了"阶级的"防卫意义。当毛泽东在新的历史时期强调"民族形式"时，他显然含有针对西方"资产阶级"意识形态的成分。也就是说，在防卫意识形态侵蚀的意义上它是阶级的，而在"习惯、感情以至语言"③等形式的意义上，它是民族的。这是他坚持"民族形式"、反对"全盘西化"的真正用意。

在理论上说，毛泽东的这一设定是没有问题的，他既强调了"民族形式可以掺杂一些外国东西"，"应该'标新立异'"④，又强

---

① 毛泽东：《新民主主义论》。

② 汪晖：《地方形式、方言土语与抗日战争时期"民族形式"的论争》，《汪晖自选集》，广西师范大学出版社1997年版，第344页。

③ 毛泽东：《同音乐工作者的谈话》，《毛泽东文集》第7卷，人民出版社1999年版，第77页。

④ 毛泽东：《同音乐工作者的谈话》，《毛泽东文集》第7卷，人民出版社1999年版，第80页。

调了"应该越搞越中国化"①。这对于发展中国的民族形式是有益的。或者说，它既是开放的，又是有所保留的。但是，实际情况离这种理想的设定十分遥远。在近三十年的时间里，民族观念以狭隘的方式向世界封闭，外国的东西在中国不可能有立足之地。历次对"资产阶级"思想的批判，几乎都可以在西方世界找到它的根据和源头，最后只剩下形式和内容最具"民族性"的"样板戏"。形式上它是地道的中国的，内容上它是地道的"无产阶级"的。超越资本主义的"中国化"在这时达到了极致：它既实现了对人的意志的极大神化，实现了对崇高、神圣、献身、英雄主义的向往，也实现了用民族形式（京剧）表达的愿望。

对"中国化"现代性经验的揭示显然是不够的，但在上述触及的问题中，已经部分地揭示了它的矛盾，也就是说，对人的意志和精神的想象与夸大，隐含了对人的压抑和控制的机制，对物质神话的批判和抵制，同时排斥了日常生活的合理性，致使与"人学"相关的文艺学理论难以在"人"的范畴内展开，而成为意识形态的附庸；对"民族性"的强调，离开了原来的意义。之后，加剧了东西文化的对立和紧张，从而使民族文化失去了与西方文化交流互补的可能和机会。更为重要的是，理想的允诺迟迟不临，并在变化和修订中一再延宕，导致了"理想"和信仰的最后危机，新的现代性矛盾在积聚中终于爆发为"街头政治"（四五运动）。

但问题的另一方面同样值得我们注意，也就是说，当历史环境发生变化、矛盾已经转化或解决之后，作为经验的现代性状况还存在另外一种可能性，就 20 世纪 50—70 年代近 30 年的经验而言，如果剥离了文艺学的政治功利性、剥离了它对人的统治和封闭的狭隘性，那里隐含的理想精神仍可视为值得珍惜的历史遗产。事实亦表

---

① 毛泽东:《同音乐工作者的谈话》,《毛泽东文集》第 7 卷,人民出版社 1999年版,第 82 页。

明，即便在20世纪90年代，包括"红色经典"在内的近30年的文艺，仍在另外的意义上具有观赏的魅力。在另一个时代的风行已表明了现代性经验的全部复杂性。这也诚如大卫·哈维所说：

　　……事物的易变性使得人们难以保持任何历史连贯性意识。如果历史有什么意义的话，那么它的意义必须在变化的旋涡中去发现和界定，这个旋涡不仅影响着一切被人们讨论着的事物而且影响着讨论的术语，这样，现代性不仅要无情地打破任何或一切以前的历史状况，而且它的特征就在于，它意味着一个在自身内部永无止境地进行着内部分裂和解体的过程。①

　　事实也是如此。当我们重新面对毛泽东文艺思想的时候，我们显然已离开了过去30年的立场，有了新的理解和界定。

---

　　①大卫·哈维：《后现代性状况》，萧延中等编：《在历史的天平上》，中国工人出版社1997年版，第201页。

第二章 对苏联模式的追随与疏离

当代中国文学理论批评的发展，与苏联文艺学息息相关，这与把苏联作为社会主义的成功范本是联系在一起的，早期共产党人就是把俄国人的道路作为梦想去追随的。社会主义苏联首先创造了具有社会主义典范意义的文艺和理论，在文艺创作和理论上向苏联学习，就是一种合乎逻辑的选择。20 世纪 20 年代，马克思主义在中国的进一步传播，在文艺领域，是伴随着对苏联文学创作和理论的介绍同时进行的。1928 年 12 月起，陈望道主编的"文艺理论小丛书"开始印行，其中就收有苏联的文学论文；1929 年春，冯雪峰主编的"科学艺术论丛书"也开始出版，鲁迅为这套丛书翻译了卢那察尔斯基的《艺术论》《文艺与批评》和苏联的《文艺政策》；冯雪峰也翻译了卢那察尔斯基的《艺术之社会的基础》、普列汉诺夫的《艺术与社会生活》、伏洛夫斯基的《社会的作家论》等书。鲁迅后来又单独译出了普列汉诺夫的《艺术论》（《没有地址的信》）。从这个时代起，苏联文艺学作为重要的理论资源影响了中国文艺学的建设和发展，它像社会主义在苏联获得了成功一样，表现着社会主义文艺学的巨大魅力。

新中国成立后，对苏联文学和理论的介绍，更显示出了空前的热情。短短几年的时间，就有上千种苏联文学作品介绍到我国，《青年近卫军》《真正的人》《早年的欢乐》《水泥》《不平凡的夏天》等，迅速被我国读者所熟悉，特别是后来的《卓娅和舒拉的故事》《钢铁是怎样炼成的》等具有鲜明社会主义文学特征的作品，在我国广为流传，它们被关注和熟知的程度，几乎超过了任何一部当代中国文学作品。高尔基、法捷耶夫、费定、奥斯特洛夫斯基成了最有影响的文化英雄，保尔·柯察金、丹娘、马特洛索夫、奥列格成了青年无可争议的楷模和典范。同时，从1950年到1962年的12年间，我国还翻译出版了苏联文艺理论、美学教材及有关著作11种，翻译出版了普列汉诺夫、列宁、斯大林、高尔基、卢那察尔斯基等论文学艺术的著作七种①。1955年，苏联一个不知名的学者毕达可夫来华讲学，在北京大学并设了文艺学的研究生班，直接传授了苏联多年来形成的社会主义文艺学，培育了中国文艺学教学和研究的骨干力量。所有这些，都对当代中国文艺学产生了直接而深远的影响。甚至可以说，一直到今天，还没有任何一个国家的文艺学像苏联文艺学那样，给我们留下了如此不能磨灭的深刻记忆。

但是，由于苏联文艺学一开始就具有鲜明的意识形态色彩，一开始就被规范为无产阶级革命事业的一部分，因此，在它表达了无产阶级和社会主义文艺学的特征、服务于这个总体目标的同时，也伴随了关于文艺学若干重大问题的论争与讨论，它自身所隐含的矛盾伴随着发展的全过程。而在我们认同与接受苏联文艺学的时代，事实上也无可避免地遭遇了苏联文艺学所含有的矛盾。于是我们发现，在当代中国文艺学发展过程中，不仅我们使用的概念、关注的焦点，甚至面临的问题几乎都与苏联文艺学相同。它与高涨的理想主义热情和残酷的政治压抑相伴相生。过去，我们只看到高尔基作

---

①洪安南:《中苏当代文学理论异同简论》，倪蕊琴主编:《论中苏文学发展进程》，华东师范大学出版社1991年版，第177页。

为一代文学宗师的权威地位，却难以想象他内心的全部痛苦和无奈。罗曼·罗兰在50年后才公开发表的《莫斯科日记》，部分地揭露了斯大林帝国时代的文化专制，也部分地揭示了高尔基在那一时代的矛盾心理和精神苦痛；我们只看到法捷耶夫《毁灭》《青年近卫军》的经典意义和他作为苏共中央委员、作协总书记的荣耀，却难以想象他用子弹将自己置于血泊中，而那时正是史称"解冻"的时代。当然，还要包括对托洛茨基、布哈林充满仇视的理论批判，对左琴科、阿赫玛托娃等人的清洗，对索尔仁尼琴、帕斯捷尔纳克的迫害，以及对各种"非无产阶级文学"流派和潮流的批判等，我们也都曾部分地经历过。

不同的是，苏联与欧洲传统的密切联系以及19世纪以来俄罗斯丰富的文学和理论遗产，作为潜流和已成为民族精神一部分的影响，始终在产生作用。赫尔岑、别林斯基、车尔尼雪夫斯基、杜勃罗留波夫、普列汉诺夫、托洛茨基、布哈林等大师的理论，总会成为生长点，有可能在理论危机的时代填补稀缺的理论空间，并暗中给人们以思想的支援。而我们在接受苏联文艺学的时代，更注重的是理论的实用性和意识形态的意义，而不是包括俄罗斯文化精神在内的全部苏联文艺理论。这种情况自然有民族传统的制约，有民族主体性要求的考虑，但它也同时隐含了追随中疏离的危机。也就是说，当民族主体性和意识形态要求与追随对象发生分歧时，疏离甚至反目就会成为新的选择。事实也是如此，我们正是经历了对苏联文艺学的接受、抗拒、选择的全过程。即便如此，苏联文艺学对我们的影响仍然是巨大的，抛开文学的意识形态性，19世纪的俄罗斯文学及理论、20世纪的苏联文学的世界意义仍值得我们格外重视。而苏联文学70年的经验与教训，对我们说来其意义更是不同寻常。

第一节　单向文化流通的意识形态需求

事实上，当中国共产党作为一个独立的政治力量出现于国际共产主义运动中以后，其与苏联的关系总是微妙而复杂的。当"用无产阶级的宇宙观作为观察国家命运的工具，重新考虑自己的问题"时，"走俄国人的路"，就是"结论"[①]；在缺乏经验的领域，向苏联学习也是一个策略上的选择，"在全国解放初期，我们全没有管理全国经济的经验，所以第一个五年计划期间，只能照抄苏联的办法"[②]。但是，"中共领导人从来没有采取照搬苏联经验的立场"[③]。这不仅与毛泽东对中国革命道路独特性的理解、强调民族主体性相关，同时也与同苏联关系中的痛苦教训相关。"斯大林对中国做了一些错事。第二次国内革命战争后期的王明'左'倾冒险主义，抗日战争初期的王明'右倾'机会主义，都是从斯大林那里来的。解放战争时期，先是不准革命，说是如果打内战，中华民族有毁灭的危险。仗打起来，对我们半信半疑。仗打胜了，又怀疑我们是铁托式的胜利，1949、1950 两年对我们的压力很大。"[④]与苏联交往的压抑感是不能抹去的历史记忆。因此，毛泽东在强调向一切国家学习长处、好的东西的同时，必须有分析有批判地学，不能盲目地学，不能一切照抄，机械搬运。他们的短处、缺点，当然不要学。这时，毛泽东尤其指出："对于苏联和其他社会主义国家的经验，也应当采取这样的态度。"[⑤]但这一明确的立场是 1956 年中苏关系发生危

[①] 毛泽东：《论人民民主专政》。

[②] R. 麦克法夸尔、费正清编：《剑桥中华人民共和国史》，中国社会科学出版社 1990 年版，第 66、65 页。

[③] R. 麦克法夸尔、费正清编：《剑桥中华人民共和国史》，中国社会科学出版社 1990 年版，第 65 页。

[④] 毛泽东：《论十大关系》。

[⑤] 毛泽东：《论十大关系》。

机之后才提出的。而在相当长的一段时间里，向苏联学习几乎是没有条件的，特别是在文学艺术领域，当它被认为是意识形态一部分的时候，与苏联在这一领域内保持一致，就是同资本主义世界相抗衡的社会主义阵营的意识形态要求。因此，在20世纪50年代中期以前，封闭的中国唯独保持了与苏联在文艺领域内单向的文化流通，大量的苏联文学和文艺理论被介绍到中国，也正是在这样的意识形态背景下发生的。

俄国的社会主义文学，创造了这一文学形态的典范，它从被认知时开始，就强烈地吸引了中国共产党人和进步知识分子。1979年才第一次公开发表的李大钊的遗作《俄罗斯文学与革命》，是大约写于"五四"前后的介绍俄罗斯文学的文章①，在分析俄国文学特质时指出：它"一为社会的彩色之浓厚；一为人道主义之发达。二者皆足以加增革命潮流之气势，而为其胚胎酝酿之主因"。"文学之于俄国社会，乃为社会的沉夜黑暗中之一线光辉，为自由之警钟，为革命之先声。"由此可见，对俄国文学的接受，一开始就是与革命和意识形态的需要联系在一起的。现代中国文学在西风东渐的时代，曾经历了多元文化的洗礼，各色"主义"都曾在中国留下印记，但那个兼容并包的时代仍显示了它所强调的选择。鲁迅在1927年同美国学者巴特勒特的谈话中曾提道：俄国文学作品已经译成中文的，比任何其他国家作品都多，并且对于现代中国的影响最大。茅盾、王西彦、冯雪峰、耿济之、郁达夫、郭沫若、巴金、沈从文等现代中国文学家都曾程度不同地受到俄国文学的哺育和影响，或直接表达了对俄苏文学的景仰之情。俄苏文学所具有的时代魅力，恰似"黑暗王国中的一线光明"，使中国作家看到了民族解放和民族文学的曙光。但这些作家更多是在思想上汲取俄苏文学的营养，而对艺术

---

① 李大钊的《俄罗斯文学与革命》，发表于《人民文学》1979年第5期，戈宝权在介绍这篇文章时认为它的写作年代不详，但肯定了它是"一篇最初用马克思主义观点来论述俄国文学，特别是俄国诗歌与革命的关系的文字"。

上的关注则退居到了次要地位。

因此，如前所述，由苏联文学观念所引发的问题与矛盾，我们在接受的过程中同样遭遇到了，特别是后期"拉普"所推行的极"左"思潮，严重干扰了中国无产阶级文学的发展。它的宗派主义、关门主义、一家独大的思想倾向在我国不同时期都有所反映。如果说早期中国进步文学界马克思主义水平普遍不高，尚缺乏识别能力的话，那么，随着马克思主义经典作品的不断译介，文学界马克思主义思想有了显著提高之后，那种教条主义、宗派主义、关门主义等错误思潮并没有终结，则不能不说是意识形态方面的原因造成的。1933年11月，周扬曾根据苏联作家吉尔波丁的文章，发表了《关于"社会主义的现实主义与革命的浪漫主义"》一文，文章第一次系统批判了"拉普"的理论核心"辩证唯物主义创作方法"。周扬认为：这一创作方法的主要错误，就在于"忽视了艺术的特殊性，把艺术对于政治，对于意识形态的复杂而曲折的依存关系看成直线的，单纯的，换句话说，就是把创作方法问题直线地还原为全部世界观的问题"。它"把辩证法的一般命题绝对化，而忽视文学的特殊性质。'拉普'在文学上的行政的手段就是根据这个来的"。周扬这时虽然也强调了世界观的重要性，但他仍然在"拉普"的教训中看到了艺术的重要性。他认为："艺术的特殊性使批评家负了这样的义务，就是：他不但要发现作家的创作的阶级的和思想的意义，而且也非发现他的艺术的价值，他的才能的程度不可"①，并且援引了吉尔波丁、恩格斯对艺术性的强调。这种清理对当时左翼文学界是意义重大的。

在周扬的这篇文章中我们还隐隐听到别林斯基和托洛茨基思想的回响。别林斯基曾认为："确定作品的美学上的优劣程度，应该是批评家的第一步工作。当一部作品经不住美学分析的时候，也就

---

① 周扬：《关于"社会主义的现实主义与革命的浪漫主义"》，《周扬文集》第1卷，人民文学出版社1984年版，第106—107页。

不值得对它做历史的批评了；因为如果一部艺术作品缺乏迫切的历史内容，如果其中以艺术本身为目的的话——那它还可以具有相对的、尽管是片面的优点；可是，假如它只有生动的当代旨趣，却没有创造和自由的灵感的印记，那么，它就绝没有任何价值，其中生动的旨趣既然是强制表现在与它格格不入的形式里，也成了荒唐无稽的东西。"①托洛茨基也曾在《文学和革命》一书中指出："艺术必须按照自己的方式发展，走自己的道路。马克思主义方法并不就等于艺术的方法。党领导无产阶级，但领导不了具有历史意义的各种历史过程。有些领域，党的领导必须是直接的、绝对必要的；有些领域，党只能参与合作；最后，还有些领域，党只能去适应要求，艺术领域并不是要求党去发号施令的场所。党能够而且保护和赞助艺术，但只能间接地领导艺术。"②周扬所表述的思想联结了俄苏艺术民主的传统，但它并没有，也不可能作为一个传统在现代中国延续下来。而托洛茨基表达的艺术领域并不是要求党去发号施令的场所，也含有布尔什维克当时没有支持"无产阶级文化派"的解释因素。

事实上，在斯大林的时代，并不存在党去适应文艺要求的情况，在俄共中央不仅存在一个领导文学艺术的"专门小组"，而且"斯大林亲自过问文学问题"，苏联作协筹委会主席伊·米·格隆斯基"是他的常客，斯大林相信他，接见他的时候也不必'事先报告'"。格隆斯基后来回忆说："专门小组的工作实际上决定了苏联文学以及整个苏联艺术后来的发展。"③因此，文艺创作和基本理论实际上是党在控制的。斯大林同高尔基讨论文学问题时，高层领导如莫

---

①《别林斯基论文学》，新文艺出版社 1958 年版，第 261—262 页。

②佛克马、易布思：《二十世纪文学理论》，生活·读书·新知三联书店 1988 年版，第 106 页。

③《格隆斯基给奥甫恰连哥的回信》，见倪蕊琴主编：《论中苏文学发展进程》，华东师范大学出版社 1991 年版，第 343 页。

洛托夫、伏罗希洛夫也往往参加。文艺这个领域没有人认为它是一块"飞地"，使苏联的经验得到了进一步证实的是日丹诺夫时期"以政策为指针"的理论，文艺作为意识形态的表意工具到这时达到了极致。

1949年之后，中国同苏联的关系虽然是微妙而复杂的，但它只限于高层领导集团，而对于包括文艺界在内的其他领域，苏联仍是个社会主义阳光普照的伟大国家，日丹诺夫的极左理论仍在刚刚诞生的新中国得到了回应。一次文代会上就有人强调文艺工作者为党的政策服务的重要性，并为后来的论者发挥为：文艺必须服从政治，而"政治的具体表现就是政策"，以政策为"指针"，才能保证作品的"政治力量与艺术力量"①。这种意识形态的认同，在1951年周扬的一份报告中被明确提出。周扬认为："文艺工作现在最大的问题就是缺乏上边的帮助，缺乏政治上的帮助，他们最需要政治方面的帮助，就是如何使他们注意政策问题，注意人民生活中哪些是正当的问题，哪些是不正当的问题，领导他们对生活中所发生的重大问题发生兴趣，帮助他们去表现。"②这一提法与日丹诺夫的提法是非常接近的。对苏联的追随起码在文艺的领域并未因高层领导的微妙关系而受到影响。

1952年，周扬应苏联文学杂志《旗帜》之邀，写了《社会主义现实主义——中国文学前进的道路》一文，这是一篇向苏联致敬的文本，是包括文艺学在内的向苏联没有保留地认同的公开表达。周扬援引了毛泽东在《论人民民主专政》一文中"走俄国人的路"的话，并且发挥说："政治上如此，文学艺术上也是如此。"而且"现在苏联的文学、艺术和电影已经不只是作为中国作家和艺术工作者的学习的范例，而且是作为以共产主义思想教育和鼓舞广大中国人

---

①《文艺报》1950年第3卷第1期。

②周扬：《在中国共产党第一次全国宣传工作会议上的报告》，《周扬文集》第2卷，人民文学出版社1985年版，第71页。

民的强大精神力量，成为中国人民新的文化生活的不可缺少的最宝贵的内容了"。中苏两国的文化交流，"这个意义还不只是文学上的，同时也是政治上的"①。周扬道出了实情。也就是说，中国与苏联单向的文化流通，一开始就是意识形态的需要，它的联盟是"保卫世界和平的最重要的因素"②。向苏联学习，就成了"摆在中国人民、特别是文艺工作者面前的任务"③。

当然，这种追随与学习绝不是抽象或姿态式的，它具体到党对文艺的领导、文艺基本理论的提出、创作方法、作家的组织形式、文艺的意识形态功能等。而事实上，20世纪50年代中期以前，中国文艺的组织形式和它的功能要求，几乎完全是照搬苏联的，它的影响则一直持续到20世纪60年代。值得我们注意的是，意识形态的功能要求与文艺学中的意识形态本性论并不是一回事。前者要求的是文艺对政治的从属与服务，不认为它是一个具有特殊性的独立领域；而后者则把文学作为一门社会科学，"研究文学作为一种意识形态的特点"④的学科。

文学的意识形态性同样被西方文艺学家所关注，注重文学与社会历史的关系，或直接从文学的意识形态属性出发研究文学现象的大有人在。法兰克福学派，英国的伊格尔顿，美国的马尔科姆·考利、杰姆逊等，在具体的理论研究和批评实践中，都非常注重文学与社会历史的关系。但是，这也正如韦勒克和沃伦在《文学理论》一书中指出的那样：社会性的文学只是文学中的一种，而且并不是主要的一种。因此，即便是注重文学意识形态属性的研究，也是为了揭

---

① 周扬：《社会主义现实主义——中国文学前进的道路》，《周扬文集》第2卷，人民文学出版社1985年版，第183—186页。

② 周扬：《社会主义现实主义——中国文学前进的道路》，《周扬文集》第2卷，人民文学出版社1985年版，第183—186页。

③ 周扬：《社会主义现实主义——中国文学前进的道路》，《周扬文集》第2卷，人民文学出版社1985年版，第183—186页。

④ 钱中文：《文学理论流派与民族文化精神》，吉林教育出版社1993年版，第81页。

示文学作为一种意识形态部类的内在结构和外部关系，它仍然是文学本体范畴的内容。这显然与西方对意识形态这一概念的持续研究并把它作为一个知识问题对待有关。也就是说，一方面，意识形态不是空洞的说教，它是一个人进入并生活在一个社会中的许可证书，一个人只有通过教化对一种意识形态认同，才可能对以这种意识形态为主导思想的社会认同，才能在这种社会生活中得心应手，但同时他主体性的失落也越严重[①]。另一方面，意识形态又是一种幻想，或者说是"虚假意识"，"它通过父母、学校、教会、电影、电视、报纸，从人们的儿童时期起就强加给人们，它们控制着人们的头脑，仿佛它是人们自己思考或观察的结果"[②]。它既有合理化的一面，又有虚假的一面。这样，意识形态就不再是一个神话，而是统治阶级思想的表达形式。

但在中国，对苏联意识形态的追随，更充满了幻想性，把用语言表达的允诺当作现实，并希望文学帮助它兑现。具有讽刺意味的是，当 20 世纪 50 年代下半期，苏联文学理论已经批判教条主义、公式化，反思历史重建理论的时候，我们仍在大量翻译出版斯大林时代的、充满了教条主义气息的教材和论文。这从一个方面反映了那一时代追随苏联的功利性和意识形态需要。

第二节　范本：社会主义现实主义

文艺学在向苏联追随、学习的过程中，社会主义现实主义是一个最为集中的理论命题。这期间虽然出现过多种阐释、讨论、改造以至最后被置换，但它的核心内容已成为中国当代文艺学的基本骨架，它所表述的思想早已在主流文艺学中打下了难以撼动的基础，

---

① 俞吾金：《意识形态论》，上海人民出版社 1993 年版，第 3、280 页。
② 俞吾金：《意识形态论》，上海人民出版社 1993 年版，第 280 页。

从而成为一种包容性相当广泛的文艺学命题。无论是作为创作方法、艺术思潮、评价尺度，它都拥有不可置疑的权威性和合法性。

社会主义现实主义的经典定义，始见于1934年第一次苏联作家代表大会通过的《苏联作家协会章程》：

社会主义的现实主义，作为苏联文学与苏联文学批评的基本方法，要求艺术家从现实的革命发展中真实地、历史地和具体地去描写现实。同时，艺术描写的真实性和历史具体性必须与用社会主义精神从思想上改造和教育劳动人民的任务结合起来。

但是，作为苏联文学基本方法的社会主义现实主义定义，准确地说，是1932年5月20日提出来的。据后来的当事人回忆，当时的"专门小组"成员斯捷茨基和格隆斯基到斯大林那里谈文学问题，格隆斯基提出：苏联艺术理论的基础应该是共产主义现实主义，并且应该作为一个口号：

斯大林思考了片刻，然后不慌不忙地、若有所思地说："共产主义现实主义……共产主义现实主义……也许还为时尚早……不过如果您同意的话，那么社会主义现实主义应该成为苏联艺术的口号。"据他的理解，他做了这样的解释：应该写真实。真实对我们有利。不过真实不是轻而易举能得到的。一位真正的作家看到一幢正在建设的大楼的时候，应该善于通过脚手架将大楼看得一清二楚，即使大楼还没有竣工，他决不会到"后院"去东翻西找。①

格隆斯基作为苏联作协筹委会主席，在1932年5月20日的莫

---

① 奥甫恰连哥致格隆斯基的信，见倪蕊琴主编：《论中苏文学发展进程》，华东师范大学出版社1991年版，第341页。

斯科文学小组积极分子会议上首次传达了社会主义现实主义创作方法。后经中央政治局批准，确认了这个集体讨论的表述方法。

它的诞生过程和斯大林对"写真实"的理解，再清楚不过地揭示了这一方法所隐含的政治意图。它的内涵具有决定意义的是修饰"现实主义"的"社会主义"，正是这个非文学的概念决定了它的性质。"艺术描写的真实性和历史具体性必须与用社会主义精神从思想上改造和教育劳动人民的任务结合起来"，是这一方法的关键，它所蕴含的指向和期待，也是与这一方法密切相关的理想化、典型化、乐观主义等处理方式最有力的依据，"透过脚手架将大楼看得一清二楚"而不是到"后院"去"东翻西找"，形象地暗示了这一方法的实质性内容和要求。

较早将社会主义现实主义方法介绍到中国的，是周扬发表于1933 年 11 月 1 日出版的《现代》第 4 卷第 1 期上的文章《关于社会主义的现实主义与革命的浪漫主义》。但它并没有成为显学迅速风行，这不仅与周扬当时迟疑、矛盾的心情有关，同时也与中国当时的社会状况相关，新民主主义革命虽然有社会主义因素，但它毕竟不是社会主义。这也正和格隆斯基提出"共产主义现实主义"时，斯大林认为"还为时尚早"的道理是相同的。加上不久就全面爆发了抗日战争，民族主体性的问题日益突出，社会主义现实主义只能作为一个"参照"的文本而不能成为一个流行的口号。但它的实质性内容，总是或隐或显地流淌于我们具有民族形式的主流文学要求之中，也就是说，在战争年代，社会主义现实主义是在我们民族化的过程中起作用的。而到了 1949 年 10 月 1 日，情况发生了实质性的变化，当毛泽东宣布"中国人民从此站起来了"的时候，它就不只是一个象征性的仪式，那自豪而又有些悲壮的宣告，不仅表明中华民族获得了民族自主性，同时也表明，在共产党领导下的民族解放事业，经过前仆后继的流血牺牲，取得了决定性的胜利。这一胜利使中华民族在国际上无可争议地拥有了独立的合法地位和民族身份。这时，主体性的问题就不再像战争时代前途未卜那样敏感。因此，毛泽东在 1949 年 6 月 30 日——中国共产党诞生二十八周年前夜发表的《论人民民主专政》中，第一次表达了"一边倒"的选择：

　　积四十年和二十八年的经验，中国人民不是倒向帝国主义一边，就是倒向社会主义一边，绝无例外。骑墙是不行的，第三条道路是没有的。我们反对倒向帝国主义一边的蒋介石反动派，我们也反对第三条道路的幻想。

　　大政方针的制定必然要在文艺思想上引起强烈反响，或者说它只是时间问题。解放初的文艺界还沉浸在解放区文艺成就的喜悦中。作为中国共产党文艺政策和理论权威阐释者的周扬，无论在第一次文代会上的发言、在文学研究所的讲演，还是在党的宣传工作会议上的报告，其主要内容仍是在阐发毛泽东的文艺思想，宣扬解放区的文艺成就和经验，其用意就是通过推广使其普泛化。但这时社会主义现实主义仍没有即时流行，关键问题还是同苏联关系的复杂性决定的。新中国成立后，中国共产党对苏共和斯大林表示了极大的友好热情，斯大林在中国受到的颂扬，在他七十岁生日这天达到了高潮。但同年 12 月毛泽东率团去莫斯科同斯大林会谈，两个半月的时间都没有达到理想的效果，斯大林甚至连"中苏友好条约"都不愿意签署，而五年内只给三亿美元的有息贷款，比波兰一年前得到的还少，而且卢布很快就宣布贬值。同时，在朝鲜战争、中国在联合国的合法地位等问题上，苏联显然都缺乏友好的表现。中国共产党对苏联的热情也大幅地降温。有材料表明：1950 年建军节，北京各界人民庆祝八一建军节和反对美国侵略朝鲜、中国台湾游行示威发布的 35 条口号中，其中一条是"全世界人民的伟大领袖斯大林元帅万岁！"但 1951 年建军节由总政治部发布的 18 条标语中，没有一条说到斯大林、苏联或苏联共产党①。这些细节，都能反映出两国在一段时期内复杂微妙的关系。虽然在1951年1月中央人民政府文化部、教育部发布的《关于开展春节群众宣传工作与文艺工作的指示》第三条中，仍可看到"宣传以苏联为首的世界和平民主力量的空前强大，世界人民保卫和平运动的新的胜利；宣传加强中苏两大国家的友谊合作"②的字样，但作为"宣传"内容，它与抗美援朝的国际斗争背景是相关的，也符合中国在国际斗争中的战略。

中苏关系虽然存在一些不愉快的阴影，但在总体利益上，特别是在国际意识形态斗争的大背景下，以及中国社会主义道路的选择，都预示了中国必须同苏联保持必要的兄弟关系。这是大前提。而且当1953年中国逐步从理顺国内政治秩序和抗美援朝的沉重负担中解脱出来之后，有计划的国内社会主义建设即将展开，这个仅在资本主义世界进行经济封锁的时代需要苏联经济上的援助，同时也需要相对一致的意识形态协调。而在文艺领域内，虽然还没有公开提出"社会主义现实主义"的口号，但从20世纪40年代开始，有关社会主义现实主义的重要文献，就已经陆续地介绍到了中国，重要的如吉尔波丁的《真实——苏联艺术的基础》③、加里宁的《论艺术工作者应学取马克思主义——列宁主义》④以及法捷耶夫的理论专著《苏联文学批评的任务》⑤、范西里夫的《社会主义的现实主义》⑥

① 奥甫恰连哥致格隆斯基的信，见倪蕊琴主编：《论中苏文学发展进程》，华东师范大学出版社1991年版，第294页。

②《东北文艺》1951年2月号。

③ 吉尔波丁：《真实——苏联艺术的基础》，雨林译，《希望》杂志1946年1月第1集第2期。

④ 加里宁：《论艺术工作者应学取马克思主义——列宁主义》，萧三译，《中国文化》第1卷第6期。

⑤ 法捷耶夫：《苏联文学批评的任务》，生活·读书·新知三联书店1951年版。

⑥ 范西里夫：《社会主义的现实主义》，天下图书公司1949年版。

《苏联文艺论集——社会主义现实主义问题》[①]等。这些论著对社会主义现实主义创作方法的哲学依据和理论内涵，都做了极为详尽的表述。因此，对这一口号中国文艺界是相当熟悉的，并已经融进中国文艺学的阐释中。因此，当主流话语打出社会主义现实主义旗帜时，中国文艺理论界对它的阐释已经是轻车熟路。周扬、冯雪峰、邵荃麟等权威理论家几乎不留痕迹地完成了向这一理论的转化。社会主义现实主义从这一时代起，就成为可以整合各种理论的权威语码，它不只是一个系统理论，而且是一个评价尺度，它君临一切的意志，也具有了不容挑战的合法性保证。20世纪50年代一切向社会主义现实主义理论挑战的理论家，都只能归于失败一路，这倒不在于其他理论本身是否存在问题，关键是社会主义现实主义所隐含的意识形态话语，是不允许挑战和超越的。而社会主义现实主义的最终被取代，其原因也并非文艺理论讨论或发展的结果，它同样取决于意识形态斗争的需要。

（一）社会主义现实主义的制度化

1951年，中国文艺界经历了两次较大的批判运动，这就是对电影《武训传》和萧也牧创作倾向的批判。文艺思想界反映的问题，引起了有关方面的高度重视，并开展了文艺界的整风学习。1951年11月24日，北京文艺界召开了整风学习动员大会，胡乔木在会上做了题为《文艺工作者为什么要改造思想》的报告。报告认为："北京文艺工作者进行一次关于文艺工作方向问题的学习，借以改造思想，改进工作。这个学习是迫切需要的。"在他看来，文艺界"存在着更大的资产阶级小资产阶级思想的包围"。因此，"目前文艺

---

　　① 范西里夫：《苏联文艺论集——社会主义现实主义问题》，上海棠棣出版社1949年版。

工作中的首要问题，从根本上说，就是确立工人阶级的思想领导和帮助广大的非工人阶级文艺工作者进行思想改造的问题"[1]。周扬和丁玲也分别做了题为《整顿文艺思想，改进领导工作》和《为提高我们刊物的思想性、战斗性而斗争》的报告。这两个报告也寓意了整风包括改进文艺领导工作和整顿办刊方针的内容。文艺界的领导人组成了"学委会"，领导整风学习，并指定了学习文献，它们包括毛泽东的《实践论》《在延安文艺座谈会上的讲话》《应当重视电影〈武训传〉的讨论》《反对自由主义》、联共（布）中央关于文艺问题的四个决定和日丹诺夫《关于〈星〉和〈列宁格勒〉两杂志的报告》、斯大林给杰米扬·别德内依的信等。

值得注意的是，整风文件中苏联的文艺思想和文艺政策成为重要的学习内容。关于斯大林 1930 年 12 月 12 日写给杰米扬·别德内依的信，《人民日报》发表时同时发了"编者按"，认为："斯大林同志在这封信中提出了两个重要原则性的问题，即文艺作品应如何表现无产阶级的爱国主义精神及党的作家应如何对待自己的错误。"[2] 这封信发表于批判《武训传》、批判萧也牧创作倾向和文艺界整风学习之际，它的用意是非常清楚的。中国文艺界显然也存在着类似杰米扬·别德内依的"自高自大"作风和自由主义的态度。因此，斯大林要求共产党员作家必须服从党的决议，领会党的决议的实质并改正自己的错误，必须谦虚，这不仅是 20 年前对杰米扬的答复，同时也是对 20 世纪 50 年代初期中国文艺界的忠告。

联共（布）中央关于文艺问题的四个决定和日丹诺夫的报告，都形成于 1946—1948 年的日丹诺夫时代。这些决议和报告彻底清算了苏联战后文艺界存在的"严重错误"，它们包括："专门写作空洞的、无内容的和庸俗的东西，专门鼓吹腐败的无思想性、低级

---

①胡乔木：《文艺工作者为什么要改造思想》，人民文学出版社 1952 年版，第 1 页。
②《人民日报》1951 年 8 月 20 日。

趣味和不问政治的习气""对苏联生活方式和苏联人的卑鄙的诽谤"的左琴科;"渗透着悲观和失望的情绪,表现着那停滞在资产阶级贵族的唯美主义和颓废主义——'为艺术而艺术'的立场上"的阿赫玛托娃;《星》杂志因发表了上述两作家的作品而犯有"重大错误",《列宁格勒》杂志也因此"办得特别坏"[①];影片《灿烂的生活》"仅仅描写了开始恢复顿巴斯矿区时期的一段并不重要的插曲","主要注意力却放在各种个人遭遇和生活场面的粗陋描写上"[②];而歌剧《伟大的友谊》的音乐,因作曲者穆拉杰里而成为"极其有害的形式主义"[③]。这些错误似乎在 20 世纪 50 年代的中国都可以找到相对应的作家或作品。

这些被批评的作家的作品,最重要的原因,是没有反映出战后苏联生活的"本质",或者说,他们没有"透过脚手架将大楼看得一清二楚",而是在"后院""东翻西找",从而构成了对苏联社会生活的"诽谤"。因此,这些作品在本质上是不符合社会主义现实主义创作原则的。日丹诺夫在他的报告中指出:"我们不再是1917 年以前那样的俄国人,我们的俄国不再是那样,而且我们的性格也不再是那样。我们随着那些把我们国家的面貌根本改变了的最大的变革而改变了和成长起来了。"因此他要求:

表现苏联人这些新的崇高的品质;表现我们的人民,但不只是他们的今天,也要展望到他们的明天;像探照灯一样帮助照亮前进的道路——这就是每个真诚苏联作家的任务。作家不能做事件的尾巴,他应当在人民的先进队伍中行进,给人民指出他们发展的道路。

①日丹诺夫:《关于〈星〉和〈列宁格勒〉两杂志的报告》,《苏联文学艺术问题》,人民文学出版社 1959 年版,第 33—35 页。
②《关于影片〈灿烂的生活〉》,《苏联文学艺术问题》,人民文学出版社 1959年版,第 83 页。
③《关于穆拉杰里的歌剧〈伟大的友谊〉》,《苏联文学艺术问题》,人民文学出版社 1959 年版,第 119 页。

以社会主义现实主义方法为指针,真诚地和仔细地研究我们的现实,力图更深地透入我们发展过程的本质,作家就一定会教育人民,在思想上武装人民。[1]

　　这些要求显然也同样适于整风学习中的中国文艺界。因此,整风学习不仅重新学习了文艺的新方向,统一了文艺界的思想认识,而且也经历了一次苏联文艺思想和方针政策的"洗礼",初步了解了作为苏联文艺创作方法核心内容的社会主义现实主义及其具体要求。而且违背这一要求的左琴科、阿赫玛托娃等作家的"下场",也具有了一种无形的威慑力量,给中国文艺界以某种暗示。文艺界知名人物纷纷从不同的角度做了检讨。1952 年 7 月 14 日,整风学习宣告结束[2]。

　　经过整风学习,1952 年底,文艺界开展了又一轮向苏联学习的热潮。《文艺报》发表了《文艺工作者必须认真学习斯大林关于社会主义经济问题的伟大著作》的讨论,号召文艺界"认真地、深刻地学习斯大林同志新近发表的伟大著作《苏联社会主义经济问题》和苏联共产党第十九次代表大会的文件以及斯大林同志在大会上的演说"[3]。同期《文艺报》还刊载了马林科夫在苏共十九大报告中关于文学艺术部分的摘录。《文艺报》主编冯雪峰撰写了《学习党性原则,学习苏联文学艺术的先进经验》的文章。他认为:"深刻地、有系统地研究苏联文学艺术的发展经过,学习它的辉煌成就和经验,对于我们是极端的需要。而尤其首先的问题,是如何更深刻地去认识列宁、斯大林的指示,也即是如何更深刻地认识毛主席的指示,如何更深刻地了解:经过社会主义现实主义的方法,为实践党性原则而努力,

---

[1] 日丹诺夫:《关于〈星〉和〈列宁格勒〉两杂志的报告》,《苏联文学艺术问题》,人民文学出版社 1959 年版,第 64 页。

[2]《北京文艺界整风学习基本情况》,《文艺报》1951 年第 15 号。

[3]《文艺报》1951 年第 21 号。

这是我们文学艺术创造的唯一正确的道路。"并进一步指出：

> 我们现在必须加倍深刻了解：如果社会主义现实主义，不以实践党性原则为其基本的原则，那么，它就不能成为我们的正确的文学艺术方法。苏联的文学艺术的最重要的、最中心的经验，就在于它证明了这一点。正因为苏联的同志们能够努力遵照列宁、斯大林和联共党中央的指示去从事创造，所以他们能够实现了社会主义现实主义。这就是苏联文学艺术的先进经验中的最先进的东西。[①]

这与他几个月前连载于同一刊物上的长文——《中国文学中从古典现实主义到无产阶级现实主义的发展的一个轮廓》所表达的观点，已有所不同。在这篇长文中，冯雪峰试图回答"读者"就现实主义提出的几个问题。这里他使用了"无产阶级现实主义"的概念，并在论述中力图证明，它是在现代中国具体的文学实践中概括出来的，是中国本土文学实践的产物，也是对中国古典现实主义和西方批判现实主义在批判中继承、改造、再创造的结果。他的基本理论来源还是毛泽东的《新民主主义论》和《在延安文艺座谈会上的讲话》。冯雪峰的论述潜含着毛泽东关于民族主体性的精神，意在说明，中国本土的无产阶级现实主义并不是对苏联社会主义现实主义简单的模仿。但他同时又说：

> 我们又说无产阶级现实主义也就是社会主义现实主义，这是因为无产阶级的思想就正是社会主义和共产主义。这两个名词在意思上是一样的。苏联社会主义现实主义的文学成绩，是世界无产阶级现实主义的最初的成绩，这成绩和它的创作方法上的成就，是世界无产阶级现实主义的最初的胜利，对于世界各国文学的影响是非常

[①]《文艺报》1951年第21号。

伟大的。不错，苏联的社会主义现实主义，也概括了文学所反映的社会主义社会（内容）的意思在内了，这是我们了解的；但这是因为社会主义和共产主义是思想系统，同时又是社会制度，所以能够同时概括文学内容和创作方法；而当它不能同时概括文学内容（即所反映的社会）和创作方法的时候，也依然可以从创作方法的特征而称社会主义现实主义……①

这样，冯雪峰又完成了无产阶级现实主义同社会主义现实主义内在联系的论述。也就是说中国新民主主义时期的文学虽然反映的还不是社会主义社会的生活内容，但在创作方法的特征上，已经是社会主义现实主义了。因此，冯雪峰的论文，既论述了中国新文学相对的完整性和民族主体性，同时也论述了与社会主义现实主义相一致的思想理路。这样，无论从历史还是现实来看，学习苏联完整的、丰富的社会主义现实主义理论和经验，就是理所当然、势在必行的了。

1953 年 1 月，冯雪峰又换了一个角度来谈论社会主义现实主义，也就是它已成为"今天人民要求于我们的"，而且"用不到解释，无产阶级现实主义就是社会主义现实主义"②。几乎是同时，周扬为苏联《旗帜》杂志写的论文《社会主义现实主义——中国文学前进的道路》在《人民日报》转载，他明确指出："社会主义现实主义，现在已成为全世界一切进步作家的旗帜，中国人民的文学正是在这个旗帜之下前进。正如中国新民主主义革命是无产阶级社会主义世界革命的组成部分一样，中国人民的文学也是世界社会主义现实主义文学的组成部分。"③同年 9 月，第二次全国文代会正式确认了"以

---

① 《文艺报》1952 年第 17 期。

② 冯雪峰：《为克服文艺的落后现象，高度地反映伟大的现实》，《文艺报》1953 年第 1 号，又见《冯雪峰论文集》（下），人民文学出版社 1981 年版，第 33—35 页。

③ 周扬：《社会主义现实主义——中国文学前进的道路》，《人民日报》1953 年 1 月 11 日，又见《周扬文集》第 2 卷，人民文学出版社 1985 年版，第 182 页。

社会主义现实主义作为我们文艺界创作和批评的最高准则"。至此，作为范本的社会主义现实主义完成了它在中国的确立过程。

社会主义现实主义作为最高原则在中国的确立，一方面表达了我们在文艺思想、方针和政策上向苏联的全面学习和认同，同时也反映了苏联完整丰富的社会主义现实主义的实践经验，也同样适应中国社会主义文艺发展的需要。或者说，在社会主义文艺实践的过程中，我们和苏联遭遇了几乎相同的问题和矛盾，苏联解决这些问题和矛盾的办法，为我们先期提供了经验和范本。尽管冯雪峰、周扬、邵荃麟等权威理论家在诠释社会主义现实主义的过程中，总是在强调从我国实际情况出发，同我们的文艺传统结合起来，从而使我们的社会主义现实主义的作品具备民族的形式和风格，但是，所要学习的这一创作方法的实质性内容和要求是完全一致的。

虽然社会主义现实主义的经典定义已经写进了苏联作家协会章程，但在联共十九大的报告中，马林科夫又提出了相当具体的要求：

> 我们的作家和艺术家必须在作品中无情地批评在社会中遇到的错误、缺点和不健康现象；他们必须创造正面的艺术形象，表现新型人物的人格的光辉灿烂……必须大胆地表现生活的矛盾和冲突，必须善于使用批评的武器，把它当作一个有效的教育工具。现实主义艺术的力量和意义就在于：它能够而且必须发掘和表现普通人的高尚的精神品质和典型的正面的特质，创造值得做别人的模范和效仿对象的普通人的明朗的艺术形象。……典型性是和一定社会——历史现象的本质相一致的；它不仅仅是最普遍的、时常发生的和平常的现象。有意识的夸张和突出地刻画一个形象并不排斥典型性，而是更加充分地发掘它和强调它。典型是党性在现实主义艺术中表现的基本范畴。典型问题经常是一个政治性的问题。[1]

---

[1]《文艺报》1952年第21号。

马林科夫的报告提到了社会主义文艺学范畴中的几个关键性概念：正面形象、新人物、典型、典型性、本质、党性等，它也成了我们几十年来诠释、讨论的基本概念的一部分。我们从开始学习社会主义现实主义时起，几乎就是在阐释或复述这些概念的内涵和基本精神。周扬在《在全国第一届电影剧作会议上关于学习社会主义现实主义问题的报告》中说：

社会主义现实主义首先要求作家在现实的革命的发展中真实地去表现现实。生活中总是有前进的、新生的东西和落后的、垂死的东西之间的矛盾和斗争，作家应当深刻地去揭露生活中的矛盾，清楚地看出现实发展的主导倾向，因而坚决地去拥护新的东西，而反对旧的东西。[①]

在另一篇报告中周扬又说："要看先进的东西，真正看到阶级的本质，这是不容易的事，真正看到本质以后，作家就是一个社会主义现实主义者了。"[②]而无论是马林科夫还是周扬，他们所强调的真实性或本质，事实上都远不如斯大林说得形象，也就是透过脚手架看到一幢大楼，看到社会主义的远景也就看到了本质，也就是写了真实，而在"后院""东翻西找"的作家，只能是以琐碎的生活枝节写了生活的表面甚至"诽谤"了生活。而教育人民，就必须发掘生活的本质。为达到这一目的，马林科夫提出了"有意识的夸张"，周扬进一步解释说："现实主义者都应该把他所看到的东西加以夸张，因此我想夸张也是一种党性的问题。对他所赞成的东西，他所拥护的东西要加以夸大，尽管它们今天还不很大；他所反对的

①《在全国第一届电影剧作会议上关于学习社会主义现实主义问题的报告》，《周扬文集》第 2 卷，人民文学出版社 1985 年版，第 198 页。
②《在全国第一届电影剧作会议上关于学习社会主义现实主义问题的报告》，《周扬文集》第 2 卷，人民文学出版社 1985 年版，第 198 页。

东西尽管是残余了，也要把它夸大，而引起社会对新的赞成，对旧的憎恨。"①周扬虽然没有正面回答"夸张的标准"，但他认为"这种夸张是表现党性立场的"②。

这样的例子不是个别的，事实上自从我们全面接受了社会主义现实主义这一口号，几乎就没有再为这一理论做出过创造性的添加，而只是在追随中把它抬到了党性、政治性的高度，从而成为一种不容超越和冒犯的政治律令。但是，如果对社会主义现实主义的理解和认识超出了文艺学的范畴，对它的功能性要求无限扩大，把它作为一家独大的、至高至尊的、唯一具有合法性的"范式"，它自身的合理性就不复存在，而它所含有的内在矛盾会日益突出，并且是自身理论所不能解决的。更成问题的是，我们在接受、学习的同时，又把这一方法确认为"人类文学艺术方面的最高峰"③，这就更突出了它至高无上的权威性和神秘性地位，导致了对它教条、僵硬、机械的理解和遵循。事实上，就在此后不远的时间里，不仅苏联文艺界对这一方法及内涵做了修改，重新进行了大规模的讨论，而且在中国文艺理论界，它也遭到了有力的挑战和质疑。

（二）社会主义现实主义的讨论与回应

1953 年 9 月，第二次文代会将社会主义现实主义确定为过渡时期我国文艺创作和批评的最高准则，并根据这个准则进一步提出了如何塑造新英雄人物的典型形象的问题。周恩来在他的政治报告中指出："今天文艺创作的重点，应该放在歌颂的方面"，"首先歌

---

①《在全国第一届电影剧作会议上关于学习社会主义现实主义问题的报告》，《周扬文集》第 2 卷，人民文学出版社 1985 年版，第 198 页。

②《在全国第一届电影剧作会议上关于学习社会主义现实主义问题的报告》，《周扬文集》第 2 卷，人民文学出版社 1985 年版，第 193 页。

③《苏联人民文学》（上册），人民文学出版社 1956 年版，第 34 页。

颂工农兵中间的先进人物"；这样的"典型人物"，才能"成为人民学习和仿效的对象"。为了塑造好这样的人物，周恩来强调"应该把人物写得理想一点"，而"革命的现实主义和革命的理想主义结合起来，就是社会主义现实主义"①。这一提法不仅是对社会主义现实主义的具体阐释，同时也表明了国家政权在过渡时期的文艺政策以及对文艺配合过渡时期总路线的明确期待。

但是，就在第二次文代会确定将社会主义现实主义作为我国文艺创作和批评的最高准则刚刚一年多的时间，苏联文艺理论界却发生了急剧的变化。具有表征意义的是西蒙诺夫在苏联第二次作家代表大会上做的补充报告——《苏联散文发展的几个问题》中，首次提出将社会主义现实主义的经典定义的第二句删去，并做了如下说明："这个本意是做明确规定的第二句是不确切的，甚至反而容许有歪曲原意的可能。它可能被了解为一种附带条件：是的，社会主义现实主义要求艺术家真实地描写现实，但是，'同时'这种描写必须与用社会主义精神从思想上改造人民的任务结合起来；那就是说，好像真实性和历史具体性能够与这个任务结合，也能够不结合；换句话说，并不是任何的真实性和任何的历史具体性都能够为这个目标服务。正是基于对这条定义的这种任意解释，在战后时期我们一部分作家和批评家在作品里经常借口要从发展的趋向来表现现实，力图改善现实。"②第二次作家代表大会通过的《苏联作家协会章程》，采纳了西蒙诺夫的建议，并且将原定义中的具体的历史主义原则也同时删去了，只保留了"真实性"要求。

值得注意的是，苏共中央委员会给第二次全苏作家代表大会的祝词中还在强调："社会主义现实主义要求艺术家从现实的革命发展中去真实地、历史具体地描绘现实。要担负起社会主义现实主义

①《周恩来文化文选》，中央文献出版社1998年版，第132页。
②《苏联文学艺术问题》，人民文学出版社1959年版，第136页。

的任务，就要透彻地了解人们的真正生活，了解他们的思想和感情，善于用配得上真正典范的现实主义文学的动人的艺术形式来表现，同时要充分地领会工人阶级和全体苏联人民争取进一步巩固我国现在已建成的社会主义社会和争取共产主义胜利的伟大斗争。在目前的条件下，社会主义现实主义的方法要求作家了解在我国完成社会主义建设和由社会主义逐步向共产主义过渡的任务。"苏共中央的祝词仍然是官方的一贯立场，它期待着作家艺术家的真诚合作，服从官方长远和目前的政治目标。它的用语和对社会主义现实主义的叙述，仍然是1934年的观念。但第二次苏联作家代表大会还是通过了西蒙诺夫的提议，修改了社会主义现实主义的定义，这一情况明显地透露了苏联国内政治气氛的变化。也就是说，无论是斯大林钦定的社会主义现实主义定义，还是现政权对这一基本方法的再度强调，苏联作家都可以根据文艺创作实践出现的问题，根据他们对艺术规律的理解，去重新阐释、界定这个核心概念。它表明斯大林刚刚去世后的苏联，作家的艺术民主要求兴起，而官方对文艺理论探讨的监控也松动了。这与"解冻"时代的大背景是联系在一起的，它开启了苏联文学发展的新阶段。

从第二次作家代表大会到1957年，苏联报刊发表了不计其数的关于社会主义现实主义的文章，学术机构也召开讨论会和报告会。从批评、建议到极端否定，各种意见都得到了表达。当然，这一时期无可避免地突出了新阶段的初期特征，也就是说，批判个人崇拜，清算教条主义，反对无冲突论、粉饰现实的倾向，反对"理想人物"口号，反对把社会主义现实主义公式化、标准化等，无疑都是正确的，但它更多地还是限于意识形态层面，而没有或者说还没有足够的积累得以在"现实主义诗学"的层面展开。而意识形态层面的思想斗争是相当脆弱的，当它一旦超出了官方允许的范畴或程度，它的被干预就会发生。1957年苏联官方终于出面干预了"局面混乱"的讨论，领导人亲自接见文艺界人士，而文艺理论界从这时起，则又重新强调了"保卫社会主义现实主义"的口号。同年苏尔科夫在苏联作协理事会第三次会议的报告中指出："对于苏联文学发展的道路及其基本的方法——社会主义现实主义做不正确的评价,我们必须给予原则性的、彻底的批评,不管这些评价是从谁的口里讲出来的。"①而1959年苏联第三次作家代表大会又重新恢复了"历史和具体地"两个副词,新公布的作家协会章程关于社会主义现实主义的定义是:"社会主义现实主义是苏联文学久经考验的方法。社会主义现实主义要求作家真实地、历史具体地在革命的发展中描写现实。它为作家在一切内容和形式方面的创作自由和主动精神、为表现个人才能的特点提供全面的可能性,要求艺术手段和风格的丰富性和多样性,促进一切创作方面的革新。"因此,20世纪50年代苏联关于社会主义现实主义的讨论,在理论上并没有多少进展,而在意识形态层面的挑战,也终于导致了新的行政干预而回到原来的起点。这说明维护社会主义现实主义原则,不仅是官方的一贯要求,同时它也作为一种思潮深入了主流文艺理论家的思想深处。甚至到了1978年,波斯彼洛夫在他的《文学原理》中,虽然深入地挖掘了苏联文艺学中的庸俗社会学——抽象的阶级分析法的根源,清理了它的内容及发展,但仍然肯定了作为社会主义现实主义文学内容主要特点的"党性"、文学题材的"根本上的社会政治性"②等倾向性要求,甚至也肯定了日丹诺夫时代对《星》和《列宁格勒》两杂志做出的决议。与此相联系的是对社会主义现实主义创作方法之外的作家的打击和排斥。在他看来,像布留索夫、勃洛克、别雷依、阿赫玛托娃、帕斯捷尔纳克、茨维塔耶娃、叶赛宁、普利什文、谢尔盖依-青斯基等作家的"思想改造是一件非常艰难的事",他

---

① 苏尔科夫:《苏共第二十次代表大会以后苏联文学发展的几个问题》,《保卫社会主义现实主义》第1辑,作家出版社1958年版,第111页。

② 波斯彼洛夫:《文学原理》,生活·读书·新知三联书店1985年版,第413—414、412页。

们还没有"掌握科学的社会主义世界观",虽然"非常有才能",但不能成为"主导流派"①。中国学者钱中文后来分析说,社会主义现实主义原则,作为"公式的严重失误在于忽视文学本身的特征,使自己变为一个规范化的式子。要求从现实的革命的发展中真实地、历史—具体描绘现实,这是现实主义的一种形态,拿一种形态要求现实主义,这已经使现实主义狭隘化;再通过行政手段把这种式子作为唯一的写作要求,就堵死了非常态现实主义写作,即那种真正透入生活深层的批判性的现实主义的写作,而又不符合社会主义精神的写作;堵死了非现实主义流派的写作,如表现主义、荒诞夸张、浪漫主义、象征主义的写作,形成了独尊一家的局面,使创作走向极端的单一"②。这一分析无论是对苏联还是对中国的社会主义现实主义时代所存在的问题,都是切中要害的。

因此,苏联从1953年开始的关于现实主义的讨论,它的主要思想倾向还是争取艺术民主的问题,维护或超越社会主义现实主义的规范,也就是民主与监控的斗争过程,它还很少涉及或深入现实主义的诗学层面。苏联这一时期关于社会主义现实主义的讨论,在中国引起的回应同样具有这样的特征。1956年,"双百"方针的提出,为艺术民主的讨论提供了政治上的保障,国内逐渐出现了民主的讨论气氛,但周扬在文学讲习所的讲话,仍然充满了犹疑和困惑。一方面,他认为批评斯大林有解放思想、破除迷信的好处,承认1952年发表于苏联《旗帜》杂志上的向社会主义现实主义致敬的文章"可能有些错误"③,但同时又毫不犹疑地肯定社会主义现实主义,认为"它有更多的好东西教育了全世界的人"④。因此,在周扬看来,"我

---

①波斯彼洛夫:《文学原理》,生活·读书·新知三联书店1985年版,第413—414、412页。

②钱中文:《文学原理——发展论》,社会科学文献出版社1989年版,第287页。

③《关于当前文艺创作上的几个问题》,《周扬文集》第2卷,第408—409页。

④《关于当前文艺创作上的几个问题》,《周扬文集》第2卷,第408—409页。

们一方面要感谢苏联，他们给了我们很多的作品和理论，使我们得到很大的帮助；可是对有些东西，我们做了机械的搬运，没有看出它是教条主义。……在中国，艺术理论上的教条主义方法，完全是搬的苏联那一套……所以要注意。对于社会主义现实主义的学习，决不能陷入教条主义的泥潭。"① 应该说，是苏联"解冻"时代关于社会主义现实主义的讨论，带动了中国对这一问题的反省，它掩盖的诸多矛盾开始得到暴露和揭示。身置其间的理论家对此早就洞若观火，冯雪峰就曾对友人说："苏联文艺界这些年来老是转来转去，一会儿抓这个理论，一会儿抓那个理论，一会儿反无冲突论，一会儿又跟着尼古拉耶娃大谈艺术特征。其实都不是关键，所以始终解决不了问题。只有这一回，根本关键才抓住了。关键在于社会主义民主。作家其实都知道应该怎么写，不用人去教。没有社会主义民主，他怎么也不可能写得好。有了社会主义民主，都会写出好东西来。"②冯雪峰的这段话与其说是针对苏联文艺界说的，不如说是针对整个将社会主义现实主义作为教条的文艺政策说的。因此，它也是针对中国文艺界说的。这种在当时不可能公开表达的想法，从一个侧面说明了主流话语的霸权性和对非主流话语的排斥和压制。

　　20世纪50年代中期出现的短暂的"对话"，预示了一个良好的开端。也就是说，中国文艺界对教条主义的挑战，既是一次艺术民主的争取，同时又在较短的时间里不同程度地深入了现实主义的诗学层面，典型问题、典型化问题、世界观与创作方法问题、人性人道主义问题、真实性问题等，都得到了进一步的讨论。这些讨论虽然还只是初步的清理，还没有超出现实主义的范畴，但它毕竟开启了社会主义时代文艺学的学术性讨论，它所具有的意识形态性质，也是那一时代文艺学的意识形态性所规约的。但是，这一讨论刚刚

---

①《关于当前文艺创作上的几个问题》，《周扬文集》第2卷，第408—409页。
②转引自巴人《是现实主义还是反现实主义——对冯雪峰的"现实主义"理论的初步批判》，《文学评论》1959年第1期。

启动不久，就在反右斗争的声浪中旋灭了。也就是说，在民主与监控、政治性与艺术性的较量中，非主流的争取终于因其"合法性"的问题而宣告失败。也就是说，当中国需要强化文艺的国家意识形态功能时，它选择了接受苏联社会主义现实主义的理论，因为这一理论的全部经验符合中国的国家意识形态需求，并且进一步证实了社会主义阵营文艺学的建立和它的规律性的存在。但是，当苏联试图调整、丰富这一理论，走出教条主义的困扰时，中国文艺理论界也及时地做出了回应，也试图在追随中保持一致性。然而，斯大林的逝世和苏联批判个人崇拜的时代风潮，同中国需要进一步确立国家意识形态权威性的历史处境毕竟是不同的。当文艺理论以激进的形式表达了"分化"倾向时，它便受到了官方敏感的戒备，在当时的条件下，它无论如何都是不能被接受的。1957年9月16日，周扬在《文艺战线上的一场大辩论》中，彻底清算了讨论中的非主流观点，重新又强调"文艺为政治服务"的口号，并且再次回到了社会主义现实主义先前阐释的道路上。至此，中国文艺学也中断了唯一的单向交往关系——对苏联的追随。

第三节　"两结合"创作方法的政治语义

1958年6月1日，《红旗》创刊号上发表了周扬的《新民歌开拓了诗歌的新道路》一文。文章首次传达了毛泽东提出的"两结合"的创作方法：

毛泽东同志提倡我们的文学应当是革命的现实主义和革命的浪漫主义的结合，这是对全部文学历史的经验的科学概括，是根据当前时代的特点和需要而提出来的一项十分正确的主张，应当成为我们全体文艺工作者共同奋斗的方向。毛泽东同志本人所做的许多诗词，向我们提供了最好的范本。我们处在一个社会主义大革命的时代，劳动人民的物质生产力和精神生产力都获得了空前解放，共产主义精神空前高涨的时代。人民群众在革命和建设的斗争中，就是把实践的精神和远大的理想结合在一起的。没有高度的革命浪漫主义精神就不足以表现我们的时代，我们的人民，我们的工人阶级的、共产主义风格。人们过去常常把现实主义和浪漫主义当作两个互相排斥的倾向；我们却把它们看成是对立的而又统一的。没有浪漫主义，现实主义就会容易流于鼠目寸光的自然主义……当然，浪漫主义不和现实主义相结合，也会容易变成虚张声势的革命空喊或知识分子式的想入非非……①

　　周扬像历次阐释革命文艺口号一样，又一次从理论上阐释了"两结合"创作方法的依据和合理性，并以此取代了"社会主义现实主义"的口号。这一口号自上而下的提出也同历次一样，并非出于文艺学的考虑，联系到1958年特殊的国际、国内环境，它隐含的政治语义就更加突出。"社会主义现实主义"口号被取代，明确无误地传达了中苏两国在意识形态方面的分歧，中国将用属于自己的、独立的意识形态话语表明同苏联的区别，并明示了疏离关系已成为事实，这一事实告知了中国向苏联"一边倒"时代的终结，并开启了中国争取独立的文化身份以及建立中国文艺学时代的开始。同年七八月间，周扬在河北省委宣传部召开的全省文艺理论工作会议上，发表了《建立中国自己的马克思主义的文艺理论和批评》②的讲话。讲话第一次公开批评了对苏联文艺及理论的崇拜，表达了建立中国马克思主义文艺学的决心。"两结合"就成为这一理论的核心命题。
　　这一创作方法提出的现实背景，是全民空前高涨的社会主义建设热情。"总路线、大跃进、人民公社三面红旗"以超越现实的方

---

　　①周扬：《新民歌开拓了诗歌的新道路》，文艺报编辑部编：《论革命的现实主义和革命的浪漫主义相结合》，作家出版社1958年版，第6—7页。
　　②《文艺报》1958年第17期。

式调动了全民的幻觉，新民歌集中表达了这一时期不切实际的幻想和浮夸。而"两结合"的主张恰恰适应了"大跃进"的激进形势。郭沫若曾认为："毛主席提出革命的现实主义和革命的浪漫主义相结合的这个口号，是在这'大跃进'的时代。全国工人、农民，在总路线的光辉照耀之下，正在鼓足干劲、力争上游，发扬敢想、敢说、敢干的共产主义风格。这就充分显示了浪漫主义的精神。当然，它也是在现实主义的基础上表现出来的。所以，在文学上提出革命的现实主义和革命的浪漫主义相结合的创作方法是非常适时的、具有重大的时代意义的。"[①]在周扬看来，"两结合"是"对全部文学历史的经验的科学概括"，在郭沫若看来，它"具有重大的时代意义"。也就是说，"两结合"创作方法无论从文学史的角度还是从现实的角度，都有充分的依据，因此是科学的。批评家们便只能在已经有了结论的情况下，再去论证和肯定它。

郭沫若从分析毛泽东的《蝶恋花》入手，认为毛泽东既是一位现实主义者，又是一位浪漫主义者。这首词里"有革命烈士的忠魂，有神话传说的人物，有月里的广寒宫和月桂，月桂还酿成了酒，欢乐的眼泪竟可以化作倾盆大雨，时而天上，时而人间，人间天上打成了一片"。因此毛泽东的诗词就是革命现实主义和革命浪漫主义结合的"绝好的典范"[②]。周扬则从新民歌入手，肯定了它的大胆幻想和火一般的热情，认为新民歌的"作者们的想象力像脱缰之马一样地自由驰骋。他们神往于更加美好的未来生活。他们根据自己的革命经验和劳动经验，相信世界是可以改造的。他们正凭自己的双手在从事着这个改造世界的巨大工作。他们的幽默，就是相信自己正确，相信自己有力量，而蔑视敌人，蔑视困难的一种表示。他们敢于幻想，并且能够用自己的双手把幻想变成现实。这就是民歌

---

① 郭沫若：《就目前创作中的几个问题答〈人民文学〉编者问》，《人民文学》1959年第1期。

② 郭沫若：《浪漫主义和现实主义》，《红旗》1958年第3期。

中革命的现实主义和革命的浪漫主义结合的根源"①。这些分析多是感想和印象，还构不成理论，而许多试图论述"两结合"创作方法的文章，也多流于这个层次和水平，议论泛泛虚空。因此，"两结合"的提出不仅没有在文艺学的范畴提供新的理论话语和框架，而且还进一步恶化了空泛的理论学风和创作风气。狂热的冒进时代，文艺和理论都失去了理智。批评家"论证""两结合"是与"共产主义的文学艺术要求相应的创作方法"、鼓动"文艺放出卫星来"②相联系的。激进的理论还要付诸行动，不仅"全党办文艺""全民办文艺"，而且作家也要完成宏大的写作计划。20世纪50年代很少写作品的巴金，保证在一年时间里写一部长篇小说、三部中篇小说和几篇作品的翻译。作家协会宣布，专业作家将创作七百部小说、剧本和诗，而且这些作品将是易于读懂的，并有助于新人新事的出现。尽管对专业作家提出了异乎寻常的要求，但更重视的却是不掌握熟练技巧而承担了政治任务的作家。"作家"的人数在1957年还不足一千人，1958年猛增到了20万人以上③。"两结合"的提出，使这一时代的文艺活动更像是一出充满了"浪漫"色调的闹剧。

1958年6月到1960年7月，"两结合"被权威理论家和著名作家、诗人"论证"了整整两年。虽说是"两结合"，但在论证中似乎强调"浪漫主义"更为重要。这个曾被视为唯心主义和小资产阶级自我表现的创作方法，多年受到排斥而不能成为主流，甚至郭沫若都不敢承认自己是浪漫主义诗人。但在1958年"大跃进"的时代，浪漫主义却随着狂热的情绪一起成为时代主潮。所以茅盾说，"如果把和革命浪漫主义结合的问题看成是一个艺术表现技法的问题，那就是'失

---

① 周扬：《新民歌开拓了诗歌的新道路》，《红旗》1958年第1期。

② 《文艺报》1958年第18期。

③ R. 麦克法夸尔、费正清编：《剑桥中华人民共和国史》，中国社会科学出版社1990年版，第458—459页。

之毫厘，谬以千里'了"①。因此，浪漫主义的强调仍然在文艺学的范畴之外。邵荃麟在寻找浪漫主义的来源时说："浪漫主义是哪里来的呢？是从群众生活中来的，目前生产'大跃进'中，群众那种英雄的共产主义气概，那种创造性和想象力，就充分表现了革命浪漫主义的精神。有人把浪漫主义简单地理解为幻想，这也不尽然。革命浪漫主义包括文学的幻想，但不仅仅是幻想，它的含义要丰富得多。我觉得它是人民群众在社会主义建设中对于社会主义和共产主义的信心和远大理想，共产主义者的英雄气概和乐观主义精神，以及工人阶级无穷的创造性、想象力和幻想在文学上的反映。"②贺敬之从新诗的发展过程中区别了资产阶级、小资产阶级可怜又可憎的"浪漫主义"和革命浪漫主义的概念。他发现，革命的浪漫主义必须含有下列要素：必须有理想，革命的理想主义是革命的浪漫主义的基础；必须是共产主义者的无限广阔的胸怀；必须是集体主义者，是集体主义的英雄主义；不能满足于一般的所谓"写真实"的方法③。这里，贺敬之的用语是"必须"和"不能"。也就是说，一个诗人或理论家在他表达、维护一种时代流行的理论时，不容商讨的一家独大和没有余地的自以为是，在这时已经开始露出端倪。1960年7月，全国第三次文代会正式确认了"革命的现实主义和革命的浪漫主义相结合"的创作方法，周扬指出："我们今天所提倡的革命现实主义和革命浪漫主义的结合，批判地继承和综合了过去文学艺术中现实主义和浪漫主义的优良传统，在新的历史条件下，在马克思主义世界观的基础上将两者最完满地结合起来，形成一种全新的艺术方法。"④它的逻辑关系似乎是成立的，但周扬却没有

① 茅盾：《关于革命浪漫主义》，《处女地》1958年8月号。
② 邵荃麟：《民歌·浪漫主义·共产主义风格》，《延河》1958年8月号。
③ 贺敬之：《漫谈诗的革命浪漫主义》，《文艺报》1985年第9期。
④ 周扬：《我国社会主义文学艺术的道路》，《文艺方针政策学习资料》，吉林人民出版社1961年版，第309—310页。

办法阐明这一艺术方法与实践的关系，或者说，没有阐明艺术实践曾经能够为它提供怎样的支持。

后来的研究者指出："关于这个口号的解释，也是苦心孤诣地为它寻找理论的根据。概念上的混乱，对作品的误解，不完全是理解和认识上的原因，其中有曲意迎合附会的因素。而且，对'两结合'的解释，与苏联文艺界以及我国文艺界关于社会主义现实主义的解释基本相同。实际上，'两结合'在理论上并没有提出社会主义现实主义理论以外的新内容。"[①]这一切中要害的评价，使"两结合"离开了文艺学的学术范畴而成为时事的表意符号。但是，无论"两结合"创作方法背后隐含了多么复杂的政治语义，有一点是相当清楚的，这就是它作为政治策略的一部分，虽然"前无先例，后无成果"，却承担或完成了同苏联意识形态分歧后的表意形式，以它作为分界线，标示了中国与苏联文艺理论的疏离关系。它既喻示了中国重建独立文化身份的决心，也在权宜之计中暴露了理论积累的不充分，它所有的资源从来也没有离开过政治文化一步。在它的引导下，中国文艺学陷入了更加政治化的境地之中，或者说，在国内国际政治力量的角逐中，文艺学被作为代价支付了——它并没有被当作一个相对独立的知识范畴，而仅仅是意识形态斗争敏感的反应器。

---

① 朱寨主编：《中国当代文学思潮史》，人民文学出版社1987年版，第358页。

第三章 大学文学理论批评教学

　　大学不只是传授专门知识的场所，更重要的是它有属于自己的理念和精神。世界各国的名牌大学，只要提起一所，人们马上就可以联想到这所大学所独具的风范，但它们又有大体相似的理念和精神，这种理念和精神总是同尊严、真理、创造、学术、独立、民主、自由等概念相关。因此，大学才是一个民族的精神堡垒。要了解一个国家、一个民族或一个地区的文化状况或学术思想，最好到它的最高学府。中国也是一样，北京大学、清华大学、西南联大等名校，基本上体现了中国对于大学理念和精神的理解，它们也代表了现代以来中国的文化、学术和思想的成就。

　　北京大学创办于1898年，但它作为中国最高学府而产生重大思想影响，还是1917年蔡元培任校长之后。他在就职演说中宣布："大学者，研究高深学问者也"，"大学学生，当以研究学术为天职"，并实行教授治校，倡导"思想自由，兼容并包"。这些主张催发了北大自由民主的传统，形成了独具一格的校园文化，张扬着北大的精神。不仅后人怀念"蔡元培时代的北大"，就是罗家伦、蒋梦麟等与蔡元培距离极近的人，也对他念念不忘，称他是"大德垂后世，中国一完人"①。学界对蔡元培的怀念，也就是对大学理念和精神

---

　　① 蒋梦麟：《试为蔡先生写一篇简照》，《现代世界中的中国》，学林出版社1997年版，第181页。

的肯定与怀念。无论是新派学人还是旧派学人，只要以"学术"为天职，都被一视同仁。当年《新潮》宣布："专以介绍西洋近代思潮，批评中国现代学术上社会上各问题为职司"；而《国故》则在两个月后宣布："以昌明中国固有之学术为宗旨"，并要"发挥新义，刮垢磨光"。而这两个针锋相对的杂志的主要编者，竟都是中文系"五四"那年毕业班的，它的并存和各领风骚已足见蔡元培时代的胸怀和风范。

大学的学术和独立，是大学理念的重要内容，"教育指导社会，而非随逐社会者也"。因此，当学生因演讲而大批被逮捕，蔡元培引咎辞职后又被各方要求复职时，他先发表了一文，"告北京大学学生及全国学生联合会，告以学生救国，重在钻研学术，不可常为救国运动而牺牲"[①]。

因此，对人学精神持有理解的人，都把"学术"作为它的第一要义。贺麟曾写过一篇文章，开头便说："学术在本质上必然是独立自由的，不能独立自由的学术，根本不能算是学术。学术是一个自由的王国，她有她的大经大法，她有她神圣的使命，她有她特殊的广大的范围和领域，别人不能侵犯。……一个学者争取学术的自由独立和尊严，同时也就是争取他自己人格的自由独立和尊严，假如一种学术，只是政治的工具，文明的粉饰，或者为经济所左右，完全为被动的产物，那么这一种学术就不是真正的学术。"[②]同一年，西南联大的领导者梅贻琦在他的《大学一解》中倡导了"超越现实""不求近功"的学术之本义。大学学术的独立，是它不受政治干扰、承传学术真义的保证。有优良学术传统的大学，都是有独立精神的大学。1944年，教育部规定大一国文课必须采用部订教材，而这个国文读本编订委员会所选定的篇目有50篇文言文和四首诗。西南联大中文系在使用

① 蔡元培：《我在北京大学的经历》，《中国百年文学经典文库》散文卷（上），海天出版社1996年版，第67页。
② 贺麟：《学术与政治》，《当代评论》1941年第1卷第16期。

部订教材的同时，另编了一册《西南联合大学大一国文习作参考文选》作为补充教材，其中收有胡适的《文学改良刍议》、丁西林的独幕剧《压迫》、徐志摩的《我所知道的康桥》、鲁迅的《示众》、林徽因的《窗子以外》等。后又增选了胡适的《建设的革命文学论》、鲁迅的《狂人日记》、徐志摩的《死城》、冰心的《往事》、宗白华的《论〈世说新语〉和晋人之美》、朱光潜的《文艺与道德》和《无言之美》、梁宗岱的《歌德与李白》和《诗·诗人之批评家》等。这册习作参考文选后改称为《语体文示范》，杨振声为它撰写了序言《新文学在大学里》，突出地点明了向教育当局复古倾向做斗争的编印宗旨。① 这种反对复古、别求新声的学术思想，不仅是独立的，同时也是符合历史发展趋向的。

但是，自 1950 年高校开展知识分子思想改造运动以后，不断出现的以知识分子为整肃对象的各种运动，逐渐割断了大学独立自由的思想、学术传统，政治权力以强力的方式介入学术思想领域，并把人文、社会科学诸学科，都力图改造成具有"实用性"的、解决具体问题的、有鲜明意识形态色彩的学科形式。学者和学术的独立与尊严，也正是在这一过程中逐渐失去的。

第一节　高校文学理论批评教学大讨论

大学文学理论批评课程，最迟在 1918 年的北大即已开设②。它要讲授的是"论一般文学之内容及形式"，虽然比较简单，但已初步涉及了现代文艺学的学科内容，与北京大学世纪初的"文学研究法"课程已大不相同。1902 年北京大学中国文学门科目表中，"文学研究法"列在诸课之首，并连续讲授三学年，课程有略解如下：

---

① 《国立西南联合大学校史》，北京大学出版社 1996 年版，第 110—111 页。
② 《北京大学日刊增刊》1918 年 9 月 14 日，在中国文学门"科目"中，第一门课程就是"文学概论"。

研究文学之要义：一、古文籀文、小篆、八分、草书、隶书、北朝书、唐以后正书之变迁，一、古今音韵之变迁，一、古今名义训诂之变迁，一、古以治化为文，今以词章为文关于世运之升降，一、修辞立诚、辞达而已二语为文章之本，一、古今言有物、言有序、言有章三语为作文之法，一、群经文体，一、周秦传记杂史文体，一、周秦诸子文体，一、史汉三国四史文体，一、诸史文体，一、汉魏文体，一、南北朝至隋文体，一、唐宋至今文体，一、骈散古合今分之渐，一、骈文又分汉魏六朝唐宋四体之别，一、秦以前文皆有用、汉以后文半有用半无用之变迁，一、文章出于经传古子四史者能名家、文章出于文集者不能名家之区别，一、骈散各体文之名义施用，一、古今名家论文之异同，一、读专集读总集不可偏废之故，一、辞赋文体、制举文体、公牍文体、语录文体、释道藏文体、小说文体，皆与古文不同之处，一、记事、记行、记地、记山水、记草木、记器物、记礼仪文体、表谱文体、目录文体、图说文体、专门艺术文体，皆文章家所需用，一、东文文法，一、泰西各国文法，一、西人专门之学皆有专门之文字，与汉艺文志学出于官同意，一、文学与人事世道之关系，一、文学与国家之关系，一、文学与地理之关系，一、文学与世界考古之关系，一、文学与外交之关系，一、文学与学习新理新法制造新器之关系（通汉学者笔述较易），一、文章名家必先通晓世事之关系，一、开国与末造之文有别（如隋胜陈、唐胜隋、北宋胜晚唐、元初胜宋末之类，宜多读盛世之文以正体格），一、有德与无德之文有别（忠厚正直者为有德，宜多读有德之文以养德性），一、有实与无实之别（经济有效者为有实，宜多读有实之文以增才识），一、有学之文与无学之文有别（根柢经史、博识多闻者为有学，宜多读有学之文以厚气力），一、文章险怪者、纤佻者、虚诞者、狂放者、驳杂者，皆有妨世运人心之故，一、文章习为空疏，必致人才不振之害，一、六朝南宋溺于好文之害，一、翻译外国书籍函牍文字中文不深之害。

集部日多，必归湮灭，研究文学者务当于有关今日实用之文学加意考求。①

这个"文学研究法"几乎穷尽了国学要义，从音韵到训诂、从词章到修辞，再到文体、文法，几乎无所不包。因此"文学研究法"与现代意义上的"文学概论"距离相当遥远。

从 20 世纪 20 年代初期始，"文学概论"类的著作陆续面世，其中潘梓年的《文学概论》、马仲殊的《文学概论》、赵景深的《文学概论》、夏丏尊的《文艺论 ABC》、蔡仪的《新艺术论》、陈望道的《修辞学发凡》、巴人的《文学初步》等，都产生过一定的影响，也有用于大学教学或参考的。但"文学概论"在新中国成立前并不是统设课程，设课的高校，其讲义多为自编，没有统编教材。新中国成立后，"文学概论"被列为高校中文系的统设课。中央人民政府教育部于 1950 年 8 月颁发了"教学大纲草案"，"草案"对文艺学教学内容的要求是："应用新观点、新方法，有系统地研究文艺上的基本问题，建立正确的批评，并进一步指明文艺写作及文艺活动的方向和道路。"这一要求是十分笼统抽象的。而"进一步指明文艺写作及文艺活动的方向和道路"的要求，已经有鲜明的时代色彩，并极容易产生歧义。利奥塔在《关于知识的报告》中，曾对知识传播的相关政策提出各种问题，包括：谁来传授知识？传授什么内容？传给谁？用什么媒体？哪种形式？效果如何？② 等等。按照这一追问方式，文艺写作及文艺活动的方向和道路便也存在着由谁指出和如何指出的问题。事实上 1950 年前后，大学教师正在逐步丧失话语权力，或正在被剥夺"指明方向和道路"资格的年代。一个突出的表征就是《文艺报》在 1951 年第 5 卷第 2 期开展的"关于高

---

① 《北京大学史料》第 1 卷，北京大学出版社 1993 年版，第 107 页。
② 利奥塔：《后现代状况——关于知识的报告》，湖南美术出版社 1996 年版。

等学校文艺教学中的偏向问题"的讨论。该期《文艺报》在头题的位置发表了这篇"编辑部的话",指出:

> 下面几封读者来信,谈到目前高等学校里文艺教育方面的一些问题。从这些来信里可以看出,现在有些高等学校,在文艺教育上,存在着相当严重的脱离实际和教条主义的倾向;也存在着资产阶级的教学观点。有些人,口头上背诵马克思列宁主义的条文和语录,而实际上却对新的人民文艺采取轻视的态度,对毛主席的《在延安文艺座谈会上的讲话》认识不足,甚至随便将错误的理解灌输给学生。他们认为学生适当地去参与现实活动是不必要的,甚至觉得这是降低大学生的"身价";他们只喜欢空谈"哈姆雷特""奥勃洛摩夫",而对于表现新中国崇高的英雄人物的优秀报告文学——如朝鲜通讯等——却看得一文不值;他们鼓励学生关门提高技巧,据说这样在"将来"可以"运用艺术手腕,创作大批作品";他们不反对学生的充满小资产阶级情调的"习作",不加批评教导,自己反而在课堂上怡然自得地朗诵自己过去的旧的"抒情作品"……所有这些,都与新社会的飞跃发展和青年的需要极不相称。我们觉得,对于这一类错误论点和欧美资产阶级思想意识的残余展开批评,是完全有必要的。

"编辑部的话"和"读者来信"中,所反映的文学理论教学问题,主要是"脱离实际"和"资产阶级教学观点"。第一封读者来信指出,"离开毛主席的文艺思想是无法进行文艺教学的",他希望文艺学教学能够联系现实生活。在他看来,"我们更需要的是文艺部队和大量文艺战士。没有这些人,一切提高和普及都谈不上。大学文学系和专门文艺学院的学生,都将成为这个部队的一员。对他们要求高是可以的,但高到不懂中国事,高到瞧不起人民文艺的程度,就危险了。我们更不能期待他们离开校门以后再去追赶祖国的现实,在当学生的时候，老师就有责任引导他们研究我们的现实，我们的政策，我们的文艺"①。而第二封来信的题目就是《文艺教学不能脱离实际》，他认为严重的问题之一"是过于依赖书本，只注意教条地传授，不联系生活实际，不解决学生思想问题的现象。这个现象在我们的'文艺学'这门课上，表现得相当严重"。来信还联系到了教材教法，认为：

这门课中，我们的参考书有维诺格拉多夫的《新文学教程》、巴人的《文学初步》、齐鸣的《文艺的基本问题》、以群的《文学的基础知识》、A. 顾尔希坦的《论文学的人民性》。然而如果说这是我们的参考书，不如说这是我们的教科书更符合我们教学的实际情况。我们老师讲的，全然是书上的一套。甚至有一次在讲"文学的内容与形式"时，我们的老师就是拿了上面的四本书，在课堂选读了几段，略加解释就算完了。②

以读者来信的方式对高校文学理论教学提出批评，应该说是高等教育中出现的新事物，但从它表达的思想来说，显然是来自延安整风的思想。近百年来中国的思想文化到了 20 世纪 40 年代，逐渐形成了两种不尽相同的传统，这就是以延安为代表的革命文化传统和以北京大学／西南联大为代表的学院文化传统。革命文化传统强调理论联系实际，强调理论对于实践的指导作用，没有革命的理论就不可能有革命的行动。因此，毛泽东在延安整风期间，严厉批评了理论脱离实际、主观主义以及党八股的八大罪状，意在树立理论联系实际的作风，加快中国解放的步伐，实现现代化的理想。而学院文化传统并不大注重学术或理论的实效性，甚至反对做应急的工

---

① 张祺：《离开毛主席的文艺思想是无法进行文艺教学的》，《文艺报》1950年第 5 卷第 2 期。

② 郭木：《文艺教学不能脱离实际》，《文艺报》1950 年第 5 卷第 2 期。

作，梅贻琦在《大学一解》中所倡导的"超越现实""不求近功"的学术精神，很能代表学院文化传统的真谛。因此，革命文化传统与学院文化传统是既有联系又有区别的两种文化传统。也就是说，在国难当头、民族危亡的时刻，学院文化也理所当然地以激进的形式表现出它慷慨激昂、流血牺牲的一面，大学教授也要上街游行、演说，号召民众抗争。这时的学院文化彰显了它作为民族良知的传统，它与革命文化有了亲和关系。但学院毕竟不是革命的堡垒，它的功能是承传学术，创造新知，培养学生追求真理的精神和操守。它与革命文化相比，具有非常不同的功能和品格。

革命文化在民族解放的时代，是鼓动、激励人民的意识形态，它的激情和理想色彩有极大的感召力。但是，当它成为主流文化的时候，学院文化传统并没有消失，而是仍以潜隐的方式默默承续。因此，当革命文化以自身的传统要求学院文化传统时，矛盾就无可避免，于是便发生了纠正高校文艺教学中存在的偏向问题。这样分析也许失之简单，就文艺学教学、教材存在的问题来说，它也确实有改进和发展的必要，但如果作为学术问题，它完全可以用另外一种方式来解决，而不是用"革命"的方式、权力干预的方式解决。当革命文化试图改造学院文化传统时，后者已经不战自败，甚至失去了最后辩白的机会。

《文艺报》开展讨论之后，山东大学中文系主任、文艺学教授吕荧致信《文艺报》，他在肯定《文艺报》展开的讨论的同时，也指出了张祺文中与事实不符的问题，特别是他并没有听过文艺学的课，却引了许多与吕荧原意相反的话，甚至没有讲过的话作为论据，吕荧不能不为自己辩白。然而吕荧所强调的那些细节已经不再重要。《文艺报》在发表吕荧的这封来信的同时，又发表了一篇"编辑部的话"，指出：讨论开展以来，部分文艺学教师已开始联系自己的情况，认真进行检讨，以改进工作，但是：

也有少数教师，在这一思想改造运动中表现了不正确的态度。他们还没有能够正视自己的教学中和文艺思想上的偏向；他们的教学是脱离实际的和违反了毛主席的文艺方向的，同时也缺乏自我批评的精神。这里所发表的山东大学中文系主任、文艺学教授吕荧同志的来信，就表明了他在这次思想改造运动中所采取的不正确的态度。……他还没有能够很好地考虑批评者所指出的他的教学中根本性质的问题。①

　　这一讨论的大背景，是高校正在开展知识分子的思想改造运动。文艺学教学的问题在这一背景下展开讨论，本身就已经说明它不再是纯粹的学术问题，而是通过对文艺学教学"偏向"的讨论和纠正，来改造知识分子的思想。也正是从这一年代始，革命文化传统开始系统地介入学院。学院传统逐渐变成潜流，它的影响仅限于知识分子的意会和课堂上偶尔的流露，不可能成为支配性的思想堂而皇之地言传身教。因此，1950 年对文艺学教学的讨论——思想改造运动，实际上是大学理念和精神在当代中国发生根本性转变的标志性事件。从那一时代起，学院里的"学术"问题，其背后都是政治问题，对文艺学来说尤其如此。学院知识分子渴望的独立精神、自由思想的环境彻底幻灭了，学院的思想文化传统也大体中断，而为一体化的政治思想所取代。

　　两种传统的并存到一体化统治的实现，从整体上来说改变了大学的精神和理念，改变了大学无影无形又无处不在的气氛和品格，而它具体的变化，则表现为从追求真理到追求"有用"，求知的驱动力发生了根本性的转变。这也正与利奥塔在分析古典教育与商业社会知识传授的区别时所发现的情况大体相似，他指出："现在受过专业训练的学生、政府人员或高等学术机构提出的问题不再是'这

_____

① 《文艺报》1952 年第 2 号。

是真理吗？'而是：'这有用吗？'在知识商品化的观念里，等于在问'这是否有市场？'以权力增长的眼光看，问题就成了'这有效益吗？'"① 批评文艺学教学的文章都在追问这门课程究竟有什么用，因为它不能解决实际问题。在当时被称为"脱离实际"，这是毛泽东思想最不能容忍的。而当时作为山东大学中文系学生的李希凡，在文章中批评说："吕荧先生经常强调：文艺学要有系统地进行教学，不能经常地联系实际，我们的学习是来提高，普及是将来工作的事。我们以为这样的说法和做法，也是不正确的。所谓'系统化'，是人民需要的在现实中能发挥战斗作用的新系统，而不是僵死的、不变的教条体系。理论联系实际，也并不是有时联系，有时不联系。'普及和提高'也并不能这样分裂地理解。我们的文艺学，完全漠视人民文学的研究，而空喊提高，就正是'空中提高'，脱离人民的提高，这种提高，将毫无用处。"② 李希凡在他的来信中，提出的基本论点还是"是否有用"的质疑。当用革命文化传统的尺度要求或检查大学教学时，它所存在的问题就将比比皆是。学生批先生，在新中国成立后这是第一次，但它却有引领风潮的作用。1958年人民文学出版社出版了多卷《文学研究与批判专刊》，几乎全是北大中文系学生的批判文章。游国恩、林庚、王瑶、刘大杰、钟敬文、陆侃如等权威学者无一幸免。学术界的"兴无灭资"在那一时代达到了高潮。

1950年颁发的大学"教学大纲草案"③，中文系二十五门课程中，有十一门课程要求"用新观点、新方法"进行讲授，这一要求显然是对传统讲授方法的排斥和抵制。但是，仅从吕荧先生的教学安排来看，他的讲义比20世纪40年代以前的《文学概论》已经有了很

① 利奥塔：《后现代状况——关于知识的报告》，湖南美术出版社1996年版，第152页。
② 李希凡：《对我校文艺教学的几点意见》，《文艺报》1952年第2号。
③ 藏教育部档案室。

大的发展，或者说已经是很"现代"的了，他的安排如下：

序
第一章　艺术的起源
第二章　什么是文学
第三章　文学的阶级性
第四章　文学的特性
第五章　文学作品的内容和形式
第六章　文学作品的创作
第七章　文学作品的种类
第八章　文学的创作方法
第九章　社会主义的现实主义
第十章　新中国的人民文学

　　讲义中安排的内容，如文学的阶级性、社会主义现实主义、新中国的人民文学等，是以前的《文学概论》如赵景深、马仲殊、巴人等著者不曾涉及的。吕荧的讲义显然受到了毛泽东《讲话》和苏联社会主义现实主义理论的影响。他把这些"新观点、新方法"纳入到文艺学的基本理论中讲授，已经表达了吕荧向毛泽东文艺思想靠近的努力，但他仍然不能符合革命文化传统的要求。

　　这样，大学包括文艺学在内的教学，就无可避免地处于极其尴尬的地位：它们要放弃传统的大学理念和讲授方式，而对革命文化在新时代对大学教育的要求又存在理解和实践上的困难，便宿命般地处于新旧交替时代的夹缝之中。大学作为一种精神的象征，也逐渐地俯就于世俗的"有用之学"。这也是当代文艺理论极度贫乏，而文学评论格外"发达"的终极原因。学术承传在 20 世纪 50 年代改变了它的目标和方式。"求真"与"致用"并行的中国学术传统，在这一时代终于统一到"致用"一条路上去。

第二节　毕达可夫的《文艺学引论》

20世纪50年代初期关于文艺学教学的讨论，事实上预示了文艺学的危机。或者说，大学对文艺学教学的理解，已经不能适应社会对它的要求。而对教授文艺学的教师来说，如何编制讲稿显然已经成了问题。经过讨论，曾经被指定为教材或参考书的"文学概论"一类的著作，几乎没有不存在"问题"的。以《文学初步》为例，它是当时相对较完备的一部文学概论著作，它不仅比像马仲殊有西方中心嫌疑的《文学概论》前进了一步，融入了中国本土的材料和理论，而且其基本理论框架也取之于苏联维诺格拉多夫的《新文学教程》。但是，由于这本书写定于1939—1940年间《讲话》还没有发表的年代，因此，它不可能涉及《讲话》的内容，更不可能以《讲话》的思想作为它的指导思想。而这一历史原因并不能够解释《文学初步》在这方面的欠缺。1952年，当《文学初步》再版时，巴人要求出版社代向读者征求意见时，也自我检讨了这"一大缺陷"①。1940年5月完稿时，巴人还自信地认为："这本书如有其可取的地方：那就是我的立论，是大胆的。不管自己意见成熟不成熟，拿出去供别人讨论，也还是有益的吧。"但是，经过对文艺学教学的讨论，巴人连当初的这点自信也不敢再坚持了。

就当年的情况而言，中国的文艺学在两个方面都处于尴尬的地位：一方面，它不能达到社会对文艺学日益政治化的要求，虽然文艺学不断补充进"新的"政治性内容，努力靠近意识形态要求的高度，但学者还存在将其作为"知识"来维护的幻想。这样，文艺学总是在这二者之间挣扎着生存；另一方面，文艺学已经通过中国传

---

①《征求读者对本书的意见和批评》，见《文学初步·新文艺出版社启》，新文艺出版社1952年版书后。

统的"诗文评"实现了它的现代转换,以西方现代文艺学的内在理论来研究或探讨文学发生发展的普遍规律、文学的本质等基本理论。但是,20世纪以来,文艺学发展的丰富性并没有完整地进入中国学者的视野,除了马克思主义文艺理论的兴起之外,科学主义的文学理论有了突破性的尝试,形式主义、新批评、结构主义、语言学等理论相继诞生;而人文主义文学思潮,如表现主义、精神分析、原型批评、接受理论等也相继崛起。但我国文艺学者不仅没有认真地研究和考察这些理论,甚至连系统地了解都难以做到,这一点我们同苏联又有很大的不同。虽然我国当代文艺学直接受到苏联文艺学的影响,但苏联在20世纪以来,马克思主义文艺学逐渐占主导地位的同时,仍存在其他文学理论作为潜流在边缘生长。他们不仅有19世纪以来的以别林斯基、车尔尼雪夫斯基、杜勃罗留波夫等革命民主主义者为代表的现实主义理论,同时在20世纪初,俄国形式主义就已经兴盛起来,以罗曼·雅可布逊为首的莫斯科语言学派1914年就已经成立。俄国学者较早地接触了日内瓦语言学派、胡塞尔的现象学、象征主义、未来派、立体主义等。俄国形式主义,要求"在诗学研究上必须抱客观的科学态度,不做任何理论承诺,务必对事实做出观察、描述;他们与其说是在寻找一种新诗歌的表达形式,不如说是在探索诗学新理论,或者毋宁说是开辟诗学研究的新航向。并且首先必须找到关于诗学的新研究方法,而不是某种结论和固定模式。在他们看来,重要的是找到研究文艺问题的新出发点、新方法、新态度。因此,文艺科学最感兴趣的对象,不是思辨哲学,不是把文学当作意识形态的反映,或者从文学中找到的作者和其他人的政治、宗教、道德等世界观,也不是作家的传记和历史背景,更不是社会心理与个人心理相互影响的变化,而是诗学,即把文艺作品,尤其是诗歌当作艺术进行科学的研究"①。俄国形式主义不仅作为

①方珊:《俄国形式主义一瞥》,《俄国形式主义文论选·前言》,生活·读书·新知三联书店1989年版。

重要的文艺理论资源深刻地影响着苏联文艺学的发展，同时在世界文艺学整体格局中也占有重要的位置。不仅如此，仅就苏联文艺学教材来说，它们的丰富性也是我们难以比较的。其中产生广泛影响的就有：1934 年初版的季莫菲耶夫的《文学理论》，1940 年出版的他的《文学理论基础》，1962—1965 年高尔基世界文学研究所的大型三卷本《文学理论》，1978 年波斯彼洛夫的《文学原理》等。季莫菲耶夫的《文学理论》有一定的权威性，但它仍受到许多批评。在季莫菲耶夫那里，他的理论核心是"形象"或"形象性"，他把"形象性"看成文学的最本质特征。他的理论来源是黑格尔的关于形象的理论。而波斯彼洛夫则在《文学原理》中，认为"意识形态本性论"是文学艺术的特征。这种分歧和相互批评，从一个侧面反映了苏联文艺学在有限条件下的多元取向。因此，教条主义一旦得到清算，它们便会拥有理论生长和发展的丰富资源。这一点与我国现代文艺学的生态环境是非常不同的。

但是，令人遗憾的是，中国在接受苏联文艺学影响的时候，并不是连同它的传统一起接受的。中国特殊的历史处境，决定了接受的选择性，而选择的恰恰是不久之后在苏联被纠正的、具有教条主义和庸俗社会学意味的文艺学。有代表性的，就是毕达可夫的《文艺学引论》。

1954 年 2 月 20 日，苏联专家依·萨·毕达可夫来到了北京大学，校长马寅初、副校长江隆基当天接见了他。毕达可夫的使命是，为北京大学中文系文艺理论研究班讲授文艺学，时间一年半，每周讲授四小时。这是当代中国首次邀请苏联文艺学专家为中国学生系统讲授文艺学课程。毕达可夫是季莫菲耶夫的学生，在苏联并不是知名文艺学学者。根据他的讲稿出版的《文艺学引论》，也不是一部具有独创性、自成体系的文艺学教材。从它的体例和观点来说，基本上是取自季莫菲耶夫的《文学理论》。而在具体的论述上，又带有 20 世纪 50 年代初期苏联教条主义和庸俗社会学的鲜明印记。文学的意识形态性、社会主义理想、共产主义道德、党性原则、阶级性、人民性、爱国主义、教育作用等政治化的内容和说教特征，构成了《文艺学引论》中"文学的一般学说"的基本框架。这是斯大林—日丹诺夫时代控制下的文艺学。毕达可夫在"文学的一般学说"的"结论"中说：

> 文学也正如一般艺术一样，是一种社会意识形态。文学在艺术形象的形式中反映社会生活，它对社会的发展有巨大的影响，它起着很大的认识、教育和社会改造的作用。
>
> 唯心主义理论否认艺术的认识和改造的意义。到了帝国主义时期，这些理论的反动性更是变本加厉，完全否认现实主义，在艺术中维护反人民性和主观主义，宣传悲观主义和神秘主义。
>
> 在社会主义产生之前的人类社会发展的各个阶段，社会关系的对抗的性质妨碍了艺术的广泛的和全面的发展。马克思说："资本主义的生产对于精神生产的某些部门是敌对的，对于艺术与诗就是如此。"尤其在现在的资产阶级艺术中，更是全面地显露出了资本主义与艺术文化的敌对性。这原因就是由于在资本主义社会中，劳动完全失去了创造性的基础。
>
> …………
>
> 作品的艺术性首先决定于它的思想性，决定于艺术家所拥护的社会理想的意义，决定于作品的人民性，作家的技巧，并且也决定于作品的认识教育作用和社会改造作用。[1]

毕达可夫的"结论"比起季莫菲耶夫还大大地后退了一步。季氏在他的"概论"（相当于毕达可夫的"文学的一般学说"）的"结论"中说：

---

[1] 毕达可夫：《文艺学引论》，高等教育出版社 1958 年版，第 193—194 页。

艺术性的概念（与此相关的是人民性的概念，在我们这时代则为党性的概念）使我们能分析各个艺术作品的历史性特性，分析它在其特殊的历史背景中如何体现了它的形象性。

艺术性是一种尺度，它使我们能以统一的评价原则去对付从表面看来非常不同的现象。艺术性的主要标志不是别的，那就是体现在具体作品之中的形象的基本品质：如个性化、综合性、审美的目标及其与人生的联系。①

季莫菲耶夫也谈共产主义对人的解放的意义，也批判资本主义对人的多方面发展可能性的障碍，但他承认"个性化""审美目标"等是艺术性的主要标志之一。这与毕达可夫的"艺术性首先决定于它的思想性，决定于艺术家所拥护的社会理想的意义"，是有相当大的差别的。仅此一点，就可以感受到庸俗社会学在《文艺学引论》中的影响。

在《文艺学引论》中，更令人瞩目的是阶级斗争理论在文艺学中的贯彻。毕达可夫认为："自从阶级产生以后，文学便从来不是阶级斗争的冷漠的旁观者。但是文学和艺术基本上是朝两个敌对倾向发展的，这两种倾向反映两个对立阶级或两个敌对阶级阵营的利益。"② 从这一观点出发，文学发展的过程，充满了阶级的对抗和斗争，而文学流派的斗争和更替也是阶级斗争的形式之一③。这样，现实主义和形式主义这两种不同的艺术方法，也就是彼此对立的。现实主义是艺术史上的主要方法，它是"提供现实现象的真实图画和深刻地了解现实现象的文学艺术中的潮流"④。而形式主义，则是"保持外表的形式而损害事物的实质"，"作为创作方法的形式主义是

---

① 季莫菲耶夫：《文学理论》，查良铮译，平明出版社1955年版，第160页。
② 毕达可夫：《文艺学引论》，高等教育出版社1958年版，第411页。
③ 毕达可夫：《文艺学引论》，高等教育出版社1958年版，第440页。
④ 毕达可夫：《文艺学引论》，高等教育出版社1958年版，第448页。

根本和现实主义对立和敌对的，它是艺术中的反动的、唯心的潮流"。毕达可夫认为，形式主义反动实质的根源就在于它的认识论的基础。而"形式主义使艺术脱离现实，脱离历史和社会的过程，脱离社会生活的迫切任务以及人民的利益。从形式主义的观点来看，艺术不是反映而且好像也不能反映生活。形式主义从不可知论和否认认识客观世界的可能性的唯心哲学出发，把艺术和现实对立起来"[①]。因此，在毕达可夫看来，"现实主义和形式主义的斗争像一道红线一样贯穿整个文学和文学科学的历史。现实主义在全部历史过程中都是进步的潮流，进步的文学活动家都站在它的旗帜下。反动阶级永远是贪婪地抓住形式主义、反动的浪漫主义和神秘主义"[②]。文艺和文艺学的历史成了进步和反动斗争的历史，与现实主义不同的艺术方法和潮流，都成了现实主义的敌人。文艺学的研究必须同现实紧密地联系起来，实用性成了它的一大特征。

可以说，《文艺学引论》适应了刚刚讨论过文艺学教学不久的中国高等教育的需要，这个来自异邦的文艺学不仅没有成为我们眼中怪异的他者，反而因它的权威性平息了我们短暂的焦虑，因为这个"异邦"是列宁、斯大林的故乡。作为成功的社会主义的范本，对苏联的追随和迷信一度使我们失去了对其反省和检讨的能力，国内日益激进的形势和潮流，也决定了苏联文艺学在中国的合法性地位。从历史上来看，现代中国多元的文艺学理论也逐渐为其作为一部分的马克思主义文艺理论所替代。周扬编辑于 1944 年的《马克思主义与文艺》，曾系统地辑录了马克思、恩格斯、列宁、斯大林、毛泽东等对文艺的论述，关于文艺的意识形态性、典型性、阶级性、党的文艺政策等，都作为经典理论得到了确认。不同的是，我们尚没有将其编写成系统的教科书形式。季莫菲耶夫的《文学理论》虽

---

① 毕达可夫：《文艺学引论》，高等教育出版社 1958 年版，第 453 页。
② 毕达可夫：《文艺学引论》，高等教育出版社 1958 年版，第 524 页。

然于 1955 年已经译出，但对它所持有的保留性看法仍可在译者的话中得到印证。查良铮认为："这样的一部著作应当是我们所需要的。然而，译者在译介它时，却也有些踌躇。无疑地，这是一部卓越的著作，但同时，也可以说它是大学文学理论教本的初步尝试。……显而易见，像'文学理论'所涉及的这许多重要的问题，要想以一个人的精力，来给它们提出尽善尽美的解答，是近乎不可能的事情。因此，这部著作不免有很多的缺点。"但是，《文艺学引论》不仅在观点和体例上延续了《文学理论》，而且其叙述的零乱、表达的枝蔓，以及在学科的专门化上都远不如季氏的《文学理论》。但杨晦先生在出版后记中，一方面强调它的出版是"为教学的需要"，一方面认为"讲稿的内容，是很丰富的"。而对它有限的批评，也是因苏共二十大以后，文艺理论有了不同的提法，而毕达可夫特别是在典型的问题上，仍沿用了马林可夫的观点。显然，在整体上，《文艺学引论》是被肯定的。

1956 年以后，苏联对庸俗社会学和教条主义进行了批判，这推动了苏联文艺学的发展。我国虽然对教条主义的盛行亦有警觉和批评，但可以肯定地说，《文艺学引论》在我国高校文艺学教学中，仍留下了深远的影响。

第三节　自编与统编的文艺学教材

（一）自编的文艺学教材

毕达可夫虽然不是苏联的一流学者，但他在中国的形象并不是他本人的形象，而是苏联文艺学专家的形象，他的身份使他有别于一般的学者，这也正是《文艺学引论》之所以能够产生重大影响的一大原因。包括毕达可夫在内的苏联文艺学学者编写的教材在我国的传播，所产生的影响起码有两个方面：一方面，它进一步巩固或强化了我国文艺学界对"苏式"马列主义文艺学的"集体记忆"，使其在大学课堂上成为唯一具有合法性的讲授内容。它广泛的传播，决定了我国 20 世纪 50、60 年代乃至更长的时期内文艺学的基本形态，也决定了文艺学学术生产的基本形式；另一方面，它又提供了系统编撰文艺学教材的经验，特别是以马克思主义作为指导思想的文艺学教材的编写。客观地说，在我国，虽然在 20 世纪头二十年就实现了传统"诗文评"向现代文艺学的转换，但我们尚不具有编写大型文艺学教材的成熟经验，这种经验的不完备性，在已出版的教材中都有突出的表现。苏联文艺学虽然也没有全面地吸收文艺学的知识和成果，而只是突出了马克思主义的文学理论，但它们的系统性和自成一格的体系，极大地启发了中国的文艺学界。20 世纪 50 年代中后期，中国终于迎来了文艺学教材编写的热潮。先后公开出版的就有：霍松林编著的《文艺学概论》（陕西人民出版社 1957 年 7 月），冉欲达等编著的《文艺学概论》（辽宁人民出版社 1957 年 7 月），李树谦、李景隆编著的《文学概论》（吉林人民出版社 1957 年 8 月），山东大学中国语言文学系文艺理论教研组编著的《文艺学新论》（山东人民出版社 1959 年 9 月），北京大学中文系 1955 级编著的《毛泽东文艺思想概论》等。这些文艺学教材从表面上看，填补了我国高等教育中文艺学教材的空白，使我们有了适于自己教学需要的教材。但从体例和基本观点看，它们仍然没有脱离苏联文艺学的影响，有些观点甚至比苏联文艺学教材中表达的还要激进。在具体的叙述上，它们为了适应中国当时的政治需要，对切近的争论和不同观点，施之以激烈的批判，从而使之更具有工具性和实用性的特点。这一情况所造成的危害是严重的，也就是说，因为它们是教材，不仅向学生灌输了具体的观点，同时它们的方法和思考问题的方式，也极大地影响了大学文学专业的学生。

统观这些教材，一个共同的特点就是对文学阶级性和党性原则的强调，而它们所依据的理论，基本来源于社会学。这样，文艺学自身的质的规定性就遭到了侵越。也就是说，文艺学在大学教育中不再仅仅是一个知识的范畴，它在社会发展过程中的工具性理解，完全被植入了大学教育。这一转折所具有的"制度化"意义，完全超出了文艺学学科。大学的独立性和它的知识权力被纳入了体制，文艺学终于变成了一门与现实密切相关的"有用"的学科。这一转折的突出表征是，在论述某个具体问题时，它的依据不再是来自经典的文艺学作品，而是革命"导师"和职业革命家。下面是各种版本的教材有关文学阶级性论述的依据：

人的阶级性，是由人的阶级地位决定的。这就是说，一定集团的人们，长期站在一定的阶级地位，以一定的方式，长期地生产着，生活着与斗争着，即产生他们的特殊生活样式，特殊的利益，特殊的要求，特殊的心理、思想、习惯、观点和气派，及其对其他集团人们与各种事物的特殊关系等，而与其他集团的人们不同，或者相反。这就形成了人们特殊的性格、特殊的阶级性。（刘少奇《论共产党员的修养》第 91 页）[①]

李树谦、李景隆的《文学概论》不仅引述了相同的引文，同时又引述了瞿秋白下述一段话：

艺术——不论哪一个时代，不论是哪一个阶级，不论是哪一个派别的——都是意识形态的得力武器，它反映着现实，同时影响着现实。客观上某一个阶级的艺术，必定是在组织着自己的情绪，自己的意志，而表现一定的宇宙观和社会观；这个阶级，经过艺术影响它所领导的阶级（或者，它所要领导的阶级），并且去搅乱它所反对的阶级，问题只在于艺术和政治之间的联系方式：有些阶级利

[①] 冉欲达等：《文艺学概论》，辽宁人民出版社 1957 年 7 月版，第 71 页。

于把这种联系隐藏起来，有些阶级却是相反的。（《瞿秋白文集》第1卷第397页）①

霍松林的《文艺学概论》则大段引述了毛泽东《在延安文艺座谈会上的讲话》中关于文艺阶级性的论述。这种引述方法不仅仅在于革命领袖对文艺阶级性的理解和认识，重要的是，文艺学学者也相信，关乎文艺理论问题的权威裁定，并不掌握在自己手中，政治权威同时也是文艺学的权威，社会要求专家服从政治的需要，而专家也自觉或无意识地放弃了他们对专业独立思考、判断和创造的权力。

山东人民出版社出版的《文艺学新论》，是一部更具"实效性"的作品。它的体例，几乎就是对毛泽东《在延安文艺座谈会上的讲话》的演绎。全书七章，都是20世纪50年代最为流行的话语。它不仅把《讲话》的内容当作文艺学的基本知识，而且编入了许多具有文艺思潮性质的内容。这些内容有明确的政治功利性和时事性。比如，在文艺的阶级性问题上，它一方面批评了"以给作家查阶级、定成分的办法，来确定作品的阶级性"②的庸俗社会学，一方面又以庸俗社会学的方法批判了蒋孔阳有的文学作品没有阶级性的论点。蒋孔阳在《文学的基本知识》一书中认为："描写自然风景的作品"和"描写人类社会中具有普遍意义的现象，或者具有普遍意义的一些人生经验和体会等的作品"，"只是反映生活，不为任何阶级服务的"。他以杜甫、苏东坡、王维、贺知章的部分作品为例，证明不反映什么经济基础、不为一个阶级服务，而为任何阶级的人都喜欢的作家作品是存在的。但《文艺学新论》针对蒋孔阳的观点做了如下批判：

---

① 李树谦、李景隆：《文学概论》，吉林人民出版社1957年8月版，第73页。
②《文艺学新论》，山东人民出版社1959年9月版，第55页。

真是有的文学作品没有阶级性吗？文学具有阶级性的真理真的有例外吗？我们已经知道，在阶级社会里，作家有阶级性。文学作品是主观客观的统一，任何作品必然具有阶级性。就是仅仅用二十个字的五言绝句体来写风景美的小诗也不可能不带有作者的主观色彩。如果承认有"例外"，那就必须首先推翻上述的结论，承认文学只是一种自然的或社会生活现象的翻版，文学的内容只是纯客观的东西，但是，文学史上根本没有这样的作品；否则就只有承认作者渗透进景物或事物中去的思想感情，只有共性（人性）而无阶级性，事实上，他也正是这样承认的，他说："它只是我们人类的思想意识对于客观现实的反映。"但是，"在阶级社会里就只有带阶级性的人性，而没有什么超阶级的人性"。由此可见，这种"例外论"无论如何在理论上是找不到立足点的。[①]

需要指出的是，蒋孔阳在文学阶级性上的看法，基本上是沿用毛泽东《讲话》中的观点的，他只是指出了山水诗的现象是一种例外。在当时的条件下，这一看法无疑具有挑战性，尽管它被证明是正确的。而《文艺学新论》的批判采取了当时流行的二元对立、非此即彼的思维方式，武断地认为"文学史上根本没有这样的作品"，而不是针对蒋孔阳指出的作品进行分析讨论，只是在自己设定的、流行的逻辑和观念中对其进行批判，使批判对象一开始就陷入了无以辩白的境地。《文艺学新论》的这种方式曾普遍流行于文学界，但它一旦进入大学教育，就使问题变得更加严重，它的"合法性"具有了制度化的意义，它在大学培育了大批这种方式的承传者，从而产生意义深远的影响。这是以阶级论为代表的激进文艺学长期流行并有深厚基础的直接原因。

此外，《文艺学新论》对钱谷融的人道主义论，对冯雪峰、何直、

---

①《文艺学新论》，山东人民出版社 1959 年 9 月版，第 58—59 页。

周勃的现实主义论、写真实论、"干预生活"等理论的批判，都表明了这本教材的即时性。与这本教材直接演绎毛泽东《讲话》的写法相似的还有北大1955级编写的《毛泽东文艺思想概论》、湖南师范学院中文系文艺理论教研组编的《文艺理论》等。

这些教材虽然集中出现于1957—1959年，但从方法论上说则源远流长。在毛泽东文艺思想的内部结构中，我们曾分析过，毛泽东非常擅长把复杂的问题简明化、口号化。这一方法特别适于革命时期的民众动员。他的"文艺为政治服务"的概括、文艺大众化的要求和工农兵方向，都是他简明化的具体实践。而这些教材编写的年代，正是"浪漫主义"和"乐观主义"失控的年代，"超英赶美""人有多大胆，地有多大产"的自我膨胀流行于世，高校对资产阶级学术权威的清算早已风行，青年学生对文艺学的批判和指控也得到了公开的支持。这些都是不可忽视的具体语境。在文艺领域内，鼓励工农兵创作，建立工人阶级自己的文艺队伍；文学批评要培养马克思主义新生力量等，都共同促成了这些教材编写的时代背景。虽然不能指出这些教材的编写受到了哪些部门和领导的具体指示，或者它们就是自发的"新生事物"，但可以肯定的是，时代的潮流是这些教材产生的重要条件，它是那个时代的表意形式之一，而不决定于某个具体的人的理性和好恶。或者也可以这样说，再有思想能力的人，一旦身置这样的思想环境中，也会失去理性而被潮流裹挟而去。

韦勒克和沃伦在《文学理论》中，曾把文学研究分为"外部研究"与"内部研究"两种方式。他们认为：文学是一种社会性的实践，它具有一定的社会功能或"效用"，它不单纯是个人的事情。因此，文学研究所提出的大多数问题是社会问题。但他们同时指出：

可是，在通常情况下，有关"文学与社会"的探讨都显得较为狭隘和表面。一般提出的问题都是关于文学与一定的社会状况的关系，与一定的经济、社会和政治制度之间的关系。很多学者试图说明和界定社会对文学的影响，并且规定和判明文学在社会上的地位。这种对文学的社会学研究方法，主要是由那些宣布自己坚持某一社会哲学立场的学者提出来的。马克思主义的批评家不仅仅研究文学与社会之间的诸种关系，而且对这些关系在现在的社会和未来的"无阶级"社会中应该是怎样的，具有明确的概念。他们基于非文学性的政治和道德标准，从事评价性的"判决式"批评。他们不但告诉我们文学作品所体现的社会关系及其含义过去和现在是怎样的，而且也告诉我们应该或必须是怎样的。他们不仅是文学和社会的研究者，也是未来的预言者、告诫者和宣传者；这两种作用在他们身上是难解难分的。[1]

韦勒克和沃伦所说的狭隘和表面的文学与社会的研究，事实上是我们所说的庸俗的文学社会学研究。这一方法曾广泛流传，上述教材编写的年代，也正是这一方法大行其道的年代。文学的外部研究，尤其是文学与社会的研究方法，几乎成了唯一的方法。而诸如文学作品的存在方式、文体、表达、叙事等"文学内部研究"问题，在教材中几乎鲜为提及。它们重视的只有"典型"问题，而这一问题不仅因为起源于恩格斯，而且对它的强调已经隐含于功能性的结构之中，并且日趋不加掩饰。

（二）周扬与统编文艺学教材

高校统编的文艺学教材，从 1964 年到 1978 年共出版了两种。一种是以群主编的《文学的基本原理》，一种是蔡仪主编的《文学

---

[1] 韦勒克、沃伦：《文学理论》，生活·读书·新知三联书店 1984 年版，第 92—93 页。

概论》。这两种教材同时启动于 1961 年高校文科教材编选计划会议结束之后，因此它们是有关方面统一组织编写的文艺学教材。

1961 年国内国际形势有了很大的变化，"大跃进"时期失控的幻想、浮夸得到了遏止，向苏联"一边倒"的对外关系也有了很大的改变。这些情况在周扬关于文科教材会上的讲话以及向中央的报告中，都可以得到证实。对于此前由于受到国内国际政治形势的影响而编出的教材，周扬做了如下评价："解放以后，大量采用了苏联的教材（有不少是来华专家编的），自己编写的很少。1958 年以后，教育革命，解放思想，青年人编了不少教材，出现了一种新气象，但由于对旧遗产和老专家否定过多，青年人知识准备又很不足，加上当时一些浮夸作风，这批教材一般水平都低，大都不能继续采用。"[①] 而"苏联的教科书、一般的文艺理论书，资料丰富，但逻辑结构不太好，有的问题还没有讲清楚，又跳到另一个问题上去了。他们知识掌握得比我们多，但做学问的方法有缺点，条条罗列，条条之间没有联系，一般地讲就是教条主义。虽然没有用大 ABC、小 abc，实际上也是开中药铺。没有内部联系，说服力不够"[②]。从周扬向中央的报告和关于文科教材编写的内部讲话中，都可以明确地感到政治环境有了很大的松动，周扬并不是一般性地批评了苏联教科书的教条主义。虽然他仍保持了作为革命家的激进姿态，比如对政治性的坚持，对努力运用马列主义、毛泽东思想的立场、观点、方法以及阶级性的强调，但这些坚持已含有"官样文章"的意味。这不仅与周扬个人深厚的古今中外文化修养以及骨子里难以置换的文化趣味有关，同时也与 1961 年至 1962 年间的文艺政策的调整有关。文艺政策的调整是以三次重要的会议作为表征的，这就是 1961

---

① 周扬：《关于高等学校文科教材编选情况和今后工作意见的报告》，《周扬文集》第 4 卷，人民文学出版社 1991 年版，第 143 页。

② 周扬：《在文科教材政治、哲学组汇报会上的讲话》，《周扬文集》第 4 卷，人民文学出版社 1991 年版，第 135 页。

年6月由中宣部、文化部在北京新侨饭店召开的文艺工作座谈会和故事片创作会议，1962年3月文化部和中国戏剧家协会在广州召开的全国话剧、歌剧、儿童剧创作座谈会，1962年8月中国作家协会在大连召开的农村题材短篇小说创作座谈会。这些会议上领导人的讲话和形成的重要文件，对"左"倾政策进行了纠正和调整，不仅重申了艺术规律和精神生产的特殊性，同时落实了知识分子政策，强调了艺术民主。在文艺工作座谈会上，周扬曾讲过这样一段话：

　　……不注意文学特点，庸俗社会学就出来了。胡风对我们做了很恶毒的攻击，他是反革命。但是，经常记得他攻击我们什么，对我们也有好处。他有两句话是我不能忘记的。一句"二十年的机械论统治"，如果算到现在，就是三十年了。他所攻击的"机械论"就是马克思主义。我们是马克思主义领导文艺，而不是"统治"。然而，我们也可以认真考虑一下，我们这里有没有教条主义……胡风还有一句："反胡风以后中国文坛就要进入中世纪。"我们当然不是中世纪，但是如果我们搞成大大小小的"红衣大主教""修女""修士"，思想僵化，言必称马列主义，言必称毛泽东思想，也是够叫人恼火的就是了。我一直记着胡风这两句话。①

　　在周扬的革命生涯中，上述这段话大概是最具挑战性和"反叛性"的。它也从一个方面表达了周扬性格的复杂性。在公开的场合周扬虽然没有这样激烈的措辞，但在思想倾向上则是一致的。他认为："在学术上、创作上不能有任何迎合，不但要有自己的看法、自己

---

　　①转引自洪子诚：《中国当代文学概说》，香港青文书屋1997年版，第62页。《1956：百花时代》，山东教育出版社1998年版，第269—270页。

的观点，而且还要敢于坚持。"①他声称："在教材中，正确的观点、立场、方法，不仅表现在正确的论断上，而且要表现在知识的正确选择和介绍上。论断必须有材料做依据。摘引马克思主义经典著作中的某些词句，把马克思主义的现成结论作为套语，空发议论，乱贴标签，不但不能起教科书应有的传授知识的作用，而且首先是违反马克思主义的。"②他反对没有根据地贬低马克思主义之外的学问和方法，他曾对冯友兰说：你的哲学史看起来很清楚，观点也很清楚。但书里有一个地方，你说马克思主义以前的观点和资料总是不统一的③，这样说好像不大全面。要看什么观点，封建主义的代表人物，资料和观点是统一的，资产阶级代表人物的东西，资料和观点也有统一的。而你书上给人的印象是只有马克思主义才是材料和观点统一的。他不赞成把课本都变成政治课本，也不赞成言必称马列。当他看到一本文学史的导言上有"认真学习马列主义毛泽东思想是研究文学史的前提和基础"的句子时，认为对是对，但一般化，"不如说运用马列主义毛泽东思想研究文学历史是一个新的尝试"④。这种表达显然隐含着潜话语。

这一时期，周扬对文科教材建设确实倾注了极大的精力，他不仅在思想上反对一家独大、至高至尊的教条主义，同时也显示了他作为学识渊博的领导者对教学规律、知识学问和领导方法的独特见解。归纳起来，周扬这一时期对教材建设的思想主要有如下三点：首先是对规律性知识的重视。他认为政策有决定作用，但教科书不

---

①周扬：《在文科教材政治、哲学组汇报会上的讲话》，《周扬文集》第4卷，人民文学出版社1991年版，第137、139页。

②周扬：《关于高等学校文科教材编选情况和今后工作意见的报告》，《周扬文集》第4卷，人民文学出版社1991年版，第145页。

③周扬：《在文科教材政治、哲学组汇报会上的讲话》，《周扬文集》第4卷，人民文学出版社1991年版，第137、139页。

④周扬：《对〈中国文学史〉编写组的讲话》，《周扬文集》第4卷，人民文学出版社1991年版，第67页。

同于政策，教科书"要给人以规律性的知识"，"教科书不能只讲政策，要写规律性的知识，规律性的知识是比较稳定的，因为是许多年，甚至是几百年、几千年的历史所证明了的。教科书主要是要以规律性的知识武装学生的头脑，这同政策解释、工作总结都不一样。既然是门学问，就要讲规律性的东西。过去搬英美的理论，后来搬苏联的，后来又搬政策，这不行"①。周扬虽然也坚持政策的重要性，但在教材编写上，围绕政策的做法显然是失败的，因此他更强调对知识和规律的尊重。其次是文风的问题。他委婉地批评冯友兰的马克思主义以前的观点和资料总是不统一的说法，显然是因为冯友兰没有充分的论证和根据。他在另一处也指出，"我们写革命文章二十几年了，要越写越丰富才好。马克思是越写越丰富的。斯大林的文章逻辑性很强，但多少有点——不是完全——靠论证，结论下得太快。他一步一步把你逼到一个地方，就来'由此可见'。……论证多，各方面的人都可以'由此可见'，而且可以'由彼可见'。论证少了，革命者可以'由此可见'，但别的人呢？不一定。我提出过教科书不要出现'由此可见'，还有一个'这不是很明显的吗？'教科书这样写，学生都跟着学。其实写文章的人自己也不是很'明显'，可是他说了这一句话可以完事了。教科书上不应当传播这种语气。"②周扬还认为列宁"文章写得好"，根据是他"知识分子气更浓"，论证多。周扬第一次从文风的问题上批评了斯大林，实际上也批评了粗暴和霸权的、以身份决定真理的文风。他提倡比较的方法，认为资产阶级学者的观点不正确，但能提出各种观点来，让人读起来感到很客观。就像卖东西一样，他拿出好几种，而不是一种。做学问也要把矛盾分歧展开，进行比较，让

① 周扬：《关于〈教育学〉编写工作的谈话》，《周扬文集》第 4 卷，人民文学出版社 1991 年版，第 72 页。

② 周扬：《与在京部分老剧作家的谈话》，《周扬文集》第 4 卷，人民文学出版社 1991 年版，第 120 页。

学生对各种意见都想一想。这不仅增长知识，观点也容易被学生接受。只有一根线，学生的眼界很难扩大[①]。再次是对领导方法的强调。他以英文本教科书为例，华东局和中宣部先后审过，但单位领导还要审，不懂英文就让译成中文审。面对这一典型事例，周扬认为："领导还是宽厚一点好，不要管得太具体，院长不要代替外科医生开刀，那会出毛病的。好像很深入，但是吃力不讨好。有时也许有好处，但弊病多。"[②]周扬作为具体抓文科教材建设的领导，能有这样的胸怀和气象，极大地促进了工作的开展，并营造了良好的气氛。

1961年5月，有关部门组织了以群为主编的《文学的基本原理》编写组，三年后完成编写任务，上册于1963年2月，下册于1964年8月在上海公开出版发行。这是我国第一部统编的文艺学教材，它的系统性、完整性和规范性超过了此前编写的同类教材。但它仍然是一部有鲜明的社会主义特征的文艺学著作。也就是说，它在考察文学的发生发展、性质功用、创作方法、欣赏批评时，始终是以马克思主义和毛泽东思想为指导的。马克思主义经典作家的观点构成了本书的基本框架，他们提出的问题，也构成了本书基本理论部分的主要问题。按照作者的说法是：本书大体上可分为两个部分：第一部分是关于文学与社会生活的关系（特别是政治生活和经济生活的关系）以及社会发展与文学发展的关系，它的中心问题是社会生活对文学的作用和文学对社会生活的反作用的一般规律；第二部分是关于文学本身的特殊规律问题，如文学创作过程中的规律以及文学作品的构成因素及其相互间的关系。除此之外，还有一个文学作品如何通过它本身的特点影响读者，发生社会作用，以及读者和

---

① 周扬：《与在京部分老剧作家的谈话》，《周扬文集》第4卷，人民文学出版社1991年版，第135页。

②《与在京部分老剧作家的谈话》，《周扬文集》第4卷，人民文学出版社1991年版，第122页。

评论家如何欣赏、评论文学作品的问题，这是研究文学作品如何发生社会作用以及如何使文学作品更好地发生社会作用的规律，也就是文学鉴赏和文学批评的问题①。因此，这本教材突出强调的还是文学与社会的关系，并试图以解决的方式传授给学生。它不仅以马克思主义的文艺学理论作为基本理论，同时也以传授这一理论作为目标，因此它还不可能做到像周扬所说的用比较的方法介绍多种观点，在广阔的视野中增长学生的见识。它还是韦勒克、沃伦所说的那种"不但告诉我们文学作品所体现的社会关系及其含义过去和现在是怎样的，而且也告诉我们应该或必须是怎样的"那类理论著作。它的意识形态性还是相当明显的。

周扬在一次关于文科教材编写会议上的讲话，特别指出了我们美学理论和文学理论研究的薄弱，并认为："关于精神领域的东西，除政治外，有些东西我们没有搞清楚，尤其是美学、创作。唯心主义根本上是错误的，但在某些方面解释得非常细，娓娓动听。有些也是对的，只不过是把它夸大了，本末倒置了。唯物主义却没有做深刻的解释，有些解释得很简单。如艺术是产生于劳动，先有使用价值再有艺术价值；艺术起源于劳动，但后来它离开了劳动；所有美的东西都是实用的东西，也有许多实用的东西不能引起美感，等等。可见还有另外的东西，你总得讲出个道理来。我们没有去深入研究，没有解决这些问题。"②但《文学的基本原理》对西方文论显然还怀有极大的紧张，虽然它也声称要认真吸收世界各国文学理论的宝贵遗产，但是，一旦确认了马克思主义的文学理论是"世界最先进的文学理论"，那种"认真吸收"不仅是不可能，也是不必要的了。因此，这本教材的拘谨和它所能达到的水准，都从一个方面反映了我国 20 世纪 60 年代对文艺

---

① 《文学的基本原理》，上海文艺出版社 1963 年版，第 2 页。
② 《周扬文集》第 4 卷，人民文学出版社 1991 年版，第 140 页。

学基本理论的认识和水平。

　　《文学概论》是蔡仪先生主编的高校统编文艺学教材，它启动的时间也是 1961 年 5 月，参加编写和讨论的有十几人之多。但它出版时已经是 1979 年 6 月了，距《文学的基本原理》的出版也有 15 年之久。应该说这是一部更简洁明快的教材，只有 23 万字。作为文艺学入门的教材，它更适于为大学中文系本科学生讲授。就其基本理论观点来说，这本教材并没有发生突破性的变化，编者也是"努力遵照马克思列宁主义、毛泽东思想的原则"，坚持了传统的社会主义文艺学思想体系以及对文艺学基本问题的看法。它的理论来源同样是经典作家，而使用的文学材料更趋于古典性。值得提出的是它对文学类型的划分方法，它使用了"叙事文学""抒情文学""戏剧文学"的概念。这一划分方法显然比"体裁"划分更具概括性和理论性，也更能揭示不同类型文学的本质。而对"形象思维"的特别强调，从理论上说它相对具有了"诗学"的意味，而"体裁"的划分则更具"文章学"的色彩。

　　《文学概论》从编写到出书，前后经历了 18 年，但这 18 年间，一大半的时间都是极"左"思潮盛行，社会不是向开放转化，而是日益保守封闭。受政治思潮严格制约的文艺思想，在这样的年代是难以发展的。苏联文艺学曾是我们的范本，从上述两本统编教材中仍可看到苏联影响的存在。但值得注意的是，也是 1978 年，苏联学者波斯彼洛夫出版了他的《文学原理》，只要对比一下季莫菲耶夫 1948 年出版的同名著作，就可以深刻地感受到 30 年间苏联文艺学研究发生的重大变化。而这一变化不只是指意识形态方面，更重要的是苏联在文艺学知识方面的积累和研究的深入。它已不再像 20 世纪 50 年代的苏联文艺理论，很少提及或绝对否定西方文艺学派，而只对马列经典作家推崇备至。在《文学原理》中，波氏客观地评价了文化史派、比较文学派、形式主义派以及结构主义等文学研究流派。这些流派不可能都无条件地认同，但他们提出有趣的问题和不同的方法，显然丰富了文艺学。而对苏联文艺学中庸俗社会学的批评，也是实事求是的。

也是在同一时期（1977年），荷兰学者佛克马和易布思出版了《二十世纪文学理论》一书。作者声称，本书的写作，只想提供有关20世纪文学理论的"审慎而精确的情报"①。佛克马作为国际比较文学主席，对东西方文学都有研究。在他的视野里，马克思主义文学理论只是20世纪文学理论中的一种。此外，他还介绍了俄国形式主义、捷克结构主义和苏联符号学、法国结构主义、接受美学、符号学、知识社会学等多种文学理论。这些理论是在距1979年，也就是蔡仪的《文学概论》出版十年之后才被我们接触。因此，新中国成立后近30年的时间，我国文艺学在原来的起点上几乎没有前进多少。文艺学没有被作为知识向学生传授，而是作为一种意识形态向学生灌输。

在这个意义上我们的文艺学教材显然是存在欠缺的。英国的伊格尔顿是西方的马克思主义者，在这种观念的指导下，他认为一切批评都是政治批评。但他的这一结论并没有妨碍他尽可能地介绍西方有影响的其他文学理论。在《当代西方文学理论》这本颇受英美各大学欢迎的著作中，他系统地介绍了现象学、阐释学、接受理论、结构主义和符号学、后结构主义以及精神分析。因此，这本教材中作者的观点并没有淹没它所具有的知识的意义。

因此，我国两本统编的文艺学教材，从一个侧面表达了权力形式。也就是说，当文艺学教学被纳入社会体制之内的时候，对它的传授并不是随心所欲的，支配性也不取决于专家教授的研究成果，它是国家权力的一个表征。在这种权力的行使中，文艺学培育了体制需要的、实用性的专门人才，他们拥有了熟悉的权力话语，维护并服

---

① 佛克马、易布思：《二十世纪文学理论·作者前言》，生活·读书·新知三联书店1988年版。

务于这个权力和体制。因此，文艺学教学成了该学科学术生产机制的一部分，它的规约性来自它的保守性和内在紧张。这也是大学人文学科长期处于徘徊状态，甚至比社会思潮还要保守的原因之一。

第四章 学术机构的设置与学者地位

　　学术生产作为人类的一种科学活动，在正面的阐释中一直维护着它不可侵越的尊严，它的知识性和真理性成了人类精神活动的典范表征。因此，学术活动向来受到人们的尊敬，除了上述原因之外，显然还来自它的神秘性。而"除魅"的概念和"知识／权力"的理论诞生以来，学术生产所存在的问题逐渐被揭示出来，它始终被正面阐释的优越，受到了越来越多的质疑。最尖锐的质疑指出：面对现代世界各种越来越复杂而庞大的学术体制，似乎有点无能为力，原因是现今的学术知识生产，已深深地和各种社会权力、利益体制相互交缠。这不只是说大规模的知识生产功利地为社会国家目标甚至个别社会阶层的利益服务，同时，学术体制的内部组织，关于知识发展和开拓的规划，都受制于关于学科门类的偏见，以及这些偏见所体现的权力和利益关系。偏狭的学科分类，一方面框限着知识向专精化和日益互相分割的方向发展，另一方面也可能促使接受这些学科训练的人，日益以学科内部的严格训练为借口，树立不必要的界限，以谋求巩固学科的专业地位。学科制度的优点是能够建立完整而融贯的理论传统和严格的方法学训练，它的危险是使学术体制成为偏见的生产地，以服务自己的利益、建立虚假的权威。[①] 这一揭示，不仅指出了学科

---

　　①《从学科改制到知识的政治》，《文化社会研究译丛》，香港岭南大学翻译系编，创刊号《专题导论》。

划分所隐含的意识形态性，同时也揭示了国家政权在其间所具有的支配性力量。这一状况在我国就更为明显。20 世纪 50—70 年代的学术生产，事实上是受到严格规约的，这不仅在于学术活动的经费来源、人员构成，同时更在于纳入体制的科研机构的设置、群众学术团体的建立、学术刊物的检查制度以及指导性的权威会议等。因此，这一时代的学术生产事实上是完全由国家控制的。

第一节　学术机构、团体、会议与刊物

（一）学术机构的设置

学术研究机构在纳入国家体制之前，在大学就已经存在，但它的"教研"一体化决定了它是一个松散的形式。成立于 1917 年 11 月的北京大学国文门研究所，内分研究科、特别研究科两项，主要研究文字学和文学。它的任务是：研究学术、研究教授法、特别问题研究、中国旧学钩沉、审定译名、译述名著、介绍新书、征集通讯研究员、发行杂志、悬赏征文十项。钱玄同、马叙伦、陈北韬、田北湖、黄侃、刘师培、朱希祖、吴梅、刘叔雅、周作人、胡适等都是研究所的成员。从它的研究成就看，1928 年至 1950 年，所出论著及外出调查，多与传统文化有关，所出刊物也多为旧学研究。但 1950 年"北京大学文科研究所"在向高教部上报的调查表中，虽然研究计划仍多为旧学，但还是加上了"经过一年多的学习，各室工作人员已经建立新观点、应用新方法治学"[①]。它的背后显然述说了一种权力的力量。

除了北大文科研究所等早年成立的大学研究机构，如 1929 年冬成立的金陵大学文化研究所、1942 年成立的私立东方文教学院研究

---

① 《1950 年度北京大学研究机构调查表》，教育部档案处藏。

部、1928 年成立的私立岭南大学中国文化研究室等，由于历史原因仍延续了传统的研究项目外，新成立的研究机构，无一例外地按社会要求制订了研究计划。1950 年 3 月 18 日成立的中央美术学院研究部的计划是：

……研究内容分创作、理论两方面，总的是为了提高适应客观需要之新现实主义的艺术作风，在理论上，扫除封建的、买办艺术思想与倾向，批判地吸收中外古今遗产，以期达到深刻地又生动地反映现实，并正确地顺利地教育人民大众的新民主主义的艺术。[①]

1950 年 11 月成立的成都艺术专科学校研究室的计划是：

遵循毛主席所指示的新民主主义新文艺方向，具体地、有效地培养人民的艺术干部，并经常创作为群众所喜闻乐见的艺术作品，发扬集体创作与个人创作密切结合的精神。……领导师生在普及与提高密切相结合原则下以普及为主，创作大量的工农兵精神食粮。[②]

这样的研究内容在那一时代是相当普遍的。但更为典型的是，中国社会科学院文学研究所的隶属关系的变化，以及对其研究方向的要求和规约。

中国社会科学院文学研究所的前身是北京大学文学研究所，它创建于 1953 年，1954 年 9 月就已内部改属中国科学院，1956 年 1 月正式归属中国科学院下属的哲学社会科学学部。1958 年哲学社会科学学部已成为独立的单位，由中宣部直接领导。因此，文学研究所的工作事实上是由中宣部领导的。这一情况在 1958 年 3 月 27 日

---

① 《1950 年度中央美术学院研究机构调查表》，教育部档案处藏。
② 《1950 年度成都艺术专科学校研究机构调查表》，教育部档案处藏。

由何其芳、唐棣华向中国科学院党组送的一份报告中得到了证实。
报告全文如下：

中国科学院党组并转

中央宣传部：

文学研究所自 1953 年 2 月成立以来，五年的工作经历过一些摸
索和曲折。在领导关系上，我所过去隶属于北京大学；1956 年 1 月
转到了中国科学院。隶属于北京大学的时期，由于北大集中力量领
导教学，对我所在政治、思想和业务方面管得很少。领导关系转到
中国科学院后，由于科学院所属的单位太多，而且主要是把力量放
在自然科学和社会科学的其他部门上面，对我所思想、业务方面仍
然缺少经常的领导。这次整风运动中，康生同志指示我们，我所的
研究工作不要脱离实际，最好和中央宣传部发生关系。我们从五年
来的工作经历中，深感有此必要。现在请科学（院）党组（能）加
以考虑，是否我所今后除在行政上仍隶属于中国科学院，由科学院
和哲学社会科学学部在各方面继续领导而外，在政治、思想、业务
方面同时请中央宣传部直接领导。如果党组同意，请转请中央宣传
部正式确定对我所的直接领导关系。

以上意见是否妥当，请指示。

何其芳

唐棣华

1958 年 3 月 27 日 ①

这个报告送转不久，中国科学院又向中央宣传部送交了《关于
改变中国科学院哲学社会科学学部组织领导关系的请示报告》② 和

---

① 中国科学院档案处藏。
② 中国科学院档案处藏。

《关于将中国科学院哲学社会科学学部改为独立工作单位的请示报告》[①]，报告都要求将哲学社会科学学部直接归中央宣传部领导。文学研究所的隶属关系至此得到了最终解决，它的工作步调也必须同中宣部协调起来。这样，文学研究所的"研究方向"，就不可能再像北大国文门研究所那样，再研究一些与现实无关的旧学，它"不要脱离实际"的要求，使文学研究所成了一个名副其实的意识形态部门。不仅它的日常研究要密切配合现实的需要，而且中、长期工作也必须纳入规划中。在《中国科学院哲学社会科学学部所属各所1961—1962年重点专著计划目录》中，文学所的项目有七个，分别是《中国文学简史》《文学概论》《美学》《当代英、美资产阶级文学流派资料汇编》《苏联文艺思想斗争史料十辑》《中国古代和近代文学批评论文选辑》《左联史料》。问题也许不在于选题，这些选题是在文艺政策调整之后做出的，它的学科基础建设性质显示了计划者的视野。但它"集体"实施的办法，使这些研究都带有完成任务的性质。而它具体的编写方法乃至观点，都会及时地得到上级领导部门的指示。

科研机构的设置，集中表达了国家对社会科学研究的规范与控制，它的经费来源、人员配备、规划制定、指导思想等，都是由国家统一给定的。而与此相适应的还有奖励制度、项目资助、对外交流乃至职称升迁等，都控制在国家权力执行者的手中，其间的"利益关系"也从另一方面制约了研究者的思想取向和课题的选择。在权力的支配下，包括文艺学在内的社会科学研究，都不可能不体现国家权力的意态，因此，学术体制同国家利益是密切地联系在一起的。

（二）文艺团体

文艺团体一般说来是民间性的群众组织，它由成员自愿结合，

---

① 中国科学院档案处藏。

服务于共同设定的目标。1949年以后，我国最有影响的文艺团体是中国文学艺术界联合会和中国作家协会。中国文学艺术界联合会是中国文学艺术团体的联合组织，简称"中国文联"，原名是"中华全国文学艺术界联合会"，1949年7月成立，1953年9月，全国文学艺术工作者第二次代表大会后改称现名。团体会员有：中国作家协会、中国戏剧家协会、中国电影家协会、中国美术家协会、中国舞蹈家协会、中国音乐家协会等。

中国文联为自己规定的任务是：团结全国文艺界，在中国共产党领导下，在马克思列宁主义、毛泽东思想指导下，实践文艺为人民服务、为社会主义服务的方向，发展和繁荣社会主义文艺事业。对这个组织，曾有这样的评价：中国文联成立以来，在中国共产党的文艺政策、方针指引下，组织并推动中国广大文艺工作者深入生活，提高作品思想和艺术水平，积极开展各种创作和理论批评活动，对于促进中国各兄弟民族之间文学艺术的共同繁荣，加强党员作家与非党员作家的团结，开展与海外侨胞文艺工作者以及与各国文艺工作者的友好交流等方面，做出了贡献①。

中国作家协会是中国作家自愿结合的群众团体，简称"中国作协"。它在各协会中影响最为广泛，它拥有的许多会员，都是在读者中深受欢迎的知名作家，以及在学界有影响的学者或批评家。这个组织被认为：成立以来，鼓励和帮助作家深入生活，提高思想和艺术水平，组织推动文学创作、理论批评和研究活动；扶植培养各民族文学创作的新生力量，发展壮大社会主义文学队伍；积极贯彻"百花齐放，百家争鸣"的方针，提倡创作题材多样化和各种艺术风格、流派的自由竞赛；加强同台湾作家、港澳作家和海外华侨作家的联系和团结；积极开展中外文学交流，扩大同外国作家的联系

---

①《中国大百科全书·中国文学（2）》，中国大百科全书出版社1986年版，第1280页。

等方面，都取得了显著的成绩①。

这两个重要的文艺团体的主要负责人，都是当代中国知名度最大的作家和理论家。郭沫若、茅盾、周扬、夏衍、田汉、阳翰笙、冰心、林默涵等，曾任过中国文联的主席、副主席；茅盾、周扬、巴金、老舍等曾任过中国作协的主席、副主席。这两个文艺团体的章程规定：它们的最高领导权力机构是代表大会，会议结束后，由主席团主持日常工作，充分显示了群众组织的民主性和民间性。

但是，大规模的民间性组织在中国实际上是不存在的。无论中国文联还是中国作协，事实上都是由官方控制的组织。主席和副主席，除了有党的文化官员身份的人之外（如周扬，他一直是中宣部副部长），实际上并不主持工作，他们的名誉性只表达了他们的声望和地位，而真实的权力掌握在党组。作协或文联代表大会的重要报告，多为周扬出场。有的报告甚至要送更高层审查。茅盾是作协主席，但他为作协第二次会议起草的报告并不能使用，它"经过荃麟同志的详细修改，这才定稿"②。甚至批判胡风思想的文章，也要根据邵荃麟的"解释"来写作，邵荃麟是作协党组成员，作协主席的报告和文章因为影响重大，必须由党组来决定如何写、写什么。

因此，群众团体只是一个组织形式，它的成员都是国家公职人员，它的领导者都是党的文化官员，他们负有的使命和责任，是把文艺家组织起来，把这些最具自由思想倾向的人，统一到为社会主义事业服务的轨道上来。文艺界整风，批俞平伯、胡适的《红楼梦》研究和资产阶级唯心论，批胡风的文艺思想，批文艺界右派等活动中，文联、作协都是具体的组织部门，但每次重大运动的动员和实施，则一定是由身份重要的党内人物承担。即便文艺界有了看法和观点，

①《中国大百科全书·中国文学（2）》，中国大百科全书出版社1986年版，第1284页。

②茅盾：《沉痛哀悼邵荃麟同志》，《邵荃麟文学评论选·代序》，人民文学出版社1981年版。

也必须服从于来自最高层的意志。几个典型的"个案"都表明了文联、作协和文艺界人士地位的无足轻重。《武训传》公映后，文艺界和知识界对其评价不一，但还是好评者多，认为武训是中国历史上"伟大的劳动人民企图本阶级从文化翻身的一面旗帜"[1]，"甘做无产阶级和人民大众的牛"，具有"全心全意为人民服务的崇高精神"[2]等；也有人认为"武训精神"不足为训。这都是可以正常讨论的。但毛泽东调看了影片后，特为《人民日报》写了社论，他指出，《武训传》所提出的问题带有根本性质，像武训这样的人，处在清朝末年中国人民反对外国侵略和反对国内的反动封建统治者的伟大的斗争的时代，根本不去触动封建经济基础及其上层建筑的一根毫毛，反而狂热地宣传封建文化，并为了取得自己所没有的宣传封建文化的地位，就对反动的封建统治者竭尽奴颜婢膝之能事，这种丑恶行为，难道是我们应当歌颂的吗？向着人民群众歌颂这种丑恶的行为，甚至打出"为人民服务"的革命旗号来歌颂，甚至用革命的农民斗争的失败作为反衬来歌颂，这难道是我们能够容忍的吗？承认或者容忍这种歌颂，就是承认或者容忍污蔑农民革命斗争，污蔑中国历史，污蔑中国民族的反动宣传为正当宣传。毛泽东站在政治高度来认识分析《武训传》，文联和作协的领导人迅速做出反应，郭沫若、周扬分别撰写了文章，表达了他们鲜明的立场。

对俞平伯《红楼梦》研究的批判，也是毛泽东发动的一场批判运动。1951年9月，俞平伯将三十年前写的《红楼梦辨》做加工修饰并增加五篇新作后，以《红楼梦研究》为书名重新出版。1953年5月，《文艺报》第9号推荐了这部著作，并肯定了三十年来俞平伯红学研究的成就及其地位，该刊于1953年10月至1954年7月，还陆续发表了俞平伯《红楼梦的著作年代》《红楼梦简论》等论文。

---

① 董渭川：《由教育观点评〈武训传〉》，《光明日报》1951年2月26日。
② 孙瑜：《论导〈武训传〉记》，《光明日报》1951年2月26日。

这一时代，用马克思主义研究红学的青年人已应运而生，他们对俞平伯的研究方法开始表示怀疑，并投寄稿件给《文艺报》，但没有引起重视，转而由其母校山东大学《文史哲》发表。李希凡和蓝翎批评了俞平伯否定《红楼梦》的反封建倾向，认为《红楼梦》是封建社会没落时期的社会生活的百科全书。作为作协机关刊物的《文艺报》，本应有选择稿件的权利，表达自己学术观点的权利，但这在毛泽东看来仍成了问题，1954年10月16日，毛泽东在给中共中央政治局的同志和其他有关同志写的《关于红楼梦研究问题的信》中，尖锐地批评了文艺界"大人物"压制"小人物"的倾向，并将其同对电影《武训传》的批判联系起来："……这同影片《清宫秘史》和《武训传》放映时候的情形几乎是相同的。被人称为爱国主义影片而实际是卖国主义影片的《清宫秘史》，在全国放映之后，至今没有批判。《武训传》虽然批判了，却至今没有引出教训，又出现了容忍俞平伯唯心论和阻挡'小人物'的很有生气的批判文章的奇怪事情，这是值得我们注意的。"10月24日，《人民日报》刊发了袁水拍的文章《责问〈文艺报〉编者》。文章认为：长期以来，我们的思想文艺界对胡适派资产阶级唯心论表现了容忍麻痹的态度，对资产阶级学术权威学者表示委曲求全，而对生气勃勃的马克思主义思想则摆出老爷态度。《文艺报》因此改组。主编冯雪峰承认自己"做了资产阶级的错误思想俘虏"，文联主席郭沫若也承认做了"错误思想的俘虏"。作协主席茅盾不仅承认"做了错误思想俘虏"，还和盘托出了他1935年有关《红楼梦》的文章，"完全抄引了胡适的谬论"。在《人民日报》发表袁水拍文章的同一天，作协古典文学部在部长郑振铎的主持下，召开了《红楼梦》研究座谈会，出席会议的几乎全是著名专家教授。一周以后，中国文联主席团和中国作协主席团连续召开了扩大联席会议。在12月8日最后一次会议上，文联主席郭沫若做了《三点建议》的发言，作协主席茅盾做了《良好的开端》的发言，中宣部副部长周扬做了《我们必须战斗》的发言。

他们进一步阐发了毛泽东信中的精神，并公开了在这一问题上同胡风的分歧，顺理成章地引发了批判胡风文艺思想的运动。

同胡风的分歧，既有文艺思想上的分歧，也有宗派斗争的性质。20世纪30年代到50年代前期，以周扬为代表的主流文艺思想，同冯雪峰、胡风为代表的文艺思想的斗争，始终以潜流的形式存在着。虽然他们都称自己是马克思主义者，也曾共同批判过朱光潜的文艺思想，但他们在历史上的各种矛盾和纠葛并没有得到过真正的解决。1949年第一次文代会上，权力分配中已可以看到冯雪峰、胡风等人的"失势"，他们都没有占据重要的位置。特别是冯雪峰，作为唯一参加过长征的文化人，又同鲁迅有着不平常的关系，他的经历决定了他应当在文艺界有举足轻重的地位，但他只有短暂的主持《文艺报》工作的机会；而胡风从20世纪40年代末就处于被批判的地位，他与周扬的理论分歧自然是一大原因，但左翼文艺内部的矛盾显然也起到了极大的作用。新中国成立后，胡风几乎没有被委派过具体工作，这种有意的冷落与过去的恩恩怨怨不无关系。尽管如此，胡风也绝不会想到自己会因思想观念的分歧而被捕入狱。当《人民日报》公布《关于胡风反革命集团的材料》时，毛泽东为它撰写了序言和按语。就在这些材料公布期间，中国文联主席团和中国作协主席团于1955年5月25日通过了联席扩大会议决议，开除了胡风的中国作协会籍，撤销了其作协理事和《人民文学》编委、文联全国委员等职务，并向人大常委会建议撤销胡风的全国人大代表资格，向最高人民检察院建议，对胡风的反革命罪行进行必要的处理。这一处理方式可能也大大出乎周扬等人的预料，他们虽然恩怨很深，但将胡风置于死地则不是周扬等人的本意。

对于文艺界这三次重大的批判运动，毛泽东都过问并最后给予定性，文联和作协主席团有两次因此而召开扩大联席会议，根据毛泽东的意见做出决议，把思想观念和文艺理论上的分歧做了极端政治化的处理。因此，文联、作协作为文艺团体，并不掌握处理文艺理论和观念的权力，政治权力对它的实际控制，从一个方面规约了文艺学讨论的方式和性质。虽然它是群众组织，但其理论和观念的表达，无不体现了明确的利益关系。它内部的组织系统实际上也与国家行政部门没有任何区别。20 世纪 50、60 年代重大的理论讨论和批判运动，几乎都是由文联、作协领导的，作为群众组织，它们已经行使了国家在这一领域的领导权，它对文学艺术的控制，实际上就是国家对这一领域的规范与控制。

（三）文艺刊物

文艺刊物作为传媒的一种，是文艺和理论生产最后得以实现的重要载休，特别是文艺理论，它的研究成果基本是依靠刊物发表并得以传播的。但是，在 20 世纪 50、60 年代的中国，文艺刊物所负载的使命要远远大于它的传播功能，尤其是敏感的理论刊物，它不仅是时代政治风云变幻的晴雨表、"观象台"，同时也肩负着引导方向，宣传、阐释中共的文艺方针、政策，讨论重大理论问题的重要使命。作家协会主办的《文艺报》就属于这类敏感的刊物。

《文艺报》创刊于 1949 年 5 月 4 日，创办时，是由中华全国文学艺术工作者代表大会筹备委员会主办的周刊。在"发刊词"中，编者对《文艺报》的办刊宗旨做了如下表达，它除了经常目标（交换经验、交换意见、报道各地文艺活动、反映群众意见）而外，特别希望做到下列几件事：一、随时报道筹委会工作进行的情形；二、发表对将来新的全国性文艺作家协会的任务、组织、工作方式、会员成分等的意见；三、推出五六年来优秀的文艺作品。这时的《文艺报》还是一个临时性的"筹委会之公报"，它的任务更多的是搜集各种意见，很像个服务性的报纸，其权威性还没建立。在主编茅盾、副主编胡风、严辰的领导下，只出版了 13 期就停刊了。

1949 年 9 月 25 日，《文艺报》作为作家协会的机关刊物复刊。

复刊的《文艺报》与"筹委会之公报"①的《文艺报》已完全不同，它的权威性从历届编委会的名单中得到了体现。它的历届主编为：丁玲、陈企霞、萧殷（第1卷第8期至1952年第1期）；冯雪峰（1952年第2期至1954年第22期）；张光年（1957年第1期至1965年第9期）。其间第1卷第1期编辑者署"文艺报编辑委员会"，1954年第23期至第24期编辑者署"中国文学艺术界联合会文艺报编辑部"，1955年第1期至1956年第24期署以康濯为首的编委，1965年第10期至1966年第5期，编辑者署"文艺报编辑委员会"②。《文艺报》主编的频繁变更，一方面说明了它的重要地位，历任主编都是文艺界党内的知名人物；另一方面也说明了这块重要"阵地"的敏感性，特别是20世纪50年代前期，主编丁玲、陈企霞被指控为"反党小集团"，其主要证据就是他们把《文艺报》搞成了"独立王国"。丁、陈的主编即由冯雪峰顶替。在此之前，丁玲就曾写过一篇《〈文艺报〉编辑工作初步检讨》，这篇检讨虽然与"独立王国"无关，但其信息已透露了《文艺报》作为"阵地"的紧张，以及苏联对《星》和《列宁格勒》两杂志的批判对我国的影响。日丹诺夫曾在他的报告中说："我们要求我们的文学领导同志和作家同志都以苏维埃制度赖以生存的东西为指针，即以政策为指针；我们要求我们不要以放任主义和无思想性的精神来教育青年，而要以生气勃勃和革命精神来教育青年。"③丁玲在她的检讨中，主要列举了如下缺点：第一，最主要的缺点，是没有通过文学艺术的各种形式与政治更密切地结合，广泛地接触目前政治上各方面的运动。《文艺报》只有几期刊登了这样的文章，

---

①《文艺报》发刊词，刘宏权、刘洪泽主编《中国百年期刊发刊词600篇》，解放军出版社1996年版，第677—678页。

②洪子诚在《1956：百花时代》一书中，详尽地列出了《文艺报》历届主编及编委的名单。该书系谢冕、孟繁华主编的"百年中国文学总系"之一种，山东教育出版社1998年版。

③《苏联文学艺术问题》，人民文学出版社1959年版，第56页。

并且作为社论和特辑，内容不充实，好像只起了点缀的作用。……第二，在提高文艺思想方面，贯彻宣传与研究毛主席《在延安文艺座谈会上的讲话》非常不够。这种宣传和研究的工作，在目前是十分必要和迫切的。……第三，未能更好地与当前的文艺运动配合，我们虽然不断地发表各地文艺工作的报道与某些经验的介绍或总结，但对于这些情况和经验，我们没有经常的系统的研究。因此，就未能很好负起指导各地文艺工作的责任。……第四，我们的读者对象偏重于作者和文艺工作者，因此我们的文章，也就针对着这种对象，我们对广大的文艺爱好者和一般读者的注意就不够了①。丁玲的检讨表达了她办好《文艺报》的真诚愿望，但她仍然没有达到要求，没有让有关方面满意。尽管她是延安"新文艺"真诚的捍卫者，仍没有逃离被视为"丁、陈反党小集团"首要分子的宿命。

冯雪峰作为资深的党内文艺理论家，对文学艺术和理论有他独特的理解，对缺乏民主的气氛也十分忧虑和反感。但作为《文艺报》的主要负责人，他又必须执行相关文艺政策，有时他又是"左"倾批判运动的发动者。比如1951年6月25日，冯雪峰化名"读者李定中"，在《文艺报》发表了《反对玩弄人民的态度，反对新的低级趣味》的文章，从而把批判萧也牧的行为提升到新的高度，进一步促进了"左"倾文艺思想的发展。作为"旗帜报"的主编，用化名的手法批判一个青年作者，确实有失磊落和坦荡。但更重要的不是冯雪峰个人的品质问题，它更从一个侧面反映了《文艺报》对整个文坛的权威性导向。但这在冯雪峰主持《文艺报》工作期间还不是典型事件，更典型的则是他作为"被告"的关于《红楼梦》研究的事件。李希凡、蓝翎的《关于〈红楼梦简论〉及其他》一文曾寄给《文艺报》，但没有发表，《文史哲》发表后，《文艺报》转载

---

① 丁玲：《跨到新的时代来》，人民文学出版社1955年版，第65—69页。

了它，转载时冯雪峰加了编者按语：

> 这篇文章原来发表在山东大学出版的《文史哲》月刊今年第9期上面。它的作者是两个在开始研究中国古典文学的青年；他们试着从科学的观点对俞平伯先生在《红楼梦简论》一文中的论点提出了批评，我们觉得这是值得引起大家注意的。因此，征得作者的同意，把它转载在这里，希望引起大家讨论，使我们对《红楼梦》这部伟大杰作有更深刻和更正确的了解。
>
> 在转载时，曾由作者改正了一些错字和编者改动了一二字句，但完全保存作者原来的意见。作者的意见显然还有不够周密和不够全面的地方，但他们这样地去认识《红楼梦》，在基本上是正确的。只有大家来继续深入地研究，才能使我们的了解更深刻和周密，认识也更全面；而且不仅关于《红楼梦》，同时也关于我国一切优秀的古典文学作品。

冯雪峰的这篇编者按的倾向性是明显的，不仅因为《文艺报》此前曾拒绝发表它，而且在1953年5月15日出版的《文艺报》第9号上，曾有文章向读者推荐了俞平伯的《红楼梦研究》，认为"……过去所有红学家都戴了有色眼镜，做了许多索隐，全是牵强附会，捕风捉影。《红楼梦研究》一书做了细密的考证、校勘，扫除了过去'红学'的一切梦呓，这是很大的功绩。其他有价值的考证和研究也还有不少"。按说刊物坚持自己的学术看法和立场本来是正常的，它有选择稿件的权利，它对俞平伯的肯定和对李希凡有所保留的情况，在《文艺报》说来既不是第一次，也不是最后一次。但这次却大不相同，它甚至激怒了毛泽东。1954年10月16日，毛泽东给当时的中共中央政治局的同志和有关同志写了一封《关于红楼梦研究问题的信》，信中指出："这是三十多年以来向所谓红楼梦研究权威作家的错误观点的第一次认真的开火。……看样子，这个反对在古典文学领域毒害青年三十余年的胡适派资产阶级唯心论的斗争，也许可以开展起来了。……"毛泽东的这封信当时没有公开发表，但它的精神显然在上层得到了贯彻。十二天之后，《人民日报》发表了袁水拍的经过毛泽东审阅修改的《质问〈文艺报〉编者》一文。这气势凶悍的题目就透出了它的不一般的来头。文章多用反问句：如"对于'权威学者'的资产阶级思想表示委曲求全、对于生气勃勃的马克思主义思想摆出老爷态度。难道这是可以容忍的吗？""唯有对这两篇文章就如此特别对待，这究竟是什么动机呢？难道《文艺报》《文学遗产》的其他作者一律都是充分研究了中国古典文学的老年吗？难道他们所发表的其他文章一律都不是'试图'或'供我们参考'，而一律都是不能讨论的末日的判决吗？"这些发问使问题的严重性昭然若揭。文章还大段引用了斯大林给费里克斯·康的信中的话："我认为，我们现在应当抛弃那种对本来已经提拔起来了的文学'显贵'再加以提拔的贵族习惯，由于这些'显贵'的'伟大'，我们的年轻的、默默无闻的和被大家所忘记的文学力量正处于不断呻吟之中。""我国有成百成千有能力的青年人，他们用尽全力要从下面冲到上面来，以便向我们建设工作的总的宝藏贡献自己的一点儿东西。然而他们的努力总是白费，因为他们常常被文学'名人'的自傲、我们某些机关的官僚主义和冷酷无情、同辈男女的羡妒心（它还没有转变成竞赛）压下去了。我们的任务之一就在于打破这堵铜墙铁壁，给不可胜数的年轻力量以出路。"这些引文再恰当不过地暗示了这一事件的性质。

迫于各方面的压力，冯雪峰发表了《检讨我在〈文艺报〉所犯的错误》，所谓"检讨"，只不过是完全接受了袁水拍的质问和指控。1954 年 12 月 8 日，中国文联、作协主席团扩大联席会议通过了毛泽东审阅过的《关于〈文艺报〉的决议》。《决议》明确了《文艺报》的错误主要是："对于文艺上的资产阶级错误思想的容忍和投降；对于马克思主义新生力量的轻视和压制；在文艺批评上的粗暴、武断和压制自由讨论的恶劣作风。这些错误的性质是严重的，是违背了马克思主义的立场和党的文艺方针政策的。"① 这是对《文艺报》和它的主编进行的又一次严厉的清算。《决议》不仅明确了《文艺报》的错误，同时又一次强调了刊物的宗旨，这就是："《文艺报》应该成为真正宣传马克思主义文艺思想、开展健康的有原则性的文艺批评的刊物。它应该对资产阶级的各种错误的文艺思想进行斗争，坚决克服投降主义的倾向；它应该积极扶植马克思主义的新生力量，坚决克服轻视和压制新生力量的倾向；它应该有领导地有计划地开展文艺思想的自由讨论。同时，其他文艺刊物也应该以同样精神来开展文艺批评和自由讨论，保证文学艺术事业能够在马克思主义思想指导下健康地发展，真正担负起为国家社会主义建设事业服务的光荣任务。"② 这些要求显然不只是对《文艺报》的要求，同时也是对所有刊物的要求。

对《红楼梦研究》这个学术"个案"的处理，影响是巨大的。也就是说，其处理过程和结论，都有强权的直接干预，学术在强权面前是无能为力的。它不仅处理了冯雪峰的编辑思想和俞平伯的研究方法，而且通过对这个"个案"的批判，向思想和学术界明示了权力阶层"正本清源"的决心，即只有马克思主义才是唯一具有合法性的指导思想和研究方法，它的主流地位是不容侵越的，统一到马克思主义的思想轨道上来，是不可违背的权力意志。作为传媒的学术理论刊物，首先是宣传马克思主义的阵地，这是党的文艺方针。

因此，对《红楼梦》研究问题的处理，不是单纯的学术问题，或者说，学术问题在政治问题面前是无足轻重的。在这种粗暴的霸权话语统治下，学术研究充满了政治色彩。那些有深厚学养和学术建树的知名学者，因其对政治话语的不熟悉而逐渐"落伍"，年轻

---

① 《文艺报》1954 年第 23、24 期合刊。
② 《文艺报》1954 年第 23、24 期合刊。

的运用马克思主义理论、方法治学的学者开始显露头角。这种时代风尚规约了刊物的办刊思想。新创刊的人文学科学术刊物的"发刊词"，都写上了那一时代最流行的政治语言。马寅初在为《北京大学学报》（人文科学版）写的发刊词中说：

北京大学的教师们正在自愿的原则下，进行马克思列宁主义理论的学习。目前，对胡适派资产阶级唯心观点的批判，已经广泛地在社会科学各个领域中热烈地展开。尽管警钟敲着，不免还有些人没有警醒过来。这有待于以后继续深入检查肃清，以便能正确地运用马克思列宁主义的立场、观点、方法来做科学研究工作。[①]

李达在为《武汉大学人文科学学报》写的发刊词中说：

我们对于现代资产阶级的唯心主义哲学和反动的社会学说是否可以研究呢？我认为可以研究。"知己知彼，百战不殆"。要批判唯心主义的东西，首先要了解它，才能一针见血。不懂得敌情，无的放矢，是不能真正打倒敌人的。我们学术界在批判胡适、胡风等人的运动中所写的批判文章，其中有一些是并没有击中敌人的要害的。[②]

马寅初和李达都是大学校长和知名学者，但他们仍难以"免俗"地与现实唱和，把临时性的政治运动而非学术活动写进学报发刊词中，可见那一时代学术刊物的大致风貌。把胡风称为"敌人"，认为有些文章对他的批判没有击中"要害"，也从一个方面表达了一些学者推波助澜的非正常心态。

---

① 《中国百年期刊发刊词600篇》，第110页。
② 《中国百年期刊发刊词600篇》，第112页。

（四）重要会议

有关文艺的重要会议，是传达贯彻党的文艺方针政策、统一思想步调、布置当前任务、制定长远规划、矫枉纠偏等的主要形式。除了专业性的会议之外，重要会议并不讨论具体的问题，它更着眼于大政方针和方向性问题。因此，会议的精神对一个时期的文艺创作和理论研究具有最直接的指导作用。同时，不同时期会议倡导和抵制的思想与倾向，其变化又集中体现了方针与政策的变化。文艺创作和理论研究外部环境的变化，与重要会议的精神紧密地联系在一起。频繁的会议产生了一种重要的文体——会议报告。

会议报告是权威人物代表权力机构向与会者宣谕一种精神和意志，它是一种典型的意识形态表达，是国家对文学艺术实施规范和控制的重要方式。因此，会议报告并不是体现报告人意志或研究成果的一种文体，它是掌握"话语领导权"的统治阶级的"集体发言"，它的权威性是不可置疑的，它的威慑力是不可抗拒的。与会者作为听众就是在"倾听圣言"。会场上，报告人端坐于主席台中心位置，向与会者宣读通常是经过讨论或上一级领导审阅批准的报告，参加会议的人或认真倾听或忙于笔记，参加者将会根据报告的内容及利害关系表现出不同的情绪和态度。

当代中国第一次重要的文学艺术的会议，是 1949 年 7 月 2 日至 19 日在北京召开的中华全国文学艺术工作者代表大会。会上，周恩来向大会做了政治报告、郭沫若做了题为《为了建设新中国的人民文艺而奋斗》的总报告、茅盾做了题为《在反动派压迫下斗争和发展的革命文艺》的报告、周扬做了题为《新的人民的文艺》的报告。根据报告的精神，大会一致认为："他们所指出的在毛泽东主席的文艺方针指引下中国文学艺术工作者今后努力的方向和任务，是完全正确的。我们一致同意他们的报告，并接受作为我们今后工作的指针，坚决以最大努力来贯彻执行。"① 会议结束后，大会宣传处编辑出版了《中华全国文学艺术工作者代表大会纪念文集》，除了讲话、报告、贺电、大会纪要等文献外，专设"纪念文录"一辑，这里更多的人表达了他们执行毛主席的文艺路线、接受改造的决心。它们的题目也大多是：《人民改造了我》（杨朔）、《转弯路上》（柳青）、《工人给我的启示》（草明）、《在学习的路上》（康濯）、《在实际斗争中改造自己》（碧野）、《我的改造》（邵荃林）等，而郭沫若的题目则是《向军事战线看齐》。第一次文代会在思想和理论上统一了文艺界。

当然，在不同的时代环境中，会议也会体现阴晴不定的气氛。比如1953年第二次文代会召开前夕，决定由冯雪峰起草大会总报告。冯雪峰在报告草稿中，着重列举新中国成立后文艺界的严重问题，并在1953年6月的一次会议上，批评许多作家是"奉命体验生活""奉命写作"，作家的能动性、独立思考能力，"好像被谁剥夺了"，"我们没有形式上的管制，而是思想上的管制"。冯雪峰起草的二次文代会总报告，在中共中央宣传部胡乔木主持，周扬、邵荃麟、袁水拍、冯雪峰参加的会上被否决，文代会报告也改由他人另行起草②。这个例子已经说明了会议报告作为一种文体的性质，或者说，报告所谈论的问题不见得是真问题，而有见识的人提出的真问题，又往往在报告中被回避了。因此报告是话语权力拥有者根据需要而向文艺界提供的一种特殊文本。特别是在政治气氛紧张的时期，报告的用语更体现了这一文体独特的编码形式，它具有批判性、打击性甚至是毁灭性的语言绞杀力量。周扬有两个报告特别能体现这一文体的特点：一篇是《我们必须战斗》，一篇是《文艺战线上的一场大辩论》。

---

① 《中华全国文学艺术工作者代表大会的决议》。
② 洪子诚：《中国当代文学概说》，香港青文书屋1997年版，第61页。

我们正在进行的对俞平伯在《红楼梦研究》及其他著作中所表现的胡适派资产阶级唯心论观点的批判，是又一次反对资产阶级思想的严重斗争，同时也是反对对资产阶级思想的可耻的投降主义的斗争。

《文艺报》的错误，当然不只是一两位编者的。我们放弃了对资产阶级唯心论的批判和斗争，实际上就是对资产阶级思想投降，这是我们工作中最大的错误。

当十年前舒芜先生宣传反马克思主义的唯心论的时候，党是及时地指出了这种理论的错误和它的危险性的，胡风先生却不听党的忠告，对这种错误理论狂热地捧场；而当解放以后舒芜表示愿意抛弃他过去的错误思想，愿意站到马克思主义方面来的时候，党对他的这种进步是表示欢迎的，而胡风先生却表示了狂热的仇视。这就是胡风先生对于共产党和马克思主义的最典型的态度。

这是周扬在《我们必须战斗》中，对他所要战斗的三个对象的判词。只要认定了矛盾的性质，报告就可以把人和事上升到政治的、阶级的高度来认识。这样，俞平伯、冯雪峰、胡风就永远失去解释的机会，甚至他们承认错误、深刻检讨也不会得到原谅。文艺思想和观念上的分歧，就是这样转化为政治斗争的。同时，由于报告的权威性和威慑力，它又使得文化环境极大地紧张化，使文艺界充满了自危气氛。许多人忙于表态、忙于诠释报告精神，用紧跟形势换取个人的解脱。这种风气加剧了文艺界独立人格的丧失，加剧了精神空间的危机和陷落过程。

当然，政治气氛的缓和，精神的松动，也是由报告传达的。1956年5月26日，中共中央在中南海怀仁堂召开了一次由北京知名科学家、文艺家参加的会议，中宣部部长陆定一做了题为《百花齐放，百家争鸣》的报告。他指出，这一方针"是提倡在文学艺术工作和科学研究工作中有独立思考的自由，有辩论的自由，有创作和批评的自由，有发表自己的意见、坚持自己的意见和保留自己的意见的自由"。他还指出："在人民内部，不但有宣传唯物主义的自由，也有宣传唯心主义的自由。只要不是反革命分子，不管是宣传唯物主义或者是宣传唯心主义，都是有自由的。"这一精神自然让文艺界欢欣鼓舞，天真的文艺理论家以为"百家争鸣"的时代真的到来了，秦兆阳、钟惦棐、巴人、钱谷融、秋耘、王淑明等，都在文艺学有限的范畴内提出了新问题或新看法，理论界一时呈现相对活跃的局面。但在一个没有争鸣条件的时代，这一现象的虚幻性很快就得到了证实。周扬在《文艺战线上的一场大辩论》的讲话中认为："从1956年春季以后，特别是从匈牙利事件以后，他们的心就痒得熬不住了。他们按照自己的主观愿望把'百花齐放、百家争鸣'的正确政策加以曲解。""把'百花齐放、百家争鸣'解释成对马克思主义思想运动的否定；他们十分讨厌思想改造运动。他们说'严冬'就要'解冻'，'春天'即将来临。他们的目的并不在开展什么学术辩论和艺术竞赛，而只是企图利用这个口号来卷起一场反社会主义的政治浪潮。"①林默涵、邵荃麟等主流批评家还在座谈会上完全肯定、支持了周扬的这些观点。这篇讲话不仅集中表现了话语霸权的暴力，而且不惜歪曲、篡改历史，以实现彻底打败丁玲、冯雪峰等对手的目的。后来，周扬在编选文集时，甚至也没有勇气将它编选进去。"双百"方针只实行了相当短暂的一段时间，紧缩政策便又接踵而来。

文艺政策的调整也是通过会议的形式传达的。1961年6月召开的新侨会议，1962年3月召开的广州会议，同年8月召开的大连会议，是20世纪60年代初期对文艺政策产生重大影响的三次会议。周恩来在新侨会议上做了重要讲话，文化环境又有了新的转机。这时周

---

① 《文艺报》1958年第4期。

扬又在一次会议上的讲话中指出："在科学研究领域，我们主张不要有门户之见，还是自由一些好。科学方面、学术方面、艺术方面的问题，允许自由讨论，有的问题短时间内得不出结论也不要紧，让历史去做结论。这个方针不会改变。"[①] 但是，周扬的这个承诺被历史证明是不会兑现的，或者说，变与不变也并不以周扬个人的意志而转移。做出这个承诺几年之后，周扬自己也陷入了他曾经倾心认同、极力维护的权力体制之网，长达数年之久。

因此，重要会议和会议报告最集中地体现了文艺政策的变化，会议报告也成为最能体现那一时代政治特征的文体形式，它不具有理论创造性，而只是政治语言翻来转去的权力意志的表达。由于它是"会议报告"，所以又没有具体人为它承担责任。

学术机构、团体、刊物与会议，是权力体制对文艺控制的"组织形式"，权力通过这些形式实施对文艺的规范与控制，它不只造成了文学艺术可感知的外部环境，同时它以"体制化"的强制方式改造了文艺创作和理论生产的品质，在长久的运作中重塑了精神生产者。

第二节　学者的地位

学者的地位是指学者在社会关系中所处的位置。具体地说，它是指学者的社会地位、政治地位和精神地位。学者的地位反映了社会对学者的态度和他们受尊重的程度，同时也在一定程度上影响着学者的心理状态和感觉。

20 世纪 50 年代以后，学者在社会上拥有很高的地位，大学教授、理论工作者受到普遍的尊重和景仰，这不仅和社会历来尊重"有知识的人"的传统相关，同时也和学者所拥有的社会地位相关。知名

---

① 《关于学术研究与出版问题》，《周扬文集》第 4 卷，人民文学出版社 1991年版，第 225 页。

的学者不仅有固定的教职、相当的职务，同时还有荣誉性、标示社会地位和影响的一些职务，比如各种协会、学会负责人等。这些职务虽然没有多少权力，却极大地提高了这些学者的社会地位和知名度，并使他们取得高于普通人的经济收入。20世纪50年代，大学教授可以拿到人民币三百元左右，而普通工人最高只有八九十元。悬殊的收入和较高的社会地位，使20世纪50年代的学者的内心还存有一种优越感。他们虽然屡屡遭到批判和整肃，但在生活待遇上比社会普遍水平要高得多。

较高的社会地位一方面表达了对学者的重视，同时也表达了社会对意识形态领域的重视。而对学者来说，可能还有一种并不见得值得夸耀的影响，也就是说较高的社会地位和一定的职务，使这些学者具有了一种身份，这一身份不能不影响着他们的思想方式和情感方式。特别是成了"文化官员"的学者，他们有可能放弃了学者的使命，更多地负起官员的职责；而为了"回报"职务的委任和地位的决定者，许多学者也将面临另一种矛盾和困惑，即学者的良知与身份地位的冲突，而要对其做出选择，显然是一件十分困难的事情。

（一）学者的社会地位

学者在20世纪50年代有较高的社会地位，这是从一般的意义上而言的，对具体的学者来说，情况又有很大的不同。有革命经历的学者，其社会地位会更高一些，并可以掌握实际权力；而学院里比较纯粹的学者，更多的会得到一些荣誉性的职务。这些人社会地位的区别，我们可以从下面表中所列的主要文艺理论家的情况得到了解。

表一

姓　名	最后就读学校	主要经历及著述	新中国成立后社会职务
周扬	上海大夏大学	1931年参加左翼戏剧家联盟，1937年秋到延安。曾任陕甘宁边区教育厅长、文艺界抗敌协会主任、延安鲁艺院长、延安大学校长等职。1942年参加了延安文艺座谈会。 主编《马克思主义与文艺》，主持了"中国人民文艺丛书"的编选，著有《周扬文集》五卷。	曾任文化部副部长、中宣部副部长、中国文联副主席、中国作协副主席；中共八大代表、中央候补委员，一、二、三届人大代表，一、二、三、四届政协常委。1978年恢复工作后，先后担任中国社会科学院副院长、研究生院院长，五届政协常委、中纪委常委、中宣部副部长、顾问，中国文联副主席、主席，中国作协副主席。在党的十一届五中全会上当选为中央委员，中共十二次代表大会当选为中顾委委员。
郑振铎	北京铁路管理学校	1919年创办《新社会》旬刊，同年12月翻译发表列宁的《俄罗斯之政党》，1920年与耿济之共同翻译了《国际歌》歌词。同年11月与沈雁冰等成立文学研究会。1925年创办《公理日报》，1927年曾到欧洲避难和游学，1931年任燕大、清华两校中文系教授。抗战爆发后，曾参与发起上海文化界救亡协会。1949年参加了中华全国文学艺术工作者第一次代表大会。 著有《俄国文学史略》《泰戈尔传》《文学大纲》《民俗学浅说》《近百年古城古墓发掘史》《插图本中国文学史》《中国文学论集》等。	先后担任文物局局长、考古研究所所长、文学研究所所长、中国科学院学部委员、文化部副部长。

姓　名	最后就读学校	主要经历及著述	新中国成立后社会职务
成仿吾	东京帝国大学	1921年与郭沫若等发起成立创造社，1925年任广东大学教授和黄埔军官学校教官，1931年任中共鄂豫皖省委宣传部长、省苏维埃文化委员会主席，1934年到达瑞金中央苏区，当选为苏维埃中央政府委员，1934年10月参加长征，到达陕北后，任中共中央党校教务主任，1937年任陕北公学校长、华北联合大学校长、晋察冀边区参议会议长、中共晋察冀中央委员。 著有《长征回忆录》等。	曾任中国人民大学、东北师范大学、山东大学校长、党委书记。多次当选为全国人大代表，为中国人民政治协商会议第一届、第五届全国委员会委员和常务委员，中共中央党校顾问、中共中央顾问委员会委员、中国人民大学名誉校长、中国文联委员等。
邵荃麟	复旦大学	1926年加入中国共产党，1927年参加上海工人第三次武装起义，1934年任反帝反战大同盟宣传部长，1938年任中共东南文委书记，1941年任中国共产党文化工作组组长，1944年任中共重庆局文化工作委员会委员。曾主编《大众文艺丛刊》，任中共香港工作委员会文委委员、南方局文委书记。 著有《邵荃麟评论选集》等，以及文学作品多种。	曾任政务院文教委员会副秘书长、文教委员会党委委员、中共中央宣传部副秘书长、中国作协党组书记、中国作协副主席、《人民文学》主编，第一届、第二届、第三届全国人大代表。

姓　名	最后就读学校	主要经历及著述	新中国成立后社会职务
冯雪峰	浙江省立第一师范学校	1922年与同学及诗友结成湖畔诗社，1927年加入中国共产党，1928年开始与鲁迅交往，1929年参加左翼作家联盟筹备工作，1933年12月起，先后在中央苏区、红军长征途中和陕北革命根据地任中央苏区党校教务长、副校长，红军大学高级班政治教员。1936年以中共中央特派员身份到上海兼管文艺工作。1941年曾被国民党逮捕，囚于上饶集中营，1942年出狱。1946年至全国解放，在上海以个人身份从事统战和文化工作。 著有《鲁迅论及其他》《过来的时代》《论民主革命的文艺运动》《回忆鲁迅》以及《雪峰文集》四卷等。	曾任上海市文学工作者协会主席、上海市文联副主席、中国文联常务委员、中国作协主席和党组书记、人民文学出版社社长兼总编辑、《文艺报》主编等。
何其芳	北京大学	1937年出版《画梦录》，1938年8月到延安，在鲁艺任教，后随贺龙部队到冀中根据地，1939年7月任延安鲁艺文学系主任，1942年参加了延安文艺座谈会，1944年至1947年任新华社副社长，1948年在马列学院任教。 著有《何其芳文集》六卷。	曾任中国文联委员，中国作协书记处书记，中国社会科学院文学研究所副所长、所长。

姓　名	最后就读学校	主要经历及著述	新中国成立后社会职务
林默涵	福州高中	1928年加入共青团，1935年到日本学习，1937年曾在上海青年救国服务团和第八集团军战地服务队做抗日宣传工作，1938年到延安马列学院学习，同年加入中国共产党。1943年编《解放日报》副刊，1944年冬到重庆，先负责通讯课，后主编副刊。 著有《在激变中》《浪花》等。	曾任中央宣传部文艺处处长，后任中宣部副部长兼文化部副部长、文化部顾问、中国文联副主席。第三届全国人大代表和第五届全国政协委员。
张光年	武昌中华大学	1927年在家乡参加第一次国内革命战争，1929年加入中国共产党。1936年创作歌词《五月的鲜花》，1939年到延安，同年创作《黄河大合唱》，1940年在重庆从事文艺活动。1944年在云南从事民主运动和诗歌朗诵活动，1945年受国民党反动派迫害离开昆明，进入华北解放区在大学任教。 著有《戏剧的现实主义问题》《文艺辩论集》《风雨文谈》等。	曾任《剧本》《文艺报》《人民文学》主编，中国作协书记处书记、党组书记，中共中央顾问委员会委员、中国作协副主席。
侯金镜	陕北公学	1938年由湖北北上参加革命，陕北公学毕业后留校任教，1942年加入中国共产党。曾任阜平县抗联宣传部副部长等。 著有《鼓噪集》《部队文艺新的里程》《侯金镜文艺评论选集》等。	曾任华北军区政治部文化部文艺科科长，文化部副部长，《文艺报》副主编、中国作协理事及党组成员。

姓　名	最后就读学校	主要经历及著述	新中国成立后社会职务
魏金枝	浙江省立第一师范学校	1930年加入"左联",编辑"左联"机关刊物《萌芽》,曾一度被捕,1933年起在上海麦伦中学任教直到上海解放。 著有《编余丛谈》《文艺随笔》《新词林》等。	曾任上海市教育局教研室特邀研究员,中学语文教学研究干事,《文艺月报》编委,《上海文学》及《收获》副主编,上海师范学院中文系主任,中国作协理事及上海分会书记处书记、副主席等。
陈荒煤	湖北省立二中商业专科学校	20世纪30年代初先后在武汉、上海参加左翼戏剧家联盟,后转入"左联",1932年加入中国共产党,1938年到延安,在鲁艺戏剧系、文学系任教,曾带领该院文艺工作团赴华北抗日前线采访。抗战胜利后,到晋冀鲁豫边区文联、北方大学文艺研究室工作。 著有《解放集》《回顾与探索》《荒煤文学评论选》等。	曾任中南军区文化部部长,中南军政委员会文化部副部长,文化部电影局副局长、局长,文化部副部长等。"文革"后,历任中国社会科学院文学研究所副所长、顾问,文化部副部长、顾问,中国作协副主席、中国电影艺术研究中心主任等。
李希凡	山东大学	1953年山东大学毕业后,入中国人民大学继续学习。1954年与蓝翎合作发表《关于〈红楼梦〉简论及其他》《评〈红楼梦〉研究》而一举成名,受到毛泽东的肯定和赞扬,并因此在全国范围内掀起一场对资产阶级唯心论的大批判。 著有《〈红楼梦〉评论集》（与蓝翎合作）、《弦外集》《论"人"和"现实"》《管见集》《论中国古典小说的艺术形象》等。	曾任《人民日报》文艺评论组组长、文艺部领导小组组长、中国作协理事、中国艺术研究院常务副院长。

表二

姓　名	最后就读学校	主要经历及著述	新中国成立后社会职务
陈寅恪	巴黎高等政治学校	1918年起，先后在美国哈佛大学、德国柏林大学梵文研究所研究东方古文字学和比较语言学。1925年回国后，应聘为清华国学研究院导师，历任清华大学、西南联合大学、香港大学、广西大学、燕京大学、岭南大学、中山大学教授。1930年起，先后兼任中央研究院理事、历史语言研究所研究员、故宫博物院理事、清代档案编委会委员等职。 　　著有《元白诗笺证稿》《柳如是别传》《陈寅恪文集》等。	曾任政协第三届全国委员会常委,中国科学院哲学、社会科学学部委员,兼任中央文史馆副馆长。
郭绍虞	苏州工业中学	1920年任《晨报副刊》特邀撰稿员，同时在北大哲学系旁听。1921年参与发起"文学研究会"，1927年任燕京大学中文系教授，1943年任上海开明书店编辑。 　　著有《清诗评注续本》《战国策评注》《中国体育史》《中国文学批评史》《语文通论》《宋诗话辑佚》《中国古典文学理论批评史》，主编《中国历代文论选》等。	1950年起任复旦大学教授，先后兼任中文系主任、图书馆馆长、文学研究室主任等。还担任过中国作协上海分会副主席、书记处书记，上海文学研究所所长，上海市文联副主席等。

姓　名	最后就读学校	主要经历及著述	新中国成立后社会职务
朱光潜	法国斯特拉斯堡大学	1933年回国后，先后在北京大学、四川大学、武汉大学任教，曾任四川大学文学院院长、武汉大学教务长、北京大学文学院代理院长。1937年5月，《文学杂志》创刊，出任主编，该刊成为京派作家主要阵地。 著有《悲剧心理学》《文艺心理学》《诗论》《变态心理学派别》《变态心理学》《克罗齐哲学述评》《美学批判论文集》《谈美书简》《美学拾穗集》《艺文杂谈》及翻译著作多种。	历任第二、三、四、五届全国政协委员，民盟第三、四届中央委员，中国美学学会会长、中国外国文学学会常务理事、中国社会科学院学部委员、香港大学名誉教授等。
胡　风	东京庆应大学	1929年赴日本留学，在日本刊物上介绍中国革命文学。"左联"东京分盟成立后，任分盟负责人，1933年因在留日学生中组织抗日进步文化团体，被日本当局监禁数月后驱逐出境。回上海后，曾任"左联"宣传部长、行政书记。1937年在上海编辑《七月》周刊，出版《七月诗丛》《七月文丛》。1938年中华全国文艺界抗敌协会成立后，当选为常委，兼任复旦大学教授。1941年编辑《希望》。1949年参加全国第一次文代会。 著有《关于几年来文艺实践情况的报告》、《胡风评论集》三卷。	曾任第一届全国人大代表，全国文联委员、中国作协常委。

姓　名	最后就读学校	主要经历及著述	新中国成立后社会职务
李健吾	清华大学	1925年加入文学研究会，1931年赴法国留学，1933年回国，1935年任暨南大学教授，抗战期间在上海从事进步活动。抗战胜利后，与郑振铎合编《文艺复兴》杂志，参与筹建上海戏剧专科学校，任戏剧文学系主任。 　　著有《咀华集》《咀华二集》《李健吾戏剧评论选》《福楼拜评传》《司汤达研究》《莫里哀的戏剧》等。	曾任北京大学文学研究所、中国科学院文学研究所、外国文学研究所研究员，国务院学位委员会评议组成员，中国外国文学学会理事、中国戏剧家协会理事、法国文学研究会名誉会长。
钱锺书	牛津大学	1938年回国，先后在西南联大、湖南兰田师范学院、上海暨南大学、清华大学任教授。 　　著有《谈艺录》《宋诗选注》《十六、十七、十八世纪英国文学里的中国》《旧文四篇》《也是集》《管锥编》等。	1953年起任文学研究所研究员、中国社会科学院副院长等。

　　上述两个表中的文艺理论家，共同生活于20世纪50年代或以后更长的时期里，就社会的一般状况而言，他们都有相当高的社会地位。但如果将他们都作为文艺理论家来比较的话，那么显然表一要比表二的文艺理论家的社会地位更为优越。这不只是说表一的理论家拥有或掌握了义艺界甚至政府部门的重要权力，更重要的是，由于他们的社会地位，不做宣告地塑造了他们作为"主流"理论家的形象和理论话语的合法性。也正是从这一时代始，中国的文艺学有了"主流"与"非主流"的区别。从表中的主要经历和著作情况

我们可以发现：

（1）"主流"理论家和创造社以及延安经历密切相关。创造社成员激进的思想和"革命"的要求，与延安时代的政治文艺在历史的发展中不期而遇。延安作为中国革命新的生长点，培育了自己的文艺理论工作者。当新的时代到来的时候，他们理所当然地成为这一领域的领导者。但由于创造社成员的资历要高于延安时代的理论家，所以郭沫若等才成了政府文化部门的领导者。

（2）延安时代，从文化意义上来说，可以与延安相提并论的城市是昆明，昆明有个西南联大，它聚集了中国当时在文学领域内最有学问的群体，他们在大后方从事着学院教学工作，与当时的中国革命并没有直接关系，但许多人在这里却完成了个人学术上的重要成果。表二的理论家是20世纪30、40年代"学院派"文艺学的代表，他们虽然大部分不是西南联大的成员，但基本上是学院教授，是那一时代学院文艺学的主要生产者。他们主要的理论著作，或者说奠定了他们终身理论成就的著作，业已完成。但在那个时代毛泽东就已经宣布："我们讨论问题，应当从实际出发，不是从定义出发。如果我们按照教科书，找到什么是文学、什么是艺术的定义，然后按照他们来规定今天文艺运动的方针，来评判今天所发生的各种见解和争论，这种方法是不正确的。"[①]因此，他们只能在学术史上获得地位，而不可能在革命胜利后的社会上有更高的地位。这也是他们在新中国成立后成为"非主流"理论家的主要原因之一。

（3）根据毛泽东对实践和书本知识的理解，文艺学从一个知识的领域变为一个实用的领域，文艺学从此成为"有用之学"。有过延安时代"训练"的理论家对"有用之学"都有深刻的体悟，一体化的理论使他们不可能再容忍"异类"有生长的空间和可能，五花八门的"学院派"因其书本性而被宣布为"无用"。因此，文艺学

---

① 毛泽东：《在延安文艺座谈会上的讲话》。

的"有用"与"无用"，也从一个方面决定了理论家实际的社会地位。

当然，问题的实质要比以上描述的情况复杂得多。比如同样有过延安经历、革命经历的胡风、冯雪峰、秦兆阳等，因其理论与"主流"话语构成了冲突，他们同样可以不再拥有合法的社会地位，而同样来自学院的姚文元、李希凡等，也可以获得较高的社会地位。

（二）学者的精神地位

学者所处的社会地位决定了他的精神地位。精神地位是指精神活动的自由程度，或者说他可以在什么样的程度上自由地从事精神生产。从表一中我们可以看到，"主流"理论家的著作，大都以阐释马克思主义文艺学和即时的政治文艺为主要内容，密切地联系着革命进程和文学实践。它们指导着文学生产，抵制和批判着与革命文学不相符的创作和理论。他们的理论活动一直持续到新中国成立以后。而表二的理论家，他们的主要著述都完成于新中国成立前。新中国成立后，他们只能述而不作地从事教学活动，基本上失去了话语能力。他们像老舍、曹禺、巴金、茅盾一样，辉煌的时代已经过去。说他们失去了话语能力，并不是说他们真的失去了学术生产的能力，而是说在"主流"话语的压抑下，他们明显地感到了不适，一套他们并不熟悉的话语支配了文学界，而学院传统在这一时代已不再有精神的优雅。因此，这些理论家在痛苦地改造自己的同时，也曾试图向主流话语学习，重新武装自己。

一个典型的例子是朱光潜。他曾在英法留学八年，并以《悲剧心理学》获得文学博士学位，此后他有大量的论著问世。但20世纪50年代以后，他的主要学术成果只有《西方美学史》，这是一部"计划内"指定编写的美学教材，虽然它填补了我国在该学科的空白，其建设性意义重大，但朱光潜并不是可以按照个人意愿来研究和写作的。他"不敢评价""过去颇下过一些工夫的尼采和叔本华以及弗洛伊德派变态心理学，因为这几位在近代发生巨大影响的思想家在我国都戴过'反动'的帽子"①。他只能用"前修未密，后起转精"来聊以自慰。20 世纪 50 年代，他更多的只能是检讨自己"文艺思想的反动性"，检讨他以前的著作"在青年读者中发生过广泛的毒害影响"。他"一直存在着罪孽的感觉，渴望着把马克思列宁主义学好一点"②。他熟悉的研究不仅不能继续下去，而且还被冠以"食利者的美学"③。一个长期处于被批判地位的学者，他的精神地位是无从谈起的，甚至他在弥留之际还在说"我要检讨，我要检讨"，其时已是 1986 年了。

不仅像朱光潜这样受过欧陆思想教育的学者失去了独立的精神地位和思想自由，即便是来自延安、有过革命经历的学者，也并不是随心所欲的。他们也必须依附于主流"话语"才能掌握话语权力。何其芳曾是位优秀的诗人，但作为体制内的文化人，他必须服从意识形态的需要去写理论批判文章，他虽然"想暂时停止写议论文字，挤出时间来从事我的荒废已久的创作"，但他终不能如愿，只能写"参加文艺界的思想斗争和政治斗争的文章"④，甚至意识形态需要宣传毛泽东思想，编《不怕鬼的故事》也要找到他。何其芳为此写的序言，经毛泽东多次修改增删才"照这样付印"。

学者的精神地位，与一种"主从"关系是联系在一起的。毛泽东接见何其芳时有这样一个场景，当何其芳赶到中南海毛泽东卧室时，已有两位同志在座。其中一位正向毛泽东汇报当时农村的辩论会情况。他说名字叫辩论会，实际成了斗争会。毛泽东说："以后叫商量和讨论会，大家都可以讲话。"他见何其芳进来，便又朝他说："你不是也被辩论过？你服不服？"何其芳急忙回答说："许多意

---

① 朱光潜：《自传》，《十年散文选》，作家出版社 1986 年版，第 129 页。
② 朱光潜：《我的文艺思想的反动性》，《文艺报》1956 年第 12 号。
③ 黄药眠批判朱光潜美学思想文章的题目。
④ 何其芳：《没有批评就不能前进·序》，人民文学出版社 1958 年版。

见都是有道理的，对的。""那么，你现在还有威信吗？还能工作下去吗？"毛泽东接着又问。"还可以工作下去。文学研究所的同志们过去可能盲目地信任我。经过这次运动，大家对我的错误能够辨别了。以后我正确的他们就相信，不正确的他们就不相信。""你比在延安时候书生气好像少了一些。"经过一段对话之后，毛泽东开始谈《不怕鬼的故事》的序文，他说："你的问题（指请他审阅稿子）我现在回答你……"[1]何其芳的局促、拘谨、应答，都反映了他内心的紧张和压抑。

蔡仪也是一位马克思主义文艺理论家，他20世纪40年代初就出版了《新美学》，并始终坚持以马克思主义唯物主义观点研究美学。20世纪60年代初期，在计划内的教材中有他主编的一本《文学概论》。被委以重任已说明了他的学术地位。蔡仪先写出了提纲，但在天津会议上被文艺界的一位领导否定了，而这位领导则拿出了自己的提纲，要按这个提纲来写。蔡仪只好组织力量照办。尽管蔡仪认为此书已不是他的想法，违反了他的初衷，但他也有口难辩[2]。所以当1979年《文学概论》出版后，我们在比较中认为中国文艺学并没有前进一步，但这个责任不应由蔡仪来负。

这些具体的事件，从不同方面反映了20世纪50年代至70年代中国文艺学学者的精神地位和心态。只要同西南联大做一比较，更可以看出学者的精神地位和心态是多么不同。1946年1月29日，西南联大研究生王瑶毕业初试，时任中文系主任闻一多先为此事致函校长梅贻琦和教务长潘光旦：

月函校长、光旦教务长先生大鉴：

---

① 钱中文：《深切的怀念》，《蔡仪纪念文集》，中央编译出版社1998年版，第352页。

② 钱中文：《深切的怀念》，《蔡仪纪念文集》，中央编译出版社1998年版，第352页。

中国文学部研究生王瑶申请举行毕业初试。兹定于2月25日下午3时起在办事处举行该项初试。谨将有关事项开陈于后，即乞核定。

嘱文书科办通知，并乞嘱事务组届时照例预备茶点。至纫公谊，敬颂

道安！

闻一多上，卅五．一．廿九

计开：一、王瑶论文题："魏晋文学思潮与文人生活"。

二、初试范围：中国文学史、中国哲学史、中国通史。

三、考试人员，除中国文学系教授外，聘请汤锡予、彭仲铎、冯芝生、吴辰伯四位。

一位青年学者在他的西南联大系列研究中引用了这封信。他接着议论说：这封短信，可见当时闻一多的心态，而这种心态也是当时西南联大学术传统的体现。作为系主任的闻一多对学术有严格要求，而这封公函是致校长和教务长的，但从"乞嘱事务组届时照例预备茶点"一语，可以想见当时教授的气派。而校长梅贻琦第二天就给予"照办"的批复，也可见教授的地位①。这既是学院学术生活的插曲，也是教授日常生活中的小场景，却生动地展示了与20世纪50年代截然不同的时代风范。对于20世纪50年代的学者来说，那种心境和状态，只能是相当遥远的往事了。

---

① 谢泳：《西南联大的学术传统》，《东方艺术》1997年第4期。

第五章　文学史的编纂

第一节　古代文学史的研究方法

　　文学史的观念与方法，是文艺学重要的组成部分。在我国，文学史作为一门学科是与它的观念、方法同时建立的。或者说，文学史自从在大学作为一种专门课程设立开始，它首先体现的是大学文学教育的一种现代观念。1903 年的《奏定大学堂章程》中规定，中国文学门师生在讲习主课之一"周秦诸子"时，"当论其文，非宗其学术"，明确地将文（词章之学）与哲（义理之辨）两者予以区分。同时又指出："博学而知文章源流者，必能工诗赋，听学者自为之，学堂勿庸课习。"这种新的文学教育观念，已经认识到作文技巧的掌握和写作水平的提高，都应以对文章源流进行考辨的文学史研究为基础。于是，《奏定大学堂章程》特别规定：中国文学门的科目除传统的考据、词章之学外，还应设置"历代文章流别"一科，并指明日本已有之《中国文学史》为参考，由教员自行编纂讲授①。

---

　　①《奏定大学堂章程》，《北京大学史料》第 1 卷，北京大学出版社 1998 年版。马越在她的硕士论文《北京大学中文系简史》中，对这一现象有详细论述。她认为文学史学科的建立是一种新的学术规范的建立。

文学史作为学科的建立,对中国文学的教育和研究产生了重大影响,文学教育和研究的中心从传统的追求一家之言的体（体裁）、式（格式）之学,演变为注重以总体把握和清理、总结各代文学变迁为目的的"流别"之学①。这一变化,显然是一种文学研究的观念和方法的变化。

后来的文学史研究者注意到了这一变化的重要："如果说,史料的拓展构成文学史发展的基础,那么,史观的演进则对它起着主导作用。文学史研究不仅要凭借史料,亦须立足于某种观点,因为历史从来就不是什么纯客观的存在,而是同观照着它的主体相联系的,在不同历史观念的烛照之下,史料的组合会呈现出不同的风貌。"②

这一看法便涉及了历史著作真实与虚构的要害问题。也就是汤因比在《历史研究》绪论中所指出的那样:事实和虚构之间并没有清晰的界限,以《伊里亚特》为例,如果你拿它当历史来读,会发现其中充满了虚构;如果你拿它当虚构的故事来读,又会发现其中充满了历史。所有的历史都同《伊里亚特》相似到这种程度,它们不能完全没有虚构的成分。把历史事实加以选择、安排和表现就属于虚构范围所采用的一种方法。他赞同一个伟大的历史学家同时也是一位伟大的艺术家,如果不是这样,他就不可能成为一个"伟大的"历史学家。汤因比显然是带着他的历史观来谈论历史著作研究和写作的。

因此,文学史作为历史著作的一种形式,除了它的对象、范畴不同,其观念、方法的差异性则是共同存在的。这样,文学史由其观念和方法的不同,就可以写成"人性发展的历史""语义审美的历史""文学活动的历史""文学本体建构的历史""文学风格史"

---

① 马越:《北京大学中文系简史》,北京大学出版社 1998 年版,第 3 页。

② 陈伯海:《中国文学史学史编写刍议》,《中国古典文学学术史研究》,新疆人民出版社 1997 年版,第 6 页。

等。但无论哪一种文学史，它的背后都隐含着作者的文学史观念和研究方法。这些可以概括、抽象出来的理论观念，就构成了文艺学知识的一个方面。

自1904年京师大学堂国文教习林传甲借用日本笹川种郎的思路，依照《奏定大学堂章程》中所规定的文学研究法的基本框架写成中国最早的文学史以来，据文学史学研究者的统计，截至新中国成立前夕，各类文学史（通史、断代史、分体史、断代分体史）共346种，如果加上世界各地的中国文学史著作（包括篇幅较长的博士、硕士论文），截至1994年，竟可达1600种以上[①]。这些丰富的文学史著作隐含了丰富的文学史观念和研究方法，但中国学人长于写史，而对理论总结却鲜有兴趣。因此，关于中国文学史学史编写的主张，在20世纪90年代才被提出。这一方面反映了中国学者对传统的历史学的兴趣，同时也反映了中国学者长于叙述而不长于理论概括的思维方式。

1949年之前，已刊行的文学史著作，产生较大的反响的，除了"始作俑者"林传甲的文学史之外，还有黄人的《文学史》、谢无量的《中国大文学史》、刘师培的《中国中古文学史》、胡适的《白话文学史》（上卷）、郑宾于的《中国文学流变史》（上册）、陆侃如和冯沅君的《中国诗史》、郑振铎的《插图本中国文学史》、贺凯的《中国文学史纲要》、谭洪的《中国文学史纲》、刘大杰的《中国文学发展史》、林庚的《中国文学简史》等。这些文学史著作不仅因其产生的时代不同而姿态各异，同时，编写者们不同的文学史观也决定了这些著作不同的叙事方式和结构方式。

胡适的《白话文学史》虽然只是"半部《论语》"，却开一代新风，用文学史的写作方式积极回应了包括他本人在内倡导的文学革命，

---

①董乃斌：《中国文学史百年——回顾与前瞻》，《中国古典文学学术史研究》，新疆人民出版社1997年版，第19页。

在文学史的叙述中向传统的正统文学提出了挑战。他认为一千多年的中国文学史是古文文学的末路史、是白话文学的发达史。因此他把正统文学视为边缘的民间歌谣放到重要的位置，实施了一次有声有色的"正本清源"的革命。当然，值得注意的是，也正是胡适的这一革命，开了文学史写作实用目的的先河，他要用"文学史"来证实文学革命的合理性，服务于"五四"新文化运动。他的"白话正宗说"有力地支持了陈独秀的"三大主义"、周作人的"平民文学"和他自己的"八不"主张。

刘大杰的《中国文学发展史》，是一部较系统、完备的中国文学史，他写作此书的年代，激进的五四思想已经退潮，白话文学的创作正趋于成熟，但刘大杰仍对传统中国文学的"流别"做了识辨和梳理。不同的是，他吸收了法国理论家朗宋（松）的理论，把文学发展的历史作为"人类情感与思想发展的历史"来认识和理解，在处理不同时代文学内容与形式的变化时，特别注意时代政治状态、社会生活、学术思想以及其他种种环境与文学的关联。尤为重要的是，刘大杰在运用域外理论时，"能够不见痕迹地予以化用，能够结合中国文学史的实际构筑起自己严密的体系，并没有生硬套用的情况"，因此它反映了"我国文学史学科切实的进步"①。

林庚先生的《中国文学简史》是一部充满了主体意识的文学史，是一部"我注六经"的、洋溢着创造激情的文学史。他大胆地把中国文学划分为"启蒙时代""黄金时代""白银时代""黑暗时代"等，它的章节设置和命名也别具一格，诸如"女性的歌唱""诗国高潮"等，蕴藏了历史叙述者深刻的体悟和试图整合的欲望。朱自清在评价他的时候指出，他写的是史，但同时也是文学，也是创作。他的散文笔法和充满诗性的语言，使这部文学史充满了可读性。当

---

① 董乃斌：《中国文学史百年——回顾与前瞻》，《中国古典文学学术史研究》，新疆人民出版社 1997 年版。

然，它显然也反映了那一时代林庚作为著史者自由的心态和独立的思想。

这些不同的文学史著作，呈现了不同的叙述风格和文学史观念。无论它是有"实用"目的的，还是为了知识建构的，都对学科建设做出了独特的贡献，他们的经验特别值得我们重视和总结。1949年到1957年，文学史的研究进入了一个相对停滞的时代，不间断的运动使学者难以坚持自己的学术思想，他们内心甚至对自己也产生了真诚的怀疑。1957年，刘大杰在《中国文学发展史》"新序"中说："解放后，由于自己对马克思列宁主义的初步学习和看到了一些从前没有看到过的史料，关于中国文学史的某些问题，已有不同的看法。我早就计划，想把这部书重写一遍。"学者发现了新的史料，或者文学史观发生了变化，修订或重写都是可以理解的，也是情理之中的。但是，刘大杰萌生的这一想法并不是个别的，而是一种普遍的现象。创作界的曹禺、冯至等都在那一时代修改旧作，内心深怀紧张，从而构成了一种社会现象。这些作品不是越改越好，而是越改越糟了。刘大杰最后也实现了自己修改的愿望，可惜的是，他是按照"儒法斗争"为线索改写的，为的是服务于"批儒评法"。

文学史观和研究方法的变化，并不是通过学者在研究中实现的，而是在对"资产阶级学术思想"批判的压力下，不得不做出的选择。1958年，北京大学中文系编辑出版了四册《文学研究与批判专刊》，林庚、游国恩、刘大杰、郑振铎、陆侃如等古典文学主要研究者无一幸免。他们被指认为"资产阶级学者"、是刺眼的"白旗"，被一一拔掉。然后这些青年学生"在党的领导下"，在短时间内，就写出了"比较详细"的《中国文学史》，长达75万字。他们得意地说：几位老教授受教育部委托编写《中国文学史》，写了两年没有完成，这些大学三年级学生在一个月内就完成了。他们编写的各种著作，"最大的特点是以马列主义为指导，贯彻了为无产阶级服务、厚今薄古、古为今用的原则。贯穿着革命的、批判的、战斗的精神"①。
北大中文系1955级学生编写的文学史，不仅开启了文学史集体写作
的先河，同时也开启了以阶级斗争观念认识文学史的先河，并用二
元对立的方法评价不同的作家和作品。任何作家作品都可以纳入到
"现实主义与反现实主义""人民的进步文学与反人民的反动文学"
的框架内予以讨论，并由此定于一尊。

　　这一文学史观和研究方法也不同程度地影响到了游国恩等先生
主编的四卷本文学史和余冠英主编的三卷本文学史。这两本文学史
出版之前，周扬曾有一篇《对〈中国文学史〉编写组的讲话》，他说：
"编写文学史的目的是探索规律，但不要企图探索一次就搞清楚。
有事实材料，没有一点规律不好，这等于一个人没有灵魂。我们的
书是教科书，还要给学生一些文学知识，历史知识，规律性的东西
当然要有，但不要期望过多、过高，还是要从我们已有的认识出发。"②
何其芳也在1959年6月17日由中国作协和中国社会科学院文学研
究所召开的文学史问题讨论会上，提出了他关于中国文学史规律问
题的看法。他分析一种观点时指出："现实主义和反现实主义的斗
争虽然并不一定贯穿整个文学史，但我们找不到别的更好的公式来
代替它，就不如还是用这个公式。我的看法不同。与其要一个不合
乎事实的不正确的公式，我觉得还不如暂时不要公式。"③周扬和
何其芳作为文艺界的领导，他们的上述看法对两部文学史的编写当
然会产生影响。

　　但世风或主流话语的影响是巨大的，阶级分析的方法仍然是这
两部文学史主要的理论方法。游国恩等主编的文学史在概说中指出：
"文学艺术是现实生活通过人们头脑的反映，在阶级社会中又是阶

---

①《文学研究与批判专刊》第1辑"前言"，人民文学出版社1958年版。
②《周扬文集》第4卷，人民文学出版社1991年版，第67页。
③《关于文学史讨论的几个问题》，《何其芳选集》第2卷，四川人民出版社
1979年版，第351页。

级意识形态的形象表现，它不可能超阶级而存在。但上古时代的社会还未分裂为两个对抗性阶级，所以那时的文学艺术没有阶级性。到了阶级社会形成以后，一切文学艺术就不可能不打下阶级的烙印，同时也揭开了两种文化斗争的序幕。"[①] 这些看法同游国恩先生过去论证的"楚辞女性中心说"、《楚辞》是一种"富于民族性的文学"等观点已相去甚远了。过去游先生选择的是"性别""民族"的概念，而在这部文学史中则使用了"阶级"的概念。

余冠英主编的文学史略去了阐发文学史观的理论部分，但在行文分析时，亦可明确感到阶级分析方法的运用。比如对东周诗歌进行分类时，第一类就是"反剥削、反压迫的诗"。认为《国风》以民间歌谣为主体，所以在那里可以"更清楚地听到饥者和劳者的声音，也就是被剥削者和被奴役者的声音。《国风》里有些诗揭示了统治阶级的剥削实质，表现了被剥削阶级的反抗思想"。而它反映的阶级矛盾，比《小雅》里的诗"更为尖锐"[②]。

阶级分析的方法，是一种重要的研究方法，社会形成阶级之后，不同阶级的思想必然要在文学作品中得到反映。但是，如果阶级的观点是唯一的研究文学史的观点，阶级分析的方法是必须遵循的研究文学史的方法，则极大地限制了研究者学术思想的自由，限制了文学史学科多样化的发展。所幸，这两部文学史虽然受到了这一理论的影响，但它们更注重作家具体作品的分析，更多地介绍了中国文学史的知识，而没有强化、突出阶级斗争理论。它们的平实性和丰富性使这两部著作至今仍占有重要的、不可替代的学术地位。

---

① 游国恩等：《中国文学史》第 2 卷，人民文学出版社 1983 年版，第 5 页。
② 余冠英等：《中国文学史》，人民文学出版社 1979 年版，第 30 页。

第二节　现代文学的研究内容

中国现代文学的研究，从它诞生不久即已开始。1922年，胡适的《五十年来中国之文学》的最后一节，是"略述文学革命的历史和新文学的大概"，可视为最早以"史"的角度研究现代文学的尝试。20世纪20年代末期始，少数高校已开设了新文学研究的课程和讲座。陈子展、周作人、朱自清、李何林等都讲授过现代文学的课程，并出版过文学史著作，如周作人的《中国新文学之源流》、李何林的《近二十年中国文艺思潮论》等。因此，现代文学的早期研究，有很强的"当代性"，也正因为它尚在发展过程中，所以还不能构成一个完整的学科。比如周作人的《中国新文学之源流》，初版于1932年，新文学刚刚诞生十余年，他也仅用十三页的篇幅述及了"文学革命运动"，而重在表达新文学与传统文学的"源流"关系，对新文学本身叙述的简略可想而知。

现代文学作为一个完整的学科，其建立的标志是1951年王瑶先生的《中国新文学史稿》上册的出版。虽然现代文学的"历史"被认为已经"过去"，但于王瑶写作的年代来说，它仍然是切近的文学历史，它并没有为作者提供充分的考察距离。但王瑶先生仍以他史家的训练和学识，对现代文学进行了"史无前例"的学科化、系统化整合，为现代文学奠定了第一块基石。在王瑶先生写作《中国新文学史稿》的同时，全国高等教育会议通过了"高等学校文法两学院各系课程草案"，其中规定了"中国新文学史"的讲授内容：

运用新观点、新方法，讲述"五四"时代到现在的中国新文学的发展史，着重在各阶段的文艺思想斗争和其发展状况，以及散文，诗歌，戏剧，小说等著名作家和作品的评述。

王瑶先生称："这也正是著者编著教材时的依据和方向。"[①] 由此可见，现代文学史的研究内容，从学科建立之初就已经被规范了，并成为学术体制的一部分。

但是，这一规范仍然是一个难以期许的预设，这不只是说"草案"对中国新文学史内容的规定过于简略，其边界难以明确，而且更在于不断政治化的要求宿命般地决定了文学史的作者永远达不到它若隐若现的高度。这一状况在1952年8月30日下午《文艺报》组织的"《中国新文学史稿（上册）》座谈会记录"[②] 上得到了反映。参加这次座谈会的都是文学史的权威研究者和学界知名人士：吴组缃、李何林、孙伏园、林庚、李广田、臧克家、钟敬文、黄药眠、孟超、蔡仪、杨晦、袁水拍、王淑明、叶圣陶、傅彬然、金灿然、王次青、唐达成。《文艺报》在发表座谈会记录时发了"编者按"：

> 研究中国新文学的历史是文艺工作者与文艺教育工作者当前的一项重要工作。但是，这方面的工作，我们做得是十分不够的。这里发表的《中国新文学史稿（上册）》座谈会记录，对王瑶所著的《中国新文学史稿（上册）》所表现的立场、观点上的错误进行了批评，对研究新文学史的方法也提出了一些有益的意见。我们认为，这些意见和批评虽然还是初步的，但这种认真、严肃的讨论，将有助于我们对中国新文学史的研究，我们希望通过这样一些切实的讨论，更好地展开这方面的工作。

《文艺报》的倾向性是十分明显的，"史稿""立场、观点上的错误"已经构成前提，因此，讨论者对它的批评几乎众口一词：

---

① 《中国新文学史稿·初版自序》，上海文艺出版社1982年版。
② 刊于《文艺报》1952年第20号，1952年10月25日出版。

......这部书显然存在着严重的缺点。简单说:第一,可以说是主从混淆,判别失当。三十年来文艺统一战线的斗争发展,是马克思列宁主义文艺思想居主导地位。在本书每编每章总的叙说里,作者对此点是有认识的,可是一到具体论列作家作品的时候,这一要点就被抛开了。书中对代表资产阶级、小资产阶级和无产阶级的思想的社团与作家,一律等量齐观,不加区别。作者甚至几乎以为凡是新体的文学,就同样都该罗列进来。可是事实上其中有进步的,有落后的,也有很多开倒车的;有推动了革命前进的,有对革命起了积极作用的,也有很多危害革命和反革命的。如果不予判别,势必使读者认识混乱,是非模糊。比如第二章谈初期的诗歌,就把胡适、周作人、谢冰心、李金发等和郭沫若、蒋光慈平列起来加以评述。……第二,书中评述作家作品,总是忽略了思想内容方面。……(叶圣陶)

他写作的方法是"兼容并蓄",是一种旧的方法。他的重大的缺点,是思想性低。诚如清华大学的学生所讲:以王瑶同志的作品和苏联季莫菲耶夫的《苏联文学史》比较,就显然表现了两种方法。《苏联文学史》采用的是新的方法,把重要的提出来,不重要的就不提,而王著则是主从不分。(李广田)

这本书作为"文学史"来看,是不大够的。缺点是没有把文学和阶级斗争联系起来,因而它所论述的新文学的发展,和当时的阶级斗争看不出显著的关系。由于这样一个缺点,王瑶同志著作的思想性也就不强。(李何林)

这本书的基本错误就是缺乏阶级分析……其所以会造成这些错误,我想基本原因是作者的立场是资产阶级的立场……作者处处都好似站在纯客观的立场说话,把进步的与落后的、革命的与反革命的作家等量齐观。这种纯客观的立场,事实上就是资产阶级的立场。

忽视党的领导，不管他是有意无意的，他就是轻视无产阶级，这种轻视也正是资产阶级立场的表现。（黄药眠）

新文学是新民主主义革命的文学，也就是无产阶级领导的反帝反封建的文学，这是新文学的根本性质，作者在本书绪论里也已承认了的。可是在实际讲到具体的史实时，无论是讲作家也好，讲作品也好，却不分青红皂白把反动的和革命的拌在一起。对于那些在文艺运动上起过反动作用（自然政治思想也成问题）的如徐志摩、沈从文等的作品，往往是赞美为主；就是对于政治上显然是反革命的如胡适、周作人、林语堂等也不少赞扬之词，作者似乎忘记了绪论中所说新文学的"性质"和"领导思想"了。（蔡仪）

这些批评，所提出的"立场""方法""阶级斗争""阶级分析"的问题，实质上所指的还是内容的问题。或者说主要是对被述作家的选择和评价的问题。因此，王瑶在《读〈中国新文学史稿〉（上册）座谈会记录》（实际是检讨）一文中也坦白承认："这门课的内容很难办。"[1]这个问题在20世纪50—70年代一直没有得到解决。但座谈会中叶圣陶等人提出的新文学史"不是独自一个人在很短的时间内一下子就可以搞好的"，仿佛从另一个方面启示了文学史研究，于是，一种集体研究的方式开始兴起。

北京大学中文系现代文学教研室，从1953年下半年起，先后举行了四次现代文学作家、作品讨论。讨论是建立在毛泽东对现代文学评价基础上的，即"在'五四'以来的文化战线上，文学和艺术是一个重要的有成绩的部门"。但文学史不可能仅仅是抽象的肯定，具体的教学和文学史写作，首先遇到的就是对作家、作品给以"定评"。讨论采取的原则是"发挥集体的力量"，具体方式是：各人

---

① 《王瑶文集》第7卷，北岳文艺出版社1995年版，第508页。

在会前认定事先拟定好的讨论提纲的一部分去准备，写出书面意见并在会前传阅，开会时提出比较重要的问题进行讨论，以争取"对某些重要的作家、作品得到比较一致和比较正确的意见"①。讨论的内容分别为鲁迅的《阿Q正传》、郭沫若的《女神》、茅盾的《春蚕》、曹禺的《日出》。这种讨论会在形式上是相互切磋，实则是学术研究的一种"集体作业"。讨论的目的不是促进研究的进一步深入，而是为了最大限度地达成共识以规范教学，因此它带有明确的"完成任务"的性质，研究的"时代病"开始形成②。

1955年，作家出版社出版了丁易的《中国现代文学史略》，它的基本框架明显地受到了当时政治气氛的影响。在文学运动部分，作者简单地用革命运动统摄文艺运动和现象，在作家作品部分，作者简单地做了阶级划分。三十年来的历史发展，被概括为从现实主义到社会主义现实主义的历史，在具体的判断上，他强调"首先应划分是人民的和反人民的界限"③。在这样的视野里，胡适、陈西滢、梁实秋、新月派都划在了反人民的一边。现代评论派、新月派是"反动没落的文学派别，在政治上是反人民的，在艺术上则是反现实主义的，因而在中国现代文学史上，它们是一股逆流"④。《中国现代文学史略》还开了在文学史上批判沈从文、徐志摩等作家的先河，它强烈的政治色彩，极大地削弱了它作为文学史的价值。

同年10月，作家出版社出版了东北大学张毕来的《新文学史纲》第1卷。这部著作在出版之前，曾被李广田称为"思想性较强，不过有些武断"⑤的一部著作。所谓思想性强，就在于它有更多的"论"的主观色彩，按政治态度划分作家的标准也贯穿全书，作家都被纳

---

① 《北京大学校刊》1954年1月26日。
② 马越：《北京大学中文系简史》，北京大学出版社1998年版，第56—57页。
③ 丁易：《中国现代文学史略》，作家出版社1955年版，第18页。
④ 丁易：《中国现代文学史略》，作家出版社1955年版，第278页。
⑤ 李广田语，《文艺报》1952年第20号。

入"革命作家""进步作家""小资产阶级作家""右翼作家"等范畴进行评价,这一裁决式判定是教条主义在文学史写作中的典型反映。

1956年,作家出版社又出版了刘绶松的《中国新文学史初稿》(上、下卷),这部文学史是高教部委托出版的高校现代文学史教材。在绪论里,作者阐发了研究现代文学的三大任务和目的:第一,叙述"五四"以来先驱者使用文艺武器与统治阶级进行不屈不挠的斗争的实况;第二,把各个历史时期的战斗史实和经验加以正确地叙述和总结;第三,全面深入地考察和研究各个历史时期的重要作家和作品。这些想法原本是不错的,但为了实现这些任务和目的,他又强调:"必须在新文学史的研究工作中,划清敌、我,分别主、从。"①这又使这部文学史宿命般地走进了流行的话语之流,对非主流作家如朱自清、戴望舒等,作者都做了低调的处理。

显然,在政治气候的影响下,这些文学史从反面汲取了王瑶《中国新文学史稿》的"教训"。王瑶写史多有整合和客观的愿望,在这一时期彻底中断了,不断激进的潮流越发使王瑶显得落伍和不合时宜。到了1958年,留给这位奠基者的只有"检讨"一路。他在《〈中国新文学史稿〉的自我批判》中说:

我错误地肯定了许多反动的作品,把毒草当作香花,起了很坏的影响。胡风分子的作品,我大都是加以肯定的,还特别立了一节谈《七月诗丛》,究竟我肯定这些作品的什么东西呢?翻开我的书,不外是"情感丰富"之类的词句,而脱离了作品的思想内容和政治倾向……我还肯定过丁玲的反党作品《在医院中》和《我在霞村的时候》,冯雪峰的《灵山歌》和《乡风与市风》等杂文集;对这些毒草的内容我毫无批判,而是当作香花来肯定了,这除了说明在我

---

① 刘绶松:《中国新文学史初稿》,作家出版社1956年版,第9页。

的立场和思想感情上有和他们共同的地方以外，是很难用其他原因解释的。[①]

　　王瑶还检讨了他对新月派和现代派技巧的肯定，对柳青《种谷记》的青睐，对鲁黎、绿原诗歌艺术的分析等。在巨大的压力下，20世纪50年代最有价值的现代文学史的作者，成了一个落伍者。这自然缘于他所坚持的学术传统。有学者指出："王瑶后来痛苦地放弃了他喜爱的中古文学，而改治中国现代文学，可以说是杀鸡用了牛刀，但他毕竟用自己的努力，延续了西南联大的学术传统。"[②]说王瑶治现代文学是杀鸡用了牛刀未必恰当，即便如此，当《中国新文学史稿》成为那一时代难以跨越的峰巅之作时，也未必不值得。而说王瑶先生延续了西南联大的学术传统，则是有识见的。仅从"觉醒了的歌唱""成长中的小说""前夜的歌""抒情与叙事"这些题目，就可想象在那一时代环境中王瑶的心态和风格独具的表达。当一切都成为历史之后，青年学人对《中国新文学史稿》和它的作者做了如下评价：

　　王瑶是朱自清的学生，治学方法上延续了朱自清的"新文学研究"的血脉。这部著作写于40年代末到50年代初，受到政治干扰比较少，所以资料较为整齐，成为后来几代人学习中国现代文学史的入门书。这部著作放到今天来读也许有许多的不足，如分析过于粗疏，缺乏理论的力度，对一些政治圈外的作家作品也未能给以应有的评价，但是与以后的几种文学史著作相比较，它依然是不可超越的。从50年代中期开始，不仅政治运动使文学史不得不删减许多作家作品，更主要的是一种新的政治标准取代了对文学本体的必要尊重，现代

---

① 《王瑶文集》第7卷，北岳文艺出版社1995年版，第557—558页。
② 谢泳：《西南联大的学术传统》，《东方艺术》1997年第4期。

作家作品除了政治面貌以外，他的艺术创造在文学史中无法得到真实的展示。①

这一评价，不仅恢复了《中国新文学史稿》的历史地位，同时也说明了制约中国现代文学研究内容的真实原因。

但是，文学史作为"流别"之学，重点是在考察源流的基础上，对作家艺术创造持有必要的尊重和评价，本是题中应有之意。也正因为如此，非大陆版的文学史著作于 20 世纪 60 年代相继出版后，在大陆现代文学研究界引起了密切关注。特别是夏志清的《中国现代小说史》，其鲜明的意识形态性随处可见，但他还是钩沉出了张爱玲、沈从文、钱锺书等非主流作家，并在 20 世纪 80 年代引发了大陆研究这三位作家的热潮。

20 世纪 50—70 年代大陆现代文学史研究内容的选择之所以成为异常敏感的问题，与我们对现代史的认识是联系在一起的。1919—1949 年，被称为"新民主主义革命时期"，在社会／文学构成同构对应关系的框架中，"新民主主义革命时期"的文学便只能彰显与其社会性质相关的文学内容，从而形成对这一历史时期形象化的历史叙述。而非主流作家或称为"右翼""反动""资产阶级"的作家被排除于文学史之外，则无言地以文学史的形式证实了他们受到排斥、整肃的合理性。而他们在"文学史"上的失踪，也从一个方面证实了那个时代文学史写作的"歪曲"现象，尽管它背后有强大的政治背景。

---

① 陈思和：《关于编写中国 20 世纪文学史的几个问题》，《天津社会科学》1996 年第 1 期。

第六章　文艺学有限范畴内的讨论

　　20 世纪 50 年代以后，文艺学研究经历了一个清算旧传统、确立新规范的过程。旧传统的清算和新规范的确立是以批判和倡导两种形式实现的，俞平伯、胡适、胡风、林庚、游国恩、王瑶、陆侃如、钟敬文、刘大杰、朱光潜等理论家和文学史家，在 1949 年以前不仅完成了他们的求学过程，而且大都写出了奠定个人学术地位的著作，并接受了不同的学术传统，形成了不同的学术风格。但这些人所接受的无论是西学还是国学传统，都与主流话语倡导的新规范相冲突，他们的传统成了建立新规范的障碍，必须在批判中得到清算。因此，这些教授在 20 世纪 50 年代明显地感到了不适，他们的学术传统已经没有坚持下去的可能。

　　与此相对应的是新规范在倡导中的逐渐确立。这一新规范不再延续旧传统叙述的文艺学知识，而是以毛泽东文艺思想为核心，在不断阐发中强化它的权威地位。相关的文艺学知识有选择地得到讨论和研究，事实上也仅仅是进行了一些补充，比如典型、真实性、题材、形象思维、人性人情、人道主义等。这些文艺学范畴的问题，在毛泽东的文艺思想中没有充分地展开论述，但在文艺实践中它们又是不可能回避的。因此，20 世纪 50 年代文艺学在有限的范畴内，对上述问题还是进行了有那一时代特征的讨论与研究。值得注意的是，讨论并不是平等的，它存在着"等级"和"合法性"的问题。也就是说，与主流话语相一致的观点，就有了合法的身份；而标新立异、有研究者独特心得和看法的观点，则被视为"异端"而遭到新的清算。而且，在不断的批判和讨伐的过程中，我们也发现了其中隐含的观念同一性问题。也就是说，曾经是被批判的对象，往往也使用批判者的方法和武器去批判自己的对象。这一现象对学术传统和学术品格具有极大的破坏力，学者既没有自己敢于坚持的学术立场和方法，也不尊重对方的立场和方法，这是压力下的一种屈从，也是压力下的一种无奈，总之，造成了一种不健全的学术品格。一种不古不今、不中不西、没有确定性、只有实用即时性的"研究"愈演愈烈。主流话语陷入了一个怪圈，文艺实践在追逐一个永难企及的神话。也就是说，当文艺实践的政治性达不到要求时，文艺政策就要强化它的政治性；当为了图解政策而又暴露了公式化、概念化的问题时，文艺政策又要求反对公式化、概念化。究竟有没有可能找到一条既有鲜明的政治倾向性、又有完美的艺术形式与之相结合的道路，没有人能说清楚。但政策却可以随时提出这样的要求，然后便有大量的文章去阐发那个永远难以解决的"问题"，这也是20世纪50年代文艺学研究的一大特色。

第一节　谁来清算教条主义

"主流"和"非主流"的文艺理论家可能在许多问题上都存在不同看法，但在清算教条主义这一点上却是一致的。而对怎样清算和由谁来清算教条主义，却又产生了不同的理解和认识。这也是教条主义屡遭清算又禁而不止的原因之一。

1953年，主流话语对教条主义集中地提出了批评。周扬在1953年9月24日中国文学艺术工作者第二次代表大会上的报告，肯定了四年来的文艺工作，肯定了文艺"不容忽视和抹杀的"有益"贡献"之后，对存在的问题做了如下概括：

……另一方面，我们的文学作品直到现在还没有能够把中国人民在长期斗争中所积累的各方面的丰富经验在艺术上加以综合和概括，还没有能够创造出卓越的正面人物的典型形象，许多作品都还不免于概念化、公式化的缺陷，这就表现了我们的文学艺术中现实主义薄弱的方面。主观主义的创作方法是严重存在的。有些作家在进行创作时，不从生活出发，而从概念出发，这些概念大多只是书面的政策、指示和决定中得来的，并没有通过作家个人对群众生活的亲自体验、观察和研究，从而得到深刻的感受，变成作家的真正的灵感源泉和创作基础。这些作家不是严格地按照生活本身的发展规律，而是主观地按照预先设定的公式来描写生活。……由于他们没有十分深刻地全面地认识生活和理解生活，而有些作家，特别是年轻的作家，又还没有充分地掌握表现生活的创作方法和文学技巧，这就形成了产生概念化、公式化的最普遍最主要的原因。[1]

在周扬看来，概念化、公式化的主要原因在作家方面，是他们的"主观主义的创作方法"。他为改变这一状况所开的药方是："关键就在于提高作家认识生活和表现生活的能力。……同时必须学会以马克思列宁主义理论及党和国家的政策的观点来考察、估量和研究生活，免使自己掉在生活的大海里而迷失方向。"[2]周扬的这一分析是有指导性的，但它却不具有实践的可能性。也就是说，他对作家既要求不能从书面的政策、指示和决定出发，而应该体验、观察、研究生活，但又要求必须从"政策的观点考察、估量和研究生活"，

---

① 《周扬文集》第 2 卷，人民文学出版社 1985 年版，第 241—242 页。
② 《周扬文集》第 2 卷，人民文学出版社 1985 年版，第 241—242 页。

不然就会"掉在生活的大海里而迷失方向"。这在逻辑上也是混乱的，作家要遵循的究竟是什么，周扬并没有正面回答。

也是在1953年，冯雪峰在《关于创作和批评》的长文中，也谈到了文艺界存在的问题是公式化和概念化：

概念化走的路线，是从概念上的生活和斗争出发，而不是从实际的、具体的生活和斗争出发，也不用具体的分析方法去研究事物和事物的相互复杂的联系，并且总不愿意根据实际生活的规律去从根本上打破自己主观的愿望和预先的安排，所以结果总是写不出真实的生活和斗争来。我们就拿大家最熟悉的电影《人民的战士》（刘白羽编剧）来看一看吧。这作品是写斗争的，但并不能以斗争来感动观众，这是因为作品根基不是放在现实的真实的斗争基础上，而是放在作者观念上的斗争的基础上的缘故。真实的斗争，是在非常深刻，非常尖锐的矛盾冲突中展开的，而绝不是好像一切都早已很容易地解决了的，简直感觉不到有什么了不起的矛盾冲突和斗争。[1]

冯雪峰讲得也非常对。但他为此所开的药方是："在现实生活中，斗争在矛盾的深刻、尖锐、曲折的冲突中发展着，展开着，两种力量决斗着，然后趋于矛盾的解决而又向新的斗争发展着。所谓一个矛盾的解决，就是斗争着的两种力量中的一种在这个斗争中得到了胜利。"[2] 冯雪峰在这里重复了另一种公式。他指出的问题是存在的，也是切中要害的，但当他试图解决问题时，却也同时使用着公式化的方式。这一点，他与周扬并没有本质区别，甚至是极其相似的。一方面，他认为"写政策"的提法是错误的，因为"不仅在于政策不能代替生活，正如地图不能代替地球，指南针不能代替人的

① 《冯雪峰论文集》（下），人民文学出版社1981年版，第40页。
② 《冯雪峰论文集》（下），人民文学出版社1981年版，第37页。

走路一样，而且这样的提法，结果一定会把政策从实际生活和实际斗争中脱离出来，使它成为抽象的概念。一些在'写政策'的号召之下而产生的失败的作品，就证明了这一点"①。但他同时又强调："作家必须研究政策，这是无可置疑的。政策指导我们去了解实际生活斗争，并指导我们去从事斗争，因而也指导我们从事描写生活的创作。党的政策和领导在实际生活中所起的作用，是我国今天实际生活发展中的决定性的因素。所以，谁如果不研究共产党的政策，事实上就是他不想了解今天我国的生活。如果谁想了解我国今天的生活，他就只好去研究共产党的政策，即使他很不喜欢这一套。"②在冯雪峰那里，"政策不能替代生活"，但政策和领导又在今天的生活中起着决定性的作用，且不说它的逻辑关系是否能够成立，就文艺实践而言，究竟是从政策不能替代的那个生活出发呢？还是从在生活中起着决定性作用的政策出发呢？这大概是冯雪峰自己也说不清楚的。

　　类似周扬、冯雪峰这样的论述在当时是十分普遍的。一方面，他们有反对教条主义、克服公式化概念化的真实愿望；另一方面，他们又难以找出教条主义、公式化、概念化产生的真实原因。他们既要反对教条主义，又要维护文艺生产的新规范，维护政策、方针、路线的合理性；既要文艺能够为政治服务，又要文艺有感人的艺术魅力。因此，当他们试图解决这一问题时，都只能责怪作家方面存在的问题，作家或是存在着主观主义的问题，或是对生活了解、观察得不够，但他们从来没有从政策方面考虑是不是出了问题，或为什么理想的、期待的文学总是迟迟不临。

　　与此不同的是对教条主义的另一种批判。这种批判不是把责任简单地归结于作家方面。黄秋耘认为，作家对生活不熟悉固然是产

---

　　①《冯雪峰论文集》（下），人民文学出版社 1981 年版，第 40 页。
　　②《冯雪峰论文集》（下），人民文学出版社 1981 年版，第 37 页。

生公式化概念化的原因之一，"但是，就目前的情况来看，我以为，教条主义理论指导思想对于创作的桎梏，强使作家接受一种认为文学作品只应歌颂光明面、不应揭露阴暗面（或者换一种说法：只谈成绩，不谈困难和弱点）的观点，粉饰现实的作品受到不应有的赞扬，真实地反映生活的作品受到不应有的责难和打击，仍然是问题的症结所在"①。黄秋耘对教条主义、公式化概念化产生原因的分析，不同于周扬、冯雪峰、邵荃麟等人，他认为这一现象产生的原因主要在教条主义的理论指导，从而在立场和视角上同主流话语产生了分歧。但黄秋耘的分析显然更符合实际，更具有说服力。

另一篇对教条主义做出激烈批评的文章是钟惦棐的《电影的锣鼓》②。钟惦棐在分析了一些电影的上座率后尖锐地发问："为什么，文艺为工农兵服务的方针明确了，工农兵及一般劳动人民的生活水平也有了显著的提高，而国产影片的观众却如此不景气，这是否就同时暴露了两个问题：一、电影是一百个愿意为工农兵服务，而观众却很少，这被服务的'工农兵'对象，岂不成了抽象？二、电影为工农兵服务，是否就意味着在题材的比重上尽量地描写工农兵，甚至所谓'工农兵电影'。"③这是一个没有人正面提出过的问题，在周扬等文化官员的文章和报告中，他们所论述的都是工农兵作为时代主体而被歌颂和塑造的合理性，但它所产生的后果在钟惦棐的分析里却并不乐观。钟惦棐进一步指出：

事态的发展迫使我们记住：绝不可以把文艺为工农兵服务的方针和影片的观众对立起来；绝不可以把影片的社会价值、艺术价值和影片的票房价值对立起来；绝不可以把电影为工农兵服务理解为"工农兵电影"。

---

① 黄秋耘：《刺在哪里？》，《文艺学习》1957年第6期。
② 钟惦棐：《电影的锣鼓》，《文艺报》1956年第23期。
③ 钟惦棐：《电影的锣鼓》，《文艺报》1956年第23期。

"工农兵电影"至今还是件"事出有因，查无实据"的事情，而其含义又是十分暧昧。它可以解释做电影为工农兵服务，也可以解释做电影只能描写工农兵。但按其实践效果检验，它的教条主义和宗派主义的性质是明显的。其所以是教条主义的，便在于它把党提出"文艺为工农兵服务"的正确指示僵化了，并且做了错误的解释；其所以是宗派主义的，便在于它企图以此去分别中国过去的电影，把那些电影，统称为"小资产阶级的电影"。把那些影片，统称为"消极片"！①

钟惦棐在这里提出了几个不同的概念，其中"为工农兵服务""社会价值"是方针和政策的概念，而"观众""票房价值"则是艺术生产的概念。艺术生产应遵循艺术规律，方针和政策不应同艺术规律对立起来。钟惦棐显然揭示出了教条主义危害的实质，20 世纪 50 年代的文艺之所以走不出公式化概念化的怪圈，就是因为对艺术规律缺乏应有的认识。而指出"工农兵电影"含义的"暧昧"，其实也是对"工农兵文学"的理解和质疑。因此，《电影的锣鼓》一文背后，隐含了试图重新理解《讲话》的努力。

这一努力引起了文艺界的关注和回应，刘绍棠连续发表了《现实主义在社会主义时代的发展》和《我对当前文艺问题的一些浅见》两篇文章。两文都涉及了对《讲话》的重新理解。在刘绍棠看来，"单方面强调作品的政治性，而抹杀作品的艺术功能；漠视复杂多彩的生活真实，闭着眼睛质问作家'难道我们的生活是这样的吗？'机械地规定正面人物，反面人物，以及在正面人物之上更高一层的理想人物；为了教育意义，写英雄不应该写缺点等"②的教条主义理论，是因为片面理解毛主席理论的结果，因此，文艺"理论指导思

---

① 钟惦棐：《电影的锣鼓》，《文艺报》1956 年第 23 期。
② 刘绍棠：《现实主义在社会主义时代的发展》，《北京文艺》1957 年第 4 期。

想是守旧的"，"对作家起了束缚作用，也就妨碍了我们文学事业的繁荣"①。在另一篇文章中，刘绍棠系统地谈了他对《讲话》作为"一个新的问题"的理解。他说："公式化概念化的根源，就在于教条主义者机械地、守旧地、片面地、夸大地执行和阐发了毛主席指导当时的文艺运动的策略性理论。"②他虽然一再提到《讲话》"有永恒的指导意义"，但在具体分析中，刘绍棠确有《讲话》已经过时的意味，而且教条主义与《讲话》是大有关系的。姚雪垠、梅朵等作家、批评家也在文章中批评了曲解《讲话》的教条主义理论和风尚③。

这是对教条主义进行清算的两种截然不同的立场。但是，当黄秋耘、钟惦棐、刘绍棠、姚雪垠、梅朵等人，将教条主义的流行诉诸官方意识形态时，他们批判教条主义的"资格"就发生了问题。"神童"刘绍棠被周扬斥为"不知天高地厚"，钟惦棐被斥为"右倾机会主义的表现"④，黄秋耘被邵荃麟斥为"修正主义文艺思想"⑤。如此等，对教条主义的批判，其矛头指向主流意识形态的，都先后受到了批判和处理。值得注意的是，这些批判者说教条主义曲解了毛泽东文艺思想是存在问题的，事实上，毛泽东在 20 世纪 50 年代对以周扬为代表的主流批评家总体上是支持的，重大的批判运动由毛泽东亲自发动或参与就说明了这一点。

第二节　内部对话中的观念同一性

20 世纪 50 年代的文艺论争，在很大程度上表达了霸权话语的

---

① 刘绍棠：《现实主义在社会主义时代的发展》，《北京文艺》1957 年第 4 期。

② 刘绍棠：《我对当前文艺问题的一些浅见》，《文艺学习》1957 年第 5 期。

③ 姚雪垠：《打开窗户说亮话》，《文艺报》1957 年第 7 期；《要广开言路》，《文艺报》1957 年第 8 期；梅朵：《反对曲解毛主席对文艺问题的讲话》，《文汇报》1957 年 6 月 3 日。

④《周扬文集》第 2 卷，人民文学出版社 1985 年版，第 489 页。

⑤ 邵荃麟：《修正主义文艺思想一例》，《文艺报》1958 年第 1 期。

残酷性，政治文化的规约使任何一个思想、学术问题的争论，都被夸大为两个阶级、两条路线的斗争。这一斗争性质便决定了它的处理方式，不战自败的一方被划归为"反革命""敌我矛盾"或被判为有政治问题之后，重者被投进监狱，轻者被清理出文艺队伍。这一巨大的压力使学术界溃不成军，他们或是沉默或是迎合，在不得已的选择中，他们成了一个"无奈的群体"。但后来的研究者谢泳也发现，在压力下的转变，不见得是"真诚的希望"①。有些教授就有过抵制行为，梁漱溟当时就"不肯洗脑"。胡适曾在日记中说："漱溟的父亲梁巨川先生在民国八年发愤自杀（也许是民国七年尾），原因不明，但大致是因为不满于当时的政治社会。……漱溟今天的行为也是'殉道者（Mareyr）'的精神，使我很佩服。'不能向不通处变'，不能'自昧其所知以从他人'，都是很可敬的。"谢泳接着说："但可惜的是像梁漱溟、周炳琳、陈寅恪那样的人太少，加之外力过于强大，这样一群自由主义知识分子都无可奈何地屈从了，但内心并非彻底认同，为了生存下去，他们终于成了无奈的一群。"②

当然，思想界也有坚决抵制者。马寅初受到围攻式的批判后，在一篇文章的"附带声明"中说："……我虽年近八十，明知寡不敌众，自当单身匹马，出来应战，直至战死为止，决不向专以力压服不以理说服的那种批判者投降。……""……在论战很激烈的时候，有几位朋友力劝退却认一个错了事，不然的话，不免影响我的政治地位。他们的劝告，出于诚挚的友爱，使我感激不尽；但我不能实行。我认为这不是一个政治问题，是一个纯粹的学术问题，学术问题贵乎争辩，不宜一遇袭击，就抱'明哲保身，退避三舍'的念头。相反，应知难而进，决不应向困难低头。我认为在研究工作中事前

---

① 谢泳：《无奈的群体》，《方法》1998 年第 6 期。
② 谢泳：《无奈的群体》，《方法》1998 年第 6 期。

要有准备，没有把握，不要乱写文章。既写之后，要勇于更正错误，但要坚持真理，即于个人私利甚至于自己宝贵的性命，有所不利，亦应担当一切后果。我平日不教书，与学生没有直接的接触，总想以行动来教育学生，我总希望北大的一万零四百学生在他们求学的时候和将来的实际工作中要知难而进，不要一遇困难随便低头。"①马寅初拒绝检讨，以不计一切个人后果的凛然气概，维护了学术和个人的尊严。但像马寅初这样有人格力量的知识分子毕竟为数不多。

在文艺理论界，受到打击迫害的理论家很多，胡风就是其中最典型的一个。后来，胡风冤案平反以后，社会上出版了多种描述分析这一事件的著作，胡风也被当作 20 世纪以来最有知识分子人格力量的人物之一。但是，当胡风"集团"案作为 20 世纪中国的政治事件和精神事件②被分析的时候，胡风事件及其现象也许就不仅是对胡风个人的评价，也不仅是对胡风案件的重新结构和叙事，而是揭示了 1949 年之后，那被夸大了的阶级斗争、路线斗争背后所隐含的观念同一性的问题。无疑，胡风是特定时代的牺牲者，他所坚持的理论在正常的时代是完全可以讨论的，他所抵制的教条主义、庸俗化等问题，甚至连他最激烈的反对者也不得不承认，但他最终还是被权力意志所打倒。作为文艺界 20 世纪 50 年代最令人触目惊心的案件，它所提供的教训无论怎样指控都不过分。但是，作为 20 世纪 50 年代文艺理论界大勇者的胡风，他的观念中是否也存在与他的反对者相一致的东西呢？

胡风的文艺思想在新中国成立后一直受到批判，批判者为了达到目的不惜上升到令人骇然的高度，并庸俗地使用历史分析的方法。林默涵在 1953 年发表的文章，题目是《胡风的反马克思主义的文艺

---

① 马寅初:《我的哲学思想和经济理论》的"附带声明",《新建设》1959 年第 11 期。洪子诚在《1956：百花时代》一书中曾分析了批判马寅初人口理论的情况。

② 林贤治:《胡风"集团"案：20 世纪中国的政治事件和精神事件》,《黄河》1998 年第 1 期。

思想》，首先把论敌置于主流话语的对立面，借助权力的势力来阐发权力意志。林默涵认为："胡风的文艺思想，在实质上是反马克思主义的，是和毛泽东同志所指示的文艺方针背道而驰的。但胡风却一贯地以马克思主义的文艺理论家自居，一贯地认为他的文艺思想是符合毛泽东同志的文艺方针的。正因为这样，他的经常用了马克思主义的言辞装饰起来的错误的文艺思想，在一部分人中间就起了若干的迷惑作用。"[1] 林默涵对胡风做了上述指认后，便用"历史分析"的方法指出了胡风的"一贯性"，把他在新中国成立前文章中的观点进行了一次总清算。他不顾及胡风写作的具体历史处境和语言环境，仅仅是寻章摘句地按照需要"重新编码"，这种清算方法使处于被动地位的胡风，一开始就陷于有口难辩的处境，尽管在"政治上他是站在进步方面"[2]，但这抽象的肯定终不能抹去他"反马克思主义"的本质。林默涵之所以这样讨论胡风问题，除了更大的政治背景之外，与他长期形成的观念和方法是密切相关的。而何其芳的《现实主义的路，还是反现实主义的路》[3]，在观念和方法上同林默涵是完全一致的。

当然，胡风的厄运是宿命式的。也就是说，他最终被作为"异端"而放逐，已不取决于他是否检讨，也不取决于林默涵、何其芳、郭沫若乃至文联、作协主席团。在政治文化的规约中，当"异己"的身份被指认之后，就是"欲加之罪，何患无辞"了。

但更值得我们思考的是，政治文化所形成的观念和方法具有的巨大威慑力和侵蚀性，已不仅在个别人身上有所体现，就连深受其害的胡风也不能幸免。就在林默涵、何其芳以庸俗的"历史分析"的方法指控了胡风一年多的时间以后，中国文联和中国作协主席团曾就《文艺报》的错误展开批评讨论。胡风于 1954 年 11 月 7 日和

① 林默涵：《胡风的反马克思主义的文艺思想》，《文艺报》1953 年第 2 期。
② 林默涵：《胡风的反马克思主义的文艺思想》，《文艺报》1953 年第 2 期。
③ 何其芳：《现实主义的路，还是反现实主义的路》，《文艺报》1953 年第 3 期。

11 月 11 日在会上做了两次发言，仅就胡风的发言来看，他的观念和讨论问题的方法，同林默涵和何其芳几乎如出一辙。他批评《文艺报》，当然也指控了《文艺报》压制"小人物"，但他把更多的篇幅诉诸对朱光潜先生的揭发和控诉，他说：

对于朱光潜，今天在座的年纪大的当然都知道他，但恐怕年轻的同志们有的就不大熟悉了。在反动统治的许多年中间，我们看到朱光潜这个名字是会感到头痛的。朱光潜，是国民党（或三青团）的中委，是第一个以名教授和名学者的身份自愿到蒋介石中央训练团去受训的，起了"带头"作用，是蒋介石《中央周刊》的经常撰稿人，强烈地表现了污蔑革命的"思想"，他抗战前和抗战后主编过《文学》杂志，坚守资产阶级文学的阵地，到抗日胜利后蒋介石发动内战的时候，他是胡适所倡导的"和比战难"主张的支持者，到解放前蒋介石政权快要完蛋的时候，他又是所谓"新的第三方面"的主要策动者之一。但朱光潜又是名"学者"，大约二十年以来，他出版了《给青年的十二封信》《谈美》《文艺心理学》《诗学》等，在读者里面发生了广泛的影响。他用资产阶级唯心论深入到美学这个领域，"开辟"了广大的战场，在单纯的青年们和文学教授中间起了极其危害的作用。他是胡适派的旗帜之一，在胡适派学阀里面是一个大台柱。他是在这样基础上一成不变地为蒋介石服务的。所以，朱光潜是为蒋介石法西斯思想服务，单纯地当作资产阶级思想都是掩盖了问题的。①

胡风也是以"历史分析"的方法，不仅指出了朱光潜政治上的问题，而且清算了他全部著作中"资产阶级唯心论"的问题。因此，

①《胡风在全国文联、中国作协主席团联席扩大会上的发言》，《文艺报》1954年第 22 期。

胡风不同意单纯地把朱光潜"当作资产阶级思想"的代表来清算，而是认为他在政治上是"为蒋介石服务的"，在思想上是"公开地向马克思主义挑战"的。朱光潜的"历史问题"在胡风的发言中全部被"揭露"出来。这时，呈现在我们面前的恰恰不是朱光潜的问题，而使我们不仅要问，同样自诩为马克思主义者的林默涵、何其芳、胡风之间究竟发生了什么？胡风是马克思主义文艺理论家，而林默涵、何其芳不仅不承认，反而认为他是"反马克思主义"的。而胡风在批判朱光潜时，又俨然以马克思主义的捍卫者自居。既然都是马克思主义者，为什么他们之间又水火不容呢？除了权力、话语的争夺之外，显然他们又都有把马克思主义庸俗化的一面。

因此，可以说20世纪50年代被夸大为"阶级斗争""路线斗争"的文艺思想论争，其实是一场不间断的内部对话，也就是自诩为马克思主义文艺理论家的内部对话。这不只是说他们都以马克思主义的观点、方法去批判对方，而他们具有支配性的观念又是极其相似的。林默涵和何其芳作为主流话语的代表自不必说，令人惊奇的是，胡风在批判朱光潜时，竟然也使用了与他的批判者相同的方法。并且，他肯定黄药眠对朱光潜的批判，是因为黄药眠接触了"敌友关系"，是他提到了朱光潜的思想是"代表着过去中国的买办势力"。而他否定蔡仪对朱光潜的批判，是因为蔡仪仍"把朱光潜当作一个所谓纯粹学者看待"，"在读者中间掩护了朱光潜"。因此，蔡仪"不是向朱光潜求和，实际上等于求饶"①。胡风对朱光潜凌厉的攻势，在观念和方法上同林默涵、何其芳对他的批判是完全一样的。

指出这一现象于胡风说来并没有什么不光彩，也构不成对胡风的否定。而胡风与他的批判者的观念同一性，还不只体现在对朱光潜的批判，他的"三十万言书"，可能表现得更为充分。这也正如

①《胡风在全国文联、中国作协主席团联席扩大会上的发言》，《文艺报》1954年第22期。

林贤治在他的文章中指出的那样：

愈是反对教条主义和机械论，愈是接近教条主义和机械论——这是怎样的一个怪圈。20世纪中叶，由一个坚持"五四"——鲁迅文学传统的理论战士以报告——其实是"奏议"——的形式写成的"三十万言"，面对它简直犹如面对一头人面狮身的巨兽，神秘而惊悸。有一个法国汉学家汪德迈，这样代我们发问："在那些自五四运动以来曾为民主而奋斗的知识分子的头脑中，是否混淆了争取自由和争取谏议权利这两个目标，致使斗争的意义受到了损害？因此在中国，如同在其他儒教国家一样，反对独裁的结果助长了权威主义。"①

胡风一直在同体制内的教条主义和庸俗化斗争，但他的思想中同样建立了另外一种"体制"统治的幻觉，他的建议当然不可能被考虑，但如果真的实现了胡风的"谏议"，其后果可能是更为森严的控制。

不仅怀有进入主流幻觉的胡风在观念上先在地与主流观念有相同的地方，而且那些在院校的教授在一系列思想改造和思想整肃的过程中，也完成了观念同一性的转变。在文艺学不同方面的讨论中，我们发现，那些平日"温良恭俭让"的教授，也纷纷挥起了批判之剑，运用"阶级分析"的方法去批判对方。钟敬文在关于王瑶《中国新文学史稿》的座谈中说："这本书的根本弱点，是思想性低，没有站稳无产阶级立场，甚至于有敌我不分的地方，加以分析力、概括力不够，编写的态度和方法不严谨，因此就产生了一连串的错误和缺点。"②这样评价一本书和一个人，是不是由衷的且不论，但他"一连串"的

①林贤治：《胡风"集团"案：20世纪中国的政治事件和精神事件》，《黄河》1998年第1期。
②《〈中国新文学史稿〉（上册）座谈会记录》，《文艺报》第23期。

否定，并且上升到流行的高度，可见主流的观念和方法已经深入院校中去了。

此外，季镇淮、李绍广对游国恩《楚辞》研究的批判，吴组缃、章廷谦对林庚《中国文学简史》的批判，冯钟芸对林庚《诗人李白》的批判，等等，无不使用着相同的方法。老教授们同刚入学不久的学生使用着大体相似的话语，同一性的观念中断了他们的学术传统，因而也丧失了他们的学术尊严和地位，学术在失去了神秘性的同时，也失去了它与生俱来的高贵。

第三节　"双百"方针

教条主义的盛行，不仅引起了文艺界的不满，同时也引起了中共高层领导的密切关注。1956 年 2 月，在毛泽东寓所召开的一次会议上，陆定一揭露和批评了苏联在领导科学、文化上的教条主义及对我们的不良影响。他提到，在遗传学界，贬摩尔根学派是资产阶级的、唯心主义学派，说米丘林学派是社会主义的、唯物主义学派，不允许摩尔根学派的存在和发展。他提出应让两派平起平坐，各自拿出成绩来。在医学界，有人认为"中医是封建医，西医是资本主义医，巴甫洛夫是社会主义医"。郭沫若与范文澜对中国历史的分期问题有不同看法。我们认为这是学术问题，由历史学家自己去讨论决定。陆定一认为，应该破除对苏联的迷信，学术与政治不同，只能自由讨论。毛泽东同意陆定一的意见。①

这是"双百"方针最初的酝酿。1956 年 4 月 25 日，毛泽东在中共中央政治局扩大会议上做了《论十大关系》的报告。报告的基本出发点，就是冲破苏联模式的束缚，抛弃照抄外国的教条主义办

---

① 夏杏珍：《"百花齐放，百家争鸣"方针形成过程的历史回顾》，《文艺报》1996 年 5 月 3 日。

法，实行马克思主义与中国实际的第二次结合，走出一条中国自己的建设社会主义的道路来。中心思想就是"一定要努力把党内党外、国内国外的一切积极因素，直接的、间接的积极因素，全部调动起来，把我国建设成为一个强大的社会主义国家"。27 日，陆定一发言，提出对于学术性质、艺术性质、技术性质的问题要让它自由，要把政治思想问题同学术性质的、艺术性质的、技术性质的问题分开来。把那些资本主义和封建主义的帽子套到自然科学上去是错误的。28 日陈伯达发言，指出在文化科学问题上，恐怕要提出两个口号去贯彻，就是"百花齐放""百家争鸣"，一个在艺术上，一个在科学上。28 日毛泽东做总结发言，采纳了讨论中的意见，他说："'百花齐放，百家争鸣'，我看应该成为我们的方针。艺术问题上百花齐放，学术问题上百家争鸣。"[1]

"双白"方针的提出，与中共八大思想理论的准备过程有很大的关系。预计到社会主义改造将基本完成，毛泽东和刘少奇等中央领导人从 1955 年底开始的一段时间里，在繁忙的国务活动之余，抽出大量时间从事调查研究和听取各方面的汇报，为做出新的决策做准备。毛泽东听取了各部委的报告后，整理出了研究成果，总结为《论十大关系》的著名讲话。它的中心思想就是调动一切积极因素，为社会主义事业服务，以苏联的经验为教训，寻找适合中国国情的社会主义建设道路。

1956 年初，对城市工商业的社会主义改造和农业合作化运动全面进入了高潮。举国上下欢呼社会主义时代的开始，上海市副市长许建国宣布："我国资本主义最集中的城市，开始进入社会主义社会了！这一伟大胜利是我们全上海人民的胜利，也是全国人民的胜利……"在欢庆进入社会主义时代的庆典中，"红色资本家"荣毅

---

① 夏杏珍：《"百花齐放，百家争鸣"方针形成过程的历史回顾》，《文艺报》1996 年 5 月 3 日。

仁接受了记者的采访：

　　记者：您作为一个资本家，为什么选择了社会主义道路？

　　荣毅仁：是的，我是一个资本家，但我首先是一个中国人。昨天，我的全家都出动了。我的爱人出席了全市工商界家属代表会议，她参加这次会议的筹备工作，已经忙碌好多天了；我的弟弟出席了工商界青年代表会议，他还要去北京参加全国工商界青年积极分子大会；我的三个在中学念书的孩子出席了工商界子女大会。他们都在上万人的大会上讲话，拥护共产党，感谢毛主席，不仅喜欢社会主义，还盼望早点实现共产主义。

　　记者：消灭剥削，废除资本主义制度，对于您失去了什么？得到了什么？

　　荣毅仁：对于我，失去的是我个人的一些剥削所得，它比起国家第一个五年计划的投资总额是多么的渺小；得到的却是一个人人富裕、繁荣强盛的社会主义国家。对于我，失去的是剥削阶级人与人之间的尔虞我诈、互不信任；得到的是作为劳动人民的人与人之间的友爱与信任，而这是金钱买不到的。因为我积极拥护党和人民政府，自愿接受改造，在工商界做了一些有利于社会主义的工作，我受到了政府的信任和人民的尊重，得到了荣誉和地位。[①]

　　荣毅仁的语言和观念，可以看作社会主义改造的一个范本，它不仅从一个方面表达了社会主义改造的成功，同时也预示了社会基本矛盾的根本转变。加上国民经济的快速增长，都为执政党带来了新的自信。对国内主要矛盾的认识，也不再是工人阶级和资产阶级之间的阶级矛盾，而是人民对于经济文化迅速发展的需要同当前经济文化不能满足人民需要的状况之间的矛盾。

　　[①] 宋强、乔边：《人民记忆50年》，甘肃人民出版社，1996年版。

国际上，1956年又是共产主义运动的多事之秋。苏联和东欧发生了一系列重大事件。苏共二十大揭露了斯大林的错误，他的个人崇拜、肃反扩大化、破坏民主集中制、独断专行等，也为中共提供了深刻的经验教训。这也是"双百"方针提出的国际背景。

5月26日，中宣部部长陆定一应中国文联主席郭沫若之邀请，向科学界、文艺界、医学界的有关人士做了《百花齐放，百家争鸣》的报告，他指出：

我国的历史证明，如果没有对独立思考的鼓励，没有自由讨论，那么，学术的发展就会停滞。反过来说，有了对独立思考的鼓励，有了自由讨论，学术就能自由发展。

对于文学艺术工作，党只有一个要求，就是"为工农兵服务"，今天来说，也就是为包括知识分子在内的一切劳动人民服务。社会主义现实主义，我认为是最好的创作方法，但并不是唯一的创作方法；在为工农兵服务的前提下，任何作家可以用自己认为最好的方法来创作，互相竞赛。题材问题，党从未加以限制。只许写工农兵题材，只许写新社会，只许写新人物等，这种限制是不对的。文艺既然要为工农兵服务，当然要歌颂新社会和正面人物，同时也要批评旧社会和反面人物，要歌颂进步，同时要批评落后，所以，文艺题材应该非常宽广。……至于艺术特征问题，典型创造问题等，应该由文艺工作者自由讨论，可以容许各种不同见解，并在自由讨论中逐渐达到一致。[1]

陆定一的讲话虽然还有执政党的起码要求作为前提，但对于对思想改造、批判整肃记忆犹新的文艺界来说，这显然是一个令人鼓

---

[1]《人民日报》1956年6月13日。

舞的消息。尽管有人对此疑虑重重，但大多数人相信了这一方针带来的希望。刚刚检讨了"我的文艺思想的反动性"的朱光潜，半年之后在一篇文章中说：

在"百家争鸣"的号召出来之前，有五六年的时间我没有写一篇学术性的文章，没有读一部像样的美学书籍，或者是就美学里的某个问题认真地做一番思考。其所以如此，并非由于我不愿，而是由于我不敢。……

"百家争鸣"的号召出来了，我就松了一大口气。不但是我一个人如此，凡是我所认识的有唯心主义烙印的旧知识分子一见面谈到这个"福音"，没有一个不喜形于色的。老实说，从那时起，我们在心理上向共产党迈进了一大步。我们喜形于色，并不是庆幸唯心主义从此可以抬头，而是庆幸我们的唯心主义的包袱可以用最合理最有效的方式放下，我们还可以趁有用的余年在学术上替大家一样为心爱的祖国出一把力。①

《文艺报》在1956年第10期发表了《百花齐放，百家争鸣》的社论，中国作协于11月召开了文学期刊编辑工作会议，号召期刊正确贯彻"双百"方针。平心而论，对文艺和学术自由的要求，不仅来自文艺和学术界的业内人士，同时也来自这个领域的话语领导阶层，像周扬、林默涵、邵荃麟等，也在不同场合强调了反对教条主义和公式化、概念化的必要性。但"双百"方针作为一个"策略化"的考虑，始终没有得到揭示。1956年1月，中央召开了全国知识分子问题会议，周恩来代表党中央做了《关于知识分子问题的报告》，他宣布，我国知识分子的绝大部分"已经是工人阶级的一部分"。会议最后一天毛泽东讲了话，他说：现在叫技术革命，文化革命，

---

① 朱光潜：《从切身的经验谈百家争鸣》，《文艺报》1957年第1期。

革愚蠢无知的命，没有知识分子是不行的，单靠老粗是不行的①。这应该是毛泽东真实心态的流露，但对他的这一表达具有支配性的仍是他的工具理性，在他意识到科学、技术、工业、文化革命不能没有知识分子时，意识到"单靠老粗是不行的"时候，他才把知识分子最渴望的东西给了他们。为了表达执行"双百"方针的坚定性，他甚至批评了陈其通等人在《我们对目前文艺工作的几点意见》中对文艺形势的错误估计。但1957年反右斗争的开始，证实了这一"策略"考虑的短暂性，它作为"不会改变的方针"的承诺便没有人再提及了。"阶级斗争"估计的严峻性使这一方针昙花一现。

但值得注意的是：反右斗争的开始虽然使知识分子对思想自由的向往再度幻灭，但短暂的鸣放却也调动了知识分子的独立意识，对教条主义的尖锐批评，也使20世纪50年代中期的文艺学呈现了空前的活跃，对马克思主义文艺学基本理论的再认识和重新阐发，显示了那一时代文艺学所能达到的最高水平。同时它也有机会进一步暴露文化领导权的"霸权"性质。对教条主义的批评和对"右派言论"的批评，其理由都是相当充分的。在民主体制远未建立的时代，要实行"双百"方针并对其抱有很大的期待，显然是不现实的。

第四节　典型的两种理论来源

"双百"方针的提出和国际共运形势的变化，深刻地影响了国内学术研究的气氛。典型问题的讨论就是在这样的背景下首先提出的，它虽然仍没有摆脱功能结构的整体框架，但就文艺学的讨论来说，它毕竟走进了学术的范畴。

自从恩格斯提出了关于典型的理论之后，它就被视为马克思主义文艺学的核心问题，现实主义的核心问题。但恩格斯的理论在马

---

① 《当代中国意识形态风云录》，警官教育出版社1993年版，第100—101页。

克思主义文艺学的整体结构中，显然又有他的独特之处，特别是与列宁的党性原则，存在明显的冲突。恩格斯不赞成小说透露明显的政治倾向，他认为倾向性应当从场景和情节中自然地流露，而不应当特别把它指出来，作家不必要把他们所描写的社会冲突的、历史的、未来的解决办法硬塞给读者。在恩格斯的文艺观念中，他的功利性要求在经典马克思主义作家里是最为淡薄的。但列宁的党性原则提出之后，特别是经历了斯大林—日丹诺夫时代，恩格斯的文艺观念逐渐淡化，不断得到强调的是列宁的文艺思想。即便提到恩格斯的典型理论，也是以列宁的方式做出解释的。在苏共十九大的报告中，马林科夫关于典型的论述，也是中国文艺理论界理解这一概念的基本依据："典型不仅是最常见的事物，而且是最充分地、最尖锐地表现一定社会力量的本质事物。""典型是和一定社会——历史的本质相一致的。""典型是党性在现实主义艺术中表现的基本范畴。典型问题经常是一个政治性的问题。"这些论述同恩格斯的典型观已相去甚远了。把典型同社会本质、政治性联系在一起，是 20 世纪 50 年代初期教条主义、庸俗社会学普遍流行的最集中的表现。

1953 年斯大林逝世后，苏共二十大重新制定了党的方针路线，在文艺学上的反映之一，就是重新阐释了典型理论。1955 年第 18 期的《共产党人》杂志，发表了《关于文学艺术中的典型问题》专论。专论驳斥了马林科夫在苏共十九大报告中关于典型的观点：

在对艺术领域的党性的理解上，存在着烦琐哲学的态度。它的表现之一就是把典型同党性等同起来，把典型当作是党性在现实主义艺术中的表现的基本范围，把典型仅仅归结为政治，不难看出，这种把两者等同起来的做法，会促使人们以反历史的态度来对待文学和艺术的现象。不估计到艺术家进行创作的时代和条件，不深刻地分析他的世界观的性质，而企图在任何一个典型中找到党性立场的表现，结果就会抹杀文学和艺术的党性原则的具体历史内容。[①]

专论还具体驳斥了机械、教条地理解列宁关于"现代的哲学是有党派性的"问题，从而推论出"把对党性的这种理解机械地搬用到文学和艺术中来，就有庸俗化的危险"[②]。这时，苏联对典型的再阐释，很大程度上又回到了恩格斯的观点。

苏联的这一变化和"双百"方针的提出，也使中国文艺学界有了重新探讨这一理论的勇气。《文艺报》1956年第8号专辟《关于典型问题的讨论》专栏，首发了张光年、林默涵、钟惦棐、黄药眠四人的文章。《文艺报》还发表了"编者按"，指出：

> 典型问题，是马克思主义美学的中心问题，包含着极其丰富的实际内容，涉及文学艺术的创作、理论研究、批评各个方面的重要问题……
>
> 在最近举行的中国作家协会第二次理事会会议（扩大）上，强调提出了要克服创作中的公式化、概念化和自然主义倾向，和文艺理论、批评、研究中的庸俗社会学倾向。这种种倾向的来源，当然有其多方面的、复杂的原因；不过，对典型问题的简单化的、片面的、错误的理解，对马克思列宁主义美学缺少认真的、系统的研究，应该说是主要原因之一。

这是20世纪50年代中期以前最有生气和活力的声音。"编者按"提出的问题本身，事实上也否定了此前文艺学界的理论方法和思想观念。这也是中国文艺学界的第一次"突围表演"。但是，文艺学界当时的理论水平和社会环境，决定了讨论所能达到的高度。张光

---

① 《关于文学艺术中的典型问题》，《文艺报》1956年第3期。
② 《关于文学艺术中的典型问题》，《文艺报》1956年第3期。

年发表了典型讨论的第一篇文章，他的主要理论依据并没有超出《共产党人》专论的范畴。"典型即本质"是他的基本观点：

> 作家笔下的艺术典型，当然要反映生活的本质。如果作家描写的是工业战线上的先进人物，却不能从这个主人公的全部活动中，从这个方面或那个方面表现出工人阶级这个先进的社会力量的本质，这个阶级的高度觉悟性，对人民的利益、对社会主义、共产主义事业的无限忠诚，集体主义的革命精神和对消极现象的不妥协精神，那么，就不能说这位作家已经完满地反映了生活的真实。……艺术典型的概括性越广，越是反映了生活中最本质的事物，它的真实性就越强，教育意义就越大。[①]

张光年对典型的讨论，出发点虽然也是反对公式化、庸俗化的理论和创作风尚，但他"典型即本质"的基本观点，事实上仍来源于延安文艺学的理论框架，他既要求文学作品通过典型性格的创造，"表现出某种社会现象的发展规律"，同时又要求"通过精心选择的个别现象，从各个方面各个角度表现生活的真理"[②]。这种"既要……又要……"的语式，似乎强调了两点论，但也正是这种语焉不详的理论表达，使创作者进入了永远难以把握创作的境地，而把批评与赞扬的主动权留给了理论家自己。事实上，任何作者都难以达到这种理论幻想的期许，因为它把创作的复杂过程简单地化为条款式的要求，从而陷入了新的教条主义和庸俗化。

第二种较有代表性的观点是巴人的"代表说"，他认为：

> 典型是什么呢？就是代表性。典型形象是什么呢？就是代表人

---

① 张光年：《艺术典型与社会本质》，《文艺报》1956年第8期。
② 张光年：《艺术典型与社会本质》，《文艺报》1956年第8期。

物。人物既然是代表，那就有他所代表的社会力量；而代表既然是人物，那就有属于他自己个人的东西，即个人的命运与个性。这是我们现实生活中日常接触到的不可否认的事实，文学艺术的现实主义原则就是以现实生活中这一种法则为依据的。[①]

巴人的观点直接来自高尔基的创作自述：

假如一个作家能从二十个至五十个，以至从几百个小店铺老板、官吏、工人中每个人的身上把他们最有代表性的阶级特点、习惯、嗜好、姿势、信仰和谈吐等抽取出来，再把他们综合在一个小店铺老板、官吏、工人的身上，那么这个作家就能用这种手法创造出"典型"来——这才是艺术。[②]

高尔基作为无产阶级文学的创作大师，这一自述是他个人的经验之谈，或者说，是他创作"典型"的一种方式，而不是对"典型"概念的理论表达。如果按照高尔基所说的把"最有代表性的阶级特点、习惯、嗜好、姿势、信仰和谈吐等抽取出来"，再把它们综合在一个人身上，它势必产生"一个阶级一个典型"的理论。因此，"代表说"也是典型阶级论的另外一种表达。

巴人在创作层面依据的是高尔基的通俗说法，而在理论上则依据的是马克思主义的阶级斗争理论，他说：

处在阶级社会和阶级斗争的历史时代里，任何人的性格里总有阶级的烙印，即阶级的特性，所谓人类的共同性，正如恩格斯所说是少得很可怜的了。所以我们的文学也必须强调为阶级斗争服务。

---

① 巴人：《典型问题随感》，《文艺报》1956 年第 9 期。
② 高尔基：《谈谈我怎样学习写作》，人民文学出版社 1978 年版，第 160 页。

那是不可动摇的原则。但为阶级斗争服务的最终目的，正是为了要消灭阶级斗争。艺术的最大使命就是把人类的灵魂从阶级束缚中解放出来："贫困而又充满忧虑的人是不能够理解最好的戏剧的；珠宝商人仅只看到货币价值，而看不到珠宝的美和特性。"这是因为阶级地位和阶级利益束缚了他们审美的感觉。"因此，为了把人的感觉加以人化，以及创造与之适应的人的意义以求理解人的本质的一切丰富性与自然性的一切丰富性，那就必须在理论上和实践上把人的本质加以对象化。"①

马克思从人的物质生活的矛盾性，看到了人的阶级属性和由此带来的束缚，它对于解释阶级社会不同的审美方式和要求，无疑是正确的。但是，把阶级差别的社会现象等同于对艺术典型的理解，把马克思对阶级问题的表述直接运用于典型理论的阐释，仍然是机械论的一种反映。在"代表说"或阶级论那里，"典型"只能产生在预设的概念里，而不是产生于生活和作家的想象中。

第三，"典型即个性"。王愚在《艺术形象的个性化》一文中，提出了与张光年、巴人都不同的观点，他甚至激烈地批评了张光年和巴人的"本质论"和"代表说"。在他看来：

作为一个完整的个性，只是现象本质发展的个别方面和个别因素的体现，而不能是每一类型个性特征的综合，如巴人同志在提到创造典型的方法时所说的："典型也就是各个阶级的各个成员的性格之抽象与综合。"形象的个性，完全符合于特定人物的思想、生活经历、教养、气质和才能，归根结底，依存于他们的生活环境。作者看到了某些个性，在分析的过程中，洞察他们和生活本质发展过程的联系。然后凭借艺术想象把它们按照各自不同的内容构成完

---

① 张光年：《艺术典型与社会本质》，《文艺报》1956 年第 8 期。

整的形象。这就是典型。①

　　王愚在"驳论"中试图坚持的是恩格斯的典型论。在讨论中我们发现，恩格斯的典型理论很少得到重视和阐发，除了现实主义的定义因其经典性被反复提及外，恩格斯对典型的阐释并未得到应有的重视。他在致敏·考茨基的信中说："每个人都是典型，但同时又是一定的单个人，正如老黑格尔所说的，是一个'这个'，而且应当是如此。"他反对作者因过分欣赏自己的主人公而将其理想化，反对让个人消融到原则里去。当然，恩格斯在处理艺术的倾向性和个性化的问题时，也表现了他的犹疑和矛盾，一方面他不反对倾向性，并赞赏了席勒的《阴谋与爱情》的主要价值就在于它是德国第一部有政治倾向的戏剧。这与他是马克思主义的创造者之一、阶级斗争学说的倡导者之一有很大的关系。因此，他在致哈克奈斯的信中说："工人阶级对他们四周的压迫环境所进行的叛逆的反抗，他们为恢复自己做人的地位所做的剧烈的努力——半自觉的或自觉的，都属于历史，因而也应当在现实主义领域内占有自己的地位。"这同恩格斯对现实主义的理解是一致的；但恩格斯同时又是一位有深厚艺术修养的学者，在理解艺术创造时，他的学识决定了他又不那么功利，他对巴尔扎克政治倾向与遵循艺术规律创作的分析，使他发现了艺术创造的复杂性。这时，恩格斯表达了他作为学者的科学精神和风范，甚至连他的矛盾和犹疑也不加掩饰。另一方面，恩格斯对典型的理解，又与老牌唯心主义思想家黑格尔相联系，"单个人"和"这个"的评价标准更多的是感觉和积累的比较，它同生硬、简明的"党性""本质""阶级论"比较而言，似乎更为模糊。这些与20世纪50年代苏联、中国以及东方阵营的主流意识形态都是格格不入的，这也正是恩格斯的典型论受到冷落的真实原因。

_____

　　① 王愚：《艺术形象的个性化》，《文艺报》1956年第10期。

王愚对艺术形象个性化的强调,与李幼苏的观点不谋而合。李幼苏也认为:"典型乃是概括性与个性的有机融合;同时,概括性、一般性是通过个性、特殊性来表现的。在艺术中一定阶级或集团的同一类特征,不可能脱离个性人物的特殊的命运而单独存在。"①他依据的主要理论,就是恩格斯对典型和艺术个性的论述。但王愚和李幼苏的观点在当时并没引起足够的注意。

1956年8月10日,周扬在中国作协文学讲习所发表了《关于当前文艺创作上的几个问题》的讲话,其中也重点地讲了典型问题,他说:

> 对于典型问题(这里说的典型,当然是社会主义现实主义里面的典型)也同样存在着教条。我觉得文艺界有两个问题可以好好讨论(不一定要做结论):一个是典型问题,还有一个是传统问题。在讨论时,不要去引用苏联的条文。我们自己有那么多的典型,为什么不去研究?诸葛亮不是一个典型吗?李逵不是典型吗?杨四郎不是典型吗?鲁迅以及现代作家的作品中不是也有许多典型吗?所有这些,通通可以来研究一下,不必去考虑定义,中国的典型不一定同外国的典型完全一样,我们要解放一下,我们要独立去研究,不要钻在定义里面,马林科夫不是下了一个定义吗,现在被推翻了,我们还没有马林科夫高明,而且那时候斯大林还在,大概也是经过斯大林同意的。所以追求定义没有什么好处,先研究自己的问题。②

周扬的讲话回避了当时关于典型讨论的分歧,当然也回避了恩格斯关于典型的理论。他不从定义出发的考虑,在当时有其合理性的一面,在"党性原则""本质论"等话语占主导地位并具有合法

---

① 李幼苏:《艺术中的个别和一般》,《文艺报》1956年第9期。
② 《周扬文集》第2卷,人民文学出版社1985年版,第415—416页。

性的背景下，要突破这些理论是相当困难的。因此他以"策略化"的方式要求研究具体的问题，并期望于中国化。而且他提到的典型人物，如杨四郎等，也是以前他的文章、著作中不曾出现过的，这也预示了周扬"要解放一下"的勇气。但在中国当时的语境下，要实现突破主流典型论的束缚，显然面临巨大的现实和心理的障碍。这也正表明了周扬文艺思想上的矛盾与困惑。

对典型的讨论具有突破意义的，是何其芳的《论阿Q》一文。这篇文章是为纪念鲁迅逝世二十周年而做的。在这里，何其芳比较了几种对阿Q的不同评价，并认真分析了阿Q性格上的特征。他认为：阿Q性格上最突出的特点是他的精神胜利法，他像"文学上的典型和生活中的人物一样，他的性格总是复杂的，多方面的。阿Q'真能做'，很自尊，又很能够自轻自贱，保守，排斥异端，受到委屈后不向强者反抗而在弱者身上发泄，有些麻木和狡猾，本来深恶造反而后来又神往革命，这些都是他的性格"[①]。何其芳深入分析了鲁迅创造阿Q形象的文化、生活依据，然后指出：

阿Q是一个农民，但阿Q精神却是一种消极的可耻的现象，而且不一定是一个阶级所特有的现象，这在理论上到底应该怎样解释呢？理论应该去说明生活中存在的复杂的现象，这样来丰富自己，而不应该把生活中的复杂的现象加以简单化，这样勉强地适合一些现成的概念和看法。阿Q性格的解释问题，实际上是一个典型性和阶级性的关系问题。困难是从这里产生的：许多评论者的心目中好像都有这样一个想法，以为典型性就等于阶级性。然而在实际的生活中，在文学的现象中，人物的性格和阶级性之间都不能画一个数学上的全等号。道理是容易理解的。如果典型性完全等于阶级性，那么从每个阶级就只能写出一种典型人物，而且在阶级消灭以后，

---

① 《何其芳选集》第2卷，四川人民出版社1979年版，第332页。

就再也写不出典型人物了。①

　　何其芳的这篇文章是在周扬《关于当前文艺创作上的几个问题》的讲话一个多月后发表的。就其方法上说，何其芳实践了周扬不从定义出发，而从具体的典型人物分析入手的想法，这样就避免从概念到概念的束缚和空疏，从而也大大突破了阶级论和本质论的教条主义典型观。《论阿Q》对典型的理解和认识，是20世纪50年代典型讨论中所能达到的最高水平。

　　20世纪60年代，典型问题再次引起讨论。其中较有影响的有蔡仪、谷熊等人的文章。蔡仪的观点延续了何其芳典型不等于阶级性的说法，他认为："文学艺术的典型很少乃至几乎没有全面地表现阶级性的。自然，表现阶级性的某些基本特点的典型是有的，或者比较多方面表现阶级性的典型也是有的。……但认为典型的普遍性定要全等于阶级性，一个典型必须全面地不多不少地体现阶级性，这实际上就是主张一个阶级只有一个典型，显然是错误的。"②

　　谷熊在《论典型的共性和阶级性的关系》一文中，重申了20世纪50年代流行的阶级论观点，他批评了何其芳、蔡仪的"性格核心说"和"典型的共性不等于阶级性"的观点。他认为："典型必须概括一定阶级的性格特征。在阶级社会里每个人又都是阶级的成员，他们的性格必须打上阶级的烙印，因而不管个性如何不同，阶级性却是共同的。塑造典型就必须把为一定阶级所共有的某些性格特征集中概括起来，再经过艺术的想象夸张，使这些阶级的性格特征更突出、更鲜明、更强烈。"③谷熊的观点更接近20世纪50年代张光年、巴人等人的观点，他又退回到了阶级论。

　　20世纪50、60年代关于典型的讨论，是在马克思主义文艺学

---

①《何其芳选集》第2卷，四川人民出版社1979年版，第340页。
②蔡仪：《文学艺术中的典型人物问题》，《文学评论》1963年第4期。
③谷熊：《论典型的共性和阶级性的关系》，《文史哲》1965年第2期。

范畴内的又一次内部对话。各种观点虽然各执一词、冲突激烈，但他们的思想来源和理论依据，无不来自马克思主义的经典作家。这些冲突一方面表明了理论家对马克思主义文艺思想的不同理解，同时也反映了马克思主义经典作家在文艺思想上的矛盾性。而这一矛盾性在以往的讨论中是不曾得到揭示的。其中恩格斯关于现实主义、典型的论述，同列宁的党性原则、毛泽东的文艺为政治服务等理论，并不存在逻辑上的关系。列宁、毛泽东的论述有其时段的合理性，在革命的特殊阶段，把文艺放在社会革命的整体理论中考虑，要求其服务于社会革命的总体目标，有其显而易见的策略性。但恩格斯在一般意义上对现实主义和典型的理解，就具有了普遍的知识的意义。他们是在不同的范畴中理解文艺理论的。恩格斯对文艺生产和艺术个性复杂性的考虑，也有别于列宁、毛泽东对文艺的简单要求。这也是20世纪50年代以来，文艺学各个命题讨论分歧的深层背景。

第五节　关于形象思维的讨论

关于形象思维的讨论在我国是与典型问题同步展开的，这一问题提出的背景也与典型问题的提出没有区别。在中国，是基于"双百"方针提出后的开放环境，也基于创作上概念化、公式化的普遍流行；在国际上，苏联于20世纪50年代初期，出于对粉饰现实、创作上公式化倾向纠正的需要，已经展开讨论多年。但不同的是，典型问题是马克思主义经典作家提出的，对它的不同理解都有马克思主义经典作家的论述作为依据，即便是大相径庭的看法，也都可能获得合法性的依据。而形象思维的问题不仅是一个涉及思想和心灵领域的问题，而且它的提出者别林斯基的身份，只是俄罗斯"激进知识分子之父"，是一个被高尔基称为在贵族知识分子面前"来历不明"[1]

---

① 高尔基：《俄国文学史》，新文艺出版社1956年版，第240页。

的人。因此，这个问题在中国的提出，它的重要性也许不在于出现了各执一词的两个基本派别，而在于它所具有的学术研究曾一度消失了的学院气息。它的背后虽然不可避免地隐含着功利诉求，但这一问题本身所具有的"形上"性质，为当时充满了庸俗之气的各种讨论，带来了一种学术气氛。

文艺学界普遍认为，首先提出形象思维这一概念的，是俄国批评家别林斯基。他发表于《莫斯科观察家》1838年7月号上的《〈冯维辛全集〉和扎果斯金的〈犹里·米洛斯拉夫〉》一文里，第一次提出了"诗是寓于形象的思维"这个定义。1840年，别林斯基在《艺术的观念》中，将"诗"改为"艺术"。文章开篇他就指出："艺术是对真理的直感的观察，或者说是用形象来思维。"①别氏自己也在注中说明，是他首次在俄文中确立了这一定义。此后，苏联文艺界和教科书沿用了这一概念。形象思维传入中国是在20世纪30年代初期。1931年11月20日出版的《北斗》杂志发表了何丹仁翻译的法捷耶夫的《创作方法论》，1932年12月出版的胡秋原编著的《唯物史观艺术论》，1933年3月北新书局出版的《文学概论讲话》，1935年周立波发表的《形象的思维》等，都分别提到了这个概念并对其做出了阐释②。20世纪40年代，胡风在《今天，我们的中心问题是什么？》一文中，论述到文艺特征时曾指出："文学创造形象，因而作家的认识作用是形象的思维。并不是先有概念再'化'成形象，而是在可感的形象状态上去把握人生、把握世界……"这些论述所依据的都是别林斯基最初的定义，但它已表明从这一时代起，中国文艺界对文艺特性已找到了另一种认同的方式，它与生活／文学的反映论和认识论是有区别的。

新中国成立后，对形象思维这一概念的接触，最早见于1952年

---

① 《别林斯基选集》，上海译文出版社1980年版，第93页。
② 《外国理论家作家论形象思维》，中国社会科学出版社1979年版，第51—52页。

底对胡风文艺思想的批判，认为胡风对形象思维的论述和强调，贬低了理性的作用。但文艺界的高层领导在内心深处或处理政治和艺术关系问题时，始终处于一种矛盾的状态。也就是说，一方面他们要强调文艺与政治的关系，要求文艺服务、服从于政治的总体目标；一方面他们又要求文艺能够摆脱因此而造成的公式化、概念化的倾向，希望能够出现繁荣多样的艺术局面。1955年，形象思维的问题还没有全面展开讨论，但在冯雪峰、周扬等文艺界领导人的文章中，已经常出现这一概念。冯雪峰在《关于创作中的概念化问题》中，认为很多作品"描写现实生活是不深刻的，写得过于表面和简单化，对于读者似乎没有什么新的贡献，而且使人感到枯燥，没有吸引力和感动力。这样的作品，我们大家都说它不是好作品"。他认为改变这一状况的根本办法主要有两个："第一，他是热爱生活的，他要求深刻而全面地认识现实，并且对于社会愿意有所作为；就是说，他必须有丰富的生活经验，有改造社会的意志，愿意为人民服务。第二，他有艺术描写的能力，而且对于艺术的劳动是有兴趣和热情的。"这些泛泛而论并非始于冯雪峰，对根治公式化和概念化也收效甚微。接着，冯雪峰谈到了想象对于作家的重要，"一个人如果没有想象的能力，就不可能进行思想……我们说一个作家的想象力很丰富，那就是说，他的逻辑思维和形象思维的能力都很强"。但冯雪峰接着又对他的说法进行了限制："然而想象又是建筑在什么基础上面呢？建筑在生活经验和生活知识的基础上。没有这样的基础，无论什么人的想象都不可能成立。"① 在冯雪峰看来，在理论或创作范畴内，"生活"这个概念还是要比想象和形象思维重要得多。

周扬在1955年2月20日电影创作会议上的报告，有一部分是专门论述创作规律的。一开始他就指出："对艺术的规律、特性过去是存在不正确的认识……艺术的规律是什么、艺术认识现实的手

---

① 《冯雪峰论文集》（下），人民文学出版社1981年版，第285—286页。

段是什么？——科学和艺术都是反映现实的，艺术反映现实的特点是通过形象，通过艺术的特殊规律——形象思维，不是艺术没思想，任何艺术都是有思想的，和科学、政治不同的地方是艺术通过形象表达思想，艺术的特点是形象思维。"[①] 这是主流话语第一次正面肯定形象思维对于艺术创作的意义，并把它纳入艺术创作规律的范畴来认识。但周扬在不同的场合又表现出了他的犹疑和矛盾，表现出了对待宗派斗争的狭隘思想。1956 年 2、3 月间，中国作协召开了第二次理事扩大会议，会上强调了形象思维和文艺特征的重要性，周扬做了《建设社会主义文学的任务》的报告，报告中他一方面认为胡风"夸大艺术认识的特殊性"，"把艺术认识和科学认识、形象思维和逻辑思维完全割裂开来"，同时又指责"一些作家没有正确地理解艺术是反映现实的一种特殊形式"[②]。周扬既肯定形象思维是艺术创作的思维特征，又批判了胡风"夸大艺术认识的特殊性"，他所表现的思想矛盾，是与他在艺术和政治面前不同的立场以及矛盾状态相关的。

文艺理论界和美学界对形象思维大规模的讨论，是周扬的报告在《人民日报》公开发表之后。据资料统计，从 1954 年初《学习译丛》译载尼古拉耶娃《论文学艺术的特征》一文后，截至 1965 年底，先后有二十篇专题论文谈形象思维问题，二十二篇论文涉及这一问题，九本文艺理论教科书、八本文艺理论著作、两本语言学著作对形象思维问题做了论述[③]。这些论述从总体上与苏联在论争这一问题时所形成的两派之争，有很大的相似之处。不同的是，苏联以布洛夫为代表的反"形象思维论"者，只是认为形象思维不能与逻辑思维并存，它并不能揭示艺术家在创造形象时的思维活动的本质。

①《论艺术创作的规律》，《周扬文集》第 2 卷，人民文学出版社 1985 年版，第 336 页。

②《形象思维参考资料》（一），上海文艺出版社 1978 年版，第 17 页。

③ 刘欣大：《"形象思维"的两次大论争》，《文学评论》1996 年第 6 期。

而中国的反对"形象思维论"者如毛星，沿袭了布洛夫的观点外，则还有郑季翘的"现代形象思维论是一个反马克思主义的认识论体系，是现代修正主义文艺思潮的一个认识论基础"①的观点。因此，中国 20 世纪 50、60 年代关于形象思维的论争，与苏联相比较，内在的紧张更为剧烈。

肯定形象思维是文艺创作基本特征的学者虽然占争论的主流地位，但如果分析起来我们会发现，他们肯定的方式和理论资源是非常不同的。霍松林是对这一问题较早做出回应的学者，他一方面肯定"形象思维是艺术的思维，艺术家通过形象思维认识现实，用具体的形象表现认识现实的结果"②，但他同时也认为："通过具体的、个别的东西揭示本质的、一般的东西，这是形象思维的特殊规律。"③因此，霍松林承认形象思维是艺术思维的前提，仍然是文艺与生活的本质关系。这一点他甚至还不如苏联否定形象思维存在的布洛夫。布洛夫不承认形象思维的存在，但并没有妨碍他对教条主义文艺思想的检讨。在他看来，曾经流行一时的典型是一定社会历史现象的本质这个公式之所以错误，在于它没有彻底揭示艺术的本质特征，这就有可能将艺术本质庸俗化，把艺术的内容与社会科学（哲学、政治经济学等）的内容等量齐观。如果艺术不能揭示特殊的本质，没有那种只有它才能揭示的内容，那么，艺术作为一种认识是站不住脚的，是没有它的独立存在的权利的④。霍松林恰恰没有论述出文艺的"特殊本质"，仍把文艺同社会科学的认知方式相混同。

陈涌的《关于文学艺术特征的一些问题》，虽然不是专论形象思维的文章，但他旨在批判公式化概念化、反对"具体／抽象／具

①《论艺术创作的规律》，《周扬文集》第 2 卷，人民文学出版社 1985 年版，第 48 页。
②霍松林：《试论形象思维》，《新建设》1956 年 5 月号。
③霍松林：《试论形象思维》，《新建设》1956 年 5 月号。
④吴元迈：《五六十年代苏联文学思潮简论》，《五六十年代的苏联文学》，外语教学与研究出版社 1984 年版，第 20 页。

体"的创作过程公式时指出："科学和艺术，逻辑的思维和形象的思维，是有密切关系的，真正的科学的逻辑思维大有助于一个艺术家的构思，对于一个艺术家说来，科学的思维和艺术的思维往往互相启发，互相渗透，互相转化，构成了一个艺术家的复杂的思考过程。"① 陈涌的这一论述代表了那一时代理论所能达到的深刻程度，特别是他使用了"复杂的思考过程"这个概念，表达了陈涌对艺术创造思维的理解与洞察。

周勃、蒋孔阳、以群以及 20 世纪 50、60 年代的文艺学教科书，都承认形象思维是文艺创造特殊的思维方式，代表性的说法是以群主编的《文学的基本原理》，认为"形象思维的特点和'精义'在于创作过程中，思维不能脱离具体事物的形象和通过具体事物的形象进行思维"②。因为是教科书的缘故，这一说法得到了最广泛的传播。而特别值得注意的，是李泽厚对形象思维的研究。仅在他的论文集《美学论集》中，他谈论形象思维的文章就达五篇之多。在他的研究中，既不同意"否定说"，又不同意"平行说"，显示了他作为一个研究者充分的自信和独立性。他在 1963 年发表的《审美意识与创作方法》中指出：

"形象思维"作为严格的科学术语，也许并不十分妥帖，因为并没有一种与逻辑思维相平行或独立的形象思维。人类的思维都是逻辑思维（不包括儿童或动物的动作"思维"）。但已约定俗成为大家所惯用了的这个名词，所以仍然可以保留和采用，是由于它的本意原是指创造性的艺术想象活动，即艺术家在第二信号系统渗透和指引下，第一信号系统相对突出的一种认识性的心理活动。它以逻辑思维为基础，本身也包括逻辑思维的方面和成分，但并不等同

---

① 陈涌：《关于文学艺术特征的一些问题》，《文艺报》1956 年第 9 期。
② 《文学的基本原理》，上海文艺出版社 1963 年版，第 190 页。

于一般的抽象逻辑思维，而包含着更多的其他心理因素。在哲学认识论上，它与逻辑思维的规律是相同的：由感性（对事物的现象把握）到理性（对事物的本质把握）；在具体心理学上，它与逻辑思维的规律是不同的，它的理性认识阶段不脱离对事物的感性具体的把握，并具有较突出的情感因素[1]。

这可能是把形象思维和逻辑思维的关系表述得最清楚的一家之说了。

重要的也许不在于李泽厚个人的观点和结论，就他的结论："形象思维是个性化与本质化同时进行"[2]来说，与苏联作家尼古拉耶娃的"在形象思维中对事物和现象的本质的揭示、概括是与对具体的、富有感染力的细节的选择和集中同时进行的"[3]，也多有相似之处。重要的是李泽厚在讨论形象思维问题时，对本土的传统文论资源也做了深入的挖掘，传统中国的文艺作品同时成为他观点的有力支持。《文心雕龙》《文赋》《红楼梦》《沧浪诗话》、山水画及古典诗词均在他的视野之内。这一情况表明，中国学者在讨论文学理论的命题时，其理论资源已不再仅限于马列经典理论，不再对苏联学者的观点趋之若鹜，而是对民族的文化身份进行了新的认识和认同，并试图在传统文化资源中获得新的理论灵感。这一信息也许是形象思维论争过程中，中国文艺学界最大的收获。

形象思维讨论中的"否定派"，以毛星、郑季翘、马奇为代表，但他们的否定方式又有极大的不同。毛星在1957年和1986年分别发表了两篇长文。在《论文学艺术的特征》中，他系统地批评了别林斯基形象思维的理论基础，认为他的"基本观点完全是黑格尔的

---

①《学术研究》1963年第6期。

②李泽厚：《试论形象思维》，《文学评论》1959年第2期。

③尼古拉耶娃：《论艺术文学的特征》，《形象思维问题参考资料》（一），上海文艺出版社1978年版，第287页。

唯心主义",他的"思维发展的三种方式"论,"是根本错误的"。在毛星看来,"人的思维,如果指的是正常人的正确的思维的话,它的根本特性和规律只有一个,而思维的内容却可以是各种各样的。就思维来讲,文艺的特性,正像别的事物也有特性一样,不表现在思维的方法而表现在思维的内容"。这一看法与布洛夫大体相似,但他还是在学术的范畴内来讨论问题的。

郑季翘发表于1966年5月的《文艺领域里必须坚持马克思主义的认识论》一文,则超出了正常的学术讨论,是一篇来势凶猛的政治讨伐,他把讨论提到了为什么人、阶级斗争、反马克思主义的高度,用意识形态的霸权结束了长达十年之久的形象思维讨论。联系郑季翘文章发表的时代背景,他的话语形式也成了那一时代"山雨欲来风满楼"的表征。

但有趣的是,毛泽东发表于1977年12月31日《人民日报》上的《给陈毅同志谈诗的一封信》,郑季翘显然没有读到。但这封信的发表,却又引发了沉寂十多年的关于形象思维的讨论。郑季翘虽然仍坚持他的观点,但已成了强弩之末,因为肯定形象思维的观点因毛泽东的这封信而获得了意识形态的有力支持,政治上的威慑性已不复存在。肯定性的讨论也因失去了论辩对手而几近"一边倒",它的正确性和合理性因毛泽东的肯定已不证自明。或者说,从20世纪50年代到70年代,文艺理论重要的不在于讨论了什么,而是所讨论的问题由谁来提出。

第六节 "人学"

"文学是人学",是无产阶级文学的奠基人高尔基提出的关于文学的一个基本命题,也是传统文艺学的核心命题之一。但由于百年来中国特殊的历史处境和主流话语对文学艺术的期待及要求,一般说来,涉及文艺学基本命题或内部规律的问题,都很难得到深入的展开。关于文学中的人情、人性、人道主义的问题，其命运也大体如此。1926年，梁实秋发表了《现代中国文学之浪漫的趋势》一文，提出了"伟大的文学亦不在表现自我，而在表现一个普遍的人性"。两年后，又相继发表了《文学的纪律》《文学与革命》《文学是有阶级性的吗？》等文章，强调了他的普遍人性论。冯乃超、鲁迅等人对梁实秋的人性论进行了激烈的批评。冯乃超认为："生活感觉的不同，又是艺术感觉的差别的标准。艺术是有阶级性的。"梁实秋的人性论是"犯了在抽象的过程中空想'人性'的过失"[1]。1930年，鲁迅发表了《"硬译"与文学的阶级性》一文，尖锐地批评了梁实秋的文学人性论："文学不借人，也无以表示'性'。一用人，而且还在阶级社会里，即断不能免掉所属的阶级性，无需加以'束缚'，实乃出于必然。自然，'喜怒哀乐，人之情也'。然而穷人绝无开交易所折本的懊恼，煤油大王哪会知道北京捡煤渣老婆子身受的酸辛。饥区的灾民，大约总不去种兰花，像阔人的老太爷一样。贾府上的焦大，也不爱林妹妹的。"[2]鲁迅坚持"要做无产文学"的主张，显然与国家民族的历史处境相关。这时的革命文学所表现的激进和对梁实秋"人性论"的拒绝，是有其历史合理性的。

1942年，毛泽东的《在延安文艺座谈会上的讲话》，出于动员民众，利用文艺团结一切战时力量，也批评了诸如"人类之爱"和"人性论"的说法。在国家民族危亡的关头，"人性论"固然优雅，但"种"的危机与优雅的需要比较起来，当然更为迫切和重要。

但是，当"种"的问题已不成为问题，当我们已经宣告"中国人民从此站起来了"之后，人性的问题却仍然讳莫如深。文艺创作公式化、概念化的问题与"人学"构成的尖锐冲突，文艺界高层领导显然是有察觉的。在围绕文学的人性问题展开大论争之前的1955

---

① 冯乃超：《评驳梁实秋的〈文学与革命〉》，《创造月刊》1928年第2卷第1期。
② 《鲁迅全集》第4卷，人民文学出版社1981年版，第204页。

年，周扬就曾重提了高尔基的"文学就是人学"的命题。虽然他仍然强调"艺术就是通过人的形象，影响人，通过人的形象，反映社会，各个社会阶级关系的渗透，通过人的形象影响人，影响人的精神"①，但他对《白蛇传》的分析，或者说他通过对一个本土传说的阐释，几乎没有保留地传达了他对人性的憧憬和向往："我总认为《白蛇传》没有改编成电影，是很遗憾的一件事，很希望哪位艺术家把它写出来，这个故事表现了女性对自由的追求，高度的自我牺牲精神，明知不可得的，还要为它坚决地斗争；明知不可抵抗的，还是要抵抗；明知不可靠的，还是要去追求；明知爱情要付出多大代价，还是要斗争，小青为了友谊，不论付出多大代价，还是要干到底。"②这种畅快淋漓的抒情，在周扬的文章中是不多见的，这本身就是周扬个人人性要求的表达，也是他艺术趣味的无意流露。但周扬的身份又决定了他不可能以个人趣味决定文艺发展的趋向。因此，在谈到文艺总体要求时，他又必须使用另外一套话语。

公开提出人性问题的文章，是巴人的《论人情》，这篇文章发表于 1957 年第 1 期《新港》，与此同时，毛泽东发表了《关于诗的一封信》③，陈其通、陈亚丁、马寒冰、鲁勒发表了《我们对目前文艺工作的几点意见》④。毛泽东的诗是旧体诗，他自己称"这些东西，我历来不愿意正式发表，因为是旧体，怕谬种流传，贻误青年；再则诗味不多，没什么特色。既然你们以为可以刊载，又可以为已经传抄的几首改正错字，那么，就照你们的意见办吧"。从毛泽东的语气来看，他大有勉为其难的意思。但"双百"方针是他提出来的，那么，旧体诗作为诗的一种形式，与"双百"方针并不相悖。毛泽

①《论艺术创作的规律》，《周扬文集》第 2 卷，人民文学出版社 1985 年版，第 338 页。

②《论艺术创作的规律》，《周扬文集》第 2 卷，人民文学出版社 1985 年版，第 338 页。

③《诗刊》1957 年创刊号。

④《人民日报》1957 年 1 月 7 日。

东选择这样的时机发表，显然也不是随意的。

陈其通等人的"意见"，对"双百"方针提出后文艺界的形势，做了错误的估计。但从极"左"思潮对文艺界统治的严重性来说，这些"意见"并不是无足轻重的。因此，巴人在文章中提出的问题，就有了极大的危险性。

巴人自己也曾是教条主义的鼓吹者，就在他写作《论人情》不到一年之前，还曾在《文艺报》上发表过《典型问题随感》。那时他认为：

社会主义现实主义的作家首先以这个世界观的指导，来观察、体验、分析、研究一切人，一切群众，一切阶级，一切社会，然后才进入于艺术创作过程。而当作家进入了艺术创作过程的时候，那就必须依照现实主义的方法，艺术地和形象地来进行概括人、群众、阶级和社会等特征，这才能使作品"正确地表现出典型环境中的典型性格"。①

这种公式化的表述同流行的意识形态文艺观是没有区别的，但这显然不是巴人发自内心的想法。在《论人情》中他首先反省的是自己："我自己就最讨厌重读一遍自己的论文集子之类，有时竟想把它们丢到茅厕里去。但偏有出版社要我修改订正出版，在我认为：人生之苦莫过于这个苦差事了。为什么有这么的心境呢？怕就是我的文章，只有教条，没有人情味，连自己也不要看了。这真是值得一思，再思而三思的事了。"②这也是1949年之后，我们较早见到的具有自我反省精神的文字。

接着巴人分析了现实生活和文艺作品的相似性，认为"我们有

---

①《文艺报》1956年第9期。
②《新港》1957年第1期。

些作者，为要使作品为阶级斗争服务，表现出无产阶级的'道理'，就是不想通过普通人的'人情'。或者，竟至于认为作品中太多人情味，也就失掉了阶级立场了。但这是'矫情'。天下的事情是人做的。不通人情而能贯彻立场，实行自己理想的事是不会有的。'矫情'往往是失掉立场，也丢掉理想的"。他希望文艺作品"有更多的人情味"，呼唤"魂兮归来，我们文艺作品中的人情"！当然，巴人这些感性、粗略的文字还难以进入学术讨论的范畴，他所提供的理论依据也极其有限，但这毕竟是共和国早春时节充满胆识的一声呼喊。

巴人的文章发表两个月后，同一刊物就发表了批评文章，他的文章被愤怒地指斥为"十足的文艺上的'人性论'"①。半年后，王淑明又在同一刊物上发表了《论人性与人情》，进一步肯定了人性人情于文学创作的重要，并部分地修正了巴人的观点。他认为亲子之爱，男女之情，是人类正常的本性，"人性的具体表现形式，虽带有阶级的印记，但人性的每一步正常的发展，却逐渐向其本体接近。在这里，人性的本质，又可以说是具有相对普遍性的基础的"。所以，"将人性与阶级性对立起来，将作品的政治性与人情味割裂开来；说教为人性既带有阶级性，就不应有相对的普遍性，作品要政治性，就可以不要人情味，这些庸俗社会学的论调，客观上自然也助长了作品的公式化概念化的发展，我以为这些都是要不得的"②。

人性人情问题的讨论在北方发起，得到了南方学者热烈的回应。钱谷融在上海的《文艺月报》上发表了《论"文学是人学"》的文章，这是一篇气势恢宏、理论系统的文章，他从文学的对象、题材、目的、人道主义精神、文学作品的社会意义、典型本质论的错论等，

---

① 张学新：《"人情论"还是"人性论"——评巴人的〈论人情〉》，《新港》1957 年第 3 期。

② 王淑明：《论人性与人情》，《新港》1957 年第 7 期。

全面地论述了"文学是人学"的合理性。从钱谷融立论的依据看，他的视野也更为开阔，理论修养也更为深厚。他不仅从俄苏文学、中国现代文学的发展中寻到了人道主义发展的脉络，而且在文艺复兴时期、在马克思主义那里、在中国传统文化中，分别找到了人道主义作为文学根本性命题的依据。这些现象表明，当代文艺学学者的研究，又出现了向学院研究复归的迹象。也就是说，他们已不仅是把现实的创作趋向和主流话语对文学创作的要求，作为理解和研究文学的唯一依据，而是试图从文学发展的总体过程中寻找文学发展的基本规律，从而纠正文学现实存在的不足及弊端。

　　但是，当时的理论水平和学院文艺学学者力图改变现实的迫切心情，暴露了他们对人道主义理论认识的局限，或者说，无论是巴人、王淑明还是钱谷融，都把人道主义作为一种理想的理论来认识。钱谷融在批评教条主义、"反对把反映现实当作文学的直接的、首要的任务；尤其反对把描写人仅仅当作是反映现实的一种工具，一种手段"①的同时，又把写人强调到无比重要的地位，认为"简直可以把它当作理解一切文学问题的一把总钥匙，谁要想深入文学的堂奥，不管他是创作家也好，理论家也好，就非得掌握这把钥匙不可"②。在论述人道主义作为一种思潮时他说：

　　人道主义，作为一种思潮来说，虽是十六七世纪在欧洲为了反对中世纪的专制主义而兴起的。但人道主义精神，人道主义理想，都是从古以来一直活在人们的心里，一直流行、传播在人们的口头、笔下的。我们无论从东方的孔子、墨子，从西方的苏格拉底、柏拉图等人的言论著作中，都可以发现这种精神，这种理想。虽然随着时代、社会等条件的不同，人道主义的内容也时时有所变动，有所损益，但

①钱谷融：《论"文学是人学"》，《文艺月报》1957 年第 5 期。
②钱谷融：《论"文学是人学"》，《文艺月报》1957 年第 5 期。

我们还是可以从其中找出一点共同的东西来的。那就是：把人当作人。把人当作人，对自己来说，就意味着要维护自己的独立自主的权力。对别人来说，又意味着人与人之间要互相承认互相尊重。所以，所谓人道主义精神，在积极方面说，就是要争取自由，争取平等，争取民主。在消极方面说，就是要反对一切人压迫人、人剥削人的不合理现象；就是要反对不把劳动人民当作人的专制与奴役制度。

这段话，可以看作钱谷融人道主义思想的核心内容，也是传统人道主义思想的基本主张。从论述中我们可以看到，钱谷融的理论视野已遍及中西古今，他所提到的思想资源，也基本反映了人道主义思想发展的历史脉络。

但是，当他批评文学创作缺乏人道主义思想，并把人道主义作为理解文学的"钥匙"的时候，人道主义的真理意志使他忽略了对人道主义有限性的认识，也忽略了对人道主义检讨的相关理论。事实上，人道主义作为人类重要的思想传统，在维护人类的基本价值、伦理观念、道德尺度的同时，本身也不断遭遇了挑战。特别是西方学者，在对各种各样的人道主义的分析中，不仅指出了它的不同来源，而且也发现了它的先在缺陷。于是有人发问："普遍的人道主义可能吗？我们能够在不同的宗教、哲学和协同行为学之下，找到我们赖以生存的准则吗？"而且，"人道主义最重要的方面之一是，它永远准备变革，迎接挑战。它并不赞同一系列神秘的学说，或者万能的辩证法解释。实际上，罗列人道主义的假设和原理的困难之一，就是人道主义强调，人们应该不断地对人的基本假设和原理提出质疑"①。这种质疑自然也包括了人道主义的真理意志。

当然，我们必须考虑到当代中国人道主义问题提出的时间和条

---

① 蒂姆·马迪根：《人道主义的回答》,《人道主义问题》,东方出版社1997年版，第448—450页。

件，当巴人所说的"我们当前文艺作品中最缺少的东西，是人情，是出于人类本性的人道主义"；钱谷融所说的"把描写人仅仅当作是反映现实的一种工具，一种手段"，已经成为普遍事实的时候，提出人道主义以纠正这一倾向，我们就不应把它看作这些文艺理论家对人道主义的自我欣赏，或把人道主义当作无所不能的神话。它面对现实的合理性，决定了人道主义思想在这一时段提出的合理性。

即便如此，人道主义的提出仍遭到了意料之中的抵制和批判。这些批判可以分作两个层面：一种是对人道主义提出者在理论准备不足的情况下，因表达简单粗陋所表现的问题提出的质疑。也就是说，对人性或人的本质的理解，要在人的社会属性的范畴里，要具体地考察人的社会环境对人的性格、精神、意识活动的具体规定、具体影响，否则就不能理解人性。同时，他们将青年马克思的思想同成熟的马克思主义割裂开来，认为《1844年经济学哲学手稿》《神圣家族》等马克思早期著作中提到的"异化"概念，不足以作为马克思认同普遍人性的依据[1]。这样，人性论、人道主义提出者的合法性依据就不存在了。这些看法，姑且不论在20世纪70年代末得到了纠正，即便在当时的情况下，它虽然具有一定的学术性，但因汇入了总体批判的潮流中，在客观上，却为否定人道主义提供了理论依据。这也正如有的学者分析的那样，这些否定和批判，"推动了文艺界阶级斗争的进一步扩大化，助长起庸俗社会学的恶劣发展"；"强化了否定个性的理论倾向"；"导致了文化思想方面的进一步自我封闭"[2]。这一现象同时也表明，就是在文艺理论界内部，在知识分子群体内部，否定人道主义的思想势力同样是强大的。因

① 参见洁泯：《论"人类本性的人道主义"》，《文学评论》1960年第1期；蔡仪：《"人性论"批判》，《文学评论》1960年第4期；张国民等：《批判王淑明同志的人性论》，《文学评论》1960年第2期；于海洋等：《人性与文学》，《文学评论》1960年第3期。

② 王又平：《"双百"方针的贯彻与文学理论批评的活跃》，黄曼君主编：《中国近百年文学理论批评史》，湖北教育出版社1997年版，第1081页。

此，这一理论一经提出，就遭遇来自两个方面的批判和打击。

到了 20 世纪 60 年代初，鉴于国际国内的形势，对人道主义的否定更提到了新的高度。周扬在中国文学艺术工作者第三次代表大会上的报告中指出：资产阶级人性论，是用"资产阶级和平主义""来调和阶级对立，否定阶级斗争和革命，散布对帝国主义的幻想，以达到他们保护资本主义旧世界和破坏社会主义新世界的不可告人的目的"。在这样设定的前提下，人性、人道主义的讨论，就被文化领导权的持有者彻底排斥了。

值得注意的是，人性人道主义问题不可能正面讨论的时候，理论界又选择了一个与此相关的"边缘"性话题，即"共鸣"与山水诗的问题。首先发难的是柳鸣九的《批判人性论者的共鸣说》。柳鸣九认为："共鸣要求相同的思想基础，所以共鸣一般发生在同时代、同阶级的人们之间。以作品中的人物与读者的关系来说，古典作品中的人物一般是不会引起现代人的共鸣的……再以作家与读者的关系来说，过去时代的古典作家由于时代和阶级的限制，不论他在作品里表现了怎样的进步思想和倾向，但要达到我们今天的思想高度是不可能的，因而也不可能引起共鸣。"[1] 事实上这一问题蒋孔阳在 1957 年出版的《文学的基本知识》中就曾以不同的方式提出。一方面，他强调"在以阶级斗争作为人类历史发展的基本线索的社会中，要否认文学的阶级性，否认文学作品中阶级斗争的内容，那是绝对不可能的"。同时他承认，"不能因此就说，所有的文学作品都一定具有阶级性。……在阶级对抗的社会中，也有一些文学作品，并不一定都反映作家的阶级意识，都具有为某一阶级的利益而服务的思想本质，因此它们也就不一定具有阶级性了"[2]。他同样以苏东坡的山水诗作为例证和根据。

---

① 柳鸣九：《批判人性论者的共鸣说》，《文学评论》1960 年第 5 期。

② 蒋孔阳：《文学的基本知识》，中国青年出版社 1957 年版，第 44 页。

蒋孔阳的这一观点受到陈育德的批评，他以否定朱光潜的唯心主义"形象直觉说"为依据，认为"风景诗、山水花鸟画，是艺术家创造的艺术品，它包含着艺术家的社会观点、美学理想在内，因此它具有或强或弱的阶级性。由此我们可以认识到认为风景诗、山水花鸟画不反映艺术家的阶级意识，只是真实地表现了自然美的观点的错误在于：它否定了艺术家的思想意识在创作中的作用，把艺术反映现实的过程只停止于人的感觉经验阶段，这种观点引申的结果必然是否定艺术的阶级倾向性，把艺术美与自然美等同起来"①。无论是柳鸣九批评巴人、王淑明的"共鸣说"，还是陈育德批评蒋孔阳、朱光潜的"超阶级论""形象直觉说"，他们针对的目标不同，但所要强调的则都是文艺的阶级性问题。为此，《文学评论》1961 年第 1 期专辟了"关于文学上的共鸣和山水诗问题的讨论"专栏并发表了编者按语："杰出的文学作品为什么能够在不同时代不同阶级的读者中引起爱好和感动，以致发生影响，这是一个值得探讨的理论问题。去年我国文艺界在反对修正主义的文艺思想斗争中，我们已经批判了对于这个问题的人性论的解释。然而到底如何科学地解释这一现象，却仍然存在着分歧的意见。""我国文艺界在反对修正主义的文艺思想斗争中，还涉及我国古代的山水诗的阶级性问题。究竟如何来分析和说明古代的山水诗的阶级性以及如何评价我国古代的许多山水诗，意见也是不一致的。"② 值得注意的是，编者按语还提到了"文学艺术的阶级性和特性"这两个不同的概念。它以暗示的方式指出，文学艺术除了它的阶级性之外，显然还有属于自己的特性。

　　因此，除了坚持强调文艺的阶级属性的观点之外，还有一些论者注意到了文学作品构成和欣赏的复杂性。李正平认为："山水诗

---

　　①《文艺报》1960 年第 10 期。
　　②《文学评论》1961 年第 1 期。

景物画如何表现阶级性的问题，是一个非常复杂的问题。它不仅要求对艺术作品的'状难写之景，含不尽之意'进行具体分析，而且要从'作者得于心，览者会以意'的实践方面分析，才能找出圆满的答案。"[1]罗方认为："文学本来是一个复杂的现象。对具有明显的阶级性和阶级性难以判定的山水诗，我们尚且要批判地继承，不能简单地以属于封建士大夫阶级之类的概念去否定它，那么对还有一部分看不出阶级性的山水诗，就更不能采取这种简单的方法了。"[2]孙子威更进一步地指出："忽视了人的美感的丰富性与复杂性，这是庸俗社会学的典型表现，不能算作阶级分析。"[3]这些观点对进一步认识文艺的特性和阶级性的关系，起到了积极的作用。

但是，这些讨论可能一开始就存在"错位"的现象，或者说讨论一开始就不是在同一范畴和同一层面展开的。强调文艺阶级性的，是在社会发展学说范畴内展开的，他们依据《共产党宣言》中的观点："至今所有一切社会的历史都是在阶级对立中演进的，而这种对立在各个不同的时代又是各不相同的。但是，不管这种对立具有什么样的形式，社会上的这一部分人对另一部分人的剥削却是过去一切世纪所共有的事实。所以，毫不奇怪，各个时代的社会意识，尽管形形色色、千差万别，总是在一定的共同的形态中演进。"而强调文艺作品和欣赏过程复杂性的，则是在文艺的读者接受心理层面展开论述的。他们以马克思的《1844 年经济学哲学手稿》中提出的"人化的自然"为依据，认为山水诗表达了接受者对自然山水的亲和与热爱。宗白华就认为："山水是大物，对于我们思想感情的启发是非常广泛而深厚的。人类所接触的山水环境本来是人类加工的结果，是'人化的自然'。喜爱山水就是喜爱人类自己的成就。"[4]

① 李正平：《山水诗景物画的阶级性》，《文学评论》1961 年第 1 期。

② 罗方：《关于山水诗的阶级性》，《文学评论》1961 年第 3 期。

③ 孙子威：《有没有不带阶级性的山水诗》，《文学评论》1961 年第 4 期。

④ 宗白华：《关于山水诗画的点滴感想》，《文学评论》1961 年第 1 期。

因此当时就有人曾经指出：山水美不仅很难看出它的阶级性，而且"是很难以阶级性的概念来加以解释的"[①]。但这样的看法在阶级意志控制的时代是不可能引起重视的。这场讨论的实质就是阶级与人的对立。

1962 年 8 月，在北戴河召开的中央工作会议上，毛泽东提出了阶级斗争要"年年讲，月月讲，天天讲"的"基本路线"，并在北京举行的八届十中全会上提出了"千万不要忘记阶级斗争"的号召。人性、人道主义的问题不可能再讨论下去。"文革"时期，阶级斗争理论被进一步强化，人性和人道主义思想只能是被批判的对象，十多年间，这一命题没有再被提及过。

---

① 罗方：《关于山水诗的阶级性》，《文学评论》1961 年第 3 期。

第七章　文艺批评的具体实践

　　文艺批评是批评家对文艺创作进行分析和评价的具体实践。这一过程中，既有批评家对文学基本理论的具体应用，又含有批评家个人趣味、修养、主张、态度等的主观介入。它是文学活动中最活跃的因素之一，也是影响文学生产趋向和接受的主要因素之一。文学批评中表达出的对文学基本理论的运用和发展，对文学新现象的阐释和总结，逐渐汇入文学的基本理论中，从而不断丰富了关于文学的理论知识。因此，文学批评的具体实践，是文艺学学术史重要的组成部分之一。

　　从文学批评的历史来看，出现过多种不同的文学批评形态，伦理批评、社会历史批评、审美批评、心理批评、语言批评等，都曾在文学批评史上产生过重大影响，并且从不同的侧面实现了对以文学为中心的阐释和评价。与此不同的是西方马克思主义文艺理论家特里·伊格尔顿对文学批评本质的界说。他在评价了多种批评的问题之后指出：

　　每一种文学理论都预先设想文学的某种用途，即使你从中得到的是它毫无用途。自由人文主义批评利用文学并无错误，但它不该自我欺骗说它没有利用。它利用文学来促进某些道德价值，而这些价值正如我希望已经表明的那样，实际上不可能脱离某些思想意识的价值，而且最终只能是某种特定的政治形式。这并不是因为它"毫无偏见地"阅读原文，然后把读到的东西用来说明它的价值：价值支配实际阅读过程本身，使批评知道从它研究的作品中得到些什么东西。因此，对于按照某些与政治信仰和行为相关的价值来阅读文学原文的"政治批评"，我并不准备进行辩护；所有的批评都是如此。那种认为存在"非政治"批评形式的看法只不过是一种神话，它会更有效地推进对文学的某些政治利用。[①]

伊格尔顿认为所有的文学批评最后都是政治批评的结论，究竟在多大程度上接近文学批评的性质我们姑且不论，但就当代中国前三十年的文学批评实践来说，"政治批评"恰恰是文学批评的主要形式和潮流。不同的是，它不是为各种"政治批评"所利用，而只是为一种"政治批评"所利用。当批评试图偏离这种"政治批评"而流向另一种选择时，"政治批评"便会利用文化领导权及时地予以制止。于是我们发现，当代文学批评前三十年，呈现一种"团块"状和"波浪"形。也就是说它以相对集中的话题讨论不断重临起点的问题，那些似乎已经解决的问题总是不断被提起。因此，批评界始终处于一种紧张焦虑的状态，"闻风而动"是这一状态的有力佐证；不断激进的文化诉求使批评的关键词越来越具有暴力性，而不断地重复使用又强化了批评界对其真实性和真理性的信赖，于是又形成了批评相对固定的模式。批评创造了批评方式，批评方式又统治了批评，这是一个难以拆解的怪圈。

但是我们同时发现，在激进诉求的消歇和平缓时期，那些边缘

---

① 特里·伊格尔顿：《当代西方文学理论》，王逢振译，中国社会科学出版社1998年版，第299—300页。

性的话题总会在这样的时机得到表达,并且以潜流的形式形成传统,它以另一套话语和关键词表达了批评的另一种关怀,特别是对具体文艺作品的评论和分析,展示了那些有素养的批评家的批评能力。比如对《创业史》《百合花》《青春之歌》等作品的评论和争论,显示了审美批评的魅力,也反衬出庸俗社会学的苍白和空洞。

第一节　作为核心问题的"人物论"

"人物"的问题,曾是马克思主义文艺思想的核心命题之一,它最早是由恩格斯在信《致玛·哈克奈斯》中提出的。他认为"现实主义的意思是,除了细节的真实外,还要真实地再现典型环境中的典型人物"。在这里,恩格斯是将"典型环境"和"典型人物"作为一个完整的理论来表述的,并形成了他对现实主义理解的核心内容之一。但是,当代文艺学除了集中讨论典型问题时把恩格斯的表述作为主要依据之外,对"人物"问题的讨论基本上是游离于恩格斯的典型论的。当代文艺批评对人物提出的命题是"英雄人物""正面人物""反面人物""中间人物"等。这些人物的类型及对其做出的界定,极大地影响了当代文艺创作,有效地传达了主流意识形态对文艺的要求,这是三十年来当代文艺批评重要的特征之一。

创造英雄人物或正面人物的理论依据,来自毛泽东的《讲话》,毛泽东要求文艺工作者创造出"新的人物新的世界"。周扬在第一次文代会上的报告,有一节专门论述"新的人物"。"新的人物"被解释为"各种英雄模范人物",他说:

我们是处在这样一个充满了斗争和行动的时代,我们亲眼看见了人民中的各种英雄模范人物,他们是如此平凡,而又如此伟大,他们正凭着自己的血和汗英勇地勤恳地创造着历史的奇迹。对于他们,这些世界历史的真正主人,我们除了以全副热情去歌颂去表扬之外，还能有什么别的表示呢？[①]

在第二次文代会上，周扬在报告中又提出："当前文艺创作的最重要的、最中心的任务：表现新的人物和新的思想，同时反对人民的敌人，反对人民内部的一切落后的现象。"[②]周扬在表达这一看法之前，征引了毛泽东对电影《武训传》的批评中的一段话，毛泽东说：

在许多作者看来，历史的发展不是以新事物代替旧事物，而是以种种努力去保持旧事物使它免于死亡，不是以阶级斗争去推翻应当推翻的反动的封建统治者，而是像武训那样否定被压迫人民的阶级斗争，向反动的封建统治者投降。我们的作者们不去研究过去历史中压迫中国人民的敌人是些什么人，向这些敌人投降甚至为他们服务的是否有值得称赞的地方。我们的作者们也不去研究自从1840年鸦片战争以来的一百多年中，中国发生了一些什么向着旧的社会经济形态及其上层建筑（政治、文化等）做斗争的新的社会经济形态，新的阶级力量，新的人物和新的思想，而去决定什么东西是应当称赞或歌颂的，什么东西是应当反对的。

因此，周扬报告的内容，背后有一个强大的思想依据。周扬只不过是对这一思想做了具体的阐发，并努力付诸创作实践。

我们在冯雪峰的另外一种表达中可以看到同样的方式。1953年底，冯雪峰写了一篇题为《英雄和群众》[③]的文章，参加创造英雄人物问题的讨论。他在论证了"创造正面的、新人物的艺术形象，现

①《新的人民的文艺》，《周扬文集》第1卷，人民文学出版社1984年版，第516页。

②《周扬文集》第2卷，人民文学出版社1985年版，第251页。

③《冯雪峰论文集》（下），人民文学出版社1981年版，第68页。

在已成为一个非常迫切的要求，十分尖锐地提在我们面前"之后，也提出了如何塑造"否定人物的艺术形象"的问题。他认为否定人物的创造同样是重要的，这是因为：

> 从文学的社会教育的任务说，描写各种各样的否定人物所代表的社会势力，是为了使读者认识，并鼓舞和斗争，是不能不在描写正面人物的同时也描写否定人物的。对于读者，不仅正面人物的艺术形象是教育和鼓舞的工具。一切否定人物的艺术形象也同样是教育和鼓舞的工具。[①]

这些论述使我们有可能理解"人物"创造问题为什么如此受到重视。也就是说，"人物"创造问题只有纳入到功能范畴内，它的重要性才有可能得到揭示和回答。但是我们发现，与20世纪50年代前期关于创造英雄人物的讨论有很大不同的是，20世纪60年代的关于《创业史》《百合花》《青春之歌》等作品的讨论。这些讨论引发了与主流话语不尽相同的另外一些思路和结果。

1958年3月号的《延河》杂志发表了茹志鹃的短篇小说《百合花》，同年6月号的《人民文学》转载了它。不久便发生了一场围绕《百合花》而展开的讨论，其核心问题也是"人物"问题。欧阳文彬在《试论茹志鹃的艺术风格》一文中，虽然肯定了茹志鹃在人物塑造上"有自己的独特方法"，"作家完全有权利按照自己的个性和特长选择写作对象并从不同的角度加以描写"，但仍然强调指出："我们面临着史无前例的壮丽时代，广大的劳动人民正在党的领导下创造惊天动地的业绩，现实生活中涌现了成千上万的英雄，他们不是什么神话传奇式的人物，他们也都是普通人，他们的性格在斗争中发展，在矛盾冲突中放出夺目的异彩。为什么不大胆追求这些最能代表时

[①]《冯雪峰论文集》（下），人民文学出版社1981年版，第68页。

代精神的形象，而刻意雕镂所谓'小人物'呢？"① 在论者看来，茹志鹃"对普通人物的兴趣远远超过对突出人物的兴趣"，这是"对自己的趣味和倾向""过于执拗了"。欧阳文彬虽然批评了茹志鹃没有写出"最能代表时代精神的形象"，但同时也暴露了自己"情感与理智"的矛盾，一方面为作者"所刻画的普通人的精神美和充溢在字里行间的诗情画意而感动"，一方面又不满意作者"刻意雕镂"的"小人物"，这一矛盾是欧阳文彬在自己的文章中也没有解决的。

侯金镜在《创作个性和艺术特色》一文中，肯定了茹志鹃刻画人物的方法。他认为作者善于"向人物内心活动的纵深方面去挖掘"，"常常更多借助心理过程的变化来把握人物的性格"，对人物做"针脚绵密、细致入微的心理刻画"。他不同意欧阳文彬对作者的劝告，为了去反映"现实中的主要矛盾"，把人物"提高和升华到当代英雄已经达到的高度"，"放弃她目前所熟悉、所擅长的那些方面，而去选择有关大题材和创造高大的英雄人物"②。侯金镜的文章在艺术分析上的独特见解和判断力，显示了那一时代文学评论的健康力量和说服力。

细言批评了欧阳文彬的观点，但他也不同意侯金镜对茹志鹃作品的三种类型的划分和评论，这应属另外一个问题，就他们对茹志鹃作品的爱护和褒奖来说，并无实质性的差别③。

尤其值得注意的，是茅盾对《百合花》的评论。茅盾完全疏离了文艺功能观的考虑，而是使用了另外一套分析符号，他说："《百合花》可以说是在结构上最细致严密，同时也是最富于节奏感的。它的人物描写，也有特点；人物的形象是由淡而浓，好比一个人迎面而来，越近越看得清，最后，不但让我们看清了他的外形，也看到了他的内心。"结构、节奏、描写、由远而近、由外而内等，茅

---

①《上海文学》1959 年第 10 期。

②《热风》1961 年第 2 期。

③ 细言：《有关茹志鹃作品的几个问题》，《文艺报》1961 年第 7 期。

盾完全是从艺术处理上进行分析的。他尤其肯定了茹志鹃对人物的塑造，从人物出场到人物举止，从细节到呼应，这些精到的艺术分析，不仅显示了茅盾的艺术眼光，同时也融入了他个人的艺术经验。因此，他认为《百合花》是他那一个时期读到的"最满意""最感动"的一个短篇小说①。但有趣的是，茅盾的这篇文章发表一个月之后，作家出版社欲重印《百合花》等小说，并将茅盾的这篇文章一并收入时，茅盾又写了一篇"附记"，指出：这篇"文章在刊物上印出以后，我自己重读一遍，不免有点忧虑。为什么？怕起副作用。怎样的副作用呢？就恐怕有些青年误以为这些所谓技巧是在下笔以前必须预先安排的。事实上不是这么一回事。技巧上的安排，是在构思过程中结合着主题思想同时产生的，而不是脱离了主题思想另做布置的；因为技巧必须为主题思想服务。我们在欣赏一篇作品时，既分析其思想内容，同时也分析它的艺术性（包括技巧），但我们在写作的时候，我们不应当也不会画好一个技巧法则的框子然后把故事情节填进去。例如《百合花》的作者不会事先计划要在小说里写这么几处的前后呼应，而是从素材提炼时敏锐地感觉到通讯员枪头插的树枝和野花这些细节很能说明问题（衬托通讯员的内心世界），于是用不多不少、恰好的笔墨点染出来"。茅盾的这些表白，恰恰是他内心紧张的透露，尽管他的分析入情入理，但仍因其游离于主流之外而忧心忡忡。

对《百合花》的讨论，被认为是那一时代水平最高、最具学术性的一场讨论。

与《百合花》讨论不同的，是对长篇小说《青春之歌》的讨论。讨论不是围绕着如何塑造人物的艺术处理问题，而是主要人物林道静的思想改造过程问题。首先发难的是郭开的文章——《略谈对林道静的描写中的缺点》。文章三个部分的标题集中表达了作者批判

① 茅盾：《谈最近的短篇小说》，《人民文学》1958 年 6 月号。

的要点："书里充满了小资产阶级情调，作者是站在小资产阶级立场上，把自己的作品当作小资产阶级的自我表现来进行创作的"；"没有很好地描写工农群众，没有描写知识分子和工农的结合，书中所写的知识分子，特别林道静自始至终没有认真地实行与工农大众相结合"；"没有认真地实际地描写知识分子改造的过程，没有揭示人物灵魂深处的变化。尤其是林道静，从未进行过思想斗争，她的思想感情没有经历从一个阶级到另一个阶级的转变，到书的最末她也只是一个较进步的小资产阶级知识分子，可是作者给她冠以共产党员的光荣称号，结果严重地歪曲了共产党员的形象"①。郭开几乎完全是用流行的政治语言来评价《青春之歌》和林道静这个人物的。这不大像是有过文学评论训练的人写出的文章。

奇怪的是，郭开的文章发表之后，虽然很多人肯定了《青春之歌》是一部好作品，但在指认林道静的小资产阶级知识分子感情时，却是一致的。甚至茅盾也认为，"让林道静实行了和工农结合，那自然更好"。在一片要求林道静与工农相结合的呼声中，作者杨沫在1960年出版了修改后的《青春之歌》。她在"再版后记"中说：《中国青年》和《文艺报》上的讨论，以及读者所提出的其他意见，已经"把它们逐条解决"了。她认为林道静原是一个充满小资产阶级感情的知识分子，在她没有参加革命、没有经过思想改造之时，她不流露这种感情是不真实的，但在她接受了革命教育、参加了农村阶级斗争和监狱锻炼后，这种情感就不应流露了。杨沫说："在我修改本中原来对她的小资产阶级感情仍然改动得不太多，可是当我校看校样的时候，看到她在小说的后面还流露出不少不够健康的感情，便觉得非常不顺眼，觉得不能容忍，便又把这些地方做了修改。"同时，为了解决林道静和工农结合的问题，作者又特别加进了这样的章节。修改后的《青春之歌》确实可以称作知识分子思想改造的教科书了。

---

① 《中国青年》1959年第2期。

如果说《青春之歌》的讨论，关乎的是知识分子思想改造的问题，那么，《创业史》的讨论关乎的则是"中国农民的历史道路"[①]的问题了。它所涉及的问题的严重性和政治意味显然要重大得多。作品一发表，好评如潮，在出版后的一年多时间里，全国就有五十多篇评论文章发表，并围绕人物形象问题展开了长达四年之久的论争。"这场讨论，显然带有文学思潮的重要背景。从一定程度上说，争论双方的观点，体现了有差异的文学主张，体现了评论者对当时文学现状的不同认识和评价。"[②]

姚文元从阿Q、朱老忠、梁生宝三个小说人物身上，看到了"中国农民的历史道路"，认为"优秀的小说中所塑造的典型人物，不管是表现他的生活的全部历史或某一个片断，都是通过生动的富有特色的性格，概括了一定历史时期内一定阶级、阶层的精神面貌和生活特点的。因此我们就可以从分析人物性格的历史中，分析时代、分析环境，用马克思主义的阶级分析的观点，指出作品的教育意义或者有何局限性"。从这一前提出发，姚文元自然得出了肯定梁生宝的结论。但这一简单的社会历史分析，在当时并不止姚文元一个人，甚至作者柳青也持有同样的观点：

……小说要向读者回答的是：中国农村为什么会发生社会主义革命和这次革命是怎样进行的。回答要通过一个村庄的各阶级人物在合作化运动中的行动、思想和心理的变化过程表现出来。这个主题思想和这个题材范围的统一，构成了这部小说的具体内容。小说选择的是以毛泽东思想为指导思想的一次成功的革命，而不是以任何错误思想指导的一次失败的革命。这样，我在组织主要矛盾冲突和我对主人公性格特征进行细节描写时就必须有意地排除某些同志

[①] 姚文元：《从阿Q到梁生宝》，《上海文学》1960年第1期。
[②] 洪子诚：《当代中国文学的艺术问题》，北京大学出版社1986年版，第26—27页。

所特别欣赏的农民在革命斗争中的盲目性，而把这些东西放在次要人物身上和次要情节里头。……第二要合乎革命发展的需要；第三要反映出所代表的阶级的本性，就是无产阶级先锋队成员的性格特征。简单的一句话来说，我要把梁生宝描写为党的忠实儿子。我以为这是当代英雄最基本、最有普遍性的性格特征。①

就小说与生活的简单对应关系来说，柳青达到了他个人的期许，所有称赞这部小说的评论，也大都是从这一目标出发的。

但是，对小说的不同阅读，或者说基于对小说文学性的不同理解以及文学观念的差异，对同一部作品往往会做出完全不同的判断。1960 年 12 月，邵荃麟在《文艺报》的一次会议上说："《创业史》中梁三老汉比梁生宝写得好，概括了中国几千年来个体农民的精神负担。但很少人去分析梁三老汉这个人物，因此，对这部作品分析不够深。仅仅用两条道路斗争和新人物来分析描写农村的作品（如《创业史》、李准的小说）是不够的。"在大连农村题材短篇小说创作座谈会上，他又说："我觉得梁生宝不是最成功的，作为典型人物，在很多作品中都可以找到。梁三老汉是不是典型人物呢？我看是很高的典型人物。郭振山也是典型人物。"② 邵荃麟的观点已经不只是对一个具体人物和小说的评价，而是在文学观念上同主流思想发生了冲突。在这些材料公开之前，严家炎先生对《创业史》做过系统的分析和评价，连续发表了四篇文章③，对作品的主要成就提出了不同看法。在他看来，《创业史》的成就主要是塑造了梁三老汉这个人物。这一观点与邵荃麟不谋而合。他们的观点与主流观点的区别在于，主流观点从社会形态的发展过程中肯定新的人物，

---

① 柳青：《提出几个问题来》，《延河》1963 年第 8 期。
②《关于"写中间人物"的材料》，《文艺报》1964 年第 8、9 期合刊。
③ 这四篇文章分别是：《〈创业史〉第一部的突出成就》《谈〈创业史〉中梁三老汉的形象》《关于梁生宝形象》《梁生宝形象和新英雄人物创造问题》。

认为梁生宝代表了中国农民的发展方向和内在要求，认为作品反映了农村的阶级斗争和路线斗争。这些看法的合理性是不证自明的，它的意识形态依据使这一看法具有先在的合理性。而邵荃麟、严家炎则从中国农民的精神传统考虑，认为作品真实地传达了普通农民在变革时期的矛盾、犹疑、彷徨甚至自发的反对变革，梁三老汉在艺术上的丰满以及他与中国传统农民在精神上的联系，是这部小说取得的最大成就。这一非主流的看法在当时不可能被接受，严家炎的文章发表之后，遭到一百多篇文章的批评和反对。

如何塑造人物和如何评价人物，本是文学理论和文学批评的题中应有之义。但历次关于人物的讨论背后都隐含了不难识别的政治语义，不同的观念逐渐演化成为或者有意将其夸大为政治观念的冲突，并有意将其"事件化"。有代表性的是对"写中间人物"的批判。

事情起因于 1962 年 8 月 2 日至 16 日中国作家协会在大连召开的农村题材短篇小说创作座谈会。会上主持人邵荃麟发表了一篇讲话。他分析了当时的创作情况，认为主要问题是"人物创作问题"[1]，因为"作品是通过人物来表现的"，接着他说："英雄人物是反映我们时代的精神的。但整个说来，反映中间状态的人物比较少。两头小，中间大；好的、坏的人都比较少，广大的各阶层是中间的，描写他们是很重要的。矛盾点往往集中在这些人身上。我觉得梁三老汉比梁生宝写得好。亭面糊这个人物给我印象很深。"[2] "茅公提出'两头小，中间大'，英雄人物与落后人物是两头，中间状态的人物是大多数，文艺主要教育的对象是中间人物，写英雄是树立典范，但也应该注意写中间状态的人物。"[3] 如果从上述文字中分析，

---

① 邵荃麟：《在大连"农村题材短篇小说创作座谈会"上的讲话》，洪子诚编：《20 世纪中国小说理论资料》，北京大学出版社 1997 年版，第 429 页。

② 邵荃麟：《在大连"农村题材短篇小说创作座谈会"上的讲话》，洪子诚编：《20 世纪中国小说理论资料》，北京大学出版社 1997 年版，第 429 页。

③ 邵荃麟：《在大连"农村题材短篇小说创作座谈会"上的讲话》，洪子诚编：《20 世纪中国小说理论资料》，北京大学出版社 1997 年版，第 437 页。

邵荃麟的文学观念与主流文学观念并不构成矛盾或冲突，也就是说，关于将文学与现实生活构成对应关系的理解，将人物划分为不同类型以及实现文学的教育功能等，邵荃麟与流行的看法几乎完全是一致的。不同的是，他对"写中间状态"人物的强调，触犯了多年来以塑造英雄人物为主要任务的理论。这样，邵荃麟丰富现实主义创作、反对"一个阶级一个典型"、实现文艺教育大多数中间状态人物的本意，就被淹灭在有意夸大的另外一种性质的矛盾和冲突中了。

《文艺报》1964 年第 8、9 期合刊发表了《关于"写中间人物"的材料》后不久，又以《文艺报》资料室的名义发表了一篇《十五年来资产阶级是怎样反对创造工农兵英雄人物的？》一文。文章历数了十五年来"形形色色的资产阶级、修正主义的理论，特别是关于人物描写上的反动理论"，认为"解放以来，我们和资产阶级文艺家在人物创造问题上一直进行着长期的、反复的、激烈的斗争。是表现、歌颂工农兵，努力塑造革命的英雄人物形象，还是表现、歌颂资产阶级、小资产阶级而丑化劳动人民，这就是斗争的焦点"[1]。将人物塑造和评价的问题提到这样的高度来认识，也从一个方面揭示了"人物论"成为文艺批评核心问题的真正原因。这篇文章发表之后，关于"人物"问题的讨论即告终结，"无产阶级的英雄人物""工农兵的英雄形象"以霸权的方式替代了一切"人物论"。"人物"在所有的文艺作品结构中，也完全被"角色"所替代，复杂性和矛盾性也置换为纯粹和透明。

第二节　不断激进的社会历史批评

社会历史批评是产生较早、理论形态较完备的一种文艺批评方法。它强调文学与社会生活的关系，重视社会历史环境对文学生产

---

[1]《文艺报》1964 年第 11、12 期合刊。

的制约和影响，认为文学是再现生活并反作用于社会生活的一种手段，文学的价值就在于它的社会认识效用和历史意义。

这一批评方法在我国古代文论中虽然不曾被命名，但在论述文学作品与社会生活的关系及价值取向上看，与社会历史批评是极为相似的，这与中国古代哲学中的实用理性有很大的关系。孔子虽然不是专门的文论家，但他较早提出了文艺的社会功用，即"诗可以兴、可以观、可以群、可以怨。迩之事父、远之事君，多识于鸟兽草木之名"①。历代注家对"兴"的解释多有不同，可悬置不论，但对"观""群""怨"的解释大体是一致的。"观"，被解释为"观风俗之盛衰""考见得失""观人情""观世间万物""观其赋诗，知其为人"等；"群"即"群居相切磋"；"怨"则指"怨刺上政"。这些解释如果成立的话，那么，诗，就是观察道德、观察社会风俗或观察个人品行的工具，也是交流情感和批评时政的手段。因此刘若愚说："孔子的文学观念里实用主义占据着支配地位。尽管他对文学的情感效果和美学性质也均有所认识，但这和他对文学的道德功用及社会功用的重视程度相比，只能是在其次的。"②

儒家思想的正统地位被确立以后，实用主义的文学观一直占有统治地位。从孟子的"知人论世"、曹丕的"经国之大业"，到韩愈的"文以载道"、沈德潜的"设教邦国，应对诸侯"，文学的社会功用始终被作为文学的第一要义而予以强调。

在西方，社会历史批评同样有渊源久远的历史，但这一批评方法的系统化并形成有影响的批评学派，是以丹纳的《英国文学史·序言》和《艺术哲学》的发表为标志的。在这些著作中，丹纳提出了决定文学创作和发展的三个因素，即"种族、环境、时代"说。其中尤其强调了时代的影响和作用。他说："如果一部作品内容丰富，

---

① 《论语·阳货》。
② 刘若愚：《中国的文学理论》，中州古籍出版社 1986 年版，第 118 页。

并且人们知道如何去解释它，那么我们在这部作品里所找到的，会是一种人的心理，时常也就是一个时代的心理，有时更是一个种族的心理。从这方面看来，一首伟大的诗，一部优美的小说，一个高尚人物的忏悔录，要比许多历史家和他们的历史著作对我们更有教益。"也正因为如此，一个作家应该去"表达整个民族和整个时代的生存方式"①。

马克思主义的文艺思想虽然来源于德国古典美学，但就其批评方法来说仍然属于社会历史批评的范畴。这不只是说他们文艺思想的依据是历史唯物主义，同时他们文艺批评的实践也证实了这一点。在理论上，他们认为："物质生活的生产方式制约着整个社会生活、政治生活和精神生活的过程。不是人们的意识决定人们的存在，相反，是人们的社会存在决定人们的意识。"②也正是从这一理论出发，恩格斯才格外强调"典型环境中的典型人物"。他批评哈克奈斯的《城市姑娘》，"您的人物，就他们本身而言，是够典型的；但是围绕着这些人物并促使他们行动的环境，也许就不是那样典型了"。权威教科书中指出："所谓典型环境，不过是充分体现了现实关系真实风貌的人物的生活环境。它包括以具体独特的个别性反映出特定历史时期社会现实关系总情势的大环境；又包括由这种历史环境形成的个人生活的具体环境。"③这一解释基本上是符合恩格斯的原意的。但是，需要指出的是，恩格斯在强调典型环境和典型人物的关系的同时，并没有忽略场景和细节对于文学创作的重要性。我们在接受马克思主义文艺思想以来，恰恰是对后者缺乏必要的阐释和研究。

---

① 丹纳：《英国文学史·序言》，伍蠡甫主编：《西方文论选》下卷，上海译文出版社1979年版，第241页。

② 马克思：《〈政治经济学批判〉序言》，《马克思恩格斯选集》第2卷，人民出版社1972年版。

③ 童庆炳主编：《文学理论教程》，高等教育出版社1998年版，第274页。

马克思主义及其文艺思想，是 19 世纪末介绍到中国的。但在马克思主义最初被介绍到中国时，人们对其所知甚少，包括瞿秋白、周扬等文艺理论家也如此。马克思主义文艺理论在中国的系统化，以 1942 年《讲话》的发表为标志。毛泽东结合中国革命的具体实践，提出了文艺批评标准，他说：

文艺批评有两个标准，一个是政治标准，一个是艺术标准。按照政治标准来说，一切有利于抗日和团结的，便都是好的；而一切不利于抗日和团结的，鼓动群众离心离德的，反对进步，拉着人们倒退的东西，便都是坏的。……按照艺术标准来说，一切艺术性较高的，是好的，或较好的；艺术性较低的，则是坏的，或较坏的。这种分别，当然也要看社会效果。

毛泽东不仅提出了批评的两个标准，而且强调了政治标准第一。其中对社会效果的重视，应该说是毛泽东文艺批评思想中的一大特色。但总体上说，毛泽东的文艺批评思想，既受到了中国传统实用文论思想的影响，又对马克思主义的社会历史批评进行了中国化的改造，从而形成了别具一格的具有现代性的文艺批评理论，并长久地支配了中国文艺批评实践。值得注意的是，批评的两个标准逐渐演化成了一个标准，政治标准第一演化成了政治标准唯一。关于文艺的艺术性在具体批评中就很少涉及。这使中国的社会历史批评经历了一个不断激进和庸俗化的过程。

这一激进的和不断庸俗化的社会历史批评，不只表达在历次由毛泽东亲自发动的文艺批判运动中，不只表达在毛泽东那措辞激烈，无可辩驳的社论、编者按语和批示等各种文体中，也不只表达在文化官员贯彻执行毛泽东文艺路线的会议报告、专论和具体的批评实践中，更重要的是，它以制度的方式和唯一的合法性迫使作家、批评家去接受它，他们无论是怀疑还是抵制，都不能改变这一批评方法的权威性和不断庸俗化的进程。

（一）相同的焦虑与不同的主张

1949年之后，文艺界的"问题"几乎是所有人的共同焦虑，从文化领导者到知名批评家，都陷入了"问题"的困扰当中。而其中最难解决的问题，就是政治与艺术的关系问题。如果从理论上说，这一问题似乎已经得到了解决：我们不仅拥有了先进的、科学的理论和思想，而且有了解放区领导文学生产的经验，并产生了值得夸耀的文学范本。但在文学实践中，这一问题似乎又是不断遭遇，永远不能解决的。1950年，茅盾在《人民文学》举办的创作座谈会上做了题为《目前创作上的一些问题》的讲话，他提出了文学创作与完成政治任务的关系问题。在茅盾看来，文学作品既能完成政治任务，又有很高的艺术性，当然最好。但二者常常不能兼得，在这种情况下，他提出了"与其牺牲了政治任务，毋宁在艺术上差一些"。他也承认这一说法是"不太科学的"，对"一位忠于艺术的作者也确是有几分痛苦的"，但他仍然号召作者"赶任务"，"因为既然有任务要交给我们去赶，就表示了我们文艺工作者对革命事业有用，对服务人民有长"①。茅盾的讲话不仅触及了政治任务与艺术创作规律的矛盾，而且明确提出了文艺对社会追求有用的问题。这一矛盾构成了不同作家、批评家的共同焦虑。

值得注意的是，片面强调文艺必须服从政治，导致了创作上的公式化和概念化，放弃了这一口号之后，强调政治与艺术的统一同样没有改变公式化和概念化的倾向。1954年，周扬在一篇文章中指出："目前有一个普遍的呼声与要求，就是提高文艺的思想性与艺术性。"他检讨了"赶任务"产生的后果：

---

① 《文艺报》1950年第1卷第9期。

今天没有人会说文艺不必服从政治，不必与政策结合。但是也不能就没有了问题，结合并不是那么简单的事。文艺界提出了"赶现实""赶任务"的问题，就是说文艺要结合现实，反映政策，完成任务。可是现实发展快，政策变化多，任务时时有，文艺老在后面追，追不上，就有"疲于奔命"之势，又因为是"赶任务""赶现实"，急就章不免标语口号。这种情况，从客观上说，是反映了革命斗争发展迅速而又复杂，反映斗争的紧迫，文艺不能不适应这种情况。革命的文艺如果回避了这些任务就不成其为革命的文艺了。①

周扬虽然检讨了"赶现实""赶任务"的问题，但他并未因此而放弃"文艺必须服务政治"的观念。

周扬虽然一贯强调文艺的政治性，但文艺艺术性难以提高的问题，始终是他内心不能化解的焦虑。在《文艺思想问题》发表不到一年之后，他在 20 世纪 50 年代第一次提出了"艺术创作的规律"② 问题。在这个报告中，周扬集中讲到了艺术规律、特性、形象思维、技巧、语言、结构等关于艺术性的问题。这在周扬 20 世纪 50 年代的讲话和报告中，应该说是一个例外。但是，周扬仍然难以摆脱或超越政治对艺术具有绝对支配性的观念和思想。他强调创造典型人物，这是因为："不通过典型就不能表现艺术的党性，应该把典型问题，当作立场问题、政治问题、党性问题，不创造典型就是政治不行……对生活、对现实、对阶级没有正确的观点，就是政治不行。"③ 政治对文艺宰制地位的强调，是中国的社会历史批评的主要特征。

①《文艺思想问题》，《周扬文集》第 2 卷，人民文学出版社 1985 年版，第 265 页。
②这是周扬 1955 年 2 月 20 日在电影创作会议上的报告，见《周扬文集》第 2 卷，第 336 页。
③这是周扬 1955 年 2 月 20 日在电影创作会议上的报告，见《周扬文集》第 2 卷，第 341 页。

于是，就产生了一种"政治思想、观念的直接'美学化'。在左翼文学的思想性（政治性）——真实性（现实性）——艺术性的结构中表现了拆除'真实性'这一用来协调对立关系的趋向，而使这一结构，简化为政治——艺术的关系：'把政治思想化为鲜明的形象'。文学创作对于经验、观念的直接提升（借助形象、象征等手段），以创作更富于教诲、宣谕色彩的文学"。① 因此，周扬虽然强调了艺术规律，但他艺术服务于政治的思想，必然得出艺术问题是由于政治性不强的结论。这样，他对艺术规律的认识，实际上背后所隐含的还是如何更好地为政治服务的问题。这样，周扬便也陷入了自己设定的怪圈而难以化解他的焦虑。

从不同角度提出同一问题的，是阿垅的《论倾向性》一文。在这篇文章中，阿垅的前提与主流思想并无多少分歧，比如他认为艺术与政治是"一元论的"，两者是统一的，"为艺术而艺术"的艺术，也有"一定的倾向"，即错误的倾向。但阿垅在这里主要强调的，还是公式化和教条主义的危害，他说："艺术即政治"，"在艺术问题上，如果没有艺术，也就谈不到政治"，"艺术，它是亲密的谈心，而不是干燥的说教，它渗透到人们的灵魂而征服了那个灵魂，它感染了人们的感情而组织了那个感情，它从'美'的条件获得艺术效果，从'亲爱的东西'发生艺术力量；而这样的一种一定的艺术效果和艺术力量，也正是那个一定的政治效果和政治力量。"阿垅的文章实际上沿袭了20世纪40年代冯雪峰对教条主义和机械论的批判。在《论民主革命的文艺运动》中，冯雪峰指出："使文艺与政治之战斗的结合变成了机械的结合，使文艺服务政治的原则变成了被动的简单的服从，取消了文艺之对于人民的丰盛的现实生活的具体发掘和反映，也取消了文艺的反映和推动群众的意识斗争的更为根本的任务，取消了从具体生活和斗争的反映中文艺的教育、

---

① 洪子诚：《1956：百花时代》，山东教育出版社1998年版，第264页。

战斗和创造的机能。"①因此，阿垅重新提出文艺与政治的关系，说明了对这一问题的不同理解，始终作为一种潜流存在着。

1950 年到 1960 年，十年间对文艺与政治关系的理解，呈现不断激进的趋势，对政治的态度成为决定一切的尺度，文艺批评在这方面的表现尤为突出。在这种情况下，李何林发表了《十年来文艺理论批评上的一个小问题》的文章。这篇文章在今天看来，应该说是一篇逻辑混乱的文章，作者在这里既想肯定政治的重要性，思想性的重要性，又想强调艺术的重要性，结果哪一个更重要或者如何并重，连他自己都搞不清楚了，以至于在判断蒋光慈和冰心的作品时，犯了常识性的错误。应该说，李何林在分析蒋光慈的作品时，前一半是说对了，他说：

……蒋光慈的小说，乍看起来似乎它的艺术性比较低，思想性比较高；它的叙述语言里面表现了作者的进步的政治态度和一些进步的政治观点或政治概念；又每每通过人物的口说出了一些进步的政治思想或表达了一些进步的政治概念。但是它的形象和典型大多数都是没有个性的类型，不是有血有肉的，概念化的倾向是相当严重的，因而反映生活的深度和真实性都不够，对读者的教育作用和说服力量也不强，也就是思想性不高。②

李何林一方面批评了蒋光慈小说的粗糙和概念化，另一方面又肯定了它"作为新生事物"所不可避免的粗糙。这样，李何林究竟在肯定或倡导什么，就十分费解了。更让人不可思议的是，李何林在把蒋光慈和冰心放在一起比较时，特别提出了对冰心"人类之爱"的批评，甚至认为"蒋光慈要比冰心的好一些"，并以此证明他对"政

---

① 《雪峰文集》第 2 卷，人民文学出版社 1983 年版，第 128 页。

② 李何林的这篇文章原载 1960 年 1 月 8 日《河北日报》，《文艺报》1960 年第 1 期转载并加有"编者按"。

治标准第一"的理解。

应该说，李何林的本意是在证明"政治标准第一，艺术标准第二"的合理性的，他说："作品的思想性艺术性的高低问题，是否一致的问题，是一篇作品的自身内部问题；而政治标准第一和艺术标准第二，则是我们评价作品的标准；我们不管他们的思想性或艺术性都高或者都低，首先看它们所表现的政治态度和政治思想是进步或落后，革命或反动，来评价它们的好坏。"也正是从这一点出发，李何林才得出了冰心不如蒋光慈的结论。

李何林的这种矛盾，也是他内心关于政治性与艺术性关系问题的焦虑的表现。他逻辑上的混乱，也是他思想上的困惑。他曾谈他写作这篇文章时的心情。他说，学生反映老师分析作品时，只有干巴巴的思想性，讲到艺术性时话就不多了；也没把二者讲成血肉的关系，思想性是必须通过某种艺术性才能表现的。于是他就得出了思想性与艺术性是一致的结论。但他又不无困惑地说：所说的"艺术性"，除表现技巧以外，还有别的没有？这三个字的具体内容是什么？我都不能解决。但我也勉强提出了我对于思想性和艺术性的看法，根据这种看法，得出与我自己原来看法也不相同的错误结论："没有思想性和艺术性不一致的作品"来表示我有一种与众不同的见解。[①] 李何林作为一个大学的文学教授，居然对"艺术性"三个字的具体内容无力解决，同时"勉强"地提出了自己对文学理论的一些看法。并不是说一个名教授丧失了自己的思考能力，而是他不再具有解释的权力。尽管他尽可能迁就流行话语的思想，但当他稍稍表达一下"与众不同"的观点时，便也很快地陷入了无力自拔的斗争的旋涡。

与庸俗的社会历史批评主张或从理论上直接做出批评的做法不同的，是在批评实践中对艺术性小心翼翼地维护。这些批评出于策

[①]《十年来文艺理论批评上的一个小问题》"作者附记"。

略性的考虑，也不得不强调一下思想性和政治性的重要，但他们所要尽力维护的还是艺术性和真实性的问题。有代表性的是茅盾、何其芳、王西彦等人。1959 年初起，茅盾连续发表了《短篇小说的丰收和创作上的几个问题》《怎样评价〈青春之歌〉》《创作问题漫谈》《在部队短篇小说创作座谈会上的讲话》等文章。在这些文章中，茅盾或是结合有争议的作品，或是结合具体作品的表现形式，细致地分析了艺术性和真实性的问题。在谈到有争议的作品，如《百合花》《青春之歌》时，茅盾没有站在革命的批判性意见一边，而是维护了这些非理想化、非英雄化的作品。茅盾所使用的批评方法也是社会历史批评，他也分析了作品与社会生活的关系，在评论《青春之歌》时他说："《青春之歌》所反映的历史事实，离开今天有二十多年了。要正确地理解这部作品，我们就得熟悉当时的一切情况，特别是当时青年学生的思想情况。如果我们不去努力熟悉自己所不熟悉的历史情况，而只是从主观出发，用今天条件下的标准去衡量二十年前的事物，这就会陷于反历史主义的错误。"[1] 茅盾的这些思想应该说是对恩格斯文学思想的阐发，也是对非历史观的实用批评的修正的努力。茅盾也批评了《青春之歌》，但他主要是从艺术上批评的。他认为《青春之歌》的缺点主要有三个方面，即人物描写、结构和文学语言。这些批评与茅盾在那个时代对忽视作品艺术分析的倾向不满是有联系的。他曾强调"正确对待技巧问题"：

　　我们反对为技巧而谈技巧，我们主张技巧要为政治服务；因此，我们反对书评只谈作品的技巧而不谈作品的思想性。但是，为了满足群众业余作者要求提高、要求掌握技巧的愿望，如果有一篇专谈技巧的文章……恐怕不能以其只谈技巧而目之为不要政治，或者称之为技巧倾向。

---

　　① 茅盾：《怎样评价〈青春之歌〉？》，《中国青年》1959 年第 4 期。

……评论工作者和编辑工作者如果不懂技巧怎样品评人家的作品的艺术性？那恐怕只能做"皮毛"的分析，实际上搔不着痒处，对作者和读者都没有帮助。[1]

茅盾对艺术的一再强调，反映了他对庸俗社会学批评普遍流行的焦虑，作为作协的领导人之一，他不可能从正面做出反拨，只能以强调艺术性的方式对自己赖以存在的精神领地进行最后的维护。

与茅盾相似的还有何其芳和王西彦。何其芳是一生充满了矛盾，不断与自己进行"苦斗"的诗人和理论家[2]。为证实自己能跟上时代的脚步，他真诚地改造自己并期许能实现精神的蝶变，成为一个让时代满意的知识分子。因此，在批判胡适、俞平伯、胡风等人的运动中，何其芳不仅表现了超出他原有的感伤忧郁的性格，而且格外勇武地为批判提供了理论支持，他所能达到的高度是令人吃惊的。但是作为一个"文人"，"一介书生"，何其芳内心仍有他不肯出让的东西。一个突出表现就是他对艺术观念的坚持。走向民间，从民间汲取文学养料和文学表现力，是毛泽东的一贯坚持。1958年，毛泽东又重提了重视民歌的问题，但何其芳在这一问题上采取了他一贯"保守"的态度。除了1945年他与张松如合编过一本《陕北民歌选》之外，他个人的创作很少向民歌倾斜或迁就过，这一点他与艾青是不同的。当民歌和古典诗歌被当成新诗发展基础时，何其芳表示了异议，他认为："民歌虽然可能成为新诗的一种重要形式，未必就可以用它来统一新诗的形式，也不一定就会成为支配的形式，因为民歌体有限制。"它的局限性在于"句法和现代口语有矛盾。它基本上是采用了文言的五七言诗的句法，常常以一个字收尾，或者在用两个字的词收尾的时候必须在上面加一个字，这样就和两个

---

① 茅盾：《短篇小说的丰收和创作上的几个问题》，《人民文学》1959年2月号。
② 参见孟繁华：《梦幻与宿命》中"精神蜕变的自我苦斗"一章，广东人民出版社1999年版。

字的词最多的现代口语有些矛盾"。他主张"批判地吸收我国过去的格律诗和外国可以借鉴的格律诗的合理因素，包括民歌的合理因素在内，按照我们现代口语的特点来创造性地建立新的格律诗"①。何其芳从诗歌理论到创作实践，没有接受流行的文学意识形式的引导，也正是他对艺术不断退化的深刻焦虑。也是基于同样的原因，何其芳在《青春之歌》的讨论中没有支持郭开、张虹等人的观点，而是明确地提出了"《青春之歌》不可否定"的看法。他特别指出："文学，特别是小说和戏剧，它的特点是按照生活本来的形态去反映生活。生活的原野是无边无际的。生活所蕴含的意义也异常复杂异常丰富。因此，我们对于直接地形象地描写生活的文学作品的教育意义，就不可以了解得很狭窄。它的复杂和丰富也就几乎和生活本身一样。"②对生活丰富性和复杂性的认知，恰恰是同庸俗的社会历史批评重要的区别。何其芳在文章中能强调这一点，从一个方面反映了他与流行的批评方法的重要分歧。

《锻炼锻炼》是赵树理发表在《人民文学》上的反映农村生活的短篇小说。小说发表后，立即有人批判说这是"一篇歪曲现实的小说"③，文章指责像"小腿疼""吃不饱"这样典型的、落后的、自私而又懒惰的农村妇女是极个别的。在这样的人物身上，读者所看到的不是群众的活动，不是社员自觉起来与资本主义思想做斗争。因此他"反对这篇作品"。面对《锻炼锻炼》遭遇的指责，王西彦在一个座谈会上提出了针锋相对的反批评④。他以肖洛霍夫的《被开垦的处女地》中的人物达维多夫为例，称赞了肖洛霍夫"在他的作品里一点也不掩饰前进生活中的矛盾"，进而肯定了《锻炼锻炼》中的"小腿疼"和"吃不饱"这两个人物的塑造。王西彦在这里所表达的是

---

① 何其芳：《关于新诗的"百花齐放"问题》，《处女地》1958 年第 7 期。
② 何其芳：《〈青春之歌〉不可否定》，《中国青年》1959 年第 5 期。
③《文艺报》1959 年第 7 期。
④《文艺报》1959 年第 10 期。

判断文艺作品的另一个标准，也就是作品的丰富性和人物的生动性、复杂性。因此，他把关于《青春之歌》的讨论称作是"对《青春之歌》的保卫战"，而在讨论《锻炼锻炼》时，他声称要"先来充当一名保卫《锻炼锻炼》的战士"。这些说法虽然不免夸张和戏剧化，但从中我们能感受到的是对庸俗社会学深刻的不满和内在紧张。

（二）对"生活"的不同理解

强调社会生活对文学创作的作用，是社会历史批评共同的特征。毛泽东在《讲话》中也重申了这一思想。他说："作为观念形态的文艺作品，都是一定的社会生活在人类头脑中的反映的产物。革命的文艺，则是人民生活在革命作家头脑中的反映的产物。人民生活中本来存在着文学艺术原料的矿藏，这是自然形态的东西，是粗糙的东西，但也是最生动、最丰富、最基本的东西；在这点上说，它们使一切文学艺术相形见绌，它们是一切文学艺术的取之不尽、用之不竭的唯一的源泉。"毛泽东在这里不只是从理论上阐述生活与艺术的关系，更重要的是号召文艺工作者要深入工农兵火热的斗争生活中，从而创作出工农兵喜闻乐见的作品。从这一时代起，"深入生活""体验生活"等，就成为文艺界使用频率极高的词语。但"生活"从它最初被强调开始，就是一个有特殊语义的词，它不是泛指人类一般的生活，也不是指人类的精神领域，而是特指工农兵的斗争和生活。对"生活"的这一理解，后来被周扬解释为："文艺作品要反映群众生活中最根本的东西，最本质的东西。什么是本质？本质就是斗争，阶级斗争和生产斗争，主要是阶级斗争。"[1]但在创作实践中，"生活本质"的问题似乎成了一个难解之谜，没有人能够达到它的期许。批判者经常指责的是："这难道是生活的本质

---

①《文艺思想问题》，《周扬文集》第2卷，人民文学出版社1985年版，第268页。

吗？"检讨者检讨的是"缺乏对生活本质的理解"。这样，"生活"这一最简单的概念，就变成了一个暧昧的、语焉不详的模糊的能指，它的所指是没有人能够说清楚的。

当年毛泽东强调文艺要表现工农兵生活，并且用他们熟悉的语言和方式，是为了动员民众救亡图存，这一"无产阶级的功利主义"是无可指责的。但值得注意的是毛泽东的以下论述："因为思想上有许多问题，我们有许多同志也就不大能真正区别革命根据地和国民党统治区，并由此弄出许多错误。同志们很多是从上海亭子间来的；从亭子间到革命根据地，不但是经历了两种地区，而且是经历了两个历史时代。一个是大地主大资产阶级统治的半封建半殖民地的社会，一个是无产阶级领导的革命的新民主主义的社会。到了革命根据地，就是到了中国历史几千年来空前未有的人民大众当权的时代。我们周围的人物，我们宣传的对象，完全不同了。过去的时代，已经一去不复返了。"① 毛泽东对文艺家的教导，充分注意到了时空的差异性，时代和地域的不同，决定了文艺家在艺术作品中表达的生活内容的不同。这是存在决定意识的唯物史观的思想，也是社会历史批评的基本依据。但问题是，1949年之后，中国进入了另外一个时代，就像从亭子间到根据地一样，作家艺术家对生活的表达也完全有理由做出新的处理。但是，根据周扬对生活本质的解释，斗争作为生活的本质，并未因战时的结束而结束，而是一个仍需坚持的思想路线。把斗争作为生活本质来理解，不仅强化了文学创作的"话语暴力"倾向，而且也使社会历史批评更加激进。

也正因为如此，凡是与斗争无缘的作品，或者表达人性人情的作品，几乎都遭到了清算。最先受到批判的萧也牧，就是因为"依据小资产阶级观点、趣味来观察生活，表现生活"②。冯雪峰化名

---

① 毛泽东：《在延安文艺座谈会上的讲话》。
② 陈涌：《萧也牧创作的一些倾向》，《人民日报》1951年6月10日。

读者李定中写的文章，也指斥萧也牧是"一种新的低级趣味"，"写人物写生活都不能这样写的，尤其写新的工农人民和新的人民生活。这样写，你是在糟蹋我们新的高贵的人民和新的生活"[①]。在这些观点看来，日常生活不是曾一再强调的"生活"，因为它是远离工农兵的生活。因此，它才被作为一种倾向而受到坚决的打击。萧也牧在巨大的压力下写了一篇检讨，《文艺报》同时发表了"编者按"，指出："萧也牧同志表示今后要切实地改正自己的错误，将长期地、全身心地、无条件地投身到群众斗争中去，向工农兵学习，在实践中改造自己。"[②]萧也牧也必须承认《我们夫妇之间》所反映出来的是"对于生活本质的歪曲"[③]。

然后，无论是对"干预生活"理论的批判，还是对具体作品的批判，"生活本质"都是一个无往不胜的有力武器，在"生活本质"面前，任何申辩都将不战而败。但是，对"生活"的这一狭隘框定，所导致的却是公式化、概念化的普遍流行。而突破公式化和概念化的模式，也首先起因于对生活的不同理解。1956年4月，刘宾雁在访问苏联、东欧时，曾应邀到奥维奇金的家中做客。他这样描写了这位作家给他的印象：

生活——我坐在奥维奇金的写作室里，随时都感觉得到巨大生活的呼吸。这不仅因为桌上、纸夹子里放满了群众的来信，而且，更重要的，是这房间的主人——奥维奇金的全部思想与感情和窗外沸腾着的生活巨流融合在一起。在奥维奇金所想、所说和所写的东西之间，没有界线，没有分歧——都是从生活中来的，都反映着此

---

① 李定中：《反对玩弄人民的态度，反对新的低级趣味》，《文艺报》1951年第4卷第5期。

② 《文艺报》第5卷第1期。

③ 《文艺报》第5卷第1期。

时此地生活的迫不及待的要求和需要。①

对生活的这一理解，不只是受到了苏联作家的启发，同时也受到了来自当时中国主流文艺思想的鼓舞。在第二次作协理事会扩大会议上，周扬做了《建设社会主义文学的任务》的报告。报告中强调，作家对生活应该采取"积极参与的态度"，"不能采取回避和旁观的态度"。他认为"无冲突论"的流行，重要的原因就在于作家艺术家"缺乏政治上和艺术上的勇气，看到了生活中的冲突矛盾不敢表现"。也正是在这次会上，许多人发言提出了创作必须"干预生活"。

主流文艺思想的一度开放性，放松了理论表达一贯的革命或谨慎的态度。当时年轻的刘绍棠连续发表了两篇文章，其中也谈到了他对"生活"的看法。他说：

教条主义理论，只单方面强调作品的政治性，而抹杀作品的艺术功能；漠视复杂多彩的生活真实，闭着眼睛质问作家："难道我们的生活是这样的吗？"机械地规定正面人物，反面人物，以及在正面人物之上更高一层的理想人物；为了教育意义，写英雄不应该写缺点，等等，诸如此类的戒条与律规式的理论。

这种教条主义的戒律，迫使作家不去忠实于生活的真实，而去忠实于要求生活和要求人物的概念；迫使作家忘却艺术的特性，而去完成像其他社会科学那样的教育任务。②

在另一篇文章中，他对"深入生活"也提出了自己不同的看法：

深入生活的方式因人而异，对于一个作家来说，是否深入，是

---

① 转引自洪子诚：《1956：百花时代》，山东教育出版社 1998 年版，第 96 页。
② 刘绍棠：《现实主义在社会主义时代的发展》，《北京文艺》1957 年第 4 期。

要从他的作品来检验的。作家投入生活中去，正如鱼之入水，只要是在水里，他如何游泳、生存是用不着制定一个统一养育法的，生物之适应环境，是决定于客观情况与主观条件的，作家的深入生活，也同此理。所以，深入生活担任工作固然好，但是以公民的身份，一生与人民生活在一起，直到老死，也同样是好的。[①]

刘绍棠的这些看法和"干预生活"，揭示生活矛盾的主张，很快就被斥为一股"逆流"[②]，是"锋芒针对社会主义制度的"[③]。这种对生活的解释只能在相对开放的时代昙花一现。这是因为：生活的本质，或者说"文学的责任，最重要的是与一定阶级的政治利益的关系。对新生的政权和被认为具有终极理想性质的社会制度来说，重要的莫过于对读者提供有关它的'合法性'与'真理性'的证明"[④]。那种对"生活"做出其他解释，而背后隐含着创作自由的诉求，只能遭到毁灭性的打击。这也是激进的批评为什么特别重视"生活"解释权的最后原因。

第三节　失衡与认同的文化心态

1941年，动荡中的李长之先生写了一篇《舆论建设：论思想自由及其条件》一文，表达了他主张思想自由的原则，以及不主张思想自由的条件。其中重要的内容就是对思想之争的意见。他谈了四点：

---

① 刘绍棠：《我对当前文艺问题的一些浅见》，《文艺学习》1957年第5期。
② 李希凡：《从〈本报内部消息〉卅始的一股创作上的逆流》，《中国青年报》1957年9月17日。
③ 姚文元：《所谓"干预生活""写真实"的实质是什么？》，《人民文学》1957年第11期。
④ 洪子诚：《1956：百花时代》，山东教育出版社1998年版，第99页。

第一……对反对者的立场在某一限度内加以宽容，而此宽容乃是以了解为前提，即不仅要了解自己的立场，而且还要了解别人的立场。

第二，因思想不同而引起辩难，有时也是必要的。孟子说："道不直则不见，我且直之。"但是思想之争是要以思想为工具，例如我主张性善，张三主张性恶，彼此都有自由，但是我不能用不正当的手段强迫张三，也主张性善。运动场上尚且有运动员的比赛道德，难道思想的竞争反而没有"其争也君子"的风度吗？

第三，对于一般人，我坚决主张尊重专家的意见。使专家多发挥一些权威。社会上的人士应该知道管外行的事，说外行的话乃是一件可耻的行为，这里所谓外行与内行，是与地位无关的。社会上往往把一个有地位的人捧作万能，久而久之，这个有地位的人也忘了自己的短长和地位，于是成为专家了，于是真正专家的意见反不被重视。不重视专家，国家是没法现代化的。不现代化就不配在国际竞争场中生存！

第四……任何政府都为树立权威往往干涉思想，这也是自然的。柏拉图的"理想国"亦即以统治思想为主旨。因为从国家的立场上看，思想若完全放任，就难免有动摇国本，或者妨碍胜利的事出现。但是统治不得其道，也不免"防民之口，甚于防川"。[①]

这是20世纪40年代学院文艺理论家对论争和思想自由的意见。虽在战时动荡中，李长之仍念念不忘思想自由和论争的风度，那一时代理论家的眼光和心态可见一斑。它是"五四"时代科学民主之风的延宕，也是对中国古代士阶层"立言"传统的承继。在李长之的表达中，我们尚可感到那一时代理论家的尊严、独立性和介入的热情。

[①] 李长之：《迎中国的文艺复兴》，上海商务印书馆1946年版，第119页。

1949 年之后，从旧社会过来的知识分子首先面临的是思想改造的问题，是如何努力完成身份置换获得解脱的问题。在这样的处境中，更多的从事理论批评和创作的知识分子，所表达的只能是向主流理论诚恳地认同和对自己过去的沉痛忏悔。下面的这些材料就是他们心路之旅的一部分：

　　……我的作品的思想性和艺术性都薄弱，所以我的作品中含有忧郁性，所以我的作品中缺少冷静的思考和周密的构思。我的作品的缺点是很多的。很早我就说过我没写过一篇像样的作品。现在抽空把过去二十三年中写的东西翻看一遍，我也只有感到愧悚。

　　时代是大步地前进了，而我个人却还在缓慢地走着。在新的时代面前，我的过去作品显得多么软弱，失色！有时候我真想把它们藏起来。①

　　一个人有机会来检查自己的失败的经验，心情是又沉重而又痛快的。为什么痛快呢？为的是搔着了自己的创伤，为的是能够正视这些创伤总比不愿正视或视而不见好些。为什么沉重呢？为的是虽然一步一步地逐渐认识了自己的毛病及其如何医治的方法，然而年复一年，由于自己的决心与毅力两俱不足，始终因循拖延，没有把自己改造好。数十年来，漂浮在生活的表层，没有深入群众，这是耿耿于心，时时疚悔的事。年来常见文艺界同人竞订每年写作计划，我订什么呢？我想：我首先应当下决心订一个生活计划：漂浮在上层的生活必须赶快争取结束，从头向群众学习，彻底改造自己，回到我的老本行。②

---

　　①《巴金选集》自序。
　　②《茅盾选集》自序。

1949 年年尾，由国外回来，我首先找到了一部《毛泽东选集》。头一篇我读的是毛主席《在延安文艺座谈会上的讲话》。

读完了这篇伟大的文章，我不禁狂喜。在我以前所看过的文艺理论里，没有一篇这么明确地告诉过我：文艺是为谁服务的和怎么去服务的。可是，狂喜之后，我发了愁。我怎么办呢？是继续搞文艺呢，还是放弃它呢？对着毛主席给我的这面镜子，我的文艺作家的面貌是十分模糊了。以前，我自以为是十足的一个作家；此刻，除了我能掌握文字，懂得一些文艺形式，我什么也没有。[①]

不仅来自国统区的作家、理论家内心充满了惶惑、不安和恐惧，对自己失去了起码的自信，而且来自解放区的作家、理论家，也必须不断改造自己。证实他们在文艺思想上不断纠正偏差的，也是他们自我检讨、清理性的文字。像贺敬之、丁玲、冯雪峰、张庚、赵树理、秦兆阳、欧阳山、杨朔、方纪等资深作家、批评家，也都曾在不同的场合检讨过自己的"问题"。一体化的文艺思想使文艺界充满了紧张气氛，它所造成的后果之一，就是批评心态的失衡。其表现或是心怀恐惧不敢发言，或是对主流话语仓皇的回应。但这两种现象几乎是由同一心理动机支配的。

朱光潜曾在一篇文章中说：

……我听到说马克思列宁主义是共产党的指导思想，为着要建立马克思列宁主义的思想，就要先肃清唯心主义的思想。而我过去的美学思想正是主观唯心主义，正是在彻底肃清的思想之列。在"群起而攻之"的形势之下，我心里日渐形成很深的罪孽感觉，抬不起头来，当然也就张不开口来。不敢说话，当然也就用不着思想，也用不着读书或进行研究。人家要封闭我的唯心主义，我自己也就非

---

① 老舍：《毛主席给了我新的文艺生命》，《人民日报》1952 年 5 月 21 日。

尽力自己封闭唯心主义不可。①

    洪子诚在分析朱光潜的心态时说：他的"罪孽感"一方面是自己对社会产生"毒害影响"的负疚与自责；一方面则是外部环境所强加的。"前者是自己所愿意建立的、对'自我'进行反映的'道德律令'，后者是外力用以束缚自己、而自己竭力想加以挣脱的枷锁。我们很难说何者为真诚，何者为虚假：这不过反映了知识分子在那样复杂的环境中思想心理的矛盾。"②内心深怀紧张和矛盾的不只是朱光潜一个人。如果说朱光潜是用"不敢说话"获得自我解脱的话，那么更多的人则是用说违心的话来开脱或解脱自己。

    在批判胡风文艺思想时，巴金这样回忆了自己的行为：

    运动开始，人们劝说我写表态的批判文章。我不想写，也不会写，实在写不出来。有人来催稿，态度不很客气，我说我慢慢写篇文章谈路翎的《洼地上的战役》吧。可是过了几天，《人民日报》记者从北京来组稿，我正在作协分会开会，讨论的就是批判胡风的问题。到了应当表态的时候，我推脱不得，就写了一篇大概叫作《他们的罪行应当得到惩处》之类的短文，说的都是别人说过的话。表了态，头一关算是过去了。

    第二篇就是《关于胡风的两件事情》，在上海《文艺月报》上发表，也是短文。我写的两件事都是真的。但鲁迅先生明明说他不相信胡风是特务，我却解释说先生受了骗。1955 年 2 月我在北京听周总理报告，遇见胡风，他对我说："我犯了严重的错误，请多给我提意见。"我却批评说他"做贼心虚"。我拿不出一点证据，为了第二次过关，我只好推行这种歪理。③

---

① 朱光潜：《从切身的经验谈百家争鸣》，《文艺报》1957 年第 1 期。
② 洪子诚：《1956：百花时代》，山东教育出版社 1998 年版，第 43 页。
③ 巴金：《无题集》，人民文学出版社 1986 年版，第 173—174 页。

如果说批判胡风是迫于强大的政治压力出于身不由己的话，那么，巴金批评路翎的《洼地上的战役》，则完全是为自我开脱了。路翎的这篇小说发表后，不仅邵荃麟向巴金称赞了它，而且巴金自己"也觉得好"，但巴金为了"批判胡风集团"，写不出别的文章，"就挑选了这篇小说作为枪靶"进行批评。巴金不是斗争旋涡中的人物尚且如此，处于斗争中心人物的心态就可想而知了。

　　在20世纪50、60年代的批评文章中，我们常常看到文章后面的"附记"。它或是强调写作动机，或是补充说明文中观点，但更重要的还是为了表白其非异端性。这种慎重其实还是内心紧张的反映。尤其处在中心位置的人物。比如茅盾，曾多次谈到艺术技巧的问题，他关注这一问题本身，说明了茅盾对思想性过分强调的理论已经有了分歧。但技巧问题的非正统地位，又使他必须慎之又慎。于是，在《谈最近的短篇小说》将要收进一本合集时，写了一则附记，他说："文章在刊物印出以后，我自己重读一遍，不免有点忧虑。为什么，怕起副作用。怎样的副作用呢？就恐怕有些青年误以为这些所谓技巧是在下笔以前必须预先安排的。事实上不是这么一回事。技巧上的安排，是在构思过程中结合着主题思想同时产生的，而不是脱离了主题思想另作布置的；因为技巧必须为主题服务。"①茅盾的这一强调含有担心读者"误入歧途"的意思，但也可以肯定地说，他所担心的那个"副作用"，也绝不仅仅限于此。而李何林《十年来文艺理论批评上的一个小问题》的"附记"，更反映了作者的心态，他在谈到这篇文章发表经过时说："这是我去年9月写的一篇短文，《新港》编辑部认为有问题，没有发表。我当时觉得没有什么问题；把题目改为《有没有思想性和艺术性不一致的作品？》，寄给了《文艺报》。过了几天，又去信说，'不要发表，还须修改'，

---

①《茅盾评论文集》（上），人民文学出版社1978年版，第176页。

就退回来了。"①一篇短文，竟让李何林如此犹疑和难以决断，在这种心态下去从事文学评论或理论思考，其艰难性是可想而知的。

这种失衡的心态主要是来自外部的压力，庸俗社会学的批评强化了这一压力的难以抗拒。韦勒克和沃伦在分析苏联的庸俗社会学批评时指出："在苏联，我们注意到，那些资产阶级出身的而后来加入了无产阶级的作家，他们的忠诚常常会受到怀疑，他们在艺术上或为人方面的每一失误，都会被归咎于他们的出身。然而，从马克思主义的观点来说，如果'进步'意味着直接从封建主义经过资本主义而到'无产阶级专政'这样一个进程的话，那么一个马克思主义者要赞扬任何时代的'进步分子'便是自然而合乎逻辑的结论。"②但苏联和中国的庸俗社会学理论都没有这样做，这也从一个方面证实了，庸俗社会学并不是马克思主义。

紧张和恐惧的心态导致了批评和理论表达的不真实，那些曾自觉认同主流理论的人，后来都曾下意识地流露了自己真实的想法。丁玲自从到延安以后，始终是主流思想忠诚的追随者，她写的许多文章，都强调过思想改造的重要和文艺思想性的重要，强调与工农相结合，"跨到新的时代来"。但在《人民文学》召开的一次全国短篇小说评奖务虚会上，当有人强调作品的思想性要严格要求时，"话没等说完，丁玲就接了过去，以不容置疑的口气说：'什么思想性，当然是首先考虑艺术性，小说是艺术品，当然先要看艺术性……'"③但这时已经是 20 世纪 80 年代了。

---

①《文艺报》1960 年第 1 期。

②韦勒克、沃伦:《文学理论》,生活·读书·新知三联书店1984年版,第109页。

③王蒙:《我心目中的丁玲》,牛汉、邓九平主编:《原上草》,经济日报出版社 1998 年版,第 380 页。

第八章　激进文学理论的高涨与崩溃

　　激进的文艺学思潮是 20 世纪以来中国激进思想的一部分，"在 20 世纪中国，所谓文学的'激进思想'，是一个历史性的范畴。它指的是相对于'传统'的文学观念而言。它通常存在于左翼文学内部。在文学创作、文学功能、作家身份、作品阅读等问题上，对于原来的文学成规，它常提出一种'叛逆性'的主张，推行激进的措施。这种思潮，其观点有它的一贯性，即呈现某种'体系'的特征。但在不同的历史时间里，它的具体表现形态以及代表的人物，则会有许多的变化。在当代的 20 世纪 50 年代中期以后，尤其是 20 世纪 60 年代，它表现为一个完整的理论和组织形态。它通过开展对'资产阶级意识形态'的全面批判，通过精心制作'样板'的文艺作品，来确立命名为'无产阶级文艺'的文学规范体系"[①]。它的具体特征则是："政治的直接美学化"，"对文化遗产所表现的决裂和彻底批判的姿态"，以及"重新组织文艺队伍"[②]。激进的文艺主张，与对文艺性质和功能理解的理论体系始终相关，它的排斥性，背后

---

① 洪子诚：《1956：百花时代》，山东教育出版社 1998 年版，第 263—264 页。
② 洪子诚：《关于 50 至 70 年代的中国文学》，《文学评论》1996 年第 2 期。

所隐含的则是试图从一条路线中找到绝对真理。

　　因此，不仅历次发动的文艺批判运动，表达了"文化领导权"的不容置疑，而且任何试图意属其他路线的选择，都被视为一种"挑战"而更加激怒了激进思想，从而使其不断地得以高涨并有足够的口实。如果说对《武训传》、萧也牧、胡适、俞平伯等的文艺思想的批判，是一种主动的出击，是发现了他们文艺思想中的"资产阶级"性质的话，那么对胡风、"干预生活"、秦兆阳、钱谷融、刘绍棠、丁玲、陈企霞、冯雪峰、邵荃麟等的文艺思想的批判，则可以看作对他们的"挑战"的一种回应。这不间断的批判和运动，更使激进的文艺思想相信了存在"两条路线的斗争"。这夸大了的斗争性质使激进的思想者充满了紧张和敏感。不断走向高涨的激进，正是由斗争的历史和警觉的心态推动的。

　　如果说20世纪50年代的文艺思想斗争还限于文艺界内部并做出处理的话，那么到了20世纪60年代，文艺思想斗争就成为关乎兴邦亡国性质的问题了。这与毛泽东对文艺思想界的长期不满有直接关系。1963年和1964年，毛泽东对文学艺术做了两个批示：

　　各种艺术形式——戏剧、曲艺、音乐、美术、舞蹈、电影、诗和文学等，问题不少，人数很多，社会主义改造在许多部门中，至今收效甚微。许多部门至今还是"死人"统治着。不能低估电影、新诗、民歌、美术、小说的成绩，但其中的问题也不少。至于戏剧等部门，问题就更大了。社会经济基础已经改变了，为这个基础服务的上层建筑之一的艺术部门，至今还是大问题。这需要从调查研究着手，认真地抓起来。

　　许多共产党人热心提倡封建主义和资本主义的艺术，却不热心提倡社会主义的艺术，岂非咄咄怪事。（1963年12月12日）

这些协会和他们所掌握的刊物的大多数（据说有少数几个好的），十五年来，基本上（不是一切人）不执行党的政策，做官当老爷，不去接近工农兵，不去反映社会主义的革命和建设。最近几年，竟然跌到了修正主义的边缘。如不认真改造，势必在将来的某一天，要变成像匈牙利裴多菲俱乐部那样的团体。（1964年6月27日）

毛泽东的这两个批示，是在1966年《红旗》杂志第9期重新发表毛泽东《讲话》时的按语中首次公开发表的。把这两个批示同《讲话》同时发表，不仅隐含了这两个批示与《讲话》内在理论的一致，而且不证自明地喻示了毛泽东文艺思想合乎逻辑的发展。因此，毛泽东对当代中国文学艺术的基本认识和估计，是激进文艺思想得以高涨的最终原因。

1964年7月，江青在京剧现代戏观摩演出人员座谈会上的讲话中，之所以敢于断定，"在戏曲舞台上，都是帝王将相，才子佳人，还有牛鬼蛇神。……话剧团，也不一定都是表现工农兵的，也是'一大、二洋、三古'，可以说话剧舞台也被中外古人占据了"。这是因为有毛泽东尚未公开发表的批示作为依据。一年多以后，林彪以委托江青召开部队文艺工作座谈会纪要的形式，具体地实践了毛泽东改造文艺的思想。它的突出特征，就是否定了一切文化遗产，公开提出"标社会主义之新，立无产阶级之异"。"要破除对所谓30年代文艺的迷信""破除对中外古典文学的迷信""对十月革命后出现的一批比较优秀的苏联革命文艺作品，也要有分析，不能盲目崇拜，更不要盲目地模仿"。激进文艺思想至此达到了高潮。

第一节　文化批判的政治起点

激进文艺思想的高涨，并非突如其来的偶然现象。事实上，从

20世纪50年代初期毛泽东大量修改并最后定稿的《应当重视电影〈武训传〉的讨论》，就奠定了文化批判的激进方向。这与毛泽东对封建文化的拒斥和对现代文化的想象有关。因此，文学艺术所表达的思想和形式，在毛泽东看来，总是隐含着作者的政治诉求，它不再仅仅是艺术范畴内的问题，而是"带有根本的性质"的问题。于是，在毛泽东的想象和分析中，《武训传》就变成了"污蔑农民革命斗争、污蔑中国历史、污蔑中国民族的反动宣传"了。

把文艺和思想观念的分歧提升到政治层面做出判断和解决，把文化批判纳入政治范畴作为起点，是毛泽东习惯的方法和策略。在《关于〈红楼梦〉研究问题的信》中，他把胡适派称作"资产阶级唯心论"，把俞平伯称作"资产阶级知识分子"；在批判胡风的文艺思想时，把胡风称作是"一个暗藏在革命阵营的反革命派别，一个地下的独立王国"，"是以推翻中华人民共和国和恢复帝国主义国民党的统治为任务的"；在对王实味、丁玲、萧军、罗烽、艾青施以"再批判"时，称他们是"勾结在一起，从事反党活动""屡教不改的反党分子"等，都是有力的佐证。值得注意的是，毛泽东的这一思想方法不仅是一个批判者的个人行为，他有无数的崇拜者和追随者。尤其这一批判是以"革命"的名义发出的，对知识分子来说，其号召性就更有巨大的魅力。在这样的思想环境中，便一定会有新的文化英雄应运而生，以批判为己任的个人和集体成批地成长起来。北京大学中文系在1958年连续编辑出版了四本《文学研究与批判专刊》，数十篇文章的作者大多是在校学习的学生，他们从先秦一直批判到现代，学界主要的研究成果和学术领袖全部被口诛笔伐。中国人民大学1959级文艺理论研究生班，是中国科学院文学研究所和中国人民大学中文系共同创办的研究班招收的第一届学生，它是为培养新型的文艺理论人才而开设的。在他们入学时，正是国内反帝反修反文艺界右倾的时代，为了学以致用、火线练兵，这个研究生班在入学的第二年，"即把参与论争和写批判文章作为学习和运用马克思主义文艺理论解决现实文艺问题的重要方式"①。这些年轻的学生被极大地调动了政治热情，他们批判的对象虽然一是文学史，一是文艺理论，但他们所使用的批判方法和关键词，几乎是完全一样的。

在批判方法上，首先是给批判对象命名。资产阶级、小资产阶级、右倾、修正主义、反现实主义、反马克思主义、反毛泽东思想等，是命名的基本方式。这一命名使批判还未展开，就确定了批判对象的反面角色。从思想方法来说它是典型的主观主义，是典型的语言暴力行为。当然，从命名方式上考察，它还有另外一种道德化的批判策略，它不是从政治上将对方置于无可辩白的境地，而是在道德意义上使对方陷于卑微和耻辱的被攻击中。这个道德化的批判，就是将对方命名为"个人主义"。

……丁玲、莎菲、陆萍，其实是一个有着残酷天性的女人的三个不同的名字。她们共同的特点，是把自己极端个人主义的灵魂拼命地加以美化。她仇恨的不是延安的某些事物；仇恨的是延安的一切。②

萧军的自比圣安东，如果从另一个意义上来理解，那就完全说得通了。那就是萧军等反党分子顽固地坚持自己的资产阶级个人主义立场……

他们的所谓"宗教的情操"不是别的，而是准备带到棺材里去的资产阶级个人主义立场！

萧军"耐"的又一层用意是：先在党的领导者脸上抹上白点，

---

①张炯等主编：《中华文学通史》第10卷，华艺出版社1997年版，第522页。
②张光年：《莎菲女士在延安》，《再批判》，作家出版社1958年版，第19页。

把它丑化，然后逼着党向资产阶级个人主义思想缴械投降。[①]

回想当年，个人主义曾经和"个性解放""人格独立"等的概念相联系，在我们反对封建压迫、争取自由的斗争中给予过我们鼓舞的力量。19世纪欧洲文学的许多杰出作品经常描写个人和社会的冲突、愤世嫉俗、孤军奋斗和无政府式的反抗，这在我们的头脑中留下了深刻的印象。我们曾热烈地欢迎易卜生，欣赏他那句"世界上最孤独的人就是最有力量的"的名言。我们中间许多人就是经过个人奋斗走上革命道路，背着个人主义的包袱参加革命的。[②]

周扬毕竟是有深厚理论修养的理论家，他并没有简单地道德化地指认个人主义的反动性，而是试图在"历史叙事"中，确认个人主义是如何转变为与国家相对立的，这种曾是"鼓舞力量"的思潮，如何构成了"对现代国家的建立是一种障碍、一种对抗性的力量"[③]的。这种叙述的"合理性"，以"理论的力量"置个人主义于不合法的地位。它比张光年、马铁丁的粗暴指认更有杀伤性。但在文化批判方法上，它同样是一种命名的方法，无论是什么样的理论或作品，只要被指认为"个人主义"，那就意味着他坚持的是与国家民族、集体、人民大众对立的立场。

在对个人主义进行批判的同时，政治批判在更大的范围失控地发展。政治批判的严正性特别能够调动批判者的激进情绪，他们夸大了预设的思想分歧的性质，然后以临战的姿态对批判对象诉诸毁灭性的打击。马文兵，作为一批青年研究生的集体笔名，在这一时期所发表的文章，有相当的代表性。特别是在人性、人道主义，批

---

① 马铁丁：《斥"论同志之'爱'与'耐'"》，《再批判》，作家出版社1958年版，第33页。

② 周扬：《文艺战线上的一场大辩论》，《文艺报》1958年第4期。

③ 洪子诚：《1956：百花时代》，山东教育出版社1998年版，第197页。

判继承等文艺理论方面，呼应或深化了流行已久的激进思想。由于这些新锐系统地以马克思、列宁、毛泽东的论述作为依据，就更显示出了批判对象问题的严重性和批判的正当性。但在方法上，它仍然没有超出命名／批判的流行方法。

1960 年，批判人性、人道主义的思想潮流已经过去了三年，但在批判修正主义的高潮中，马文兵又重新发起了对巴人"人性""人道主义"的批判。应该说，马文兵对马克思的著作是进行过系统学习和训练的，但在那个特定的历史环境中，他们更多的还是教条主义地理解马克思主义的。特别是对斗争性的强调和阶级对立的划分，使他们一开始就陷入了机械论的思想方法。他们首先指认巴人是"修正主义者""反动思想家"，然后武断地指出：对马克思主义——

修正主义者跟我们采取了完全相反的态度，他们硬要闭着眼睛不去理睬马克思主义成熟时期的著作，或者看见了也当它并不存在。他们专爱钻到马克思主义早期著作的书缝中去，发掘为他们所喜爱的 19 世纪初以至 18 世纪的残盔片甲，哪怕它们曾是马克思主义经典作家借用来和敌人作过战而又扔掉了的，他们也好像是发现了马克思主义的"新精神"似的赶快拾了起来，以便怀物思旧，借尸还魂。这正是一切修正主义者和反动思想家的所谓"继承遗产"的特色。他们今天不敢明目张胆地到反动的思想武库中去借取，而挖尽心思地到马克思的早期著作中去寻章索句，再来加以改头换面的制作，其所以如此，是因为马克思主义真理的威力之大，使它的敌人也不得不借用它的威名来贩卖私货。巴人就正是这样的一个角色。①

马文兵在批判巴人的人性论时，完全离开了当年的历史语境，他们只是抽象地在理论上批驳人性论，而忽略了巴人为什么提出人

---

① 马文兵：《在"人性"问题上两种世界观的斗争》，《文艺报》1960 年第 12 期。

性的问题，也没有具体分析 20 世纪 50 年代中期文艺创作的具体情况。这一学风在马文兵的其他文章中同样存在。在《论资产阶级人道主义》一文中，马文兵又指出：

……巴人所说的"人类本性的人道主义"并不是什么新货色，只不过是一种已经变得陈旧了的破武器。巴人之所以要把人道主义加以抽象化、神圣化，说它"是件好东西，本身没有所谓革命与不革命的"，其目的就是想拿这个曾经在历史上反对过封建主义的武器拿来反对社会主义。巴人提出要"把人当人"的口号，用心是不良的，它意在煽动正在思想改造过程中的广大非无产阶级出身的人的个人主义意识的死灰复燃，而与共产主义的基本原则——集体主义的要求相对抗，从而引起对党对社会主义的不满。①

马文兵的这些批判已不只是在学理上的辩难，而是政治上的彻底清算。它同 20 世纪 50 年代初期以来历次批判运动的性质、目标和方法是完全相同的。值得注意的是，这些在校的青年学生，较系统地阅读了经典作家的著作，又使他们的批判具有了浓重的"经院"色彩。在马列主义思想水平普遍不高的时代，他们的文章又显示了较高的"理论水平"。它所表现出的威力和震撼力，不仅使更多的人难以识别，而且它的气势就足以让人望而生畏了。后来，马文兵的重要成员王春元在谈到自己的批评经历时说："我一向自信是个唯物主义者，但却信'神'，甚至参加到'造神'行列。"但"这十年间，我的审美观念、文学思想变化幅度之大，是前几个十年所无法比拟的"②。王春元的这一反省，也从一个方面证实了激进文艺学的性质。

---

① 《文艺报》1960 年第 17、18 期合刊号。
② 王春元：《审美之窗》自序，人民文学出版社 1995 年版。

第二节　姚文元的文体与修辞

　　20世纪50、60年代的思想文化环境培育起来的文艺理论家或批评家，与革命战争中走过来的文艺学专家有很大的不同。后者因为经历了实际的革命斗争，亲历了走向胜利的过程，因此，对于包括文艺学在内的思想观念，他们是怀有真诚的信仰的，他们的文学素养和领导革命文艺的经验，使他们还能够结合文艺实践提出问题和考虑问题。像周扬、冯雪峰、邵荃麟等文艺界领导，他们也坚持斗争的策略，但分析他们的报告或文章，总有对创作实践的持久关注，而且也经常强调艺术规律，宣泄对主观主义和教条主义的不满。但前者不同，在激进的思想文化环境中，他们更多接受的是空洞的意识形态的说教，并将其作为立论的基本依据。在这种环境中成长起来的理论家，其文体和修辞逐渐形成了独特的风格，而集大成者是姚文元。后来有人重读姚文元的文章时说："读姚文元的杂文，或者评论，我不由感到一种逼人气势如山一般矗立面前，如海浪一般朝你涌来。但一旦走进这山背后，便发现这气势只是虚假的声势，他是以语言的喧嚣和情绪的亢奋，掩饰着逻辑混乱和思想苍白。那么多大小长短的文章，除了批判呵斥还是批判呵斥，除了引经据典寻章摘句还是引经据典寻章摘句，他并没有表现出更多的更出色的其他才能。我无法想象，这样的文字这样的气势，居然在相当长的时间里成为文化界舆论的主流，成为备受青睐的样板。"①

　　这种感受大致揭示出了姚文元文体的问题。但对他能成为"主流"的狐疑，则显得缺乏历史感了。应该说，姚文元不仅是那个历史时代的产儿，同时也是那个时代期待的文化英雄。只要再细致地分析，

---

　　①李辉：《风落谁家——关于姚文元的随想》，《沧桑看云》，上海远东出版社1997年版，第96页。

我们发现,姚文元的文体大部分属于"驳论"。20世纪50年代起,他先后发表的文集有《兴灭集》《冲屑集》《新松集》《论文学上的修正主义思潮》《鲁迅——中国文化革命的巨人》《文艺思想论争集》《在前进的道路上》等。但姚文元在文艺批评领域产生影响并成为文艺新星,还是1957年以后。他的评论集在1958年出版时就命名为《论文学上的修正主义思潮》,1963年再版时改为《文艺思想论争集》。这两本集子只增删几篇文章,大体上反映了姚文元从事文学批评活动的基本特点。这些文章基本上是"驳论",有的文章的副题就是《与刘绍棠等辩论》《同何直、周勃辩论》《和钱谷融等辩论》,没有注明"辩论"的,也多冠以"批判"和"论"的字样:《批判文学中的人性论》《丁玲部分早期作品批判》《论陈涌在鲁迅研究中的反马克思主义的修正主义思想》《文学上的修正主义思潮和创作倾向》《论"探求者"集团的反社会主义纲领》《艾青的道路——从民主主义到反社会主义》等。通过这些文章的题目,我们大体可以感觉出姚文元立论的方法。也就是说,当周扬等文艺界领导者,还徘徊犹疑于文艺界基本问题和矛盾的处理时,甚至还为文艺界的恩怨、宗派斗争以及权力之争权衡利弊时,姚文元已从另外一条路线走在了时代的前头。这不仅为姚文元日后的腾达埋下了伏笔,也为日后清算周扬路线培育了代言者和理论形象。

在反右斗争尚未开展时,姚文元的文体尚未达到后来嚣张的气焰。他的文章尚有商讨或妥协的意思。比如在与姚雪垠先生讨论"教条和原则"时,他列举了姚雪垠对文艺批评和政策表示不满的话,例如:过去"动不动拿'小资产阶级的思想感情'来批评作家,而这句话简直成了一句紧箍咒,使不少作家下笔时如临深渊,如履薄冰,不敢写爱情,不敢写温暖的友谊,不敢写私生活……解放后几年中文学题材的狭隘,作品写得干巴巴,原因虽不完全如此,但与此颇有关系"。之后,姚文元说:"不需要很多解释读者就可以明白:过去批评作品中有小资产阶级思想感情有一部分是过火的,但多数的是正确的。例如对萧也牧作品的批评，原则上仍然是对的。今天我们要写爱情，写友谊，写私生活，也绝不是要恢复那种小资产阶级的温情主义和庸俗地去写私生活，我们要前进，不是倒退！过去某些作品中'干巴巴'的原因也很复杂的，主要是作家自己缺少对劳动人民生活深入的体验，思想感情上没有真正和劳动人民打成一片，对他们熟悉不够、理解不深所致。这同批评小资产阶级思想感情根本是两回事。"[①] 姚文元这里说的是"讨论"，但在"讨论"中他已偷换了论题。也就是说姚雪垠指责的是批评作家的依据，是拿"小资产阶级的思想感情"来指责作家，他针对的是批评的"粗暴"。而姚文元则在"讨论"中把问题归到了作家那里，并认为这和批评小资产阶级思想感情是两回事。尽管如此，他还能承认过去的批评有些"是过火的"。

在《论诗歌创作中的一种倾向》中，尽管文中充斥流行的空泛语言，但尚能结合具体的作品，他对爱情诗、山水诗"婉约"一派的指责和对"浪漫"斗争的倡导，也可看作主张的一种。这时，他批评的高度还仅仅限于"小资产阶级意识"或"个人主义"。他认为爱情诗和山水诗还是可以写的，尽管他只能在古代文学中举出范例。

但姚文元这种有条件的"商讨"或"妥协"，已隐含了他追逐风潮和"二元对立"的排斥性，他抽象肯定的后面，是具体而细微的否定。1957年反右斗争之后，姚文元的"驳论"完全变成了另外一种面孔，他批判的对象几乎都是文艺界的"顶级"人物和最敏感的"前沿"问题。他的这一选择，并非慧眼独具，并非从这些人物和理论中发现了什么问题，而是这些人物和"问题"都是遭到了清算或正在进行清算的，他的驳斥和批判已经有了意识形态的依据，

---

① 姚文元：《教条和原则——与姚雪垠先生讨论》，《文艺思想论争集》，作家出版社1964年版，第10页。

先在地具有了"合法性"。不同的是，姚文元敢于为这些人物和"问题"在更高的层面规定性质。"修正主义"是姚文元在这个时期使用频率最高的一个词。这本不是一个文艺学概念，姚文元也从来不曾对这个概念做出过任何界定或解释。即便是作为一个政治概念，一开始它也不是作为贬义词使用的。但到了姚文元这里，凡是与既定的理论、方针、政策相悖的文艺思想，凡是表达了个人见解，并试图突破教条主义束缚的思想，他都可以将其命名为"修正主义"。

在批判刘绍棠时，他说：

修正主义者是以"反教条主义"的姿态出现，但他们攻击的是马列主义文艺思想的根本原则。今天我们如果不从思想上批判文艺领域中的修正主义思潮，反右斗争就不会开展得十分有力，右派分子就会在"反教条主义"的幌子后面隐藏着。这是两种性质不同的斗争，但又是密切联系着的斗争。①

在批判何直、周勃时，他说：

在文艺问题上，我们要坚持两条战线的斗争。反对修正主义、右倾机会主义，也反对教条主义。而且在进行任何一方面斗争的时候，都要谨慎地注意到不陷入另一个极端去。在当前，我们着重地应当对修正主义思潮展开彻底的批判。②

在批判陈涌时，他说：

陈涌是丁、陈、冯等反党集团中的理论家，也是修正主义思潮

---

① 姚文元：《论文学上的修正主义思潮》，新文艺出版社1958年版，第24页。
② 姚文元：《论文学上的修正主义思潮》，新文艺出版社1958年版，第50—51页。

中另一员大将。他的论文，不少地方是离开了鲁迅研究的本题去阐述他自己的修正主义观点的，并且涉及对哲学上的根本问题……①

钱谷融、巴人、冯雪峰、"探求者"等，都成了"修正主义"。姚文元为什么一定要把文艺争论提升到"修正主义"的高度来批判呢？他在《论文学上的修正主义思潮》的序言中，透露了其中的秘密。他说：

在1956—1957年出现的文学上的修正主义思潮，按它的广泛性和进攻的剧烈性来说，超过历史上任何一次。它有理论，有在这种理论指导下的创作，并且还篡夺了某些阵地（如《人民文学》），形成了一个完整的修正主义的潮流。这个国内的修正主义思潮，又和匈牙利事件之后国际上反苏、反马克思列宁主义、反社会主义现实主义的修正主义思潮相互呼应。②

1964年，这本文集再版时，姚文元将文集改为《文艺思想论争集》，并将上述"国际上反苏、反马克思列宁主义、反社会主义现实主义的修正主义思潮"改为"国际上反社会主义、反共、反马克思列宁主义的现代修正主义"，并将被"篡夺"的阵地，又加上了《文艺报》③。这种改动作为姚文元来说，是根据时势的变化，而对于被批判者来说，就意味着对他们的命名是可以根据不同时期的不同需要，随意做出的。这一细节恰恰有力证实了姚文元"驳论"的虚构性。因此，姚文元实际上只是借用了批判对象，重述了那个时代的权力话语，而并没有构成对文艺学的真正批判。这一点，我们从姚文元的"修辞"中同样可以得到证实。

---

① 姚文元:《论文学上的修正主义思潮》，新文艺出版社1958年版，第95页。
② 姚文元:《论文学上的修正主义思潮》，新文艺出版社1958年版，序言第4页。
③ 姚文元:《文艺思想论争集》序言，作家出版社1964年版。

现代修辞学特别注意研究听者和读者，它关注语言创作或发生的过程，也关注话语分析或解释过程，要求通过语境来考察话语，把话语内容看作时间、地点、动机、反应诸要素的综合。按照新修辞学派的观点，修辞的目的主要是通过言语说服听众，并激发或增强人们对某些论点的同意。姚文元"讲述话语的年代"，正是国际共产主义运动发生重大变动的年代，苏共二十大以后，中苏两党的分歧加剧并日益公开化，最终导致了公开论战和彻底破裂。国内，是毛泽东"左"倾思想日益发展的年代，1957年，毛泽东不仅从理论上提出和论述了社会主义社会阶级斗争的长期性、曲折性和尖锐性，强调要在政治路线、经济战线和思想战线上开展反对资产阶级和"现代修正主义"的斗争，强调要在思想文化和学术等意识形态领域批判"毒草"和"牛鬼蛇神"，而且发动了反右斗争。在《1957年夏季的形势》一文中，他强调所谓反共反人民反社会主义的资产阶级右派和人民的矛盾"是敌我矛盾，是对抗的不可调和的你死我活的矛盾"。这些人是"反动派、反革命派"，并认为反右派"是一个政治战线上和思想战线上的伟大的社会主义革命"。在这样的形势下，姚文元的一篇文章——《录以备考》得到了毛泽东的注意与肯定，并被《人民日报》作为《〈文汇报〉在一个时期的资产阶级方向》的有力证据加以转发。时代为姚文元的话语方式提供了实践条件，姚文元又以自己的话语方式敏锐地适应了时代的要求。他在《论文学上的修正主义思潮》的序言中说：

这些文章执行着批判的、革命的、战斗的任务，全部是为当前彻底粉碎修正主义的斗争服务的。因为文学上的修正主义涉及各方面的问题，所以批判的内容就不是局限在文学问题上，而同时通过文学问题进行着对政治上、思想上、哲学上的修正主义和资产阶级思想的批判。

他在表白自己写作动机的同时，也没有忘记寻找一个衬托的对象，他列举了中国科学院文学研究所在《文学研究》上刊载的"关于方针问题辩论"的报道。这篇报道中，有人主张文学研究应当以系统的长远的学术要求为主，多做百年大计性的长远性的学术研究。然后，姚文元不无嘲讽地说，他的这本集子"他们之瞧不起是必然的。关在高墙深院之中，浮沉于洋人死人的典籍之内，两耳不闻窗外事，一心只在'学术性'，做着能'一举成名'的'百年大计'的研究，和一切'打手'工作绝缘，那自然是极为幸福的生活。可惜我还没有做到'心如古井'的地步，这样的幸福生活和我是没有任何缘分的。我乐于把全部业余时间献给当前的社会主义文学事业，我希望自己永远能'跟着社会上跑'，只要跟得上，没有落伍，这就是最大的快乐了"。姚文元的这种叙事性的对比，不仅是一种策略，同时也在叙事中实现了对自己"合理性"选择的确立。相比之下，高墙深院中做的是"一举成名"的事，而他做的则是"把业余时间献给社会主义"。在一个不断激进和革命的时代，没有比这种"牺牲"和选择更具感人的力量了。而他的"战斗"，尽管是以强凌弱，以意识形态的强大背景去讨伐无用的书生，但他却以"孤军奋战"的形象，"悲壮"的情感诉求，首先争取了读者。这就是姚文元的修辞效果。

那个时代，在强大的舆论攻势下，人们最熟悉的语言就是关于"斗争"的语言，反对资产阶级和警惕出现修正主义，成为那个时代斗争的主旋律。时代的气氛在这样的渲染下格外紧张，这就是语言的力量。姚文元能够四面出击威风八面，在很大的程度上缘于他的特殊修辞。一方面他对已有的文学遗产和当代成果，没有保留地做出批判，认为现实已经形成了修正主义"相互联系着的潮流"，那些本来不构成必然关系的现象，在姚文元那里被结构成"有直接联系"的"线索"；一方面他对尚未出现的或无从把握的未来，做出没有依据的承诺，以想象的方式建构起一个关于未来的乌托邦。在这样的比较中，对历史和现实的批判和破坏，就合乎逻辑地得到了肯定。因为历史和现实的资产阶级、修正主义性质，无论诉诸怎样的暴力，都是理所当然的；而"迷信未来"，在未来方能建立一个崭新的文艺形态，就变成了一个充满诱惑的、光芒四射的询唤。这种理论和历史的虚无主义，正是在姚文元的修辞中变成"现实"的。

现代修辞学对话语分析或解释过程的关注，有效地揭示了话语和理论动机。也就是说，它所关注的问题和分析解释的方式，都与主体潜隐的目的相联系。姚文元不仅以自己的方式解释分析了姚雪垠、刘绍棠、秦兆阳、周勃、冯雪峰、丁玲、艾青、周扬、吴晗等人的现实的"修正主义"思想潮流，而且以他的方式"重读"了经典。他选择和有意强调的作品，并不是通过他的阅读发现的，而是经典作家发现之后再由他转述的。被没有条件肯定的作家作品是：高尔基的《母亲》、海涅的《西利西亚纺织工人》、维尔特的《在绿色的树林中》、瓦尔鲁编的《巴黎公社诗选》、聂鲁达的《解释一些事情》等。他尤其推崇的是《巴黎公社诗选》。他列出的作家作品就有：鲍狄埃的《巴黎公社》《巴黎公社社员纪念碑》《巴黎公社走过这条路》，魏尔迈雪的《放火者》《装口袋》，苏埃特尔的《复活的巴黎公社》，革力洛亚的《无产者之歌》，巴底斯特·葛莱蒙的《浴血的一周》等。姚文元在论证巴黎公社诗歌创作方法上的两个明显特点时指出：

第一，写诗的目的是为了无产阶级革命事业服务。……他们不是作为一个旁观者来同情革命，而是明白地为了革命事业而写诗的。他们的创作同无产阶级革命事业有同一个命运。他们自觉地作为阶级的喉舌而歌唱。第二，他们是用马克思主义的思想、战斗的态度、艺术的语言来写诗的。他们能够透过残酷的现实而看到未来，因此他们的诗歌（除了有一些染有资产阶级艺术观点的人外）能够激起人们的理想，并且永远给人们以力量，把读者的心灵引向社会主义革命事业，引向虽然还是遥远的、但毫不怀疑它将必然来到的未来。①

姚文元在现实中国没有找到符合他想象的文艺形态，只有求助于无产阶级早期革命的文艺。在革命发生并试图动员民众的时期，文艺总要站在民众的立场号召革命，因现实的不平等、不自由，革命文艺总要描绘未来的图景并以此作为号召的手段。未来是只可想象而无从把握的，它的期许和实现并不构成对等关系。但革命文艺的感召力和纯粹性，它的民众立场和道德色彩，总会给人以激荡和热情。特别是持有民粹主义立场的人，都会毫不犹豫地选择它。

但是，我们发现，革命文艺因其号召性的功利诉求，它们大多采用浪漫主义和象征的修辞手法。这一明快的方式不仅易于为民众所接受，而且易于转化为实践行为，它昂扬的激情虽然空泛，但也易于触动接受者的情感。这一表达策略和指向的目标，以及它无私的、献身的、理想的情怀和鼓动性、狂欢性，都是民众所喜闻乐见的。姚文元强调和突现的无产阶级早期文学，在修辞上都具有这样的特征。姚文元并不见得对这样的作品怀有个人兴趣，但他的姿态无疑具有极大的蛊惑力和欺骗性，在那样一个时代，要想对他做出批判几乎是不可能的。这倒不是说当时缺乏足够的批判的武器，而是说人们在情感上所表现的素朴。比如对姚文元的批评方式，有些作家和学者也提出了反驳。1962年上海第二次文代会上，巴金在《作家的勇气和责任》中指出："有一些专门看风向、摸'行情'的'批评家'"，"他们喜欢制造简单的框框，也满足于自己制造出来的这些框框，更愿意把人们都套在他们的框框里头"，"无论如何，我们要顶住那些大大小小的框子和各种各样的棍子"。姚文元评《海瑞罢官》的文章发表后，历史学家翁独健和翦伯赞也先后明确指出，姚文元的批判文章"过了头，超出了学术范围"，"'反党反社会

---

① 姚文元：《文艺思想论争集》序言，作家出版社 1964 年版，第 71 页。

主义'的结论,是莫须有的罪名"①。这些批评还仅仅是针对姚文元的个人行为,还限于感情上的厌恶。他们没有,也不可能在那个时代揭示出姚文元所依托的意识形态力量。一个相反的例证是,姚文元在批判现实主义"写真实"理论的时候,情不自禁地也对恩格斯发出了挑战。他为了批驳"写真实",也同时对恩格斯的"典型"理论产生了怀疑。他说:"即使恩格斯典型环境典型性格的指示,也只能看作是散文创作中的一个基本要求,并不能作为一切文学样式都可以运用的万灵药。在抒情诗中,这个公式就不适用,至今也没有人使人信服地解释过一首短小的爱情诗的'典型环境'或'典型性格'究竟在哪里。"②这在姚文元那里是不多见的"冒失"行为,他为了维护文艺修辞的象征性,甚至敢于挑剔恩格斯,姚文元内心显然有一个隐形的巨大的现实力量在支撑。尽管如此,姚文元还是心有余悸,这段文字在再版时,被他悄悄删去了。

姚文元的过人之处还不仅是他修辞上的策略。当他在现实的文艺理论和作品中不能找到表达他非修正主义例证的时候,他在生活中发现了,这就是"照相馆里出美学"。他以上海王开照相馆的变化、职工群众讨论"什么是美?为谁服务?"③引发开去:美学本来是一门最富有群众性、和人民生活有密切联系的学问。生活中到处都有美学问题,到处都有审美观点上两条道路的斗争,劳动人民的实践也每天都为高深的美学问题解决提供基础。在共产主义理想照耀下,在新的社会主义生活道德风尚中,在破除腐朽的资产阶级审美观点的基础上,正形成着反映时代特征的共产主义的美的观念。这种共产主义的美的观念会反过来影响生活,培养人民新的生活爱好和美学趣味。它从美的方面帮助培养共产主义的新人,继续扫除

---

①《中华文学通史》第10卷,第526—527页。
②《中华文学通史》第10卷,第52—53页。在1964年出版的《文艺思想论争集》中,姚文元删除了这段文字。
③《文艺报》1958年5月3日。

着旧时代留下的丑的事物和丑的趣味，推动生活朝更美的方向发展。姚文元对日常生活方式的批判和倡导，同他在理论上的批判和倡导是完全一致的。这种实践和理论都朝着进一步纯粹、透明、朗健、简单和一体化的方向发展。他的"无产阶级文化"性质极大地符合、适应了时代发展的总体趋势，他能在那个时代脱颖而出、迅速地成为新的文化英雄，显然不是偶然的。也就是说，主流话语长期期待的理论代言人和话语表达式，终于在姚文元这里成熟了。

第三节 文化想象的理论与"样板"

包括文艺学在内的当代中国文学艺术，之所以不断受到指责，始终充满了紧张、焦虑、斗争的气氛，一方面与把文艺作为一条战线来理解，并始终认为存在两条路线斗争、谁战胜谁的问题并未解决有关；一方面也与当代文艺始终没有寻找到毛泽东想象中的人民文艺有关。人民文艺，是毛泽东始终倡导并极其渴望实现的一种文艺形态。这一思想不仅是《在延安文艺座谈会上的讲话》的核心思想，而且也是毛泽东称赞和批评文艺的重要尺度。1944 年，毛泽东曾有两封给文艺界人士的信，表达的是同样的思想。他在《看了〈逼上梁山〉以后写给延安评剧院的信》中说：

看了你们的戏，你们做了很好的工作，我向你们致谢，并请代向演员同志们致谢。历史是人民创造的，但在旧戏舞台上（在一切离开人民的旧文学旧艺术上）人民却成了渣滓，由老爷太太少爷小姐们统治着舞台，这种历史的颠倒，现在由你们再颠倒过来，恢复了历史的面目，从此旧剧开了新生面，所以值得庆贺。你们这个开端将是旧剧革命的划时代的开端，我想到这一点就十分高兴，希望你们多演、蔚成风气，推向全国去。

不到半年的时间，毛泽东又给丁玲、欧阳山二人写了一封信：

丁玲、欧阳山二同志：

快要天亮了，你们的文章引得我在洗澡后睡觉前一口气读完，我替中国人民庆祝，替你们两位的新写作作风庆祝！合作社会议要我讲一次话，毫无材料，不知从何讲起，除了谢谢你们的文章之外，我还想多知道一点，如果可能的话，今天下午或傍晚拟请你们来我处一叙，不知是否可以？[①]

丁玲、欧阳山到枣园后，毛泽东对丁玲说：我一口气看完了《田保霖》，很高兴。这是你写工农兵的开始，希望你继续走下去，为你走上新的文学道路而庆祝。[②]这新的道路就是毛泽东设想的人民文艺的道路，他不仅在理论上论述了这条道路的正确性和可行性，而且急切地希望它能在艺术实践中尽快地兑现。他在《逼上梁山》《田保霖》《活在新社会里》等作品中，看到了他期待已久的希望。毛泽东对新文艺探索的支持，是自延安时代起主流作家具有优越地位的原因之一。许多曾经遭到批判的作家作品，之所以不断旧事重提，也从一个方面对文艺界发出了警示的信息。

1964 年，是改变中国文艺形象的重要一年，5 月 5 日至 7 月 31 日，文化部在北京举行了全国京剧现代戏观摩演出大会。毛泽东曾多次出席观看《智取威虎山》《芦荡火种》《奇袭白虎团》《红嫂》《红色娘子军》《红灯记》等，在这些京剧现代戏中，毛泽东显然看到了期待已久的人民文艺的形态。而这一形态，恰恰是在戏曲——

---

① 武在平：《昨天文小姐，今日武将军》，陈微主编：《毛泽东与文化界名流》，中国社会科学出版社 1993 年版，第 7 页。

② 武在平：《昨天文小姐，今日武将军》，陈微主编：《毛泽东与文化界名流》，中国社会科学出版社 1993 年版，第 7 页。

这一毛泽东最喜欢的艺术形式中体现的。这一文艺现象不仅为人民文艺带来了前景和信心，证实了毛泽东文化猜想的可以实现，同时，也为清理过去的文艺路线提供了资本和参照。事实上，从延安时期以来，文艺思想或文艺创作，都是努力实行毛泽东的人民文艺路线的，不同的是，被毛泽东认同的文艺形态没有产生于"十七年"。这没有结果的探索过程，在过去妨碍了艺术和理论多样性发展的可能，而在这一时代，它又被当作与人民文艺相对立的"文艺黑线"遭到清算。

以清算"文艺黑线专政论"为标志，中国激进的文艺思想全面统治了文学艺术，文化领导权彻底剥夺了其他声音发出的可能。其中最重要的文件，就是《林彪同志委托江青同志召开的部队文艺工作座谈会纪要》。这个"纪要"系统地清算了"十六年"文学艺术存在的"问题"，认为"文化战线上存在着尖锐的阶级斗争"，"被一条与毛泽东思想相对立的反党反社会主义的黑线""专了政"，"这条黑线就是资产阶级的文艺思想、现代修正主义的文艺思想和所谓30年代文艺的结合。'写真实'论、'现实主义广阔的道路'论、'现实主义的深化'论、反'题材决定'论、'中间人物'论、反'火药味'论、'时代精神汇合'论以及"离经叛道"论[1]。《纪要》是一篇不足万字的文件，但它却系统地清算了十六年来重要的、也是有争议的文艺思想，那些相持不下或尚可进一步讨论的文艺思想及观念，在这里得到了统一的处理，它们都被称为"资产阶级、现代修正主义文艺思想逆流"。林彪在"给中央军委常委的信"中，进一步强调了它的"现实意义"和"历史意义"。林彪在信中说：

十六年来，文艺战线上存在着尖锐的阶级斗争，谁战胜谁的问

---

①《纪要》是由刘志坚、陈亚丁等起草，张春桥、陈伯达等做了多次重大修改；再经毛泽东审阅修改后，于1966年4月10日作为中央文件在中共党内发表的。1967年5月29日的《人民日报》全文公开发表。

题还没有解决。文艺这个阵地，无产阶级不去占领，资产阶级就必然去占领，斗争是不可避免的。这是在意识形态领域里极为广泛，深刻的社会主义革命，搞不好就会出修正主义。我们必须高举毛泽东思想伟大红旗，坚定不移地把这一场革命进行到底。①

文学艺术被称为一条战线，对"十六年"的清算又是从部队系统发起，这本身就说明了问题的严重性和具有的威慑力，再也没有人敢于在这强大的背景下提出任何偏离主流的理论或主张。

部队文艺工作座谈会召开三个月之后，5 月 16 日，中共中央政治局扩大会议通过了毛泽东亲自主持制定的《中国共产党中央委员会通知》，它明确地告知全党和全国，"文化大革命"的目的，就是："彻底揭露那批反党反社会主义的所谓'学术权威'的资产阶级反动立场，彻底批判学术界、教育界、新闻界、文艺界、出版界的资产阶级反动思想，夺取在这些文化领域中的领导权。而要做到这一点，必须同时批判混进党里、政府里、军队里和文化领域的各界里的资产阶级代表人物，清洗这些人，有些则要调动他们的职务。""文化大革命"从文化领域扩展到了政治领域，江青等也随之走向了政治权力中心。

在清算"文艺黑线"的过程中，江青起了至关重要的作用。她不仅插手"样板"文艺的制作，更重要的是，她以特殊的身份制造的舆论和间接地对毛泽东看法的传达。在那个时代，江青的意见很容易被理解成毛泽东的指示。在一次军委扩大会议上，江青对众多的老将军说：

有一天，一个同志，把吴晗写的《朱元璋传》拿给主席看。我说：别，主席累得很，他不过是要稿费嘛，要名嘛，给他出版，出版以

---

① 《人民日报》1967 年 5 月 29 日。

后批评。我还要批评他的《海瑞罢官》哪！当时彭真拼命保护吴晗，主席心里是很清楚的，但就是不明说。因为主席允许，我才敢于去组织这篇文章，对外保密，保密了七八个月，改了不知多少次。……我们这里是无产阶级专政，我们自己搞一篇评论文章，他们都不允许。气愤不气愤哪！我们组织的文章在上海登了以后，北京居然可以十九天不登。后来主席生了气，说出小册子。小册子出来，北京也不给发。当时我觉得，才怪呢，一个吴晗完全可以拿出来批嘛，有什么关系！噢，后来总理对我说，才知道，一个吴晗挖出来以后就是一堆呀！可见其难哪！人家抓住这个文教系统不放，就是专我们的政。将军们不要以为这是文教系统的工作，不是分内的事，不管；要知道我们不管他们就管，我们真管，他们还会千方百计地想管。所以我们要抓，真正地抓。如果你们都抓，那就不会出现这个局面了。①

　　江青鼓动的"抓"，不只是要抓思想和理论，她所夸大了的斗争的严峻性，或不加掩饰的意图，是对权力的极大兴趣，因为，江青还没有能力在理论上做出系统的权力意志的表达。但也正在这时，郑季翘发表了《文艺领域里必须坚持马克思主义的认识论》的文章。文章以批判形象思维为借口，系统地宣谕了这个时代对文艺学的另一种理解。一方面，郑季翘认为，形象思维论"是一个反马克思主义的认识论体系，正是现代修正主义文艺思潮的一个认识论基础。近年以来，文艺领域中不断发生这样那样的问题，这反映了这个战线上复杂尖锐的阶级斗争；而形象思维论，却正给一些否定马克思主义和党的领导的人们提供了认识论的'根据'，起了很坏的作用。这个特殊的理论，无益于作家创作，相反，正是它，迷误了许多作

---

　　①江青：《为人民立新功》，谢冕、洪子诚主编：《中国当代文学史料选》，北京大学出版社1995年版，第709—710页。

家"①。另一方面，他提出了创作思维的新公式，即"表象（事物的直接映象）——概念（思想）——表象（新创造的形象），也就是：个别（众多的）——一般——典型"②。郑季翘在这里不是一般地参与关于形象思维的讨论，也不是说他提出的创作路线一定可以创作出符合"人民文艺"的作品。但这个"公式"，"却是引向一种更具教谕性和寓言性的创作通道"③，或者说，这一公式以及对形象思维的"直觉主义和神秘主义"的批判，为一种旨在表达权力意志的"公式化"的创作路线，提供了理论上的依据。

郑季翘以政治的方式"解决"了基本理论上的问题；于会泳结合"样板戏"的创作实践，又提出了"三突出"的创作原则。1968年5月23日，是毛泽东《讲话》发表二十六周年纪念日，也是"样板戏"诞生一周年的日子。当时任上海文化系统革筹会主任的于会泳，应《文汇报》之约口述了一篇纪念文章。在他看来，无产阶级文艺的实践和取得的成功，都与江青密不可分："江青同志在京剧革命的伟大实践中，首先抓住宣传毛泽东思想这个根本关键，着力塑造以毛泽东思想武装起来的高大的无产阶级英雄形象。因为只有塑造了无产阶级英雄形象，才能有力地宣传毛泽东思想。"他以《智取威虎山》和《海港》的创作为例，指出："我们根据江青同志的指示精神，归纳为'三个突出'，作为塑造人物的重要原则。即：在所有人物中突出正面人物来；在正面人物中突出主要英雄人物来；在主要人物中突出最主要的即中心人物来。"这个无产阶级文艺创作的重要经验，后经姚文元改为：在所有人物中突出正面人物，在正面人物中突出英雄人物，在英雄人物中突出中心人物。这样，革命文艺创作的"根本原则"就完整地表述出来了。

但是我们发现，就像1942年知识分子"走向民间"，试图将

---

① 《红旗》1966年第5期。

② 《红旗》1966年第5期。

③ 洪子诚：《关于50至70年代的中国文学》，《文学评论》1996年第2期。

知识分子的语言转译为民间语言，但知识分子的情感和腔调仍不可能完全蜕尽一样，"样板戏"这次是利用民间的艺术形式转述"革命"的意识形态，这里尽管充斥了强权的侵越，但"民间意识在审美形态上依然被顽强地保存下来，并反过来制约了这些作品的创作意图"①。陈思和曾以《沙家浜》为例分析说："即使改编到最后的'样板戏'，仍然不能改掉阿庆嫂与三个男人之间的固定关系，郭建光的不断抢戏，除了增加空洞与乏味的豪言壮语以外，并没能为艺术增添积极的因素，春来茶馆老板娘角色地位无法改变。因为没有了阿庆嫂所代表的民间符号，就失去了《沙家浜》本身，即使是最高指示把剧名由'芦荡火种'改成'沙家浜'，即使是'三突出'理论甚嚣尘上，《沙家浜》舞台上仍然并立着两个主要英雄人物，而且真正的主角只能是这个江湖女人。"②对民间审美形态的依赖和借用，是"样板戏"得以成功的基本条件之一。"三突出"创作原则在电影、小说、诗歌等形式上并未达到理想的期许，也从另一个方面证实了这一看法。像《虹南作战史》《牛田洋》《前夕》等长篇小说，除了空泛的说教和概念化的人物之外，在艺术上完全是乏善可陈的。

"三突出"的创作原则，用另外一套表意符号满足了意识形态对文艺的要求，它以空前的"净化"方式，彻底肃清了自《我们夫妇之间》以来文艺表现生活的全部复杂性，生活不再是创作的源泉，特别是日常生活不再是文艺表现的对象，人的情感生活经过"三突出"完全被过滤掉了。一种空前的"理想化"激情普泛于文艺的各个领域。当"京剧革命十年"到来之际，文化部写作集体"初澜"著文说："……革命样板戏的诞生，如平地一声春雷，宣告了毛主席《在延安文艺座谈会上的讲话》所指出的革命文艺路线已经

---

① 陈思和：《民间的浮沉》，《上海文学》1994 年第 1 期。
② 陈思和：《民间的浮沉》，《上海文学》1994 年第 1 期。

在实践中取得了光辉的成果，中国社会主义文艺的新纪元已经到来……"[1] "无产阶级有了自己的样板作品，有了自己的创作经验，有了自己的文艺队伍，这就为无产阶级文艺事业打下了坚实的基础，开辟了广阔的道路。"[2] 这种话语表达方式同文艺的理想化方式是一样的，或者说，在那个时代被幻想鼓荡起来的人们，认为语言就是事实。20世纪70年代中期的文艺，已经陷入了难以自拔的困境。这与他们根绝历史、敌视"精英文化"以及不断加剧一体化的统治是直接相关的。虽然他们重组了创作队伍，开辟了新的"纪元"，但大众喜闻乐见的、娱乐性、消遣性的人民文艺并未在这个时代夺门而出，有学者分析说：

因为这会带来对政治性、政治目的的削弱。这是一个"中世纪式"的悖论：政治、宗教救谕需要借助文艺来"形象地""感情地"表现，但"审美"也会转而对政治和宗教产生"消解""破坏"的作用。另外，在"样板戏"等作品中，也许能看到人类追求精神净化的崇高冲动，一种将人从物质欲望的禁锢中解脱的渴望。这种反对物质主义的道德理想，是开展革命运动的主导意识形态。但与此同时，在这种宗教色彩的信仰和禁欲式的道德规范中，在忍受（自觉地）施加的折磨（通过外来力量）和自虐式的自我完善（通过内心冲突）中，也能看到激进派本来所要"彻底否定"的思想观念、感情模式。著名的"三突出"，对于激进的文学思潮来说，即是一种结构方法、人物安排的规则（类似于卢卡契所说的小说中人物的等级），但也是社会政治等级在文艺形式上的体现。这种等级，是与生俱来的，无法由自己选择的，因而也就可以表述为"封建主义"的。因而，从激进派所领导及受其思潮影响的文艺创作中，我们似乎窥见了相

---

[1] 《红旗》1974年第4期。
[2] 《红旗》1974年第4期。

似于本世纪人文思潮中对人类抵抗物质主义、寻找精神出路的努力，也能发现人类精神遗产中残酷和落后的沉积物。他们既无法离开现实，也无法割断历史。[①]

第四节　激进文学理论批评的全面崩溃

事实上，三十年来激进的文艺思想始终作为主流思想统治文艺界，它虽经不断调整和修正，但其主导方向并未改变过，它或隐或显、或缓或急。这一状况不仅与20世纪作为革命世纪的激进理想思潮相关，同时也与1949年之后的社会制度及其理论相关。因此，文艺学在这一时代既然不纯粹是一门学问，那么，它所有的问题显然也就不可能通过文艺学自身的讨论来解决。激进的文艺学是社会政治的产物，它的最后解决的方式也只能是政治的，而不是学术的。这是由当代中国文艺学的性质规定的。

"三突出"创作理论为激进的"左"派带来了短暂的兴奋，他们认为已经找到了实现无产阶级文艺创作的途径，也找到了实现这一途径具体的艺术样式甚至风格。当然，这一途径是十七年文艺渐进积累形成的一种必然结果。不同的是，十七年期间还存在其他探索的可能或缝隙，而到了"三突出"的时代，其他可能已经不存在了。但是，事实证明，这一途径是靠权力意志实现的，而并非艺术发展自然选择的结果，它的简单化和单一性必然要造成艺术创作的雷同化和概念化。如果说作为一种新的文艺观念和形态，仍需探索和实践的话，那么，十年的时间证明不是它一条广阔和充满希望的路线，而是一条日渐封闭和狭窄的路线。重新组织的理论队伍和创作队伍虽然不乏忠诚和敬业，但由于他们自觉割断并抵制人类的文化遗产和文艺经验，他们有限的想象力也决定了文艺必然日趋贫乏的结果。

---

① 洪子诚：《关于50至70年代的中国文学》，《文学评论》1996年第2期。

这样，即使是支持"三突出"的毛泽东，也对文艺现状表示了不满，他认为"百花齐放都没有了"，"缺少诗歌，缺少小说，缺少散文，缺少文艺"，并指示"党的文艺政策应该调整一下"。特别是围绕影片《创业》的斗争，惊动了毛泽东后，他批示说："此片无大错，建议通过发行。不要求全责备，而且罪名有十条之多，太过分了。不利调整党内的文艺政策。"事实上，毛泽东已经否定了江青等人的文艺路线。作为一个系统的、经过长时间积累又经过极端化概括的文艺理论，到了20世纪70年代中期，事实上已经成了强弩之末，它所有的能量几乎完全释放了。

标志激进文艺学全面崩溃的，是1976年发生于天安门广场的"四五"运动。"四五"运动当然首先是一场政治运动。它的场所是天安门广场，它的起因是清明节祭奠周恩来，它的时间、地点和事由均与政治相关，但文学作为它的表意形式，它所张扬的主体性和要求自由民主的精神，同时也是对激进文艺学有力的、来自民间的反拨。在中国社会发展的进程中，大概还没有任何一个时代的文学显示过它如此巨大的力量，它准确地传达出的历史必然要求，居然在半年的时间里就获得了实现。文学以预言的形式提早埋葬了一个时代，它"先知"般地导引了历史的进程并改写了历史，显示了来自民间的文学艺术的伟力。当然，"四五"运动毕竟是一种"运动"，它同样或首先是一种政治行为，这如同"样板戏""三突出"是政治行为一样。但值得注意的是，"四五"运动汇集了"文革"时期"地下文学"的潜流，带着它的怀疑、反抗、批判的精神走向北京早春的街头，并以集体的象征性显示了文学的政治力量。

"三突出"和"四五"运动从文化形态上来分析，都属于"广场文化"的一部分。在语义上，它们指涉的都是悲壮、高亢、崇高、宏大和追随。它们所表达的都是时代的公共话语和公共意志，它不具有日常生活性和私人性，它没有任何犹疑、困顿和哪怕是一闪而过的个人隐秘，它的一切都源于高尚的道德原动力。因此，广场文化是民众的狂欢节。这一东方的文化景观再现了二百多年前卢梭的想象："我们已经有了许多的公共节日，让我们拥有更多的公共节日吧。在蓝天下，在敞开的气氛中，在广场的中央，竖立起一个鲜花环绕的长矛，把人们集合在那儿，你们就拥有了一个节日。"[①]我们也拥有了无数个这样的节日。值得注意的是，深受俄罗斯革命启发的中国，结出的文化之果却形神兼具地酷似大革命时期的法兰西，少有浪漫情怀而注重实用理性的民族，竟也在无形之手的控制下涌向了"广场"。

　　一个青年学者在论述法国大革命时期的文化时，从五个方面概括了它的特征："这一文化是排他性文化；它的心理是从众心理，个人情态、个人利益、个人隐秘必须扑灭；它的狂欢是意识形态操演，它听从奇里斯玛的话语催眠暗示，在集体舞蹈中进入集体睡眠，它的政治是民众冲动的海洋，风起无常，浪击恒常，一切规则、惯例、制度安排皆成浪底沉舟；它本身将走向悖论，广场成为扩大的剧场，成为每一个人对每一个人的表演。广场确实没有一个座席，没有一个观众，却只有一个巨大的舞台，观众参与爆炸，众人卷上舞台，一齐进入革命狂欢！"[②]广场文化虽然是一体化的，但它乌托邦式的道德理想，又有不可抵御的感召力和传唤性。这些道德理想如与其背后隐含的政治动机相剥离，无疑是一种至善至美的社会契约。然而这一设定的乌托邦，也注定了它无可避免的命运：它仅仅关注人的社会理想而忽略了人作为个体存在的其他需要，精神统治者君临一切，但他忽略了被统治者在精神奴役中可以睡眠多久，他的权威性能够持续多久。政治文化重要的表征是它无处不在的意识形态化，舆论是意识形态的重要形式，"谁主宰了一个民族的舆论，谁

　　① 卢梭：《致达朗贝尔信——论观赏》，转引自朱学勤：《道德理想国的覆灭》，上海三联书店1995年版，第134页。
　　② 卢梭：《致达朗贝尔信——论观赏》，转引自朱学勤：《道德理想国的覆灭》，上海三联书店1995年版，第134页。

就主宰了这个民族的行动"①。主宰者不具有统治的永久性，它被颠覆的命运已隐含于它的统治中，广场文化的悖论就是这样发生的。

"文化大革命"的结束，终结了激进文艺学合法性的统治。1978年5月10日的《理论动态》和11日的《光明日报》，发表了题为《实践是检验真理的唯一标准》的理论文章，从而引起了全国性的真理标准大讨论，纠正了两年左右的时间里"两个凡是"的主导地位。文章指出："躲在马列主义、毛泽东思想的现成条文上，甚至拿现成的公式去限制、宰割、裁剪无限丰富的飞速发展的革命实践，这种态度是错误的。"这一讨论事实上开启了意识形态领域思想解放的先河，并为新的思想路线的确立清除了理论障碍。1978年12月，中国共产党在北京举行了十一届三中全会，会议确定把全党的工作重点转移到社会主义现代化建设上来，提出了新的历史时期以经济建设为中心的总路线，决定停止使用"以阶级斗争为纲""无产阶级专政下继续革命"的口号。

在新的社会政治背景下，一种人们熟知的话语方式即政治批判的方式再次兴起。在文艺学领域，首先呼唤和讨论的还不是文艺学自身的问题，讨论的是权力和改善学术环境的争取。艺术民主和文艺与政治的关系是1978年最前沿的话题。《文艺报》复刊后几乎每期都有呼请艺术民主的文章。巴金说："文艺创作的主管部门不要抓得太紧，管得太死。在政治上不用说应当把住六条标准的关，在艺术方面还是让'百花齐放'吧。要繁荣社会主义文艺，就要有个艺术民主的局面；这里设'禁区'，那里下'禁令'，什么都由少数人说了算，不见得妥当。"②《文艺报》特约评论员的文章也指出："文艺本身的特点和规律决定文艺创作必须实行民主。……写什么，

---

① 卢梭：《科西嘉宪法草案》，《卢梭全集》第3卷，第261页，转引自朱学勤：《道德理想国的覆灭》，上海三联书店1995年版，第133页。

② 巴金：《要有个艺术民主的局面》，《文艺报》1978年第5期。

不写什么，怎么样写，都应由作家自己决定。"① 这是 20 世纪以来中国思想文化界的主题词，也从一个方面传达了这一争取的艰难和悲剧性。

文艺和政治的关系始终是一个敏感的命题，在"为文艺正名"的讨论中，理论家们以极大的勇气否定了文艺为政治服务并从属于政治、文艺是阶级斗争的工具的理论规范。这些讨论虽然还没有进入文艺学研究内部，却为文艺理论研究的合法性扫清了外部障碍。或者可以说，1978 年以后文艺学研究所取得的成果和遇到的问题，都与这一起点相联系。

对文艺理论自身的讨论，传统的命题成为现实而切近的命题。它的重临起点应该说有两个方面的原因：一是这些命题都被"四人帮"否定批判过，从相反的方向谈论本身就是对"四人帮"的反拨，它有不证自明的合理性；一是由于理论资源匮乏和多年的封闭，只能回头向传统寻找理论支持。于是，现实主义、真实性、生活与创作的关系，歌颂与暴露，等等，就成了文艺理论和批评的主要话题。但是这些过去已经谈论了多年的话题重提之后，还没有达到过去的深度，它的意义只是联结了文艺理论同历史的关系，并引导了文艺发展的方向，以理论的方式守护了"现实主义"创作。而这种"引导"的现实功利性又无意识地掩盖了过去文艺学中存在的问题，因现实的需要和历史的正义性，它放大了它的"合理性"。因此后来有学者对这一时段包括文学理论在内的文学形态评价说：

1976 年到 1978 年，我们沉浸在一片恢复旧物的激情之中。凡是历史证明是好的，凡是伟大的人物说过的，规定的和肯定的，就应当让它重新出现。文艺曾是什么样子，就应该恢复它曾经有的样子。我们当年的激情也是一种历史惰性的大发扬。这一段文艺的怀

---

① 巴金：《要有个艺术民主的局面》，《文艺报》1978 年第 5 期。

旧思潮，把本应开始的文艺变革的心理准备加以消极的导向。人们的目光投向过去的文艺，人们重新向着那个曾经造成巨大窒息的文艺范式认同。①

　　这一概括准确地表达了"新时期"初始阶段的文艺风貌。而真正有深度的理论探索，如人道主义、异化理论等古典启蒙理论，是此后的事情，已不在本书的讨论范围之内了。

---

　　① 谢冕：《论 20 世纪中国文学》，河北教育出版社 1998 年版，第 132 页。

主要参考文献

[1] 佛克马、易布思:《20 世纪文学理论》,林书武,陈圣生,施燕,王筱芸,译,(北京)三联书店,1988。

[2] 韦勒克、沃伦:《文学原理》,刘象愚、邢培明、陈圣生、李哲明译,(上海)三联书店,1984。

[3] 特里·伊格尔顿:《当代西方文学理论》,王逢振译,(北京)中国社会科学出版社,1988。

[4] 斯托洛维奇:《现实中和艺术中的审美》,凌继尧、金亚娜译,(上海)三联书店,1985。

[5] 波斯彼洛夫:《文学原理》,王忠琪、徐京安、张秉真译,(上海)三联书店,1985。

[6] 钱中文:《文学原理——发展论》,(香港)社会科学文献出版社,1989。

[7] 杜书瀛:《文学原理——创作论》,(香港)社会科学文献出版社,1989。

[8] 童庆炳主编:《文学理论教程》,(北京)高等教育出版社,1998。

[9]《周扬文集》,(北京)人民文学出版社。

[10]《茅盾评论文集》，（北京）人民文学出版社，1978。

[11]《冯雪峰论文集》，人民文学出版社，1981。

[12]《邵荃麟评论选集》，人民文学出版社，1981。

[13]《毛泽东著作选读》，（北京）解放军出版社，重印版。

[14]R. 麦克法夸尔、费正清编：《剑桥中华人民共和国史》，中国社会科学出版社，1990。

[15] 谢冕：《论 20 世纪中国文学》，（河北）河北教育出版社，1998。

[16] 谢冕、孟繁华主编：《百年中国文学总系》，（山东）山东教育出版社，1998。

[17] 洪子诚：《中国当代文学概说》，（香港）香港青文书屋，1997。

[18] 洪子诚：《当代中国文学的艺术问题》，北京大学出版社，1986。

[19] 朱寨：《中国当代文学思潮史》，人民文学出版社，1987。

[20]《文艺方针政策学习资料》，（长春）吉林人民出版社，1961。

[21] 洪子诚编：《20 世纪中国小说理论资料》（1949—1976），北京大学出版社，1997。

[22] 黄曼君主编：《中国近百年文学理论批评史》，（武汉）湖北教育出版社，1997。

[23]《文艺报》编辑部编：《再批判》，（北京）作家出版社，1958。

[24] 林默涵：《在激变中》，（香港）新中国书局，1949。

[25] 李长之：《迎中国的文艺复兴》，商务印书馆，1946。

[26] 高毅：《法兰西风格：大革命的政治文化》，（杭州）浙江人民出版社，1991。

[27] 梁启超：《中国近三百年学术史》，（上海）东方出版社，

1996。

[28]《汪晖自选集》，（桂林）广西师范大学出版社，1997。

[29] 刘淑青等编：《"十月"的选择——90年代国外学者论十月革命》，（北京）中央编译出版社，1997。

[30]《何其芳选集》，（成都）四川人民出版社，1979。

[31] 王景伦：《美国学者论中国》，（北京）时事出版社，1996。

[32] 萧延中等编：《外国学者评毛泽东》，（北京）工人出版社，1997。

[33] 别尔嘉耶夫：《俄罗斯思想》，三联书店，1995。

[34] 莫里斯·迈斯纳：《毛泽东的中国及其发展——中华人民共和国史》，社会科学文献出版社，1992。

[35] 倪蕊琴主编：《论中苏文学发展过程》，（上海）华东师范大学出版社，1991。

[36]《苏联文学艺术问题》，人民文学出版社，1959。

[37]《保卫社会主义现实主义》，作家出版社，1958。

[38] 毕达可夫：《文艺学引论》，高等教育出版社，1958。

[39] 季莫菲耶夫：《文学原理》，查良铮译，（上海）平明出版社，1955。

[40] 以群主编：《文学的基本原理》，上海文艺出版社，1963。

[41] 蔡仪主编：《文学概论》，人民文学出版社，1979。

[42] 刘宏权、刘洪泽主编：《中国百年期刊发刊词600篇》，解放军出版社，1996。

[43] 马越：《北京大学中文系简史》，北京大学出版社，1998。

[44]《中国古典文学学术史研究》，（乌鲁木齐）新疆人民出版社，1997。

[45]《文学研究与批判专刊》，人民文学出版社，1958。

[46] 刘若愚：《中国的文学理论》，（郑州）中州古籍出版社，

1986。

[47] 张炯等主编:《中华文学通史》第十卷,（北京）华艺出版社,
1997。

[48]《胡风评论集》，人民文学出版社，1985。

[49] 张光年:《文艺论辩集》，作家出版社，1958。

[50] 姚文元:《论文学上的修正主义思潮》，上海新文艺出版社，
1958。

[51] 姚文元:《文艺思想论争集》，作家出版社，1964。

[52]20 世纪 50—60 年代的《人民日报》《文艺报》《文艺学习》
《人民文学》《文汇报》《文艺月报》等报刊。

初版后记

在当代文学史的写作都已成为"问题"的时候，做当代的"文艺学学术史"恐怕会更显得勉为其难。但作为"体制内"的研究者，首先必须面对的是"任务"，然后才有可能去考虑问题。应该说，1949 年到 1976 年这三十年间，为学术史写作提供的内容是相当贫乏的。在 20 世纪 90 年代，常常听到诸如"还原语境"的说法，这一说法看似很有"历史感"，或者说，它强调了不同时代产生不同话语的历史条件，对已然的历史持有一种历史的态度。但问题是，具体的、不同的语境是否可以改变"学术"的性质，那种语境的形成是否具有必然的、内在的合理性？如果按照这种思路考虑问题，其结果就又回到了黑格尔的"存在的就是合理的"理路上去了。因此，所谓"还原语境"的说法，因不能接近问题的实质而仅仅流于写作策略，当代文艺学的全部复杂性并不能在这"还原"说中得到揭示。

所以，当我面对这三十年的文艺学发展状况的时候，我首先考虑的是，文艺学生产的内在机制是怎样形成的，它的制度化是如何一步步建立的，制度化的学术体制规约了新的实践条件，在这样的实践条件下，文艺学学者又是用什么样的方式强化了学术制度？大学教育是学术传承的重要场所，而文学教育在多大程度上维护了学术生产的僵硬机制？因此，说到学术制度的问题，仅仅从"体制"方面分析是不够的，它所形成的不可抗拒的制约力，亦是学术生产者与之共同完成的。因此，所谓的学术体制，不应仅仅看成一种学术生产公式，对具体的研究者或生产者来说，它还隐含相关的利益。适应并参与创造了制度的人，可以有各种荣誉、职务和权力，他们在一个时期内可以被认为是某个方面的权威。这样，维护相关的学术体制并排斥、打击非主流，就不应仅仅看作"学术"之争或意识形态分歧，其间同样隐含了并不暧昧的利益追求。而这一问题，以前我们并未引起应有的重视。

对于"文革"时期，许多研究者都把它作为一个独立的"单元"来处理，并明确地指认那是一个特殊的历史时期，是一个不正常的年代。在这样预设的前提下，对其做出怎样的批判性处理都不会触犯什么。但是，这一简单化的方式实质上并没有也不可能构成对"文革"真正的批判，它所形成的历史过程也不会得到有力的揭示。因为是"学术史"，因此我在分析"文革"时期文艺学特征时，着重分析了姚文元的文体与修辞。"姚文元体"并非形成于"文革"时期，"文革"前他在批评界就大放异彩，他所使用的修辞方法能被认同并普泛化，说明了"文革"并不是突如其来的历史事件，它自有其发生发展的过程。姚文元虽然是个个案，但通过对其文体与修辞的分析，也可以从一个侧面揭示出"文革"时期文艺学的一般性特征以及与之前后的关联。

当代文艺学还没有可供参照的"学术史"本文，它的"学术性"如何结构进 20 世纪文艺学学术史当中，仍是一个值得探讨的问题。应该说，洪子诚先生的《当代中国文学概说》给了我极大的启示，这本只有一百七十页的著作对当代中国文学所做的学术性处理，是具有开创性的。我阅读时的兴奋和震动至今仍记忆犹新。

我所从事的工作是中国当代文学和文化研究，没有受过专门的学术史写作训练。我的工作方式也培育了我思考问题的方式和情感方式。我对社会现实有极大的关注和参与热情。进入 20 世纪 90 年代之后，学界对 20 世纪 80 年代的思考方式和研究方式有相当深入的反省。于是，思想史研究、学术史研究开始凸显并形成显学，许多优秀的批评家都转向了这方面的工作，并引领了新的研究潮流。当我们有能力认识过去思考方式存在的问题时，学术史或思想史的方法确实提供了另外一条可资选择的道路或方式。用这种方式同样可以并且会更深入地处理我们所面对的问题。这大概也是我这次写作实践的具体收获。但是，同样值得我们思考的是，我们是否也为此付出了相应的代价：过去所经历并参与其间的思潮，特别是那里所隐含的激情和投入，仍值得我流连并深深怀念。对于我个人来说，能取得多大的学术成就已不敢奢望，让我欲罢不能的，可能还是情感方式的问题，做学术中人还是做问题中人，其实并没有解决。也许，就在这犹豫不决之中，我们的身影已经渐渐远去。然而，这一过程如果我们真实地亲历了，也就算是有过痛苦和幸福的人了。这些世俗感慨自然不能掩盖书中的问题，虽然是"五年规划"，但给我的写作时间却只有一年多一点，很多问题的研究是不充分的，因此，它的粗疏和遗漏就无可避免，希望能够听到批评和指正。

另外，与当代相关的学科，不大被认为是"学问"。除了偏见之外，也与这些学科的不成熟性有关。比如材料的问题，古代或近现代的材料工作远比当代做得好，它们的基础工作远比当代扎实。但另一方面，与当代相关的学科仍处于发展变动中，它的不确定性与现实息息相关，有些材料是从事当代研究的人无法得到的，在逐渐的披露中才可能为人了解。因此，从事与当代相关的研究，先在地具有其他学科不存在的困难，而这一困难又并不是通过努力就能够解决的。这里我特别要感谢中国科学院档案室、教育部档案室，他们为我提供了查阅的方便，并有可能使有些材料第一次在本书中得到使用。

最后，感谢课题组的杜书瀛、钱竞二位主编及其他同人，数次的讨论对本书纲要的修改帮助甚大；感谢上海文艺出版社在红尘滚滚的时代出版读者有限的学术著作，责任编辑高国平先生严谨细致的工作感人至深，这些都是我不能忘记的。

孟繁华

1999 年 6 月于北京

第二版后记

这本书出版距今已经五年过去。在出版的当年，文学研究所就这套丛书召开了研讨会，参加会议的都是与这个领域相关的学科带头人，他们对本书多有褒奖。此后，报刊陆续发表了童庆炳教授、程光炜教授、席扬教授、谢有顺研究员等对本书的评价。这些赞誉之词当然都是鼓励，但我仍然非常感谢他们。在一个压力越来越大的社会和学术环境中，前辈和同行的支持与鼓励，事实上就成为一种减轻或缓解压力的有效方式或最好礼物。

我还高兴地看到，许多大学将本书作为重要的教学参考用书，一些知名学者将其作为重要书目向学生推荐，许多学者以及博士、硕士研究生论文将本书作为他们的著作或论文的参考文献等，这都使我深感鼓舞。这次由中国社会科学出版社重印，我仅仅订正了一些错别字和极少不通的句子，没有大的改动。这不是说这本书没有问题或作者没有新的想法，而是说这样做对编者和读者都更方便些。

当经济活动在社会生活结构中的中心地位确立之后，纯粹的学术活动确实显得有些落寞，学者的生活也确实枯燥无比。即便如此，我仍然怀念当年写作这本书时的心情和那个严肃而有抱负的学术机构。此时，东北的秋天已经来临，树木虽还葱茏，但秋风穿堂颇有些凉意了。于是便又想起了当年与朋友们讨论或争辩这个题目时的热烈。仅仅几年的时间，那样的场景竟恍如隔世了。其实，如果一生能够平静地与学术为伴，也实在是一个不坏的选择。但在红尘滚滚的今天，能做到这样也还真不是一件容易的事。另一方面，做当代的学术史，本来就不可能那么"纯粹"，只要变成文字就是"参与其间"，只要表达就是一种态度，当代的学术大都与"问题"有关，至于我涉及的这些"问题"在多大程度上说清楚了，是不敢太自信的，但这些问题都是真问题还是可以肯定的。"书生意气"已不合时宜，但人是不能改变的。于是，这条道路还要走下去。

在本书出版之际，我要感谢以杜书瀛教授为首的课题组的朋友们，他们的友谊至今仍温暖着我；感谢中国社会科学出版社出版本书，感谢责任编辑的辛勤工作。我的学生周荣帮助我校对了全书，在此一开感谢。

孟繁华

2006 年 9 月 8 日

第三版后记

本书第一版和第二版的书名均为《中国 20 世纪文艺学学术史》（第三卷），由人民文学出版社出版文集时，用的是《中国当代文艺学学术史 1949—1976》，现更名为《中国当代文学理论批评史 1949—1976》。本书是我在中国社会科学院文学研究所工作时，参加由杜书瀛、钱竞两先生主编的《中国 20 世纪文艺学学术史》时完成的，本书是其中的第三卷。全书是国家社科基金九五重点项目、中国社会科学院重点项目。第一版由上海文艺出版社出版；第二版被纳入"中国社会科学院文库·文学语言研究系列"，由中国社会科学出版社出版。从初版至今，已经 20 多年过去了。

20 多年前在中国社会科学院文学研究所工作的日子，是至今最令我怀念的。原因大概有两个方面：一是当时的文学所，人才济济，老中青三代学者非常齐整，说是全国文学院系的翘楚应该大体不谬。那时的青年学人生气勃勃、志向高远，虽然不免狂妄，但其向学之心和纯粹的学术抱负，今天想起仍让我激动不已。那时的条件并不那么好，但精神面貌却异常高涨。二是文学所有一帮志同道合的朋友。这些朋友就是萨特所说的那些"插手与己无关的事务的人群"，见面就是高谈阔论。20 世纪 80 年代的遗风流韵弥漫在朋友之间的每一次晤面，文学所在长安街的延长线上，但无论何时见面，大家仿佛就在广场上。然后就会聚在贡院边上的小酒馆或某个街角的小酒馆，快乐的时刻直至午夜。

本书就是在这样的环境和氛围中写出来的。书中的文字隐约还洋溢着那个时代的气息。从事文学研究以来，先后出版过 30 余本著作，还有人民文学出版社出版的十卷文集。更多的读者似乎更熟悉我的《众神狂欢》，这与这本书内容的当下性有关，与现实的精神处境有关，不仅发行量大，而且译成了英文、法文、日文、韩文和越南文。但我个人还是偏爱这本《中国当代文学理论批评史 1949—1976》。在写这本书时，我和妻子、孩子居住在 40 平方米的斗室里，白天骑着一辆破自行车穿梭在北大、国图、教育部档案室等资料单位，晚上孩子睡了才开始写作。那时也不觉得有多苦，反而兴致勃勃，心里充满了期待和希望。这本书写了两年多的时间。出版后得到了诸如严家炎、谢冕、童庆炳等学术前辈以及陈晓明、程光炜、肖鹰、谢有顺等中青年学者的鼓励。虽然 20 余年过去了，但仍有研究者和青年博士、硕士研究生的论文，不时引用书中的某些观点和材料，这让我深感欣慰。我将此书视为我的"代表作"。因书中内容更多讨论的还是与当代中国文学理论批评有关的内容，故这次出版将书名改为《中国当代文学理论批评史 1949—1976》。这是需要特别说明的。

金秋的北京天高云淡，远处的山峦如起伏的音乐，近处的落叶如黄金泻地。疫情虽然没有彻底消失，但热爱生活的人们忙碌地穿梭在大街小巷，其乐观和兴致感人至深。看着这样的人群，可以重新认识和理解生活——寻常的生活、珍贵的生活，没有比健康和快乐更重要的了。

感谢春风文艺出版社单瑛琪社长和姚宏越首席编辑，他们在纸质出版业远不景气的条件下，欣然愿意出版包括本书在内的"当代文学研究代表作"丛书，显示了难得的文化雄心和情怀。这份情怀让人感佩不已。

孟繁华

2020 年 10 月 20 日于北京